serie LITERATURAS

El niño azul

Henry Bauchau

El niño azul

del estante
editorial

Bauchau, Henry
El niño azul – 1a ed. – Buenos Aires : Del Estante Editorial, 2006.
304 p. ; 22x15 cm. (Literaturas)

ISBN 987-21954-4-7

1. Narrativa Francesa. I. Título
CDD 843.

Del estante editorial agradece el apoyo recibido del Cabinet de la Ministre de
la Culture, de l'Audivisuel et de la Jeunesse de la Communaute Française
de Belgique para la edición de la obra de Henry Bauchau.

Edición original:
L'enfant bleu
© 2004, Actes Sud
ISBN 2-7427-5139-4

Primera edición en español, 2006.

Traducción: Patricia Willson
             Hilda García

*Ouvrage publié avec le concours du Ministère Français
chargé de la Culture - Centre National du Livre.*

Este libro ha contado para la traducción con el apoyo del
Ministerio de Cultura de Francia - Centro Nacional del Libro.

Obra de tapa: Gabriela Goldstein, *Constructo gramático* (detalle),
técnica mixta sobre tela, 2001.

© **del estante editorial**
   sello de la fundación *centro de estudios multidisciplinarios* (cem)
   Av. Córdoba 991 2° A
   (1054) Ciudad de Buenos Aires, Argentina
   Tel.: 4322-3446 Fax: 4322-8932
   info@cemfundacion.org.ar
   www.cemfundacion.org.ar

ISBN10 987-21954-4-7
ISBN13 978-987-21954-4-1

Hecho el depósito que marca la ley 11.723
Impreso en la Argentina - *Printed in Argentina*

A Bertrand Py

y a Marie Donzel
y Jean-François La Bouverie,
que tanto me ayudaron y me
apoyaron para escribir este libro

Hay que descender hasta el caos
primordial y sentirse como en casa.

GEORGES BRAQUE

...caos, palabra griega, significaba
paradójicamente en su origen: aper-
tura y abismo, es decir, liberación.

FRANCIS PONGE

El encuentro

Primer año en el hospital de día. A la salida del metro, en Richelieu-Drouot, vuelve el malestar. Miro el reloj. Después del largo recorrido desde mi barrio en las afueras, sé que llego a tiempo y, sin embargo, siento que llego tarde. Tarde en el tumulto y la urgencia que dominan el barrio de la Bolsa. Tarde en el mundo, en la angustia.

Mantengo el paso y subo lentamente por la calle Drouot, me obligo a percibir el desigual escalonamiento de los grises y la cúpula blanca de Montmartre que sobresale entre ellos. Estoy presente, atenta, es el momento de cambiar de calle, de pisar con coraje el porche un poco gastado, la escalera y la aplastante banalidad de la entrada del hospital de día. Después están el pasillo, la sala de profesores, sus mesas, sus percheros sobrecargados y el recibimiento siempre desconfiado de aquellos que me preguntaron, a mi llegada, por qué me habían enviado allí.

En ese momento yo ignoraba los conflictos que enturbiaban el ambiente y respondí: «Eso puede explicárselo la dirección, yo sólo sé que cuento con la calificación requerida y que necesito ganarme la vida». Probablemente era la respuesta correcta, desde entonces ya no me agreden, pero me mantienen a distancia y, en el fondo, no formo parte del equipo.

Al llegar veo, pegado en la pared por el profesor de arte, un dibujo que me encanta y armoniza con el oculto desamparo que siento. Se trata de una pequeña isla, una isla azul, rodeada de arena dorada y cubierta solamente por algunas palmeras. Esa isla, su cielo, su luz, su minúscula soledad protegida por un mar cálido transmiten el deseo, el dolor de un corazón herido. El dibujo ingenuo, hecho de manera tosca, penetrada de sueño, me hace sentir con fuerza el silencio, el aterrorizado exilio, la escandalosa esperanza de los que nació.

7

Me dicen que es de Orion, un niño de trece años, en el que se alternan aplicación, fuertes inhibiciones y crisis de violencia. Sin saber su nombre, conozco a Orion porque durante las pausas de las clases se pega siempre a la puerta de la sala de profesores para solicitar protección contra las provocaciones de sus compañeros. Pálido, de cabello largo y aspecto a menudo desorientado, estrecha con fuerza su portafolio, que los otros tratan de arrancarle, me hace pensar en un suplicante.

Al día siguiente me acerco a él: «Vi tu dibujo de la isla, es muy hermoso, me gusta mucho». Me mira espantado y feliz, continúo: «Tienes mucho talento». Sonríe otra vez, pero su mirada se oscurece. ¿Será por perplejidad? ¿Es posible que en *quatrième** aún no comprenda la palabra talento? Agrego enseguida: «Es un dibujo que hace bien». Su rostro se ilumina de nuevo: «Sí, dibujar una isla hace bien».

La hora del regreso a clase suena, se aleja sin despedirse, empujado, molestado por los otros, pero antes de avanzar por el pasillo que lleva a su aula se da vuelta y me hace con la mano un pequeño gesto tímido.

A causa del conflicto entre el director y el equipo de trabajo, mi situación se ha vuelto incierta y a menudo me piden que reemplace profesores. Ese día debo hacerme cargo a la tarde del curso de *quatrième*, el de Orion. Son clases para niños con dificultades, de seis o siete alumnos, y no es fácil que mantengan la atención. Luego de veinte minutos de clase, veo que Orion se desconecta y que, si bien todavía escucha, sólo se dedica a dibujar sobre su banco. Todos los alumnos están cansados y, para la última clase, decido proyectarles diapositivas de historia del arte. Funciona, pero algunos se aburren y aprovechan la oscuridad para salir a hacer alboroto en los pasillos o en otras aulas. Orion, en la primera fila, no pretende escapar, mira con atención las imágenes mientras garabatea obstinadamente sobre su banco. Logro a duras penas restablecer el orden y, al final de la clase, que coincide con la hora de salida, voy a dejar en su lugar el proyector y las diapositivas. Cuando vuelvo veo que los alumnos no se han ido y miran a Orion, que está

---

* En el sistema escolar francés, el *collège* es el tipo de establecimiento de nivel secundario que recibe a los alumnos de la escuela primaria desde los doce años. La enseñanza en el *collège* dura cuatro años y corresponde –con numeración descendente– a los cursos de *sixième* (doce años), *cinquième* (trece), *cuatrième* (catorce) y *troisième* (quince) (N. del T.).

abstraído y dibuja todavía sobre su pupitre. A mi regreso parece despertarse, mira rápidamente al lugar donde se encontraba su portafolio y lanza un grito desperado: «¡Mi mochila!». Sus compañeros salen corriendo del aula y, reunidos en la puerta, ríen ruidosamente. Orion vuelve a gritar con fuerza: «¡Mi mochila!», pero ellos se ríen con más ganas. Antes de que, estupefacta, yo pueda intentar detenerlo, Orion, con un vigor inesperado, toma un banco y lo arroja hacia sus compañeros. Éstos, entre risas y miedo, se escapan. Vuelven para provocar de lejos a su víctima, que toma otro pupitre y lo lanza con todas sus fuerzas contra la pared, donde se rompe.

En ese momento veo a Paule, una de las niñas del grupo, indicarme con la mano el lugar donde han escondido el portafolio. Voy a buscarlo mientras Orion hace un ruido espantoso al atropellar los pupitres. Cuando vuelvo ya no me ve, no ve su portafolio. Está muy pálido y salta en el mismo lugar, muy alto, girando los ojos, en medio del aula devastada.

Los otros se han acercado por el pasillo, lo miran fascinados y dispuestos a salir corriendo. Pregunto a Paule:

—¿Por qué hacen eso? ¡Miren en qué estado lo han puesto!

—No podemos evitarlo, señora. Él, que siempre tiene miedo de todo, se vuelve inmanejable. Es más terrible que en la tele.

Luego, cuando Orion deja de saltar y toma su mochila para verificar su contenido, Paule agrega:

—Cuando termine va a llorar, tendrá que consolarlo. A nosotros nos da miedo. Además es la hora, ¡nos vamos!

Sale y los escucho bajar la escalera de los alumnos riendo.

Ahora Orion llora a lágrima viva, se deja caer gimiendo: «Sous-le-Bois... ir a Sous-le-bois. ¡Aquí hay siempre rayos!».

Una secretaria se encuentra todavía en el lugar, le pido ayuda. Conoce las crisis de Orion. Logramos hacer que se levante, lo llevamos a mi pequeña oficina. Le doy un trozo de chocolate, duda, después empieza a comerlo. Le pregunto a la secretaria: «¿Qué es Sous-le-Bois? ¿Y los rayos?».

—Sous-le-Bois es donde vive su abuela, en el campo, muy lejos, me parece. Los rayos, dice que son el demonio. Es un poco loco a veces. Hasta luego, tengo que terminar mi trabajo.

Ahora Orion está tranquilo, con los ojos enrojecidos por las lágrimas, ha recuperado la apariencia de niño temeroso y desconfiado que es habitual en él. Murmura: «Hay que poner el aula en orden, quedó hecha un lío».

Ordenamos el aula lo mejor que podemos. Hay manchas desagradables en las paredes y los pupitres que arrojó están en pésimo estado.

Los mira con orgullo temeroso y dice: «¡Dos más! ¡Qué fuerza!».

Le muestro su pupitre, que hemos puesto en su lugar con cierto esfuerzo.

—¿Qué garabateas todo el tiempo?

—No hay otro modo, señora, ¡son dibujos alborotados por el demonio, que no deben verse!

—No como tu isla.

—La isla es para escapar de él.

—¿Sous-le-Bois es una isla?

No debí hacer esa pregunta. Calla, y de repente, como un secreto, dice:

—Uno no sabe, señora.

Hemos terminado, me tiende una mano blanda, un poco húmeda, la misma que hace poco, sin embargo, lanzaba pupitres por el aire, y se va encogiéndose de hombros, como si quisiera esconderse.

Al día siguiente hablo del incidente con su profesor principal, que me dice: «Sí, los otros lo fastidian para que se ponga violento, entonces le tienen miedo. Es lo que buscan. Para ellos es como una película de terror. A Orion le cuesta mucho seguir la clase, dibuja en vez de escribir. Aunque escucha, no sabemos lo que entiende. Es el tercer año que está aquí, los dos anteriores estaba mejor. El pronóstico no es muy favorable».

En los meses siguientes lo recibo a menudo en mi oficina, viene llorando luego de crisis de violencia o desamparado, sin saber dónde está cuando ha recibido, como cree, demasiados rayos. Me familiarizo un poco con él, sus extrañas reacciones y su lenguaje, como él dice, embarullonado.

También a menudo, cuando siente la amenaza de una crisis, golpea a mi puerta y, si estoy sola, me pide una hoja de papel y lápices y se pone a dibujar. Sus dibujos son siempre muy violentos: bombardeos, explosiones, erupciones volcánicas que no puedo mirar sin cierto malestar. Cuando las clases terminan, se levanta bruscamente, aun cuando el dibujo no esté terminado, me dice «hasta luego» y se va como acorralado, con el cuerpo de perfil para ser menos visible. Un día decido seguirlo. Una vez en la calle camina muy rápido sin mirar nada, como si lo persiguieran, y se hunde corriendo en la boca de dientes grises del metro.

Luego de un episodio de violencia en la cantina se le prohíbe la entrada durante una semana. El problema es que no puede almorzar solo, acepto acompañarlo a uno de esos terribles autoservicios del barrio. El primer día vuelve con un plato de carne y papas fritas. Come las papas y luego contempla la carne con desesperación.

—Déjala si quieres, no estás obligado a comerla.

Me lanza una mirada alarmada que significa: «Sí, es una obligación». Mastica largamente el primer bocado, pero el segundo no pasa.

—Deja el resto, voy a buscarte un plato de pastas, tengo un ticket.

Veo el miedo crecer en sus ojos y, en el momento en que me levanto, clava su codo puntiagudo en el lugar donde estaba mi mano.

Lo miro risueña como si fuera una broma, me parece que se distiende. Cuando vuelvo mueve lúgubremente en su boca el segundo trozo de carne. Nunca logrará tragarlo, pero veo en sus ojos que le gustan las pastas.

—Escupe ese trozo en el tenedor, ¡así!

—En mi plato, lo van ver.

—No, en el mío, yo terminé. Y come las pastas.

Le tiendo mi plato, después de mirar a su alrededor si alguien lo observa, deja su bocado en el borde. Siente un alivio evidente y no puedo dejar de pensar: «¡Qué reprimido es!».

Mientras devora sus pastas voy a buscar dos postres y un café para mí.

—Como el niño azul, usted sabe hacer desaparecer los pedacitos de carne que no se pueden comer.

¿Quién es el niño azul? Casi le formulo la pregunta. Me detengo a tiempo para no escuchar el «Uno no sabe», el muro de cemento que opone a las preguntas.

Me conformo con decirle: «Hiciste con tu cuchillo un agujero en la mesa». Como el agujero es muy visible pongo mi taza encima y nos vamos del lugar. Cuando estamos afuera ríe con ganas: «Nadie vio el agujero y nos pudimos escapar. ¡Qué bueno!».

Poco antes de las vacaciones se decide la suerte del hospital de día. Como yo entré apenas en septiembre y no tomé parte en el conflicto entre el director y el equipo, los miembros del consejo me consultan. No tengo nada que perder, ya no tengo lugar en la futura organización y me van a despedir. Me contento con decir en un informe aquello que creo posible.

También me contacto con los servicios para desocupados. Veo que a los cuarenta años no me dan muchas oportunidades de encontrar rápidamente otro trabajo.

Me entero con sorpresa de que mi informe interesó a los miembros del consejo del hospital, que encontraron una solución y que Robert Douai, el profesor cuyo nombramiento yo había sugerido, fue elegido nuevo director.

Poco antes de las vacaciones, Douai viene a verme: «Hemos proyectado un nuevo organigrama para la vuelta...».

—¿Han suprimido mi puesto?

—Estaba mal definido, pero el médico en jefe y yo deseamos que usted se quede con nosotros.

No trato de ocultar mi alivio, ni mi sorpresa. Douai agrega: «Para participar en la recuperación de los alumnos. Usted tiene formación de psicoanalista y diplomas en ciencias. Hasta ahora no nos hemos ocupado suficientemente de los alumnos que tienen dificultades para seguir los cursos colectivos. Usted podría encargarse de esos casos individuales, acompañarlos con terapia y ayudarlos en sus estudios. Está capacitada para las dos tareas, lo cual no es frecuente. ¿Le interesa?».

No tengo elección y le respondo: «¡Mucho!».

Mira el reloj. «Tengo un poco de tiempo, sólo pude ver su currículum recientemente. Me gustaría hacerle algunas preguntas para conocerla mejor, ¿puedo?»

—Por supuesto.

—¿De qué trabajaba su padre?

—Era maestro... por vocación. ¡Y socialista! Cuando se jubiló fue director ad honorem de cursos de francés para inmigrantes.

—¿Su madre también trabajaba?

—Era maestra, como él... Murió cuando yo nací.

Está un poco turbado por mi respuesta. Lo tranquilizo: «No se ponga así. Usted no sabía. Pregúnteme lo que quiera».

—Hizo estudios superiores, llegó lejos en biología, luego optó por la psicología.

—Mi padre me transmitió el gusto por las ciencias. Soñaba para mí con un doctorado en biología. Lo preparé...

—¿Renunció?

—No, mientras estudiaba trabajé en varios laboratorios. Obtuve una beca de doctorado. Entonces tuve un accidente de moto con mi primer marido. Él murió en el acto, yo tuve heridas graves y perdí mi embarazo. La recuperación y los años siguientes fueron difíciles. Afortunadamente, mi suegra me ayudó. Ella me persuadió de hacer psicoanálisis. Sentí que era mi camino.

—¿Fue entonces cuando estudió psicología?

—Sí, pude entrar en segundo año y continuar al mismo tiempo mi trabajo en el laboratorio. Hice el recorrido completo: un doctorado, un análisis didáctico, concurrí a muchos seminarios, soy una verdadera hija de maestros.

—¿Y luego abandonó?

—No, me casé de nuevo y nos fuimos al África... tres años.

—¿Su marido trabaja allá?

—No, en absoluto. Es ingeniero, sabe mucho de mecánica y es corredor de autos, ha ganado muchas carreras.

Douai está sorprendido: «¿Es el Vasco que ganó tres veces las Veinticuatro Horas de Le Mans y tantos rallies?».

—El mismo.

—Es un gran campeón. ¿Por qué se retiró tan joven?

—Vasco pensaba que había aprendido de las carreras todo lo que podían enseñarle. No es del tipo que desea acumular triunfos. Le gusta investigar. Se interesó por la música. Compone, busca. Fuimos al África a recopilar lo que él llama músicas originales antes de que desaparezcan o se comercialicen.

—Seguramente trajeron discos.

—Esas músicas no nos pertenecían. Vasco donó las grabaciones a la Unesco. Pero cuando regresamos, la empresa de motores que había heredado de su padre estaba en grandes dificultades. Vasco no es de los que salen de un problema con una quiebra. Vendió todo, y pagó todo. Nos quedaron algunas deudas que vamos pagando de a poco.

—¿Qué hace ahora?

—Es ingeniero, trabaja en sus antiguos talleres. No es un administrador. Crea motores y, cuando tiene tiempo, compone.

—¿Y usted?

—Me gustó nuestra vida errante de investigadores en el África. Ahora me gano la vida aquí, aunque llegué de manera poco clara, como me lo han reprochado a causa de los conflictos de la mutual. Estuve tapando agujeros y este año no he podido trabajar correctamente. Con usted espero que eso cambie...

Douai se levanta, yo hago lo mismo. Me tiende la mano con una simpatía desconocida:

—Sí, Véronique, va a cambiar y estoy seguro de que trabajaremos muy bien juntos.

El verano ya llegó, pero Vasco sólo puede tomar una semana de vacaciones. Nos quedamos en la casa que compartimos con una comunidad de jóvenes actores. Forman parte del equipo de Ariadna, una joven directora que montó varios espectáculos admirables por su amplitud y novedad. Acaban de emprender una experiencia nueva, la realización de una gran película sin actores conocidos. Cuando puedo asisto a las filmaciones, y todo un mundo nuevo se revela ante mí.

Cuando se van a filmar al exterior, disponemos de todo el jardín que se extiende hasta el camino que bordea el Sena.

Encuentro trabajo, ayudo a estudiantes a preparar sus exámenes de biología. Un médico amigo me envía dos pacientes de psicoterapia. Recibo a los estudiantes y a los pacientes por la mañana. A la tarde puedo bajar a descansar al jardín, donde leo y escribo.

Lentamente, la esperanza del poema vuelve a mí. Comienzo a escribir un largo texto:

> *La sombra hoy es agradable, agradable en la memoria*
> *Hay tres rosas en el muro y escribo bajo el cerezo.*
> *Una barca remonta el Sena. Una araña teje su tela*
> *Como los hombres de otros tiempos han tejido las rosas góticas*
> *Esta noche habrá para recolectar frambuesas...*

Tengo dificultades para escribir, pero cada noche, cuando Vasco regresa, tengo algunos versos o algunas líneas para mostrarle. Las lee con una atención que me estimula más que las palabras. Si no le gustan, lo veo de inmediato en sus ojos. Avanza conmigo en mis textos, no los juzga, piensa que puedo criticarme sola.

Yo hago lo mismo con su música, me gusta, creo en ella y, sin embargo, siento que él aún no se ha encontrado a sí mismo. Como yo en la escritura y también a menudo en la vida. La paciencia es el secreto de nuestro vigor.

Si por la noche no está demasiado cansado, Vasco compone. Es un mundo que yo sólo comparto cuando él toca o me deja descifrar fragmentos. A veces, cuando cae la noche de verano, toma su flauta y bajamos al jardín. Entonces se abandona a la música, mezclando a discreción clásicos que ejecuta perfectamente, melodías populares y numerosos ritmos de África. Me siento transportada a su universo de rigor y libertad, lleno de desasosiego y de loca esperanza. Al escuchar a Vasco, oigo la voz intensa o sosegada de mi padre cuando me leía poemas de Victor Hugo que le gustaban o ciertos pasajes de Homero o de Sófocles.

Siento que la invención, la futura música de Vasco, en la que le hago creer, está allí. Él lo sabe, pero no puede alcanzarla todavía cuando compone. Todo eso es muy duro para él, para nosotros.

Cuando Vasco se decide a tomar algunos días de vacaciones miramos nuestras cuentas, nuestras deudas han disminuido mucho. Damos largos paseos, vamos a correr a la isla de los impresionistas o al bosque de Saint-Germain. Contemplamos los grandes árboles y captamos en nuestras manos sus ondas bienhechoras. Me lleva dos veces a los circuitos donde ha corrido alguna vez. Cuando llegamos a uno de esos sitios solitarios que tanto le gustan, saca su saxo y toca solamente para mí. Recibo ese regalo con alegría y hago gala también de algún talento. Así como él toca para mí, yo hago malabares para él como hacía con mi padre. Entonces somos felices, muy felices. Mañana no existe, ayer tampoco. Sólo existen hoy y el admirable, efímero presente.

Trescientos caballos blancos por las calles de París

Poco antes del comienzo de las clases, cuando voy a verlo, Robert Douai me dice: «Tenemos algunos alumnos para usted. El caso más delicado es Orion, usted ya lo conoce».

—¿Tiene hermanos o hermanas?

—Una media hermana mayor que él, Jasmine. Orion se desconectó completamente de la clase el año pasado, hacerlo repetir el curso no serviría de nada. Hemos pensado en otro hospital de día donde los estudios escolares tengan menos importancia. Sus padres fueron a verlo, y creen que no es el lugar adecuado, porque todavía puede hacer algún progreso. Tienen razón, pero solamente con un sostenido seguimiento individual podríamos retenerlo aquí. Los padres vienen a verme mañana con Orion, y asistirán los médicos. Venga usted también. Allí decidiremos.

Al día siguiente, gran reunión en el despacho del director. El padre de Orion es un artesano de joyas, amable, abierto, con una pizca de alegría respetuosa. La madre es alta, todavía bella, de cabello oscuro, sonriente pero cerrada. Orion, bastante bien vestido, está sentado cerca de ellos, mira por la ventana con aire ausente. ¿Entenderá que vamos a hablar de él y de su futuro? Cuando lo saludo, parece que apenas me reconoce.

El doctor Bruges, que ha seguido hasta el momento el caso de Orion en el aspecto psicológico, toma la palabra: «Orion, luego de haber hecho la escuela primaria en un centro psicológico, se desempeñó bien aquí en *sixième*, no tan bien en *cinquième*, cuando comenzó a ser perseguido por sus compañeros, que, a pesar de todo, y como todos los demás en el hospital de día, lo aprecian mucho. En *quatrième* se atrasó mucho en todas las materias, y sus crisis de violencia, en lugar de disminuir, se hicieron más frecuentes. En realidad no debería quedarse en el Centro, porque es evidente que hacerle repetir el curso no serviría de nada. Sus profesores lo consideran inteligente cuando no está perturbado, creen que tiene una excelente memoria y que es hábil con sus manos, piensan que en un ambiente más calmo podría hacer más progresos. Estoy de acuerdo con ellos y propongo que se quede con su grupo durante las clases de matemática, deporte y dibujo, ya que todo eso le gusta mucho. Para las otras materias sería conveniente una tutoría a cargo de la señora Vasco, que está calificada para darle apoyo psicológico y ayudarlo con sus estudios, y, si él quiere, con dibujo».

Mientras el médico habla, Orion, con la cabeza baja, mira obstinadamente por la ventana. ¿Qué mira? Me asomo, el patio está desierto, no hay nadie en las ventanas, no está mirando nada, se esconde.

Los padres se consultan con la mirada, luego de un silencio aceptan el plan. ¿Le conviene o piensan que no tienen elección? Bruges se vuelve hacia Orion: «Y tú, Orion, ¿estás de acuerdo?».

Orion no responde, sigue mirando por la ventana.

—Responde al doctor, Orion —dice finalmente el padre.

Orion no se mueve, el silencio se hace más denso, lo siento en peligro cuando Bruges insiste: «Hay que responder, Orion, es una regla del Centro. No se puede cambiar el plan de estudios y cuidados de los alumnos sin su consentimiento».

¡Hay que! Siempre ese terrible «hay que» que lo persigue sin duda desde su infancia.

Sin pensarlo siquiera, me arriesgo, voy hacia Orion, que sigue crispado, mirando por la ventana. Me inclino hasta su rostro: «Si no quieres responder pero me dices sí despacito en el oído, puedo decirlo yo por ti».

Gira un poco la cabeza, me lanza una mirada pálida, temblorosa, cargada de una especie de promesa de afecto a la que responde otra promesa dentro de mí.

—Se dice que sí —susurra.

Les digo a los demás: «Me respondió: "Se dice que sí". Entonces yo también digo que sí».

El doctor Lisors, médico en jefe, que hasta este momento se ha mantenido al margen y que percibió nuestra pequeña escena, consulta con la mirada al doctor Bruges y al director, y dice:

—Estamos de acuerdo. Hagamos una prueba con este plan hasta Navidad. Haremos una evaluación en ese momento.

Da por terminada la reunión y se acerca a mí: «Creo haber visto un buen comienzo de transferencia. Si funciona, prepárese para tenerlo a su cargo durante años».

—Es probable —respondo entre risas.

Ambos reímos al despedirnos. Sí, río pero, en efecto, tengo miedo de lo que acaba de suceder. Estoy contenta de haber conservado mi trabajo y de sentir compasión por Orion, el abandonado, pero temo que la tarea sea pesada. No importa, no tenía elección.

Hay mucha gente en los bulevares, es el final de una bella tarde de septiembre. Algo termina en este momento, otra cosa comienza. No me entretengo, me apresuro hacia la Opéra y los meandros de Auber para tomar el tren hacia mi casa en los suburbios, trato de encontrar un asiento libre y de preparar a tiempo la cena para Vasco.

Al día siguiente comienza mi trabajo con Orion. Está contento de estar a solas conmigo, protegido en mi minúscula oficina. Nos habituamos poco a poco uno al otro. Rápidamente me doy cuenta de que no será fácil. Es atento y tiene buena voluntad, pero no puede concentrarse más de un cuarto de hora seguido. Después hay que cambiar de tema o de actividad.

La primera vez que, al verlo cansado, le propongo dibujar, dice: «Ahora es la clase de dibujo».

Como siempre, tiene miedo de no hacer lo que debe. Le recuerdo que puede dibujar en la clase y conmigo.

—¿No escuchaste en la reunión?

—No, no se escuchaba, se tenía miedo.

—¿Miedo de qué?

—Miedo de los rayos del demonio de París, se los sentía revolvotear por todas partes, pero como había doctores y estabas tú no triunfaron.

Es necesario que me habitúe a su vocabulario y a ese persistente uso de la forma impersonal. Que no haga preguntas. Le propongo que utilice una hoja de gran tamaño y lápices de colores. Toma algunos lápices en su mano, los mira, mira la hoja. ¿Será como yo, deberá esperar, tomarse su tiempo hasta que encuentre su camino? Eligió un lápiz, miro lo que hace, lo que no hace, y veo que algo se esboza poco a poco.

—Parece una isla...

No responde, sonríe, se hunde, se sumerge en su trabajo. La isla no será tan bella como la precedente, azul y dorada, porque emplea muchos colores distintos. No importa, ya que se expresa y evidentemente está feliz. No tiene derecho a estar así durante mucho tiempo, pues de repente levanta la cabeza y dice con cierto espanto:

—El dictado...

—Mañana, continúa con tu dibujo.

—Mamá dice que hay que hacer un dictado cada día.

El momento de felicidad se apaga, en sus ojos aparece la angustia. Le dicto, suspira, tacha a menudo, cuando está terminado, me lo da. «Marca las faltas en rojo.»

Las marco y le devuelvo la hoja. La mira consternado y dice con una voz que no es la suya: «¡Cuántas faltas! ¡Cuántas faltas!».

—¿Quién lo dice?

No responde, se levanta: «Es la hora».

En efecto, es la hora de la interrupción durante la cual va a pegarse a la puerta de la sala de profesores y a exponerse a las burlas, amenazas y bromas de sus compañeros.

Al día siguiente, cuando llega, me tiende el dictado que hizo: «Se lo copió otra vez. ¿Lo haces de nuevo?».

Repito el dictado, dicto lentamente, marco un poco con la voz las palabras donde había cometido errores. Se esfuerza, suspira tachando palabras, transpira. Luego de diez minutos, ya no puede más. Me da lástima: «Por ahora está bien, estás cansado, seguiremos más tarde». Me tiende la hoja, luego, como si hiciera una repentina constatación, dice:

—Se tiene miedo... se tiene miedo de los volcanes.

—De los volcanes...

—Esos que están en mi cabeza. Los que gritan: «¡Cuántas faltas! ¡Cuántas faltas!». Los que chillan: «¿Por qué?». Y después: «¿Cómo? ¡Y porquémente y cómoqué!». Y también: «¡Inútil, inútil, te acabaremos!». Y entonces todo se confusiona por todos lados.

Transpira, sus ojos brillan, parpadea constantemente, ¿hasta cuándo va a seguir hablando? ¿Podrá soportarlo su cuerpo? Está agitado. ¿Acaso el precio del esfuerzo continuo será demasiado grande, demasiado pesado? Contigo, que no sabes tanto sobre la psicosis, ¿hay que continuar? Como él, me respondo interiormente: «Uno no sabe». En este momento vuelvo a pensar en su isla. Sí, continuar, pero por otro camino. La palabra es aún tan difícil, tan incierta para él. Me arriesgo: «¿Y si retomaras el dibujo de la isla?».

—Se dejó ayer en el taller.

—Vamos a buscarlo juntos.

Se encoge sobre sí mismo, tiene miedo. Con una voz débil dice: «No, tú sola».

Me levanto rápidamente y a través del dédalo de corredores llego a la puerta del taller. ¡Ah! ¡Está cerrada! Vuelvo rápidamente al lugar donde Orion sigue acurrucado en su silla. Pongo delante de él una hoja y lápices de colores.

—La puerta está cerrada, voy a tratar de encontrar la llave. Mientras tanto comienza otro dibujo.

Las secretarias no tienen la llave, miro el horario, es el día en que la señora Darles, la profesora de plástica, no viene. Sin duda, ella se llevó la llave. Vuelvo corriendo. Como temía, Orion presenta ya los síntomas de una fuerte crisis, parpadea continuamente, agita los brazos, está a punto de comenzar a saltar, después vendrá el resto.

—¿No tienes mi dibujo? Lo han escondido. ¡Lo han robado!

—¡Pero no! Nadie pudo tomarlo, la puerta está cerrada y la señora Darles se llevó la llave.

Logro que se siente: «Estamos tranquilos aquí, en nuestra pequeña oficina. Comienza un dibujo nuevo».

—Uno no sabe qué hacer. En la cabeza no aparece nada.

Se levanta nuevamente, empuja la silla haciéndola caer y se pone a saltar en el mismo lugar mirándome sin verme. No estoy acostumbrada, me invade el pánico, y pienso: «¡Qué comienzo!». Para empezar, una crisis fuerte, de la que todos se enterarán. Algunos pensarán sin duda: «¡Qué mal lo manejó!». Pero ¿alguna vez les tocó afrontar solos semejante crisis en un chico de esta edad? ¿Han sentido en su trabajo el peso de la amenaza que contiene la decisión: «Haremos con usted una prueba de un trimestre»?

Orion se agita cada vez más, yo también, hasta que recuerdo el interés que manifestó por las imágenes de laberintos que le he mostrado. Digo casi gritando: «¡Un laberinto, Orion, dibuja un laberinto!».

Esa palabra parece afectarlo profundamente. Deja de saltar, me ve y se calma. Recojo su silla, se sienta a la mesa, ve el papel, los lápices. Ya no temo repetir: «¡Haz un laberinto!».

—¿Cómo?

—Como te gustan. Dibuja los contornos en negro y te ayudaré a pintar con colores donde tú me digas.

Mira el rectángulo blanco del papel, la palabra laberinto lo subyuga, lo fascina. Toma un grueso lápiz negro, escribe la palabra *Entrada* a la izquierda, luego se pone a dibujar muy rápido complejas vías que van hacia el centro, o de un lado a otro de su dibujo. Inclinado sobre el papel, totalmente absorbido por su trabajo, parece no ser consciente de mi presencia. Sin embargo, levantando los ojos me dice: «Pinta de rojo alrededor, como un marco. ¡No encima de mi dibujo!».

Es una orden, ahora él es el maestro y yo la alumna. Tomo un grueso lápiz y, delante de él para que no se altere, comienzo a hacer un marco rojo. Me asombra la rapidez y la seguridad de su dibujo, que es, sin embargo, muy sinuoso. Ante mis ojos nace un verdadero laberinto, aún oscuro para mí, pero de un recorrido claro y seguro para él.

A la derecha del laberinto escribe *Salida*.

Miro la hora, hizo el dibujo en cincuenta minutos. No puedo creerlo. «¿Se puede ir de la entrada a la salida?»

—Todavía hay que ubicar los obstáculos y el altar.

—¿Los obstáculos?

—Donde hay dos o varios recorridos. El correcto y el que tropieza contra un muro.

—¿Quién ha dicho eso?

—Tú.

—¿Yo? —estoy estupefacta.

Dibuja sin decir una palabra.

—Me lo has enseñado en mi cabeza, y el altar también —dice repentinamente.

Me señala con el dedo un cuadrado que ha queda blanco en el centro del dibujo: «¡El altar está aquí!».

Lo dibuja con algunos trazos. Ya nada tiene del niño miedoso, apocado, que veo cada día. Descubro en él la misma fuerza, la misma certidumbre que tiene cuando levanta los pupitres y los arroja contra sus compañeros. ¿Va a desmoronarse como hace entonces? No parece ser el caso. Se calma. Me da instrucciones.

—Pinta los obstáculos de rojo. No mucho rojo. El altar de amarillo y blanco para que quede dorado. Se hace el recorrido correcto en azul y tú harás los falsos en verde donde se te dice. El azul y el verde, ¿van bien juntos?

—Sí, van bien. Sonó el timbre, ¿quieres que nos detengamos un poco?

—No, señora, hoy se trabaja hasta el final.

Pinto de rojo una calavera que indica un obstáculo. Sin duda, pongo demasiado: me lanza una mirada de reprobación y, tomando mi lápiz, me muestra cómo hacer con los siguientes. Con un lápiz azul marca el camino sagrado, el que lleva a la salida, es bastante sinuoso, se equivoca a menudo.

Orion avanza muy rápido y sin mucho cuidado en su trazo azul y, sin embargo, parece que nunca choca ni salta un muro. Me indica los caminos que deben hacerse en verde, todos terminan en sitios ciegos, mientras que su camino a la salida continúa sin obstáculos. No creo que pueda tan rápido y con tantas circunvoluciones ir sin equivocarse de la entrada a la salida. Sin embargo, es lo que él cree, porque, cuando llega con su lápiz azul al lugar en donde escribió *Salida*, una sonrisa astuta, luego maravillada aparece en sus labios y me dice con los ojos: «¿Ves?».

Admiro su confianza, aunque no creo que la tenga.

—Muéstrame el recorrido con el dedo, has puesto el azul demasiado rápido.

Sigue con el dedo el camino azul que serpentea por todo el rectángulo, da algunas vueltas alrededor del altar, va hacia adelante y hacia atrás, y, finalmente, con un trazo seguro alcanza la salida sin encontrar obstáculos ni atravesar ninguna de las separaciones que dibujó.

Controlé el tiempo de su trabajo con mi reloj, cincuenta minutos para el primer trazado, alrededor de una hora para el resto.

—Magnífico, Orion, lo has hecho muy rápido.

Está feliz: «Se veía el camino».

—¿Sobre el papel o en tu cabeza?

Parece perder la seguridad, la certidumbre que lo animaba, vuelve a ser el niño asustado que conozco. «Uno no sabe.» Y agrega: «Es la hora».

Tiene la tarde libre. Le pregunto:

—¿Quieres llevar el laberinto a tu casa?

—No, es para aquí.

—Es muy lindo. ¿Puedo mostrarlo a los médicos y al señor Douai?

Parece contento con mi pregunta, sonríe, pero sólo responde: «Uno no sabe».

Mientras se pone lentamente una horrible campera marrón digo: «Mañana tendremos que retocar tu azul».

Me mira de arriba abajo. «Y tu verde. El rojo está bien.»

Se va, caminando otra vez de costado y con la prisa de siempre. Con prisa, ¿por qué?

Por la tarde acuerdo una cita con los médicos, lamentablemente, Robert Douai no asistirá. Antes de llevarles el Laberinto, lo miro nuevamente y me asombra verlo mucho más salvajemente coloreado de lo que lo había visto cuando trabajaba con Orion. Se lo muestro a los médicos y les comento mi estupor ante la rapidez con la que Orion lo realizó, sin un plan, sin detenerse ni corregir.

—¿De veras va de la entrada a la salida sin errores? —pregunta el médico en jefe.

—Siga el recorrido de mi dedo sobre el color azul. Orion nunca se confundió y, sin embargo, había que hacer elecciones constantemente porque todas las otras opciones terminaban en un muro. No puedo explicarme esa rapidez, esa súbita seguridad teniendo en cuenta la edad y las inhibiciones de Orion.

Se quedan un momento mirando el dibujo. El doctor Bruges dice: «Efectivamente, es extraordinario. Sin duda se trata del cuerpo de la madre, Orion va hacia la salida, como alguna vez ha ido hacia el nacimiento». Este comentario no me convence. Quisiera interrogar a Bruges, pero tiene otra cita y debe irse.

—Me asombra este dibujo y la rapidez de su ejecución —dice el médico en jefe—. A Bruges también, aunque ha querido ocultarlo con su tentativa de interpretación. No puedo decirle nada al respecto hoy, ambos hemos quedado sumamente sorprendidos ante este laberinto.

Sonríe, me tiende la mano. Es mi turno.

Entonces hago el esfuerzo de permanecer sorprendida, estupefacta, a través de la repetición y la banalidad de los días. Levantarse temprano, desayuno rápido, automóvil hasta la estación de tren o caminata si Vasco ha salido antes. Viaje, siempre de pie, hasta La Défense, a veces un asiento hasta Auber. Pasillos, escaleras mecánicas, salida en ajetreado tumulto en Opéra. La ciudad, donde cada vez más los automóviles avanzan sobre la vida de los hombres. Los bulevares, la calle Drouot y la cúpula blanca de Montmartre, que consuela un poco. ¿Entonces hay que consolarse? Es tu destino, el que compartes con todos, incluso si no saben bien lo que es compartir. Demasiado apretados, demasiado apurados, cada uno esforzándose por preservar su pequeño espacio de libertad.

Orion también se apresura para llegar desde el suburbio donde vive, tomar el autobús, el metro y terminar en mi pequeña oficina del hospital de día. Mientras yo vivo esos traslados con cansancio en el cuerpo y el hastío del espíritu, él los vive sin duda con el aplastante miedo de los otros, el temor de denunciarse dando a entender que no es como los otros.

Orion quiere hablar esta mañana del demonio de París mientras se libera dificultosamente de su campera que abotona –o desabotona– siempre hasta el último botón.

—Hoy se han recibido rayos... en la parada del autobús, que se había atrasado cinco minutos. El demonio estaba allí, se aprovecha de todo. Quería que saltara delante de todos. Pero afortunadamente, él estaba cansado, no tenía mucha fuerza, se sentía que había tenido miedo...

—Miedo...

—Porque los caballos de la noche lo habían atropellalado, lo habían cortado y dado vuelta. Algunas noches la Virgen de París envía sus trescientos caballos blancos. Entonces galopan por las calles de París y espantan al demonio. Él les tiene miedo y corre y corre. ¡Me divierte, me divierte tanto!

Ríe con ganas: «El demonio quiere volar, pero sus alas se enganchan en los faroles, golpean contra las casas. Se cae y los trescientos caballos blancos lo pisotean, lo muerden y lo hacen huir gritando. ¡Cómo grita! ¡Cómo grita en mi cabeza! Eso gusta».

Su entusiasmo me transporta. Trescientos caballos blancos, ¿los veo? Sí, los veo y me siento feliz, los escucho galopar, veo al demonio escapar aullando ante ellos.

—¡Trescientos caballos blancos en las calles de París! ¡Qué hermoso, Orion! Eres capaz de ver lo que otros no ven.

—Uno no sabe si se ven de verdad o si están en la cabeza.

—El demonio tiene miedo, huye gritando y a ti te encanta eso.

—¡Eso gusta! Pero papá, mamá y los profesores no creen en el demonio... Yo... se siente su olor, sus rayos y me larga sus tonterías en la boca cuando se debe hablar.

De repente dice: «¿Y el dictado, cuando se hace?».

—¿Eres tú el que quiere hacerlo o el demonio «¡cuántas faltas!»?

—Yo... Se quiere dibujar —dice riendo—. No los caballos blancos, eso es demasiado difícil. A lo mejor cuando se sea grande.

Le doy una hoja, comienza un nuevo laberinto, muy diferente, siempre con la misma sorprendente rapidez. Esperando el momento en el que me pedirá que intervenga, me digo: Trescientos caballos blancos que persiguen al demonio de París, el que los vio es un privilegiado, recibió un rayo de dolor, un rayo de luz. ¿Será un artista? ¿Será ése su camino, si es que tiene uno?

A uno le gusta

Una noche sueño que estoy con unos vecinos en el camino a orillas del Sena que recorro a menudo para llegar a la estación de tren. Miramos con ansiedad descender del cielo una aerosilla que cuelga de un paracaídas rojo. Sentado en ella hay un niño muy pálido. Al acercarse al suelo, el paracaídas se agita un poco sacudiendo al niño, tememos que se estrelle o que caiga con el paracaídas en el Sena. Logra aterrizar sin grandes inconvenientes y todos corremos hacia él, entusiasmados. Es tan joven y descendió de tan alto que es el héroe de nuestra pequeña comunidad suburbana.

Me despierto, ya es tarde, debo vestirme. Afortunadamente, Vasco puede acercarme hasta la estación. Llego a tiempo para tomar el tren. Recién en el trayecto vuelvo a pensar en el sueño. El niño pálido se parece a Orion, el paracaídas rojo difícil de dirigir me recuerda los laberintos muy coloridos que él me hace bordear con rojo. Se encuentra en una posición peligrosa, se arriesgó, como yo al aceptar ocuparme de él. Al verlo aterrizar sentí el mismo entusiasmo que cuando lo vi dibujar tan certeramente su laberinto y hablar de los trescientos caballos blancos. Orion, tan excluido, a menudo tan aterrado, parece a veces, como el niño del paracaídas, descender del cielo. ¿Qué cielo? ¡No hay cielo!

Salgo en Auber, vomitada con todos los otros sobre los bulevares, entre los automóviles en formación cerrada. Pienso en el laberinto construido para encerrar el fruto monstruoso de una mujer y un toro. Un ser mitad hombre, mitad bestia, como todos nosotros, finalmente, aunque lo ocultemos bien. Allí se desarrolla un drama con grandes personajes: Minos y Parsífae, Teseo, Ariadna y el Minotauro. Los de las historias que contaba mi padre.

Apenas llego a mi escritorio llaman a la puerta. Es la señora Beaumont, la profesora de matemática de Orion. Siempre fue conmigo distante, pero a la vez amable. Está furiosa. «¿Sabe lo que pasó ayer a la tarde?»

—Para nada. Tenía un solo alumno y me retiré temprano. ¿Es Orion?

—Naturalmente. No se lo puede controlar desde que está con usted. Ayer le llamé la atención porque lo único que hacía era garabatear sobre el banco. Me contestó: «No garabateo, construyo un laberinto». Los otros se rieron. Le dije: «No estás aquí para eso». Y me dio un puñetazo. En plena cara. Mire la marca roja en mi mejilla.

—Lo siento mucho. ¿Le parece que tengo que ver en el asunto?

—Por supuesto. Usted lo excita con sus laberintos, ¡lo estimula demasiado! Es un comienzo de transferencia, después vendrá la regresión. Sea más prudente, esto es un hospital escuela, no un consultorio de psicoanalista. Usted se lanza a nuevas experiencias sin tener en cuenta a sus colegas.

—Estoy de acuerdo en solicitar una sanción. Es una violencia inadmisible.

—A la que usted también se arriesga. Tenga cuidado. Frente a los alumnos, una suspensión de dos días será suficiente. Por otra parte, ya no es un tema que me importe, dado que Orion parece querer trabajar solamente con usted, encárguese de él también en matemática. Ya hablé con Douai, no quiero a Orion en mis clases.

Creo que quiere irse dando un portazo, pero siente pena por Orion, y, sin duda, también por mí. Suspira: «¿Ese pobre muchacho tiene todavía cabida aquí? ¿Usted qué cree?».

—Creo que sí —digo con firmeza—. Hablaré con el director por la sanción.

—¡Pero si él está más interesado que usted en lo que llama «el caso Orion»! Yo estaba enojada con usted, pero ya no. Está bien que alguno de nosotros se arriesgue con un alumno tan enfermo. La compadezco y no le guardo rencor.

Cierra la puerta suavemente.

Las semanas pasan, nos acercamos a Navidad y a la evaluación de mi trabajo con Orion. A veces me parece que avanzamos, su vocabulario se enriquece poco a poco, está menos tenso, sus dibujos son más precisos, está más calmado. Otros días, por el contrario, hace regresiones, delira, se espanta por todo y parece cerrado, atrapado en una invisible prisión atravesada por rayos. ¿Estamos haciendo tres pasos hacia adelante y dos hacia atrás, o dos pasos hacia adelante anulados por tres pasos hacia atrás? Logro abrigar todavía alguna esperanza, pero muy poca.

Una tarde bastante apacible en el hospital de día, luego de una mañana cargada. Los alumnos se retiran y yo espero un paciente al final de la tarde, estoy tranquila en mi escritorio, releo a Freud. Como buena estudiante, tomo notas y subrayo algunos pasajes. Estoy prácticamente sola en la institución y me sorprende escuchar un gran tumulto, gritos. Siento de inmediato el temor de un posible peligro para Orion. Salgo de la oficina, nadie en el pasillo, pero oigo que alguien grita y da puñetazos y patadas a la puerta que separa las aulas del hall de entrada y de la oficina de la dirección. Como temía, es Orion, pero ¡qué Orion! Los ojos enloquecidos, dando alaridos, babeando, con sangre en los puños y lanzando patadas en todas direcciones con enorme fuerza.

Lo llamo por su nombre, no me reconoce, no me oye. Logro tomar su mano.

—Orion... Orion, estás aquí, en el hospital de día, conmigo. Estás entre amigos.

—Amigos... qué amigos... me hacen esperar dos horas... dos horas, solo en la puerta del gimnasio. Nadie vino, ¡nadie! solamente el demonio de París. El que rompe todo. En dos horas... ¡las cosas que puede hacer el demonio! ¡Es culpa del hospital de día!

Trato de llevarlo a mi oficina, parece aceptar y, de repente, se me escapa y con una formidable patada rompe la parte inferior de la puerta divisoria. En ese momento, ésta se abre y aparece Robert Douai, que se aparta para evitar el golpe. Está evidentemente impactado por lo que ve. Le grito: «¡Déjeme a mí!». Orion se lastimó con los golpes, está a punto de llorar, puedo manejarlo. Se resiste un poco todavía. Lo empujo hacia delante, pero ante la puerta se deja caer a lo largo gritando. Con la ayuda de Douai logro volver a levantarlo, grita un poco más y llora mucho, lo cual es positivo. Le digo a Douai: «Está todo bien». Sostengo a Orion para hacerlo entrar en la oficina, le ofrezco un sillón. Entonces, con un último espasmo, da una patada a la ventana y los vidrios caen lúgubremente al patio. Afortunadamente no se ha herido, me ha dado algunos golpes, nada grave. Ahora llora, solloza con la cabeza sobre mi escritorio. Le doy un vaso de agua, un chocolate, duda, luego acepta. Douai abre la puerta, ve el vidrio roto.

—¿Está herida?

—No, y él tampoco. Fue una suerte... Voy a ayudar a Orion a lavarse la cara y lo acompañaré al metro.

—Después quiero verla para hablar de este tema.

Cuando regreso veo que han vuelto a poner en las cosas un poco de orden, pero la puerta con la que Orion se ensañó está en un estado calamitoso. Todos verán las huellas de su violencia. Douai me pregunta: «¿Qué sucedió?».

—Orion debía ir al gimnasio a las dos. Usted suspendió las clases esta tarde. Nadie le avisó. Esperó dos horas frente a la puerta, los rayos lo fusilaron durante todo ese tiempo y regresó fuera de sí.

—Lo habrá vivido como una exclusión.

—Sin duda. En vez de golpear la puerta del gimnasio, vino a descargarse aquí, donde podía esperar que alguien lo escuchara y lo calmara. Todos verán los destrozos.

—Estamos acostumbrados a los destrozos, estamos aquí también para eso. Usted ha manejado bien el asunto. ¿No tuvo miedo?

—No tuve tiempo de tener miedo. Tengo miedo ahora. ¿Qué dirán de esto en la evaluación de fin de trimestre?

—No tema, la evaluación está hecha. Orion hace progresos inesperados. ¿Usted no se da cuenta?

—En realidad, no. ¿Sabe una cosa? El trabajo cotidiano es bastante pesado, pero lo que usted me dice me reconforta.

Nos despedimos, es tarde, estoy contenta con lo que Douai me ha dicho, pero en cuanto subo al tren noto hasta qué punto todo el episodio me ha afectado.

Al día siguiente me doy cuenta de que la escena no pasó inadvertida. Cuando paso delante de la sala de profesores, escucho decir: «¿Vieron la última hazaña de Orion? ¡La tutoría hace efecto!».

Debería entrar, enfrentarlos, dar explicaciones si es posible. No me animo, no entro, ¿me callo? No, no tengo nada que explicar, hago mi trabajo, eso es todo. Cuando Orion llega, mira con evidente placer el vidrio que rompió ayer y que yo traté de cubrir con una hoja de papel de dibujo y cinta de pegar. No dice una palabra de los acontecimientos del día anterior. Hacemos dictado, historia. Luego le pregunto: «¿Vas a pedirles a los profesores que te avisen de ahora en adelante?».

—Uno no sabe.

—¿Les contaste a tus padres lo que pasó?

—Uno no sabe.

Luego dibuja a toda velocidad y con un trazo deliberadamente torpe lo que él llama el lago de París. El agua ha invadido todo, sólo emergen del lago la punta de la torre Eiffel y la cúpula de Montmartre. Sabe que detesto ese dibujo, que hace cada vez que las cosas van mal.

Durante algunos días, el trabajo que hemos hecho parece anulado. Orion volvió a la rigidez de su vida habitual y a la banalidad de un pensamiento aprisionado. ¿Qué pasó con el muchacho que dibujó con audacia y decisión el primer laberinto? El aburrimiento de ambos es completo y duradero.

En el momento más oscuro, Douai me envía a Jean-Philippe. Terminó en el hospital de día después de ser expulsado de varias escuelas a causa de un síntoma: escribe mal y lentamente. Es inteligente, tiene malicia, un verdadero pillo. Se aburre en clase. De inmediato me resulta simpático. Me dice: «Quisiera componer canciones, como mi padre».

—¡Nunca lo he hecho!

—Dicen que usted escribe y puede ayudarme.

—¿Cómo?

—Le digo las canciones que hago. Usted me corrige y después las escribe.

—¿Quieres que sea tu secretaria?

—No, aprenderemos juntos, ya va a ver. Nos divertiremos y, un día, cuando cante en público, la voy a invitar.

—¿Sabes componer?

—Aprendo con mi padre.

—Creía que se había ido.

—Nos quiere mucho a mi madre y a mí, pero más le gusta desaparecer. Vuelve siempre cada dos o tres años.

—Bueno, lo intentaremos. Cada dos días. No lo olvides.

Puedo hacerlo, tengo ratos libres y Jean-Philippe, tan rápido y vivaz, tal vez pueda aligerar la carga que implica para mí Orion.

Porque Orion y yo seguimos hundiéndonos penosamente en laberintos que se vuelven grutas prehistóricas. A veces dibuja en sus paredes algunos signos soberbios o aterradores, pero nos falta luz. ¿Van a faltarnos también el aire y el agua? ¿Encontraremos la salida? La salida está en él.

Mientras tanto, Jean-Philippe viene cada dos días y me dice canciones, o pedacitos de canciones, aun informes pero de donde surgen siempre pasajes inesperados y llenos de astucia. A veces sugiero cortes, a veces, uniones entre algunas partes, luego me las dicta. Luego, casi en voz baja para que sólo yo lo oiga, las canta. No es constante, pero tiene un don. Esos encuentros son placenteros para ambos, me gusta su aspecto de pillo parisino, su manera a la vez dura y tierna de decir la vida tal como es.

Su madre viene a verme, es una enfermera bella, herida. Teme por el futuro de su hijo.

—Es vivaz e inteligente, pero un poco alocado, como su padre. Un rebelde que se hace echar de todos lados.

—Téngale confianza. Tiene mucha fuerza, aunque la oculta.

Ella quisiera creerme, no puede, pero se va más contenta. La duda, siempre el peso paralizante del miedo y la duda.

Algunos días más tarde, Jean-Philippe llega a una hora inhabitual.

—¿Puedo decirle una canción nueva?

—Casi no tengo tiempo y tú tienes clase.

—El imbécil del profesor me echó. ¿Quiere o no?

Su bella sonrisa un poco suplicante me conmueve.

—Está bien.

Trabajamos un rato y después, como siempre, me dicta su texto. Golpean a la puerta. Es Orion. Al ver a Jean-Philippe se enoja. «Es mi hora.»

Jean-Philippe también está molesto por la interrupción: «¿Puedes esperar un momento? Ya casi terminamos».

Orion empieza a irritarse: «No, es mi hora».

¿Jean-Philippe es consciente del malestar de Orion? Le hace un gesto con la mano, sonriendo. Avanza hacia él, le toca el hombro con el brazo: «Somos compañeros, Orion».

La palabra compañero tiene efecto sobre Orion, que sonríe, está contento, se sienta cerca de nosotros. Sigo escribiendo la canción de Jean-Philippe.

—Ahora cántala —digo cuando terminamos.

Pierde su habitual seguridad, su rostro se contrae.

—No delante de alguien, ni siquiera de un compañero. ¿Tú me entiendes? —dice, dirigiéndose a Orion.

Ve que Orion lo comprende bien. Jean-Philippe me saca el texto de las manos, pone otra vez la mano sobre el hombro de Orion, sonríe y sale. Orion se instala en su lugar, saca sus cuadernos con una lentitud insoportable. De repente pregunta: «¿Qué haces con Jean-Philippe?».

—Compone canciones, las compone en su cabeza, no puede escribirlas, tiene dificultad para escribir.

—Es un compañero con problemas, como yo. ¿Él puede dictarte canciones-poemas y yo no?

—Tú también puedes. ¿Quieres que te lea una canción de Jean-Philippe?

Acepta contento. Le leo una canción.

—A uno le gusta —dice riendo—. Uno quiere dictar como él.

Tomo una hoja, mi lapicera, espero. Él piensa.

—Uno no puede cantar, uno tiene miedo, como él. Uno quiere hacer un poema, pero ¿sobre qué?

—Del poema de Jean-Philippe dijiste: «A uno le gusta». Dime las cosas que te gustan. ¿Ves? Ya escribo el título.

A uno le gusta

Duda y luego me dicta, a veces luego de largas pausas, por momentos muy rápido.

> *A uno le gustan los caballos blancos cuando están tranquilos*
> *Y las islas, a uno le gustan mucho las islas llenas de árboles y flores*
> *Sin ciudad, sin los que dan miedo, con cabañas hechas por uno*
> *   mismo*
> *A uno le gustan las islas porque son calmas con jirafas que vienen*
> *   a beber*
> *A uno le gustan los caballos blancos como en las películas*
> *Los trescientos caballos blancos que galopan por la noche en las*
> *   calles de París*

Y que viven en mi cabeza
A veces monto en un caballo y vamos a Sous-le-Bois
Mi abuela tiene un jardín y hay un viejo túnel donde uno puede
jugar
Hay pájaros, gorriones, mirlos, pájaros franceses
A uno también le gusta el laberinto, donde uno puede guiar a los
otros
El laberinto y las islas, ¡a uno le gustan!

Mira su poema escrito, está contento, pero pregunta:

—¿Por qué haces todas las frases separadas?

—Como no me dictabas las separaciones, las hice cortando las frases en versos, como se hace para los poemas y las canciones.

—¿Haces lo mismo para Jean-Philippe?

—Sí, pero puedes cambiar todo si quieres. Es tu poema, no el mío.

No responde, es la hora, se va. Deja el poema sobre la mesa.

Al día siguiente, cuando llega, Jean-Philippe está contento como siempre, pero no tiene una nueva canción. «No tengo nada en la cabeza. Así no se puede. ¿Qué hago yo en este hospital de mierda?» Se detiene ante el primer laberinto de Orion, que acabo de pegar a la pared. «¡Qué lindo! ¿Lo hiciste tú?»

—No, Orion.

—Se le parece.

—¿De veras?

—Todos esos colores desgarrados, que sangran. Ese camino embrollado pero donde no es posible perderse. Y usted está con él.

—¿Yo...?

—Naturalmente, usted está adentro, son su retrato en blanco y negro bajo los colores. ¿Hay una historia entre la entrada y la salida?

—Probablemente la de Teseo, el Minotauro y Ariadna.

—¿El cohete *Ariadna*?

—No, otra Ariadna.

—¿Me contarás? Me encantaría escuchar historias de antes de la televisión.

—Te la contaré si quieres.

—Y a Orion también: esas son las historias que debe escuchar, historias maravillosas. Para él, el dictado y la matemática son una idiotez. ¡Ufa! Es la hora. Me voy.

Se aleja, entre su risa y su angustia.

Es la última vez que lo veo. Pocos días después, su ausencia me inquieta.

—No volverá. Ha sido expulsado —me dice Douai.

—¿Sin avisarme?

—Usted era para él sólo una profesora temporal. Yo también lo encontraba simpático e inteligente, pero profirió tales groserías e insultos, incluso amenazas contra un profesor que fue imposible que se quedara. Ya está. No se puede dar marcha atrás y, por favor, no intente escribirle ni volver a verlo. Luego del puñetazo de Orion y tantas notas suyas excusando los retrasos de Jean-Philippe, algunos colegas se han enojado con usted. No me complique la vida. Ya encontramos una escuela que ha aceptado a Jean-Philippe. No fue nada fácil. Ahora le corresponde a él arreglárselas solo.

Pasífae

Contarle historias a Orion, verdaderas historias de antes de la televisión, la idea de Jean-Philippe me hace reflexionar. Puede ser una vía para salir de la banalidad en la que demasiado a menudo se hunden mis cursos y nuestros encuentros. No debo relatar solamente yo, es preciso que él también lo haga. Si su vocabulario es aún demasiado pobre, deberá participar en la historia a través del dibujo.

Un día, cuando Orion se va, pego su primer laberinto sobre un cartón blanco que forma una especie de marco, y vuelvo a ponerlo en la pared. Al día siguiente, cuando Orion llega, se detiene estupefacto ante el dibujo, como si nunca lo hubiera visto.

—¿Te gusta? —pregunta al sacarse la campera.

—Sí, me gusta mucho, siento que hay una historia que sucede allí. Debemos contarla.

—Yo... uno no la conoce toda. Empiezas tú, señora.

—¿Luego tu dirás lo que puedas y continuarás con un dibujo?

La idea lo atrae, pero duda: «¿Y los deberes? Mamá quiere que haga primero los deberes del cuaderno».

—El dibujo será un deber. Un deber para hacer cada semana.

—Si es un deber como los otros no dirá nada.

—¿Por dónde comienzo, Orion?

—Por una isla, una isla con un laberinto.

Comienzo a hablarle de los hombres del principio de la historia, que aprenden a navegar en el mar, a pescar, a arriesgarse en alta mar en sus pequeños barcos de remos. Hay muchos naufragios, muchos ahogados, pero poco a poco logran manejar la vela, ir a distintas islas y

habitarlas. A una de ellas, Creta, que está cerca de Egipto, llegan en barco, aprenden la ciencia de los egipcios y, como ellos, fundan un reino.

Orion me escucha con gran atención, podría decirse que entré en su
mundo. Si voy más despacio o me detengo para ordenar mis ideas, me
dirige una mirada suplicante y me dice: «¿Y entonces?».

Recuerdo a mi padre y sus historias, se detenía siempre un poco
para preparar la aparición de un acontecimiento o para anunciar el des-
enlace. En ese momento, pendiente de cada palabra, yo también decía:
«¿Y entonces?». Todo eso establece entre Orion y yo una extraña con-
nivencia, como si yo fuera mi padre, el narrador, y él el niño que yo soy
aún, ávido de historias y de visiones de otros mundos. El niño que al
nacer ha hecho morir a su madre, la que me faltará siempre.

Orion me interrumpe: «Creta es una isla, el demonio de París no
puede ir allí, tiene miedo del mar. Uno está tranquilo en la isla, estamos bien juntos los dos».

Veo o siento de golpe que está en Creta conmigo. Estamos juntos en
ese lugar que no conozco y que aparece ante mí de repente. Estoy elec-
trizada y, como mi padre, tomo impulso.

«En Creta reinan el rey Minos, el juez, y la reina Pasífae, la magní-
fica. Un toro llega nadando por el mar, rodeado de espuma, cuando
toca la orilla, todos ven su belleza alucinante. Sin dudar va hacia la
reina. Ella sale de su palacio, transportada por la belleza del toro del
mar. Entre ellos hay una apasionada, una irresistible atracción.

El rey Minos entiende, porque una voz interior le habla, que este
amor no durará más que un tórrido verano. En otoño, el toro del mar
parte atravesando con audacia las olas. Pasífae olvida todo, un velo se
extiende sobre esos meses de amor y fuego, vuelve a ser nuevamente la
reina y la mujer sublime.

La sabiduría y la paciencia de Minos han dado sus frutos, el palacio es habitado otra vez por una pareja real cuya influencia se extiende
por todo el reino, pero la reina lleva en su seno el hijo del toro deslum-
brante. ¿Qué hará en Creta? ¿Qué hará en el mundo ese ser que no tendrá cabida ni entre los hombres ni entre los animales? Pasífae lo ama,
contempla su vientre con felicidad, lo venera. Cuando llegue al mundo necesitará un lugar a su medida y sólo para él.»

Orion me mira sonriendo y siento que hago lo mismo. Sé que no comprende todo, pero sus ojos brillan, los míos deben brillar también. Me siento agotada, inspirada, continúo. Orion apaga la lámpara de mi escritorio, cosa que no ha hecho nunca. Afuera llueve, estamos en una agradable semipenumbra.

«El rey Minos hace venir a Dédalo, el más célebre arquitecto de Grecia. Le pide que construya un palacio a imagen del cuerpo y el espíritu del Toro del mar y de Pasífae. Dédalo llama al palacio el Laberinto. Trabaja en el plano con su hijo Ícaro. La entrada debe ser visible, tentadora, peligrosa, la salida deber permanecer como un misterio.

Para construir el Laberinto, Minos apela a su pueblo y a los espíritus de las profundidades, cada uno debe conocer sólo una parte. Ícaro proyecta vías entrelazadas: los huesos, los músculos, las arterias de los cuerpos de Pasífae y del Toro. Dédalo se encarga de las intermitencias y de los milagros del deseo, de los caminos ardientes del amor y de sus temibles glaciaciones.

El hijo de Pasífae crece en ella, se vuelve enorme, ella lo ama cada vez más, pero teme un nacimiento espantoso. Un barco del color de la aurora llega en Creta, transporta al más célebre médico del Faraón, el Toro divinizado lo envía para ayudar a la reina. Mientras el Laberinto se termina, el médico prepara el parto. Cuando llega el día toma un cuchillo, abre a Pasífae y saca al terrible niño. Está solo con la reina y Minos para verlo y cuidarlo. Minos está espantado, Pasífae está feliz, abraza con ternura a su hijo, que es increíblemente grande. Siete días después Minos lo bautiza con el agua del Nilo traída por el médico. Lo llama Minotauro. "Yo soy su verdadero padre –dice–, porque es mi deseo el que ha enviado a ti al Toro divino y ha hecho de ti una ternera. Será la gran estatua viviente del hombre en el animal y del animal en el hombre. Un testimonio indescifrable frente a nuestros presuntuosos pensamientos."»

Mientras hablo, Orion se levanta.

—Es el recreo. ¿Uno puede dejar la mochila aquí?

—¿Por qué nos detenemos? ¿Para pararte en la puerta de la sala de profesores?

—Es la hora. Uno debe hacerlo.

Se va, pero la voz que sale de mí en la penumbra no quiere detenerse.

«Minos prosigue: "No sería justo que nuestro hijo se quede en un mundo en el que las dos partes de él mismo están separadas, vamos a llevarlo al Laberinto que Dédalo construyó para él".

"¡Es todavía tan pequeño!", dice Pasífae.

"Ha llegado la hora", responde Minos.

El pequeño Minotauro, orgulloso y seguro sobre sus cuatro patas, parece aprobar con ojos brillantes. Pasífae admira su coraje, quiere acariciarle la cabeza para comprobar si comienzan a aparecer los poderosos cuernos del Toro. Entonces, el Minotauro la esquiva con un rápido movimiento y lanza una primera embestida que roza el cuerpo de su madre.»

Veo que la puerta se abre apenas y que aparece Orion. ¿Me escuchó continuar? ¿Estaba detrás de la puerta? Vuelve a cerrarla, se desliza en su sillón y dice levantando sus ojos hacia mí: «¿Y entonces?».

«El rey Minos quiere retener a Dédalo y a su hijo Ícaro como prisioneros, ya que pueden revelar el secreto del Laberinto. Dédalo lo había sospechado, fabricó un par de alas y se fue volando con su hijo. Ícaro no pudo llegar a Grecia, porque el sol derritió sus alas y cayó al mar. Cuando Dédalo se da cuenta de que su hijo no ha podido seguirlo, no tiene consuelo.»

—Entonces —dice Orion alzando la voz—, el demonio de París comienza a atacarlo y queda prisionero de los rayos, como yo.

Mi voz continúa: «El rey Minos y Pasífae conducen a su hijo hasta el Laberinto. Para entrar se para sobre sus piernas, pero, no bien atraviesa el umbral, se lanza al galope sobre sus sonoros cascos. Cada dos días, Pasífae le hace llegar su alimento: un día para el hombre, un día para el toro. Para beber dispone de manantiales muy puros, y para bañarse, de un río. Una vez al mes, Pasífae desciende para pasar dos días con su Minotauro, lleva con ella el laúd, que ejecuta maravillosamente. Si ese día el Minotauro es hombre, ella canta y él la acompaña con su flauta. Entonces se instalan asientos y se llevan excelentes bebidas para el rey Minos y sus hijas Ariadna y Fedra, que escuchan la voz de Pasífae elevarse como si proviniera de los cielos o de las profundidades de la tierra, sostenida por la encantadora flauta del Minotauro. Pero si bien Pasífae encantaba cada día a los habitantes de la isla tocando el laúd a las puertas del palacio o en los mercados, nadie la había oído cantar jamás.

A veces, Pasífae no canta y el Minotauro la lleva al galope por las inmensidades del Laberinto. Cuando regresa de semejante aventura con su hijo hay que ayudarla porque no puede sostenerse sola en pie.

Nunca dijo a nadie, ni siquiera al rey Minos, cuánto le gustaba lo que ha visto en el Laberinto ni cómo, entre sus murallas, nació en ella el poder del canto. ¿Hablaba con el Minotauro? ¿Él le respondía? Eso es un secreto que se llevó con ella cuando, junto al rey Minos y al sol de la tarde, volvió a descender al profundo mar».

El silencio se instala entre los dos, vuelvo a encender la lámpara, hay un intercambio de miradas, animado por una nueva confianza. Volvemos lentamente a una parte menos luminosa de nosotros mismos. Ya llega la hora de terminar la clase.

—Toma tu cuaderno, Orion.

Lo saca. Le indico como siempre un deber y una lección para el día siguiente. Luego escribo en su libreta: «Para la semana que viene, dibujo en color, tamaño mediano: entrada del Laberinto».

Está contento, es un deber, su madre entenderá. Cierra su portafolio, abotona su campera con la misma metódica lentitud de todos los días. Siento que todavía flota en nuestra pequeña oficina la presencia del Minotauro y de Pasífae. Voy con Orion hasta la puerta, donde me tiende su frente con toda naturalidad, como hace seguramente con sus padres por la noche para que lo besen. Casi lo hago, pero de pronto me contengo, tomo su mano y la estrecho entre las mías. No parece haber sido consciente de su gesto ni sentirse molesto con el mío y se va como todos los días.

Me pregunto: ¿Por qué no lo he besado? Este pobre muchacho es aún muy joven, tiene un grave retraso, sufre mucho, algo sucedió. En lo profundo de mí surge un «no»: Orion tiene un padre y una madre. Tú eres solamente, y sólo debes ser, su terapeuta.

Ese día hay huelga: sólo funciona un tren de tres. Sin embargo, logro subir a un vagón y sobrevivir como los demás. Orion ya me está esperando, nos sentamos, no me pregunta si hacemos el dictado, porque otro dictado crece entre nosotros con la presencia del Laberinto, donde, después de años de felicidad, el Minotauro se aburre. El rey Minos tiene el poder sobre Atenas, que apenas comienza a florecer. Exige que la ciudad le envíe cada año un tributo de diez muchachas y diez muchachos para hacerle compañía al Minotauro y poblar la inmensidad del Laberinto. Orion me enfrenta, parece más alto, sus ojos brillan. Probablemente sea él quien me haga decir: «En Atenas corre el rumor de que el Minotauro se sirve de los jóvenes de la ciudad para su propio placer y luego los devora durante abominables festines. En Creta, el pueblo, convencido de que el Minotauro es herbívoro, piensa que sus compañeros atenienses han desarrollado con él ciudades en las que crecen plantas que logran hacer la vida más feliz. En el Laberinto florecen los juegos, los combates rituales, el placer, la música y la danza. Los jóvenes de Atenas que a veces entran allí llorando no salen nunca más, encantados por la vida feliz que llevan.

En Atenas, el rey Egeo, que ha sido en otros tiempos un magnífico héroe, ha envejecido, y no se decide a cumplir el deseo de su pueblo que quiere negarse a ofrecer el tributo exigido por Creta. Teme que Minos ordene a su flota destruir la de Atenas e invadir la ciudad. Es entonces cuando interviene en el Consejo su hijo Teseo, que hasta ese momento no había opinado sobre el tema.

Dice que el tributo exigido por Minos es intolerable, pero reconoce que Atenas es todavía incapaz de resistir a Creta. Hay una sola solución: matar al Minotauro. Orgulloso de sus anteriores hazañas, Teseo está seguro de poder hacerlo. Solicita permiso para partir con el siguiente grupo de jóvenes atenienses enviados ese año a Creta para entrar en el Laberinto. Incitado por el coraje y la confianza de Teseo, el Consejo conmina al rey Egeo a aceptar el plan. Mientras se prepara el barco que llevará el tributo de Atenas a Creta, el rey Egeo cae en una profunda melancolía, como si estuviera seguro de que nunca volverá a ver a su hijo».

Orion se levanta: «Sonó el recreo, señora».

Sigo pensando, probablemente escuchando la aventura de Teseo, sintiendo la formidable y próxima presencia del Minotauro.

Escucho el timbre de regreso a clase, Orion vuelve. Antes de que saliera sentí en él un poco del orgullo de Teseo, ahora lo encuentro muy pálido, disminuido. «¿Qué te han hecho en el pasillo?»

—Uno no sabe, señora.

Espero, hasta que termina diciendo: «¿Hacemos el dictado?».

—¿Por qué?

—Uno no sabe. Uno debe hacerlo.

Previendo su respuesta preparé un pequeño dictado sobre la llegada de Teseo y sus compañeros a Creta, la gran impresión que la belleza del príncipe produce en Ariadna y Fedra, las hijas de Minos, que asisten al desembarco e intercambian con él algunas palabras. A Orion le gusta el tema, escribe con dedicación, duda y tacha menos que de costumbre. Corrijo, no hay demasiadas faltas, lo felicito. Dice: «Con Teseo es más fácil. Parece el compañero que uno no tiene».

—¿Y el dibujo de la entrada al laberinto?

Parece sorprendido: «Hay una mujer salvaje... Se ríe».

El lunes siguiente cuando llego, Orion ya me está esperando, acurrucado contra la puerta de la oficina. Lo hago entrar: «Muéstrame tu dibujo».

—¿No hay dictado antes?

—No, primero el dibujo.

Me tiende la carpeta, que contiene dos dibujos. El primero representa un camino bordeado por dos altos muros de piedra gris, un recodo impide ver hacia donde va. El dibujo en su conjunto es torpe, mucho más infantil que los que Orion suele hacer ahora.

—¿Es el camino hacia el Laberinto?

Sin duda no está conforme, porque dice apenado: «Uno no sabe».

Cuando miro el segundo me estremezco. En un gran muro de piedra hay muchas aberturas, en el centro, una puerta maciza sobre la cual, como en la proa de los antiguos veleros, hay un busto de mujer. Lleva un vestido rojo que deja ver sus senos. Tiene un collar de oro y una especie de corona en la cabeza. Sus grandes ojos confundidos miran pero probablemente no ven. Ríe, pero no con risa malévola ni amarga ni porque se divierta. Ríe porque sabe. Sabe que en la vida en la tierra o en la vida dentro del Laberinto, hay algo de lo cual reírse, o asustarse.

El dibujo es duro, cortado, muy colorido, incluso borroneado, es un trabajo que violenta al espectador, pero su eficacia es clara.

—¿Qué te dijo de esto Jasmine?

—Que es espantoso.

—¿Y tu padre?

—No le gusta decir nada.

—¿Y tú?

—Es así, con esos grandes dientes blancos de horror.

Ahora es mi voz, un poco excitada por el dibujo, la que dice: «Los que temen a la mujer salvaje van por allá, es un camino largo, cada vez más estrecho, se ven osamentas. Los que logran regresar se han vuelto locos, los otros se duermen en medio de los esqueletos y no despiertan más. Sólo se puede entrar por la puerta, pero no tiene cerradura ni llave. Si tratan de forzarla, la risa de la mujer salvaje los mata. Solamente la reina Pasífae conoce el secreto de la puerta y puede conducir hasta ella a los jóvenes atenienses. Al acercarse, Pasífae canta, la puerta se abre, ella nos impulsa hacia adelante con su canto. De repente el Laberinto está allí. Ya estamos adentro. El canto se detiene. La puerta se cierra y la mujer salvaje ríe».

Una especie de grito sale de nosotros: «¿Y entonces?».

La respuesta de Orion es abrupta: «Uno no sabe».

Ambos nos miramos, no sabemos cómo sigue el relato, es simplemente así. Noto un leve temblor en el labio inferior de Orion.

Le propongo tomar un libro y leer, no lo logra, farfulla. Retomo el pasaje, mi voz no es clara sino un poco temblorosa, cometo errores que él señala.

Le pregunto si puedo guardar sus dibujos en la oficina.

—Son para aquí —dice, y luego agrega—. Debes escribir el dibujo para la próxima semana en el cuaderno.

Escribo: «Teseo entra en el Laberinto con el hilo que Ariadna le ha dado para volver. Dibujo. Tamaño mediano. Fecha: próximo lunes».

Mira el tema y cierra el cuaderno sin decir una palabra. Se prepara para ir a la piscina con los instructores y con sus compañeros. Todavía no nada. El instructor dice que sabe, pero que no se atreve a ir a la parte más profunda. Cuando lo haga, habrá dado un paso decisivo.

Le digo a Orión: «Arriésgate. Ve de un lado a otro como haces cuando dibujas un laberinto». Me mira, quisiera creerme, pero no puede.

—La piscina es de verdad. El Laberinto está en la cabeza.

—En la cabeza...

—Uno no sabe, señora. Es la hora.

Me tiende la mano y se va.

Una semana más tarde, me trae otro dibujo, una acuarela de colores muy claros. Teseo es alto, vigoroso, su rostro se parece un poco, con su cabello negro, a los que aparecen en las reproducciones de los frescos o vasijas griegas. Desenrolla con mucho cuidado el hilo de Ariadna y avanza con precaución por los pasillos de un palacio. Ante él hay escaleras, fuentes, y la entrada de una vasta sala. Los muros del palacio, pintados de colores vivos en los que predominan el rojo y un amarillo luminoso, y su misteriosa arquitectura, transmiten una sensación de bienestar. Ellos son los que importan, más que el personaje de Teseo.

Me sorprendo al sentir tanto placer ante ese dibujo que respira felicidad pero en el que no falta cierta torpeza. Trato de entender el motivo, y llego al origen de mi emoción. Los colores, la arquitectura, la extraña soledad del palacio de Orion me recuerdan los cuadros metafísicos del primer período de De Chirico, que tanto me gusta. Sin llegar a la inventiva, a las proporciones de las obras de De Chirico, el dibujo de Orion me hace penetrar, como ellas, en un universo onírico. El Teseo de Orion avanza con una decisión no desprovista de temor en un mundo que ya no es el nuestro. Un mundo de incomprensibles mensajes, de pesadillas, de acontecimientos fragmentados, un mundo extraño, probablemente infinito, el de la humanidad adormecida.

Durante toda la semana oigo a Teseo errar por los vastos pasillos, las escaleras que se entrecruzan y las salas del Laberinto. En la sala central que aún no ha encontrado, el Minotauro, de pie, en intensa soledad, escucha su paso incierto alejarse y regresar.

En el dibujo que Orion trae después, Teseo avanza en el Laberinto con fuerza y circunspección, aferrado al ovillo de hilo mágico que Ícaro, enamorado de Ariadna, le ha dado como talismán antes de comenzar su vuelo. Hay algo de victorioso en su proceder que me recuerda a Orion cuando dibujaba su primer laberinto. Pero también el miedo está presente. El del Minotauro. ¿Por qué tiene miedo?

Por la noche llevo los dos dibujos a casa y se los muestro a Vasco. «Mira. Parecen sueños.»

—Es verdad. Parece que Teseo sueña lo que está viviendo.

El Minotauro asesinado

Cuando escribí en el cuaderno de Orion: «Próximo dibujo: la sala del Minotauro», Orion no reaccionó y no parecía temer al Minotauro. El dibujo que me trae no tiene el colorido de los anteriores, representa una sala de muros rojos y atmósfera sombría. Adosado al muro principal está el trono del Minotauro, ornado de pequeñas cabezas de toro. El Minotauro está sentado en el trono, totalmente solo, tiene un cuerpo de hombre curiosamente rosado. En lugar de los pies y, cosa horrible, en lugar de las manos, tiene pezuñas de toro. No emana de él sensación alguna de poder, sino más bien una impresión de espera y compasión. Tiene el cuerpo de un hombre muy alto y delgado, nada notable, con una cabeza de toro que me recuerda un rostro.

—Parece un padre...

¿Orion está atento? ¿Esperaba esa palabra? Responde enseguida: «Uno no sabe».

Escribo en su cuaderno: «Encuentro de Teseo con el Minotauro». Se lo muestro.

—¿Van a pelear? —pregunta.

No respondo. Parece aliviado y guarda el cuaderno en su portafolio.

Siento cierta aprehensión por haberle pedido ese tema. ¿Cómo va a reaccionar? Hasta aquí trabajó con los colores claros de un sueño de Laberinto. Estaba feliz. La sala del Minotauro, por sus colores y su atmósfera, evidencia ya un temible oscurecimiento. Ahora va a presentar el misterio un poco miserable del Minotauro, tal como él lo ve, y la audacia espantada de Teseo. Su intención de matar.

La semana es difícil. Finalmente me dice: «Uno recibe rayos a causa del dibujo. En Creta, el demonio no puede rompeturar nada. Es una isla, él no puede atravesar el mar. Teseo y el Minotauro están muy tranquilos allí. Aquí estamos en los rayos de París».

—Tú estás protegido cuando dibujas.

—Uno no puede dibujar todo el tiempo. A menudo él llega por detrás y cuando uno está en medio de los rayos no puede dibujar más porque hay que saltar o dar golpes en la pared y entonces duelen las manos y los pies.

—¿Quieres decir que no puedes terminar tu dibujo para el lunes?

—Uno no sabe, señora.

—Bien, anoto en tu cuaderno que cuentas con una semana más para terminarlo.

Toda la semana siguiente es muy dificultosa. Orion gime a menudo: «Son muy feos los rayos que aún no queman pero están por todas partes».

Un día dice suspirando: «Tú debes estar detrás de mí, no lejos».

Orion sufre, trato de sostenerlo, de quedarme a su lado o detrás de él sin hacer nada, si es eso lo que espera de mí. Si bien es Orion el que trabaja y más se debate, debemos afrontar lo monstruoso juntos. ¿Qué es lo monstruoso? ¿El Minotauro o que en nosotros domine el hombre al animal, con sus imperiosas limitaciones?

Orion está inquieto el día que me trae su dibujo. No lo saca de su portafolio, se sienta, estático, frente a mí.

—¿Me das tu dibujo?

—No, tómalo tú, señora. Lee antes la redacción que está arriba.

—¿Has hecho también una redacción?

—El dibujo la quería.

Tomo la hoja, hay un texto escrito con caligrafía grande y torpe.

Redacción: La cabeza gigante

Al entrar en el Laberinto hay una cabeza gigante, está atrás, pero se la ve adelante. Su risa ríe como el diablo. Atrae hacia un lugar sin salida. La cabeza es bastante joven, con grandes ojos, orejas bien visibles y boca que ríe mostrando los grandes dientes grandes de horror. El Minotauro está en el trono esperando los sacrificios de las jóvenes, está en el centro del Laberinto, donde está el altar y parece un palacio.

*Teseo con el hilo de Ariadna encuentra al Minotauro, siente que
es fuerte.*
*Uno viene a matarte porque el rey Minos debe darte a Ariadna
para ser sacrificada. Mi novia.*
*El combate comienza y continúa mucho tiempo este horror. Teseo
hunde su espada en el vientre del Minotauro donde tiene el corazón. El Minotauro cae muerto y Teseo ganó el luchamiento. Está
triste. Toma el hilo de Ariadna, lo enrolla y sale del Laberinto no
por la salida sino por la entrada donde está Ariadna que lo espera y
Teseo se la lleva, ella cree que a casarse.*
Fin de la redacción.

Saco de su portafolio la carpeta ajada que protege muy poco sus dibujos. La abro, saco el dibujo y me conmueve el carácter dramático de la
escena. Sucede en la vasta sala donde en el dibujo precedente el
Minotauro se encontraba sentado en su gran sillón. El sillón está ahora
delante del oscuro muro rojo, pero el Minotauro ya no está, está de pie,
alto y sin defensa, ante Teseo.

Teseo ya no es el bello joven robusto, de cabellos negros y rostro
regular que Orion ha pintado en sus dibujos anteriores. Es un muchacho mucho más joven, más bajo, de cabello largo y enrulado, con el
rostro pálido y atemorizado de Orion. El nuevo Teseo sostiene en la
mano una especie de espada que hunde gritando, con desesperada reso-
lución, en el cuerpo del Minotauro que lo domina con su altura.

El Minotauro, con la cabeza inclinada hacia Teseo, parece contemplar
con profunda tristeza, pero sin esgrimir un gesto de defensa, el crimen, el
asesinato que tiene lugar.

Misteriosamente, con su cabeza de toro, sus grandes cuernos que
no utiliza, y sin que ningún rasgo los asemeje, el Minotauro asesinado
se parece a Orion. Esta escena me resulta cruel e ineluctable: Orion,
fascinado, dominado por la imagen de Teseo, es impulsado a matar al
Minotauro, aullando de terror. Preparado para el crimen, el Minotauro
se deja sacrificar sin defenderse, inclinando hacia el joven un rostro lleno de dulzura, resignación y perdón.

No puedo creerlo, veo en esta escena que el Minotauro es, en un
escenario tenebroso, el Padre que Orion, en su angustia, está condenado

a matar, como mata también una parte de sí mismo. Yo también estuve obligada a vivir eso, porque maté a mi madre cuando nací. Con Orion lo revivo al contemplar esta imagen de colores explosivos y cuyas numerosas torpezas no pueden ocultar la verdad ni el sufrimiento. Ambos miramos largo rato el dibujo, luego nos miramos en silencio.

—Ha sido duro para ti hacer este dibujo y para tu Teseo matar al Minotauro.

—Uno sintió muchos rayos y a menudo el olor del demonio no dejaba dibujar. Después fue mejor porque tú estabas detrás de mí.

—¿Yo estaba detrás de ti? No aparezco en el dibujo.

—Tu estás detrás de mí, justo donde termina el dibujo. No había más lugar en la hoja pero estabas allí.

¿Estaba allí para apoyarlo... o para defender al Minotauro?

—Estaba allí. Estoy aquí...

—Sí, estás aquí. Uno está contento de que estés aquí. Con todos los niños que hacen barullo, que hacen cruces en mis cuadernos o sobre mi banco como a los muertos, como algunas veces uno desea. Cuando me gritan: «Ya verás a la salida, ¡te estaremos esperando! ¡En el cesto de la basura! ¡En los baños!». Me obligan a lanzarles los bancos, a arremeter como si uno tuviera cuernos. Si tú no hubieras venido para estar detrás de mí, uno hubiera incendiado la escuela. A uno le gusta, a uno le gusta mucho el fuego. ¡Al demonio de París también le gusta! Sin ti, la escuela no se hubiera salvado y uno estaría en prisión.

—En tu dibujo, Teseo se parece a ti.

—Uno no sabe. Tú lo dices. Mientras estés detrás de mí se puede avanzar a pesar de ser ciego.

—Ciego...

—Para atacar al Minotauro se debe ser ciego, si no, es demasiado triste.

—El Minotauro en tu dibujo parece muy triste, y tú...

—¿Cómo es uno?

—Dilo tú.

—No, tú. Tú estabas detrás de mí en mi cabeza cuando uno hacía el dibujo.

—Es como cuando tus compañeros quieren que les causes miedo, lanzando bancos y arremetiendo contra ellos como un toro, o rompiendo vidrios.

Lanza una carcajada: «Romper vidrios, a uno le gusta y después llora».
Luego de un silencio dice: «El niño azul nunca hubiera matado al
Minotauro».

—El niño azul...

Ya se ha recuperado, con una voz neutra dice: «Uno no sabe».

Dejamos que el silencio persista. Se inclina sobre su portafolio y yo
miro otra vez el dibujo que tanto me emociona. El dibujo donde estoy
sin estar. Orion, ciego, supera su miedo a través de la violencia. El niño
azul no haría eso, ese niño que no conozco y del cual, formulando preguntas, nunca sabré nada.

—Es la hora de geografía, señora —dice Orion.

—Está bien. ¿Puedo poner este dibujo aquí en la pared como hice
con los otros?

—¡No, éste no!

No hago preguntas, tomo mi libro, él el suyo. En lugar de comenzar a leer, dice furioso: «Uno no quiere que los otros lo vean... Va a
hacerle muchas cruces alrededor para decir que uno te ha matado».

—No soy el Minotauro... estoy detrás de ti.

—No importa, cuando todos me corren saben muchas cosas que el
demonio de París les bombardea en la cabeza. Sólo el niño azul sabía
qué hacer para que no lo enfastidiaran y hace solamente lo que le gusta.
Para mí, uno era muy pequeño entonces.

Comienza a leer. Cuando termina la clase le pregunto: «¿Puedes
hacer otro dibujo para la semana que viene?».

—Dibujar es mejor que hacer enojar a los padres.

Escribo en el cuaderno: «Teseo sale del Laberinto. Encuentro con
Ariadna».

Orion suspira: «El demonio de París va a hacer otra danza prehistórica de rayos como las últimas semanas».

—Sin embargo hiciste tu dibujo...

—Uno lo hizo porque tú estabas detrás de mí, como el demonio
de París.

No respondo, porque estoy desorientada, pero además porque
siento entre nosotros una presencia insólita que Orion también percibe. Agita varias veces el brazo, creo que va a saltar, no lo hace.
Mira con placer el vidrio que ha roto y que todavía reemplaza un

cartón mal puesto. Se ríe: «Romper vidrios me hace reír. ¡Y ése lo sabe muy bien!».

Junta sus cosas, me tiende la mano y desaparece bruscamente como si huyera. Tengo la impresión de que no me deja sola. Me niego a pensar eso. Preparo con calma la jornada de mañana y me voy aliviada, a pesar de todo. Sobre el bulevar cae una lluvia muy fría que siento sobre mis hombros como un fardo injusto y demasiado pesado. En el tren encuentro un asiento, trato de leer pero no lo logro. Orion y el Minotauro ocupan mi pensamiento. Vuelvo a ver el rostro lleno de dolor y compasión del padre afligido por el inevitable desastre. No comprendo ni intento comprender, porque, como dice Orion, todo es muy pesado. Sí, una palabra no basta para describir esta pesada sensación. En este momento pienso en los trescientos caballos blancos que galopan en las calles por la noche. Los que él descubrió, los que pudo describir, los que me hizo ver a mí también. Los que me hacen pensar que él es un artista. ¿Lo creo realmente? Estoy tentada de pensar que no. ¿Cómo creer en trescientos caballos blancos que persiguen al demonio en las calles de París? ¿Cómo creer en el demonio de París? Yo no puedo creer en él, pero Orion ha hecho entrar al demonio y a los trescientos caballos blancos en mi existencia. Están allí cada día, como las imágenes vitales que nos incitan a continuar, paso a paso, nuestro camino a través de las ráfagas de la psicosis y nuestra vida gris y pautada de gente de los suburbios.

Con Orion aprendo, aprendo, mucho. ¿Qué implica esta extraña certidumbre? ¿Que aprendo a no saber, a no comprender y, a pesar de todo, a vivir? Que sobre todo aprendo a esperar. ¿A esperar qué? ¿Orion responde por mí? Uno no sabe.

Orion me trae un dibujo en el que Teseo sale del Laberinto y devuelve el ovillo de hilo a Ariadna, ningún rastro del carácter salvaje y dramático del sacrificio del Minotauro. Teseo ya no se parece a Orion, horrorizado y ciego, precipitándose hacia el que fuera su adversario, y yo no estoy detrás de él en su cabeza, invisible y fuera de la imagen.

Teseo, robusto y apacible, con una tupida cabellera negra que recuerda a Goliat. No parece impresionado por Ariadna, vestida de blanco y con flores en el cabello. Del Laberinto sólo se ve una inmensa escalera, al pie de la cual se encuentran ellos, con un fondo de montañas rosadas iluminadas por un sol dibujado a toda prisa.

Orion ya no es el Teseo que fue en el momento del combate desesperado. El Minotauro ha desaparecido. Son Minos, el juez, y Pasífae, la madre sublime, los que reinan invisibles en el Laberinto.

Una mañana, mientras trabajo con Orion, el doctor Lisors me llama para que le dé una información. Se encuentra en la habitación de al lado, que sirve para ergoterapia y tiene una mesa larga sobre la cual ha dispuesto algunas carpetas. Estamos trabajando sobre una de ellas, cuando de pronto escuchamos un fuerte grito y vemos que Orion corre hacia nosotros, enloquecido, agitando los brazos, con los ojos desorbitados. Grita algo que no podemos comprender, y al vernos se aterra aún más, nos evita, se detiene un instante sin saber qué hacer, sin aliento, y salta con los pies juntos sobre la mesa. Su llegada y el salto que ha dado nos dejan alelados.

El médico en jefe está más sorprendido que yo. Al principio apenas puede decir: «¡Pero... pero!». Y luego: «¿Qué te pasa...? ¡Bájate de allí!».

Orion no sabe qué hacer sobre la mesa, aterrado, no atina a moverse. ¿Acaso no nos ve?

—Tomémosle una mano cada uno y ayudémoslo a bajar —digo a Lisors.

Orion salta, pero sus rodillas no lo sostienen bien, y, sin nuestra ayuda, se hubiera caído.

—Pero ¿qué tiene Orion? —pregunta Lisors.

—¡El teléfono! —grita Orion—. Uno atendió pero el ruido que hacía el demonio era tan fuerte que uno tuvo que escapar.

Voy a mi oficina y digo cuando vuelvo: «El teléfono estaba descolgado, pero la comunicación se cortó». Veo que Orion está aún muy pálido y conmocionado. Me dirijo a Lisors: «Creo que es mejor que salgamos un rato».

—Vaya y vuelva a verme enseguida —contesta—. Debemos hablar.

Damos un paseo, el aire es fresco, los colores vuelven a las mejillas de Orion. Le propongo ir a tomar un chocolate en el bar. Para mi sorpresa, acepta. Sin embargo, tiene miedo al entrar detrás de mí. Hay poca gente y lo llevo a un rincón tranquilo. El mozo, que viene a tomar el pedido, lo asusta y, para que no lo vea, da vuelta la cara hacia pared.

Vuelvo a hablar de lo que acaba de suceder y me dice: «Uno descolgó el teléfono porque el timbre tenía miedo, entonces con su voz el demonio saltó sobre mí, me apretó la garganta, hubo que gritar, gritar y escapar».

—¿Y luego?

—Uno no sabe, el doctor y tú me tomaron las manos y el demonio ya no estaba.

—Habías saltado sobre la mesa, sin aliento.

—No soy yo, es el demonio el que salta con sus rayos de gigante en mis piernas.

Bebe lentamente su chocolate. «¿Por qué el demonio me grita cosas que tú no escuchas, y el doctor tampoco?»

No respondo, termina su chocolate.

—El demonio grita: «¡Te las voy a cortar, imbécil!... Espera un poco y vas a ver... Inútil, te voy a destripar... Y tu carpeta... le voy a orinar encima, nunca más la encontrarás... ¡Voy a quemar tus cosas! ¡Las voy a tirar a la basura!».

—¿No son los otros alumnos los que dicen eso?

—El demonio los manda. Y luego me grita: «¡Salta! ¡Salta! Haz un gran batifarullo por todos lados. ¡Rompe algo! ¡Rompe algo! ¡Rompe algo!».

—Y, sin embargo, sigues vivo y tienes ganas de tomar otro chocolate. Lo pido y vuelvo.

Resopla y mira con desconfianza a su alrededor. Cuando le traen su chocolate dice:

—No hay demonio porque tú estás aquí. Si uno está solo, el miedo comienza a transpirar. Y si uno no puede pagar al mozo, van a querer llevarme a prisión y entonces uno romperá todo.

Bebe su segundo chocolate, se calma, volvemos sin prisa a nuestra pequeña oficina.

—Debo ir a ver al doctor Lisors, aquí tienes una hoja y tinta china, haz un dibujo mientras me esperas. Lo que tú quieras.

Lisors me recibe con su habitual sonrisa, un poco divertida. Está francamente sorprendido. «¡Qué pulsión fuerte! Saltó sobre la mesa y, una vez allí, no sabía en absoluto dónde estaba. ¿Tuvo miedo del teléfono? Pero si es algo a lo que está habituado...»

—Me dijo: «La voz del demonio me había apretado la garganta. Hubo que irse y gritar».

—Y usted, ¿qué piensa?

—Con Orion, cuando llega el huracán, no se puede pensar, hay que tratar de que registre nuestra presencia y nada más.

—Usted no pensará que el demonio le saltó a la garganta. ¿Verdad?

—No puedo darme el lujo de negar lo que él siente. Si niego su delirio ¿qué puedo hacer por él? Se trabaja día a día. Muy lentamente, lo sé, pero se avanza. Tanto en la recuperación como en el estudio. Con pequeños pasos, a veces con avances y otras con retrocesos.

—Pero cuando él vive sus pulsiones y sus delirios lo hace a zancadas.

—A grandes zancadas, y seguirlo se me hace muy penoso. Y a veces pasa un huracán que me lleva a mí también.

—Es un caso grave, lo sabemos. Usted está manejándolo muy bien, pero no se involucre demasiado, sería peligroso, tanto para él como para usted.

—Trato de no involucrarme mucho, pero no es tan sencillo. Cuando damos pequeños pasos escucho, enseño, tengo paciencia. Pero con las zancadas, en plena borrasca, más bien es él el que guía y ambos estamos literalmente sin control.

—Durante las zancadas, usted y él forman un plural.

La palabra me golpea.

—Sí, durante sus crisis somos un plural. Muy a pesar mío, pero es inevitable que en esos momentos me sienta superada.

—Es verdad.

Luego agrega, con cierta pena: «Pero usted lo ayuda. Lo ayuda de verdad, incluso si a veces no sabe cómo hacerlo. Es una suerte».

Toma mi mano entre las suyas y me dice con cierto afecto: «Vuelva a verme cuando las cosas no marchen bien».

Regreso a mi escritorio. Orion está inclinado sobre un dibujo a pluma que termina con sorprendente rapidez. No pregunto de qué se trata. Lo sé cuando me anuncia estallando en una risa cruel: «¡El lago de París!».

—Siempre el mismo. Te gusta.

—A uno le gusta y siempre es diferente.

El dibujo representa un gran lago, del que emerge la parte superior de la torre Eiffel y la cúpula de Montmartre. Hay humo que sale del agua: es un elemento nuevo. Orion ha seguido mi mirada. «Uno ha incendiado el hospital de día, se volverá un volcán. A uno le gustan los volcanes.»

—¿Y dónde está la gente ahora?

—Uno no sabe... Tú has dicho que uno podía dibujar lo que quería.

El dibujo representa, entonces, lo que secretamente quiere. Sí, una parte de él desea que desaparezcan París, el hospital de día y nuestro trabajo conjunto.

Estoy obligada a hacer una constatación: este dibujo que no deja de repetir bajo formas y colores variados me afecta profundamente, mientras a él lo hace reír. ¿Percibe lo que para mí es casi una angustia? Orion dice: «Uno ha hecho burbujas».

—Burbujas...

—Sí, para guardar nuestra pequeña oficina, la Sainte-Chapelle y otras cosas que te gustan.

Estoy muy conmovida. Pero creo que desconfío al decir:

—Las burbujas no están en el dibujo.

—Están en el dibujo de mi cabeza —toma el dibujo y me lo tiende—. ¿Lo guardas?

Como no respondo, dice: «Mi madre se enojará si lo ve. Se enojará mucho».

—Puede ser que yo también, Orion.

—Pero tú sí puedes...

Tomo el dibujo. Me lanza una mirada suplicante y murmura:

—Uno no sabe, señora.

Recupera su voz habitual: «Uno tiene que irse. Es la hora».

Cuando la puerta se cierra me encuentro en un repentino e incomprensible aislamiento. ¿Por qué? ¿Por qué no? Sé que hay, además de su natural bondad, mucho odio en Orion, que necesita ese odio para avanzar. ¿Avanzar? Avanzar en su arte. Así encaré las cosas. ¿Y si me equivoco? ¿Y si yo no le basto?

Hay dos versos desconsolados de Verlaine que vienen a mi memoria. Son de *Gaspar Hauser canta*:

> *¿He nacido demasiado temprano o demasiado tarde?*
> *¿Qué hago en este mundo?*

Es un interrogante fundamental que Orion me fuerza a compartir con él y con el inmenso pueblo de discapacitados, que es el nuestro. Sí, también el mío desde la muerte de mi madre cuando nací. Como me acaba de decir Lisors ahora somos un plural. Yo no quería llegar a esta situación, sino a algo más nítido, más delimitado. Él, un paciente, yo, su psicóloga. No esta terrible confusión que se produce cuando entra en crisis, en la que estamos juntos en ese plural, juntos en el mismo barco que ni uno ni otro puede abandonar.

Al llegar a Chatou, veo que Vasco no está. Un pico de trabajo imprevisto, como de costumbre. No es momento, a fin de mes, de tomar un taxi, y con la carpeta de dibujo a cuestas, el trayecto me parece interminable. Una camioneta se detiene cerca de mí, una señora regordeta y canosa me pregunta:

—¿Va a Montesson?

—Sí.

—Suba, doblo antes, pero igualmente la acerco.

Le agradezco, subo, estoy emocionada, es la primera vez que en esta ruta alguien, a la noche, me propone llevarme sin que yo haya pedido nada. Se lo digo y se ríe, al contraer sus mejillas rosadas, aparecen pequeñas arrugas alegres. «La gente hoy tiene miedo. Cuando vuelvo del mercado yo misma no levanto más que mujeres y viejos. En el coche me gusta hablar, pero mi marido no es muy locuaz. Usted tampoco, me parece.»

—¿En serio?

—Sí, usted es así. Prefiere escuchar. ¿No es cierto?

—Puede ser.

—Cuando yo era joven, mi marido me decía que le gustaba mi voz, y yo cantaba a menudo. Ya no me lo dice, entonces ya no canto, pero hablo demasiado. Sin embargo, he tenido mucha suerte al encontrarlo. Bueno, yo doblo acá, pero usted está muy cerca de todos modos. No me agradezca. Es lo más natural. Se ve que usted es una buena persona.

Camino con placer, asombrada por la paz que me ha infundido esta pequeña mujer enérgica con su alegría contagiosa. Cuando subo la escalera oigo el automóvil de Vasco. Me apresuro y logro calentar la sopa y preparar unos huevos pasados por agua.

Vasco me abraza: «Todo está listo y yo no pude ir a buscarte. Otro motor con problemas, y esta vez no pude repararlo».

Puse el dibujo de Orion sobre el piano de Vasco.

—Quiero que mires esto.

—Tu Orion ha hecho cosas mejores.

—No digas «tu Orion». Orion no pertenece a nadie.

—Precisamente por eso está enfermo.

—Vas muy rápido. Mejor comamos.

Estamos felices de estar juntos, tenemos hambre, estamos cansados. Cuando termina su segundo huevo pasado por agua, con evidente placer, Vasco se inclina, vuelve a tomar el dibujo.

—¿Qué ha querido hacer?

—Como acostumbra, el lago de París.

—Veo la punta de la torre Eiffel, la cúpula de Montmartre y mucho humo que sale del agua. ¿Qué es?

—Es el hospital de día que arde y se convierte en un volcán bajo el agua.

Vasco está impresionado: «¿Él lo ha incendiado? ¿Te molestó? ¿No tiene Orion un enemigo serio en él mismo, que quisiera suicidarlo?... En su estado y con la vida que lleva, al margen de las horas que pasa contigo, es compresible».

—Ni siquiera conoce la palabra suicidio.

—Pero conoce el acto. Matarse sería una empresa demasiado difícil para él. Sería más fácil morir junto a todos los demás.

Estoy estupefacta: «¿Has visto todo eso?».

—Estás muy involucrada con ese niño, como yo con el motor de hoy...

—Mañana encontrarás la solución para tu motor, yo no. La psicosis no pertenece a nuestro universo, sino a otro...

—Orion no tiene necesidad de que comprendas. Solamente quiere que estés allí y lo escuches.

—Y tú y yo necesitamos el dinero a fin de mes. Es algo importante, aunque sublimemos, y lo hagamos cada uno por su lado.

Vasco se ríe: «Tienes razón. Voy a hacer té».

Lo trae, acompañado de las galletas que me gustan y de miel.

—¿Crees que debo afrontar su instinto de muerte a lo largo del tratamiento? —le pregunto.

Sonríe: «No se apresure, señora psicoterapeuta. En realidad, no sé bien a qué llaman instinto de muerte. Por mi parte, tengo bastante con batallar con la vida, afortunadamente, estamos juntos».

Las siguientes semanas Orion me trae dos dibujos más de lo que, poco a poco, se ha convertido en la historia de Teseo. En el primer dibujo, Orion está con Ariadna en una barca con una vela blanca con el aspecto desorientado de sus días malos.

Ariadna no aparece en el siguiente dibujo. Orion, oculto por una vela negra, pilotea solo el barco en la entrada de un vasto golfo. Desde lo alto de un acantilado, un extraño personaje se precipita de cabeza al mar. ¿Es el rey Egeo, del que le hablé el día anterior, que, al ver la vela negra, cree que su hijo ha muerto y se mata?

—Si Egeo se lanzó al mar, Teseo es el nuevo rey.

—Teseo no es como nosotros. Hace lo que quiere.

—¿Y nosotros no hacemos lo que queremos?

—No, nadie lo hace. Los niños deben obedecer e ir a la escuela. Los padres deben trabajar, ganar plata y cocinar. Tú tampoco haces lo que quieres, nadie puede estar contento de ocuparse todos los días de un niño estropeado por el demonio.

—Estoy contenta de ocuparme de ti, Orion. Estás enfermo pero trabajamos juntos para que te mejores en el futuro.

—¿Qué es el futuro cuando no se puede tener una amiga?

—¿Y por qué no podrías?

—Tú sabes, a ti te gusta que uno hable de los deseos, del sexo, del amor, de lo que uno sabe y de lo que no sabe. Pero uno no dice nada, hay alguien que no quiere, que dice que para ti el sexo es una obsesión.

—¿Quién lo dice?

Lo pregunto sin poder controlarme. La respuesta es la inevitable: «Uno no sabe... Uno no sabe si alguien lo dice o si está escrito en la cabeza. Y esto es un gran tapón que nunca se podrá destapar». Lanza su risa cruel: «Es un tapón que habla a menudo y dice: "Uno no sabe. ¡Uno no sabe!". A veces el tapón grita, ¡grita!: "Te quemarán los rayos y el demonio de París te joderá cada vez más, toda la vida. Pequeño estúpido, yo sé quién eres, inútil. Vas a ver, todos van a saber que eres un inútil, ¡inútil! Sin amiga, sin oficio, saltando solo en un hospital de día". Eso es lo que grita el tapón y después pregunta: "¿Por qué mataste al Minotauro? El niño azul no lo habría hecho"».

Deja caer su cabeza sobre los dibujos desplegados en la mesa. Espera. ¿Qué? Afortunadamente, siempre llevo un jugo de naranja. En el cajón hay un vaso y chocolate. Lleno el vaso. «Enderézate y toma tu vaso.»

Toma un poco y pregunta: «¿Hay más chocolate?».

Él sabe muy bien que hay más, pero debe emplear ese tono de duda, de reproche no formulado. Come el chocolate con lentitud para saborearlo bien. No es felicidad lo que demuestra, cosa muy rara e incierta en él, pero es evidente que ha recobrado la calma, el bienestar. Y no es poca cosa.

Comienza a reunir sus dibujos y me los da: «Guárdalos con los otros». Y luego dice: «Uno no ha hecho el dictado. Sólo palabrerío».

—El palabrerío es importante. Es lo que te hace avanzar.

—Uno no sabe, señora. Es la hora.

Cuando se va me siento preocupada, pero ¿por qué? ¿Por el pequeño personaje que se precipita en el mar Egeo? ¿Por el deseo de muerte que siento en el trabajo con Orion? Contra ese deseo cuento con muy pocas armas para luchar: cuidados, dibujos, afecto, mucho afecto y nuestro palabrerío, como dice su madre. Nuestro palabrerío, cuyo vocabulario crece poco a poco, pero que tropieza con su eterno «uno no sabe». Harán falta años, sí, años de palabrerío y de dibujos. Pues bien, ¡harán falta años!

Orion me trae el dibujo que le había pedido: Teseo rey. Al final de su periplo, su Teseo parece notar que no se ha convertido en un verdadero rey y sólo lleva una ridícula máscara. El verdadero poder reside siempre en el pasado. El Teseo de Orion ha entrado en el Laberinto atado a un cordón umbilical, no ha enfrentado a su Minotauro, ha matado solamente una de sus imágenes fantasmáticas. Orion ha hecho con Teseo solamente el comienzo del periplo, no mucho más, y ambos nos encontramos desorientados. Y bien, es así, y volverá a sucedernos sin duda muchas veces más. Miro nuevamente el dibujo, también lo hace Orion, y ambos comenzamos a reír. No sabemos muy bien por qué, pero juntos sentimos que una etapa de nuestra aventura acaba de terminar. Orion pregunta: «¿Hoy uno hace el dictado?». Lo hacemos con pocas ganas. Sale durante el recreo y a al volver sugiere: «¿Uno puede dictar un poema del Minotauro?».

—Por supuesto.

Tomo algunas hojas. Dicta con dificultad, parece muy concentrado, con pausas, retrocesos y momentos en los que dice: «¡Borra eso!». Cuando termina, leo.

El Minotauro

Frente al gran Minotauro
Hay dos Teseos en los dibujos
Uno es el más pequeño y joven
Tú entras conmigo en el Laberinto
¿Uno es un poco Teseo?
No del todo, no el de verdad verdad
Uno está delante. Tú estás detrás
Fuera del dibujo, tú estás.
¿Uno gana, es el rey Teseo?
¿El más pequeño de los dos?
Uno no sabe. ¡Siempre hay que decir eso!
A uno le gustan Teseo y el Minotauro
En el Laberinto Teseo es fuerte
En Atenas uno es un rey sin suerte
El que se hacía pis encima
A los cuatro años en el hospital Broussais
En el servicio de cirugía infantil.
Uno no ha oído a Pasífae, la reina
Cuando canta, divina, como tú has dicho
Y el gran Minotauro baila y toca la flauta
Sólo si lo escuchamos los dos.

Este dictado implica para él un gran esfuerzo, suspira, transpira, se tensa y repentinamente calla. Entonces murmuro: «Respira, Orion, respira hondo». Lo hace, esboza una sonrisa. Hace mucho calor, transpira mucho, eso no me agrada y ambos sentimos gran alivio cuando anuncia el final.

Me mira. «¿Está bien?»

—Eres tú, verdaderamente. Me gusta mucho.

—Jean-Philippe decía que tú has hecho poemas de verdad. En un libro.

—Y tú eres pintor.

—Uno no sabe, señora. Se dice que uno es discapacitado. Uno recibe una pensión por discapacidad, no por pintura.

—Si te esfuerzas, serás pintor.

Dije eso como una certidumbre clara, está contento, no me cree del todo, pero está contento. Es la hora. Luego de su pequeño ritual, se va.

¿Acaso tenía yo el derecho de decirle que sería pintor, de señalarle un camino probablemente demasiado duro para él? Si lo he dicho es porque... porque tengo esa esperanza. A lo mejor expresé mi deseo en lugar de escuchar el suyo, como debería hacer.

Es el calor, y también el fin del año escolar. Orion me trae otro dibujo: es una sala vacía del palacio de Teseo. En el suelo se ven varias cabezas que parecen abandonadas al azar a lo largo de los muros. Son las únicas presencias en ese palacio desierto. ¿Dónde están los cuerpos? Uno no sabe. El dibujo es lo que queda de una tragedia que no tendrá fin. La historia de Teseo ha dejado de inspirar a Orion.

Su imaginación, cuando logro hacerlo hablar, ya se encuentra lejos, en las islas, entre las que comienza a aparecer la isla Paraíso número 2 que, en el océano Atlántico, se construye lentamente en su cabeza.

En una gran tienda descubro por casualidad unos cuadernos de símil cuero con divisiones de plástico entre las que se pueden poner los dibujos para protegerlos mejor. Elijo uno, de un azul estupendo y cuando Orion llega al día siguiente le propongo guardar allí sus dibujos y su poema. Juntos miramos largo rato cada dibujo antes de que él mismo lo deslice entre las divisiones del cuaderno azul. Cuando termina, el cuaderno ha crecido, se ha convertido en una especie de libro. Se lo doy: «Aquí está la historia de Teseo hecha por Orion. Es un libro de verdad, y de ahora en más debes firmar tus dibujos, como algún día firmarás tus cuadros».

Me mira, está sorprendido, emocionado y feliz. Tiene miedo de no entender y no toma el cuaderno. «¿Para quién es el cuaderno?»

—Es tu obra. Es para ti.

—Uno ha hecho solamente los dibujos. El cuaderno no es mío.

—Es tuyo, lo compré para ti y te lo regalo.

Lo toma, lo examina, lo abre, lo cierra como si no pudiera creerlo.

Nunca antes lo he visto tan emocionado y feliz. Sus ojos pestañean muy rápido, ¿comienza a agitarse? Le digo: «Si quieres saltar porque estás contento, ¡salta!».

—Uno no quiere saltar, señora, quiere volver a casa. Mostrar el regalo a los padres y a Jasmine.

—Muy bien. Vete.

—¿Queda algo de chocolate para calmarme?

Se lo doy y lo come muy rápido, con prisa, para irse.

Es el último día de clase. Me dice: «Felices vacaciones. ¿Me escribirás?».

—Sí, y continuaré haciéndolo si me respondes.

—Uno responderá. Adiós, señora, hasta septiembre.

Me tiende una mano humedecida por el calor y se va con el cuaderno azul cuidadosamente guardado en el portafolio.

El hospital de día está cerrado y tenemos jornadas de estudio. Recibo un llamado telefónico del padre de Orion. Me dice: «Orion quisiera verla antes de que viajemos mañana al campo. Está tan contento con su regalo que quiere llevarle algo. ¿Puede ir?». Le digo que sí, que venga a las seis, cuando termine la reunión.

A la hora indicada, Orion está allí, me lleva en una carpeta nueva un dibujo del mismo tamaño que los de Teseo. Abro la carpeta. Por primera vez ha hecho un dibujo en tinta china con mucha precisión.

El dibujo suscita en mí una sensación de vigor y de esperanza. Es el cruce de dos caminos en un bosque de árboles jóvenes. El bosque se extiende hacia atrás, los árboles tienen el mismo tamaño y pertenecen a la misma especie, la del sueño. Predomina el blanco, el negro marca los contornos. Los dos caminos se cruzan –como Orion y yo–, uno no sabe de dónde vienen ni hacia dónde van.

Las ramas de los árboles están aún casi desnudas, las hojitas se preparan para crecer. Hay mucho invierno todavía en este bosque, pero la primavera se aproxima.

En primer plano, tres árboles de troncos claros, con ramas vigorosas. Hay mucha fuerza y esperanza en este dibujo, pero también hay dolor. No se percibe de inmediato, se ve de a poco y con asombro que en este conjunto de árboles jóvenes algunos han sido derribados y talados casi a ras de la tierra. Sin embargo, los árboles sanos son, de lejos, más numerosos. Del tronco más cercano nacen ramas nuevas. Muy cerca, por primera vez, una tentativa de firma, una perfecta O.

—Tu dibujo es bello, Orion, me conmueve este regalo. Todos los árboles jóvenes son tú y tu obra. Ustedes, juntos, darán muchas hojas. Y te agradezco también por la firma.

No tengo necesidad de agregar nada más, él ve que estoy feliz, muy feliz con este dibujo, y se pone contento por eso. «Uno lo ha hecho ayer a la tarde, a la noche tarde y esta mañana. No ha sido bello de inmediato. Uno ha tenido miedo.»

—Es el dibujo más bello que has hecho.

—Es sólo para ti. Gracias por tu regalo. Uno debe volver. Felices vacaciones, señora.

Me tiende con naturalidad su frente, como ha hecho ya una vez. Me gustaría besarlo, pero me conformo con tomar sus manos entre las mías. Miro sus ojos claros, que raramente he visto tan felices como hoy. Se va contento. Yo también estoy contenta por llevarme este dibujo que me llena de confianza. Están los troncos castrados, doloridos. Es una amenaza que no hay que olvidar. Se puede tener esperanza, nada más que eso.

En casa le muestro a Vasco el dibujo que recibí de regalo. Lo mira largo rato y dice de repente:

—Algo bello está por aparecer. Algo bello y denso. ¿Te das cuenta de la presión que ejerces sobre Orion para que se convierta en un artista?

Su pregunta proyecta una nueva luz sobre un problema que existe y que yo dejo siempre de lado. Respondo sin mucha convicción: «Tiene condiciones. Creo que el arte es su camino».

—¿Para curarse?

—Él no está seguro de que pueda curarse...

—Entonces, tú, ¿qué esperanzas tienes?

—Que no se perciba más como un discapacitado, que exista a sus propios ojos y a los de los otros como alguien que tiene una actividad, como un artista.

—¿Crees que podrá soportar un destino tan pesado, tanta exigencia?

—Orion diría: «uno no sabe».

—¿Quién es ese «uno», ese famoso «uno» que te hace sufrir junto con él todos los días?

—Ni Orion ni yo sabemos quién es, Vasco. Existe y punto. Es lo único seguro.

—¿Y si ese «uno» no soporta el «yo» de un artista?

—No lo sé, con Orion todo es tan oscuro, tan imprevisible.

—¿Es esa oscuridad lo que te atrae?

Ve que soy incapaz de responder. Sonríe, no estoy sola, somos dos.

El monstruo

Asesino del Minotauro, heredero del trono, el Teseo de Orion en Atenas no es más que un rey desorientado: Orion, al regresar de sus vacaciones. Ha ido a Sous-le-Bois, ha pescado truchas en el río Césère con su padre. También ha visitado a muchos tíos y tías, se ha bañado en el mar, ha saltado las olas, pero algo demoníaco lo ha obligado a mantenerse siempre haciendo pie, a no lanzarse a nadar en el mar ni en la vida.

Algo se ha empantanado en la historia y también en nuestro tratamiento, probablemente a partir de Teseo. En los laberintos que hizo antes, Orion, en medio de las dificultades que atravesaba, se dirigía imperiosamente hacia la salida.

Teseo no hizo eso. Una vez cometido su crimen pudo, gracias al falso cordón umbilical, regresar a la entrada del Laberinto. Desde entonces hay entre nosotros cada vez menos Minotauro y cada vez más monstruo humano. Orion no ha podido, como el Minotauro, separarse de Pasífae con una brusca embestida y arriesgarse en la exploración de su Laberinto.

El camino será largo todavía, sin duda muy largo, y, para evitar que nuestro trabajo caiga en la mediocridad, le propongo que discutamos juntos nuestro plan de trabajo para este año. Luego me dictará lo que haya retenido. La idea le gusta, y la discutimos durante algunos días. Luego experimenta, con mucho esfuerzo, algunos momentos de placer, casi de entusiasmo, y otros de desazón, en los que me dicta lo mismo que acabamos de hablar. Probablemente lo que espera.

Nuestro proyecto

Seguiremos juntos estudiando como en el colegio y haciendo juntos el doctor un poco psicoteraprofesor. Todo esto sirve para tranquilizarme cuando uno se pone nervioso, si el demonio de París ataca de lejos con sus rayos o de cerca con su olor, que hace bailar el mal de San Vito. Tú trabajas para que uno sea más inteligente y menos infeliz. Pero uno quiere ser feliz, ¿y tú? Este año uno quiere trabajar contigo porque uno te conoce y tiene menos miedo durante las grandes crisis. Si uno habla de una niña como Paule, te parece bien para mí. Te interesas mucho en las muchachas que uno conoce y también en mis dibujos. Una profesora como tú, señora, puede alejar al demonio de la cabeza y ayuda a pensar en las chicas lindas. Paule está en el hospital de día porque también ella es un poco nerviosa, es muy amable, salvo cuando se pone a veces del lado de los que hacen cosas feas. Cuando uno sea grande... A uno le gusta pintar y silbar música de ópera. Eso no es un trabajo... Los otros trabajos son para ganar plata, uno no sabe, ¿no sabe cómo hacer? ¿Y si uno siente el demonio de París, y uno rompe las herramientas y las máquinas? Ganar plata como se debe, da miedo. Uno no sabe lo que se podría hacer cuando sea grande de verdad. ¿Tú lo sabes? A uno le gusta dibujar solamente lo que tiene en la cabeza. Hacer lo real no real. Uno no quiere que se vuelva moderno como a ti te gusta. Mamá dice que son garabatos. Como si fueran hechos por un despreciado. Para sacar este despreciamiento hay que hacer cosas agradables: pasear por el bosque, plantar árboles, ir a las plazas y a los juegos para niños, ir a la piscina, tener amigos, primos de la misma edad, animarse a hablar con las chicas lindas. Nosotros dos estamos bien juntos en tu oficina, tú siempre tienes chocolate. Uno tiene ganas de hacer cosas agradables: ir con el dibujo a la isla Paraíso número 2. Porque en la isla Paraíso que uno no debe decir, parece que todo terminó en estropiación. Nosotros dos luchamos contra una locura tonta, todo sería más fácil si Paule, la linda, tomara el mismo metro que yo o Supergenio de la tele, el autobús.

Tú eres una profesora pero también un poco doctora, una señora que cura el despreciamiento no con remedios para anormales, que

*dan miedo. Nosotros dos somos normales porque trabajamos en
conjunto. Uno es un poquito no-normal porque el demonio de
París salta sobre mi espalda, me aprieta la garganta, me despre-
cienta, pero menos cuando estamos juntos los dos. Fin del proyecto.*

—Es la hora, señora, hay que irse. ¿Hay más chocolate?
Come su chocolate, le doy pañuelos de papel porque ha transpirado
mucho. Está cansado, pero contento. Dice algo que no dice casi nunca:
«Hasta mañana». Y cierra la puerta.

Al quedarme sola releo lo que ha dictado y comienzo a ver por qué estoy
tan ligada a él. Por qué a su fuerte transferencia respondo con una contratransferencia semejante. Es verdad que es el desheredado, sin duda ha sido
elegido, en el fondo del tenebroso inconsciente familiar, para ser el síntoma de su mal. También es el producto de cierto modo de pensar que mode-
lan en las personas la televisión y la publicidad. Sin embargo, todo eso no
altera el fondo natural, original, que aparece cada vez que un acontecimiento, un dolor o una alegría atraviesan la pantalla de las opiniones o de las
ideas repetidas en las que la época y el entorno lo mantienen prisionero.
    Su infelicidad, sus dificultades, calan hondo en mí porque en nues-
tra aventura común hay algo esencial. ¿Qué? Es lo que no puedo enun-
ciar con claridad, cuando repentinamente surge una certidumbre:
Orion y yo somos del mismo pueblo. ¿Cuál? El pueblo del desastre. ¿Y
qué quiere decir el pueblo del desastre? La respuesta, imparable, con la
voz de Orion, dice: «Uno no sabe».
    «Uno» junta las cosas y toma el paraguas porque está por llover.
«Uno» ha perdido mucho tiempo en estos pensamientos, es la hora pico,
el metro está atestado, no hay lugar para sentarse. «Uno» viaja aprisionado entre los demás, apenas puede respirar. Es así. E interiormente me
digo: «No es una respuesta. Es mi pueblo. Punto».

Pasan días, semanas, meses. El otoño, el terrible invierno parisino, la
lluvia, el cielo cubierto, el metro y el tren atiborrados de gente, la multitud que circula en Navidad. El tiempo que le falta a Vasco para componer o ejecutar su música, el tiempo que me falta a mí, la que no se
atreve a considerarse una poeta, una escritora.

El domingo, Vasco toca para mí lo que ha compuesto durante la semana, me siento feliz, me gusta, tiene un gran talento, en verdad, pero Vasco no está hecho para el talento. Le digo cuánto me gusta lo que hace, pero se da cuenta de que no es lo que yo espero de él. Me pregunta si así está bien, pero no respondo, sufre, sufrimos los dos. Un día me dice: «Tú en tus escasos poemas con Orion te arriesgas por completo. Yo, en cambio, aprieto el freno».

—Yo también freno, Vasco, en la vida se bebe frenar a menudo.

—Tú has hecho saltar el tapón de mierda. Yo lo mantengo donde está, no sé cómo, pero lo mantengo donde está.

Se ríe a carcajadas: «Creo que incluso es mi punto de apoyo».

Cuando está así hacemos el amor para consolarnos. Pienso que no hay que consolarse, la verdad es poder ser inconsolable y feliz. Pero no es fácil, como tampoco es fácil ser diez años mayor que su compañero, que no se consuela porque su música, la verdadera, la que debe salir de su cuerpo, es aún subterránea.

Durante todo este tiempo, Orion y yo avanzamos o retrocedemos por caminos a veces áridos, otras enlodados. Consolidamos paso a paso nuestra senda para no caer muy a menudo en los abismos o en los enormes agujeros producidos por la invencible banalidad. La bella historia de los laberintos, del Minotauro y de Teseo parece haberse agotado.

En los momentos de desasosiego me digo que está menos violento, que las clases que antes había que detener después de quince minutos ahora duran hasta veinticinco, que el vocabulario que realmente comprende crece día a día y que a veces se anima a formular preguntas cuando no entiende alguna cosa. Todo eso es algo. Sí, es algo, pero el progreso que hace a veces es lento o poco evidente. Además, está el fracaso cotidiano de los dictados en los que insiste su madre. Cuando le devuelvo el dictado corregido, estalla siempre su risa de niño enloquecido y, cuando hay muchas faltas, pronuncia el inevitable: «¡Cuántas faltas! ¡Cuántas faltas!».

A veces pienso que se siente atrapado por la ortografía. Un día, cuando Orion me pregunta si hay dictado, le digo furiosa: «¡No! ¡Hoy no hay dictado! Ya no soporto que grites "¡Cuántas faltas!". ¡Todos cometemos faltas, y eso no nos impide vivir y ser felices! Puedes vivir con una mala ortografía. Lo importante para ti es dibujar, aprender palabras nuevas, vivir en libertad».

Es la primera vez que me opongo abiertamente a los deseos de su madre. Se pone muy pálido, se levanta. ¿Se va a ir? ¿Va a saltar? No tiene fuerzas para eso, se desliza en el suelo.

No quiero dejarme manipular, le digo que se extienda, abro la ventana. Llueve y el aire fresco le hará bien. Escucho al ergoterapeuta en la sala contigua. ¿Lo llamo? No, puedo solucionar esto sola. Hago que afloje los brazos, las manos y las piernas, le digo que respire.

—¡No respire más! —gime.

—¡Respira! —insisto, y poco a poco su respiración vuelve a su ritmo normal. Recupera el color, quiere levantarse. «No, quédate acostado un rato más. Respira, respira, no te detengas. Es una orden.»

—¿Una orden de quién?

—De nadie. ¡Una orden tuya! Una orden de la respiración que se hace sin pensar. Ahora puedes levantarte, se hará un dictado de otro tipo. Tú me dictarás y yo escribiré.

Se levanta, respira con normalidad, se sienta con calma en una silla mientras yo tomo una hoja y una lapicera. Piensa unos instantes y luego dice, sorprendiéndome:

DICTADO DE ANGUSTIA NÚMERO UNO

Admirable. ¡Qué título! Yo nunca hubiera podido formularlo de manera tan justa. Continúa:

Cuando uno salió esta mañana enseguida hubo lío, el autobús estaba retrasado y cuando llegaba se detenía cerca de mí ladrándome como si fuera a morderme. Uno pensó que papá habría dicho que no puede morder porque es un autobús y no un perro... Sin embargo, ladraba y también quería morderme, pero no lo hizo. Entonces uno pensó en incendiar el Centro para no tener que esperar el autobús y poder tomar el metro... Luego vio que no podía incendiarse porque allí estás tú y nuestra pequeña oficina y uno tuvo un poquito de ganas de morderte. A veces sería lindo también ser tu perro, uno pasearía, uno podría hacer pipí en cualquier parte y oler a las muchachas que pasaran. A uno no le gusta tener un collar, para arrancarlo hay que encontrar las manos y tú me ayudas... Para no

incendiar me tengo que ir en un dibujo a una isla. Tú puedes que-
darte aquí porque no sientes el olor del demonio, aunque se ve que
sabes un poquito que existe... Uno ya no puede ir a la isla Paraíso
que no puede decir porque allí hubo un desgraciamiento. Uno va
con Bernadette, una chica amable del otro centro al que iba antes.
Uno ya no la encuentra pero es lindo verla en la cabeza. Es mejor
Paule, casi siempre es amiga... y a veces está con los que escriben en
las hojas de papel: ¡Ya vas a ver, imbécil! Con Bernadette, uno pone los
frenos a dos caballos blancos. A uno le gusta: poner los frenos. Cuando
se va a caballo uno se pone el cinturón de seguridad y ¡listo! Sale al
galope, como en las películas. Uno va hasta el puerto y allí alquila un
barco no muy grande. Uno está en el timón y Bernadette escucha, uno
piensa que se llama así, la escucha... Se parece a ti en la pequeña
oficina, cuando escuchas, uno no tiene miedo y está tranquilo.
Cuando no se sabe dónde se encuentra uno, en el medio del océano,
Bernadette toma el libro del comandante de la nave y lee algunos
pasajes. Con viento a favor y sin naufragio, porque el demonio tiene
miedo de atravesar el mar, uno llega a la isla Paraíso número 2. Es una
isla que está en la cabeza pero no todavía en el dibujo. Una isla desier-
ta llena de frutos, grutas, palmeras y un pequeño río donde se pueden
pescar truchas salvajes. Fin del dictado de angustia porque es la hora.

—Es muy interesante, Orion. Toma el texto que he escrito y corrí-
gelo, seguramente hay faltas porque tú dictas muy rápido. Mientras
tanto escribiré en tu cuaderno: «Para la semana próxima, primer dibujo
de la isla Paraíso número 2».

Lee el dictado, encuentra algunas faltas y las marca con rojo.

—¿Ves? Yo también he cometido errores. Todo el mundo lo hace.

—Tú haces menos —dice con una sonrisa indulgente—. Es la hora
de gimnasia, señora, hay que irse.

Cuando me trae el primer dibujo de la isla, me decepciono mucho.
El dibujo, realizado sumariamente con crayones y lápices de colores,
representa a una muchacha alta de cabello rubio, de pie, y un niño más
pequeño, sentado, que pescan con cañas a orillas de un río mediocre.
Ambos parecen haber atravesado el océano y llegado a la isla para pasar
un día al aire libre por demás convencional. No puedo evitar decir:

—No pareces haberte inspirado. ¿No te gusta el tema?

—La isla Paraíso número 2 es muy linda.

—Has hecho a Orion más pequeño que Bernadette.

Toma nuevamente el dibujo. Por un instante parece sorprendido por lo que ha hecho. Sigue el inevitable: «Uno no sabe. ¿Hay dictado?».

Sin duda lo he herido. Hacemos el dictado, trabajamos un poco en biología, que es una materia que le gusta. Se va, hay cierta distancia entre los dos. Es por mi culpa, porque me mostré decepcionada por la pobreza de su dibujo. He sido injusta, el dibujo no es bueno, sin duda alterado por la imaginación del demonio, pero aunque la primera aparición de la isla Paraíso número 2 haya sido un poco floja, el hecho es que existe. Existe en Orion, existe en mí y en una suerte de realidad de papel y de torpes colores. Es un lugar que habitaremos, cada uno a su manera, en una nueva etapa en la imaginación profunda.

Por la noche hablo con Vasco de la isla Paraíso número 2. Siento que le encanta ese nombre, secretamente atrapado por el proyecto que llama la aventura de Orion.

—Tú y yo vivimos la vida agitada y llena de preocupaciones de los parisinos —me dice—. Pero le agregamos algo, tú, con la escritura, yo, con la música. Orion es otra cosa, quiere salir del límite y llevarte con él en medio del océano, a una isla por la que no pasa ningún barco, que no sobrevuela ningún avión. Y se va con la idea de que allí puede llevar su vida como en los suburbios, pero el deseo de la isla y del océano lo llevará mucho más lejos de lo que se imagina.

—¿Crees que puedo ayudarlo a vivir eso? Con el Laberinto llegó más lejos de lo que quería. Volvió atrás con Teseo y se encontró perdido.

—En la parte de nosotros que ocultamos, todos estamos perdidos. Orion no puede disimularlo, por eso debe lanzar pupitres contra las paredes y romper vidrios.

—¿Crees que a partir de eso hará dibujos?

Vasco no responde y pienso: «uno no sabe».

Orion continúa haciendo retrocesos en el segundo dibujo. Ahora es un poco más alto que Bernadette. Los dos parecen estar en una excursión. No les falta nada, pero la muchacha sigue pareciendo una tonta de cabello rubio y el paisaje es vago e inexistente. Me arriesgo a decir:

«No es muy linda tu isla. Un río mal dibujado, algunas rocas, palmeras y cactus, el sol infantilmente rodeado de rayos. Ni siquiera se ve el mar. Atravesar el océano para llegar a una isla tan fea, ¿vale la pena?». Orion no responde pero mi reflexión, al parecer, produce algún efecto, porque el lunes siguiente me trae un dibujo muy diferente.

Un cabo cubierto de verde hierba termina en altos acantilados y avanza sobre el océano hacia el este, prolongándose hacia el sur con un amplio golfo bordeado de playas y de bosques. El océano es de un azul profundo, los soles infantiles de los dibujos precedentes han desaparecido, reina en todos lados una luz viva y cálida. Se ve finalmente que la isla es muy bonita y que valía la pena llegar a través del océano y de los abismos de su bella e ingenua imaginación. Mi mirada, nublada hasta ese momento, se aclara, al fin respiro con el mar y los árboles, tengo ganas de caminar, de correr, de nadar, de abandonarme al sol, a la sombra, al olor salado del mar. Sin ruidos, sin miradas curiosas, nadie para ocupar espacios. La isla está allí, existe en una hoja de papel, salida de las manos que la han soñado, de los ojos que han podido verla en su estado original. No trato de ocultar mi alegría a Orion. Parece apenas contento con mi aprobación. ¿Ha comprendido lo que me gusta de este dibujo? No estoy tan segura, porque luego aparece un dibujo en el que su tío Alain y su tía Line, luego de dejar anclado su barco, se acercan a la isla en una canoa, acompañados por sus dos pequeñas hijas.

Grande es mi decepción al ver a Orion y Bernadette abrumados por ese aporte que convierte en algo banal lo que prometía ser su aventura. Orion espera mi reacción porque me dice al tenderme su dibujo: «No te va a gustar».

En efecto, no me gusta, y eso parece causarle un placer equivalente al de mi alegría ante el dibujo anterior. Pienso que soy una incapaz, una analista lamentable. Por mis reacciones parece que eligiera entre dos Orion, cuando sólo hay uno, el que realizó los dos dibujos que siento como contradictorios. Tenemos el derecho de ser varios.

—Dos son muy pocos para jugar —me dice, como se habla a un niño—. Uno quiere al tío Alain y a la tía Line. Con las primas uno llega a seis, es más divertido para jugar.

Tiene razón, necesita jugar. Luego de pasar una infancia solitaria y a menudo llena de temor, el juego le hace falta. Lo hago avanzar hacia la palabra, el dibujo, el esfuerzo. Pero también debe jugar y el arte aún no es para él el juego de su vida. Paciencia. A lo mejor algún día. A lo mejor jamás. Veremos.

—Hay otro dibujo —dice Orion en ese momento—. Es más grande, no es un deber. Por eso traje la carpeta de los dibujos. Papá me la compró ayer. El dibujo es de un monstruo...

Pienso: ¡al fin! Y digo:

—Es mejor poner tus monstruos en los dibujos que guardarlos en tu cabeza.

—Es un borrador —ríe—. Si está bien, lo haré de nuevo en una hoja más linda.

El dibujo que me muestra es más grande que los otros y está realizado enteramente a lápiz. Es un borrador, pero el contraste entre el cuerpo claro del monstruo, las sombras y el fondo oscuro del dibujo demuestran una inesperada destreza en el manejo del negro y el blanco. Le pido que me cuente cómo ha hecho el monstruo.

—Uno no puede, señora. Tú haces el dictado de francés y luego uno hace el dictado de angustia...

Le dicto, contemplando el dibujo que despierta en mí esperanza y compasión. Cuando termino, tomo mi pluma y Orion dice que es su turno para el dictado.

DICTADO DE ANGUSTIA NÚMERO DOS

El viernes cuando uno partió de aquí ya tenía miedo porque no te vería por tres días a causa del feriado. En el metro, el demonio de París no apareció, en el autobús me vio y se dio cuenta de que mis padres estaban fuera del territorio embrujado. Todo se volvía un laberinto inextricable... Inextricable es una de las palabras que habíamos estudiado esa mañana. Uno no la entiende muy bien todavía y la palabra se puso a silbar que en París, con tantos autos y tanta gente, para no perderse, hay que tomar siempre el mismo metro, el mismo autobús y que eso da miedo y aburrición... En casa primero uno tocó el timbre, como si creyera que mis padres estaban aún allí. Pero se habían ido y los rayos sobrenaturales atravesaban la puerta y entraban por el vientre. Uno encontró la llave y la puerta se abría... Entonces uno pensó en un monstruo con cuernos por todas partes que enfrentarían al demonio... Mamá había dicho: A las dos, si Jasmine aún no ha llegado, debes comer. Ella viene cuando mis padres no están. Era recién la una y Jasmine todavía no había llegado... Durante una hora uno hizo el baile de San Vito. Sólo podía sentarse cuando pensaba en la isla Paraíso número 2, pero no estaba tanto en la cabeza como para detener el baile... uno volvió a pensar en el monstruo de los cuernos, un monstruo amable que no está domesticado y uno podía arrancar trozos de tapicería de los sillones y saltar encima. Era como arrancar la piel del demonio sobrenatural. A las dos, Jasmine no llegaba y hubo que comer tomates, salchichas, pan y queso. Entonces, el demonio atacaba con mucha furia y el baile de San Vito era grande, grande, como si se fuera un salvaje. Uno golpeaba las paredes y los vidrios, dolía mucho, pero no rompía nada, salvo un poquito la mano izquierda. Y había que comer lo que había, y uno tardaba una hora y media porque con el baile parecía un mono en una jaula, que come recibiendo flechas... Hacia las cuatro el demonio ya estaba cansado, y regresó a París para provocar accidentes y enfermedades, y el baile terminó. Se buscó en el diccionario las palabras que tú habías puesto en la tarea. Cuando Jasmine regresó uno no quería morderla, su amigo la había invitado al cine. Ella no quería, y dijo: Con este no podemos hacer lo que queremos. Va a poner mala cara, porque lo sacamos del medio. Entonces hubo risas pensando en la cara del tipo, es como ponerle el freno al caballo, ¡a uno le gusta! Ella puso un disco y me dijo: Puedes dibujar. Uno preguntó: ¿El monstruo? Ella dijo: Sí, dibuja el monstruo. Tienes suerte de poder dibujar, yo sólo podía hacerlo cuando era pequeña... Primero uno dibujó la cabeza, y luego el cuerpo se dibujaba prácticamente solo. Los cuernos y los colmillos sirven para defenderse contra el demonio de París y los golpes traicioneros. También sirven para ser amable con el amigo... El amigo soy yo, pero no para mandar como el amigo de Jasmine. Jasmine miraba el dibujo, se veía que le gustaba. Dijo que con los hombres las cosas no son tan fáciles, y que está bien tener colmillos. A eso de las siete cenamos juntos, comimos conejo y helado, a uno le gusta. Uno quería mirar la tele pero ella dijo: No, continúa.

Uno dibujaba la cabeza del monstruo como la de un elefante... Los elefantes son fuertes, no necesitan un ángel guardián, no conocen todavía al demonio sobrenatural, pero él va a atraparlos y a encerrarlos en un zoológico.

El monstruo tiene unas orejas enormes... son para asustar, pero también para poder escuchar, como tú. Tiene colmillos en la espalda, y cuando hay avalanchas y ovnis, los corta por la mitad. El monstruo puede andar en cuatro patas o en dos, para ser más fuerte se apoya en su cola de cocodrilo... Si uno recibe rayos sobrenaturales en la cabeza, me sube a su espalda y me protege. Si un colmillo se le rompe, vuelve a crecer. Uno terminó el contorno del monstruo y llegó la hora de dormir. A la mañana siguiente, Jasmine dijo: Termina tu borrador, así podrás mostrárselo a tu psicóloga. Uno responde: No te burles del monstruo, ¡no le gusta! Cuando mis padres volvieron, Jasmine les mostró el monstruo... Uno pudo ver que no le gustó tanto a mamá, pero Jasmine dijo que estaba muy bien. Jasmine terminó la secundaria, y mamá no, y Jasmine piensa que ella entiende más de arte y papá también piensa eso, pero prefiere no hablar mucho... No le gusta discutir a papá. Y uno estaba seguro de que a ti el monstruo iba a gustarte mucho. Es casi como si hubiera un teléfono entre tú y yo. Un teléfono sin hablarse.

Fin del dictado de angustia.

Le tiendo el texto de su dictado, pero no quiere leerlo ni corregirlo. Quiere que veamos juntos el dibujo. La gran cabeza gris no tiene en absoluto la majestuosa seguridad de una cabeza de elefante. La inocencia de los grandes ojos tiene una actitud implorante y los múltiples cuernos y colmillos parecen muy frágiles. Es un cuerpo humano, que está arrodillado sobre sus piernas de adelante. Las piernas de atrás, encogidas, ¿tendrán fuerza para levantar la enorme cabeza y la espalda redondeada, erizada de cuernos? ¿Cómo puede levantarse, caminar, correr? No puede, está claro, sólo puede desplazarse en un espacio restringido, no puede defenderse, pero si sus colmillos se rompen, crecen de nuevo.

El monstruo se muestra sorprendido de estar en el mundo, en el mundo tal como se dice que es. No es el mundo en el que vive, ni en el que puede vivir. ¿Cómo no estar aterrorizado por ese abismo, por la enorme separación que existe entre esos dos mundos, en la cual debe tratar de existir pese a todo? ¿Cómo sorprenderse de su exceso de colmillos, de los cuales deberá liberarse el día que no los necesite? Debe caminar, seguir la senda, pero está claro que sólo podrá realmente caminar, correr o volar en el territorio imaginario que le pertenece únicamente a él. Probablemente, Vasco me diría que quiero llevar a Orion más lejos de lo que él puede, pero este dibujo, tan lúcido, desmiente su temor, que es también el mío. Siento con fuerza que la senda por la que vamos es la de Orion. Es verdad que mañana dudaré de nuevo, pero mi actual certidumbre es auténtica.

Las grandes orejas del monstruo están dibujadas con mucha mayor delicadeza y precisión que el resto del cuerpo. Parecen tres hojas superpuestas, la hoja blanca separa la de color gris claro de la gris oscuro. Para Orion, esas son mis orejas cuando lo escucho. Percibe vagamente que no puedo escucharlo todo el tiempo desde la profundidad del análisis. Sólo puedo escucharlo de ese modo de a ratos, pero hay otros en los que somos dos niños que miran y descubren juntos la misma imagen interior.

Es un instante de felicidad. Sonríe, sonreímos mirando el dibujo, y nos gusta por lo que es en el presente y por lo que promete ser en el incierto futuro, y nos escuchamos felices en lo que él llama nuestro teléfono sin hablar.

Llega el momento de recordarme la hora, de escribir en su cuaderno los deberes y las lecciones para la semana. Antes de guardar el dibujo en la carpeta que ha traído, y que evidentemente quiere dejar aquí, recorre suavemente con el dedo las grandes orejas del monstruo y dice: «¡Qué lindas que son!».

Cumple con su habitual meticulosidad todas las formalidades de la partida. Cada uno guarda en su caja personal el teléfono sin hablar. Abre la puerta y los dos niños que estaban allí desaparecen.

Voy a ver si está el doctor Lisors para mostrarle el dibujo del monstruo. Se encuentra en la oficina de Robert Douai y ambos disponen de poco tiempo. Pongo el dibujo de Orion sobre una silla.

—Su trabajo progresa —dice Lisors—. Orion muestra su resistencia.

—Orion me dijo: «Si se rompen, vuelven a crecer».

—Evidentemente, su dibujo se anticipa a su pensamiento —dice

Douai—. Será así durante bastante tiempo. Habría que proponerle que haga pequeñas exposiciones orales.

Esta idea repentina me entusiasma, creo que así Orion tendrá una perspectiva que le falta, pero la dificultad me asusta. Ambos ríen al ver el efecto contradictorio que me provoca el proyecto.

—De todos modos, dispone de tiempo, y Orion también —dice Lisors al irse.

—El monstruo es asombroso —dice Douai—. Una mezcla de terror y dulzura. Estoy impactado por la bondad de esas grandes orejas. ¿No habrá pensado en las suyas, que son tan pacientes?

Lo que dice me conmueve y caigo en la cuenta de que este hombre, que ronda los cuarenta años, siempre me ha gustado sin que yo fuera consciente de ello. De repente en la mujer que soy reaparece la que fui, la que gustaba a los hombres, y a la que eso agradaba. La que era antes de los años duros que sobrevinieron. Reímos y bromeamos como un hombre y una mujer que se gustan, resueltos a no ir más lejos.

Las bellas y anchas orejas del monstruo han suscitado ese momento inesperado que vivimos. Orion vio en mí la belleza del que escucha, una belleza que escucha, como dice Vasco, que me ha devuelto la confianza que vuelvo a sentir. Sé que aún puedo gustar, mi confianza se había desvanecido sólo en la superficie. ¿Orion acaba de devolvérmela?

Es tarde, si espero más, el tren estará repleto, dejo a Douai, veo que nuestro pequeño intercambio le ha agradado y que tendrá repercusión en nuestra relación en el futuro. Ya no volverá a ser conmigo el director frente a un miembro del personal. Gracias a Orion no volveré a ser solamente una de las psicólogas del centro que dirige, también seré una mujer. Esa noche no siento que la boca del metro me traga, siento que desciendo la escalera como antes, segura de mi atractivo, con la certidumbre de poder provocar con una sonrisa –si quisiera, pero no quiero– la respuesta de otra sonrisa.

La isla Paraíso
número 2

Orion y Bernadette están hartos de excursiones y juegos en familia. El tío, la tía y las primas se embarcan para regresar a casa con rapidez, se espera que tengan un viento favorable y sobre todo que no vuelvan a molestar en nuestra isla.

Luego aparece un objeto insólito: una auténtica casa rodante de madera, de esas en que se viajaba en otros tiempos, con tirantes para dos caballos. ¿Salió del mar? Orion me explica que Bernadette y él la construyeron con restos de embarcaciones que han traído las mareas. Hay que encontrar los caballos blancos que han venido con nosotros a la isla.

«Uno va a ponerles el freno.»

Se ríe con esta idea, pero luego su rostro se ensombrece: «Han puesto el freno... a mí... cuando uno era pequeño y ahora uno no es como los demás. Entonces a menudo uno tiene ganas de ir a las Rocas Negras y de ir al mar, lejos, cada vez más lejos. Uno no puede porque ni siquiera sabe nadar. Uno tiene miedo de las Rocas Negras, entonces nada haciendo pie... ¡Es preferible seguir vivo para mí!».

—Está bien.

—Contigo todo siempre está bien, uno piensa que es así en la vida. Jasmine dice que eres una sabia de verdad, pero que no eres lo bastante severa. No pones el freno.

—Pero tú no eres un caballo, Orion, no necesitas freno.

—A veces Jasmine defiende a su medio hermano, mamá le tiene miedo a Jasmine. Papá le tiene miedo a mamá, pero no a Jasmine. Y a mí... uno le tiene miedo a todos menos a papá y a ti. ¿No lo ves?

—Veo que las cosas no siempre son fáciles.

Ríe. Reímos los dos. Parece contento de haber hablado, yo estoy contenta por la casa rodante que vino de las mareas del océano. Ellas traerán también cosas nuevas, que espero impaciente.

El tiempo pasa, atraviesa las sesiones de Orion, las de mis otros pacientes, las reuniones que en el Centro llamamos «de síntesis», y que Orion, como su madre, llama palabreríos.

Todos los días voy y vengo de Opéra por la estación Auber, con sus escaleras a menudo descompuestas, sus pasillos rojos, su incesante multitud. Antes o después está el bulevar Haussmann, del que conozco cada tienda, cada vereda y cada lugar donde suele haber amontonamientos.

Cada 20 de mes me espanta el poco dinero que nos queda. Debería pedir un aumento de sueldo, pero no me atrevo. Solía ser audaz en otros tiempos, pero ya no. La era del pleno empleo ha quedado muy atrás y hoy, como todos, sólo pretendo conservar mi trabajo.

Vasco tiene su música y me tiene a mí. Yo tengo su música, muy pocas veces tengo mis poemas, y lo tengo a él. Además tengo a Orion. Sé que Vasco lo sabe y que acepta con coraje ese peso suplementario. Yo no tengo lugar en el mundo de los ganadores, estoy con Orion y su casa rodante de la playa de la isla Paraíso número 2. Podemos vivir y tener esperanzas, pero Orion y yo hemos sufrido una derrota que no hemos podido superar. No puedo arrastrar en eso a Vasco. Su música es cada vez más bella, pero él sabe, ambos sabemos que todavía no alcanzó su música, la que llegará algún día. Vasco no ha descubierto aún su verdadera música, pero me tiene a mí, su única espectadora, como él dice, y no pierde pie. Mientras que Orion nunca ha tenido más que un solo pie en este mundo, y es por eso que no se atreve a nadar.

Pero extrañamente, al ver el dibujo que me trae esta mañana se diría que puede volar. Volar entre los árboles balanceándose con las lianas de la selva de la isla Paraíso número 2. Al ver el dibujo que me muestra con su habitual lentitud, río de placer. Estoy encantada.

Son seis, rodeados por grandes y frondosos árboles, a los que se trepan con la ayuda de las lianas. Se balancean de un árbol a otro con una libertad desbordada y exuberante... Él con sus cabellos largos y sus anchos hombros, es el más hábil, el iniciador, el que se arriesgó primero, el que trepa más alto y va de una rama a otra con la mayor audacia. Es un Tarzán que lanza un grito sonoro y se desliza por el extremo de una liana desde la vertiginosa cima de un árbol gigante hasta el árbol de enfrente en el que encuentra, sobre una fuerte rama, a una maravillada Bernadette. Ella es más ligera, más rubia que en los anteriores dibujos. Las primas, el tío y la tía están alegres, vestidos con colores vivos, y se divierten muchísimo en los árboles a cuyos pies hay maravillosas flores.

Orion es el jefe de la banda, más que Tarzán, es Mowgli. Protegido por la pantera negra, trepa, juega, vence todos los obstáculos en el país infantil y soñador de las lianas de su jungla. A través de este dibujo, Orion libera los tesoros enterrados de los sueños de la infancia y demuestra que se está convirtiendo ya en el que yo quiero que sea. Su manejo de la témpera está lejos de la perfección, su dibujo de los personajes siempre es algo torpe, pero a pesar de eso es capaz de transportarnos a otro universo: el antimundo de la esperanza y del deseo donde me reencuentro con él en los relatos nocturnos de mi padre y, más tarde, en la lectura sin límites de los dos *Libro de la selva*. Me persuade de que Mowgli vive aún, de que no puede morir y de que está muy presente en sus dibujos, en el calor dulce y envolvente de sus colores, en las formas en movimiento de sus personajes, y en su sueño aéreo de adolescente volando con las lianas. Escucho mi voz, que parece sonreírle: «Es muy bello, Orion, hay felicidad, libertad, dan ganas de divertirse toda la vida en los árboles contigo, como si todos los días fueran vacaciones».

No responde, pero su rostro entero se ilumina poco a poco con la temblorosa ingenuidad que aparece a veces en su mirada y con la que ha conquistado el corazón del equipo del hospital de día, y el mío. Ahora atraviesa por un instante de encantamiento en el que descubre lo que es, lo que probablemente será algún día. Todavía no puede creer en ello, y yo tampoco, pero podemos tener esperanzas.

Salgo poco a poco de la jungla, de los grandes saltos en liana a través de los árboles, vuelvo al dibujo, y me asombro: «Pero son seis, yo creía que el tío Alain se había ido».

—Se han ido, el dibujo es de antes, había que ser muchos para divertirse en los árboles. Lo haremos otra vez cuando vengan los compañeros. Y entonces haremos una casa en el árbol.

—Los compañeros vendrán...

—Todavía uno no sabe cómo, salvo el primo Hugo, que vendrá en submarino. Uno más pequeño que el del capitán Nemo. Ya está dibujado en la cabeza, y algunas veces uno podrá conducirlo.

El dibujo nos ha demorado tanto que ha pasado la hora del dictado. No lo reclama, pero cuando suena el timbre del recreo se va como siempre a esconderse a la entrada de la sala de profesores. ¿Quiere enfrentar el momento, o se trata, como yo temo, de exponerse al sadismo?

Como de costumbre, regresa un poco disminuido. Hacemos el trabajo y le pregunto por los sueños.

—Uno nunca se recuerda eso.

De repente se ríe: «Sí, un... había un doctor vestido de blanco que decía: "La vía regia hacia ninguna parte...". Tú estabas allí y parecías no estar de acuerdo».

—Te dije el otro día que el doctor Freud escribió: «El sueño es la vía regia hacia el inconsciente». Puede ser que tu sueño tenga que ver con eso.

—¿Qué es el inconsciente? ¿Lo que archicalienta la cabeza y la confusioniza? Mamá y Jasmine dicen que no hay que ir por ese lado, que tú rebusqueas en mi cabeza y que eso no sirve porque uno sigue enfermo.

—¿Ellas quieren que te vayas de aquí?

—Ahora no, después. Ellas piensan que tú sirves para ortografía y francés. Eso lo dice mamá. Jasmine piensa sobre todo en matemática y biología porque dice que es algo útil. Dice que el dibujo está bien para calmarse y divertirse. Que tú eres una doctora psicóloga amable, pero que así no se aprende un oficio.

—Ser pintor es un oficio.

—No es tan así. Para ser profesor de dibujo como la señora Darles, sí. Pero uno tendría miedo de los alumnos que hacen lío y uno lanzaría los bancos contra ellos y perdería el trabajo. Un oficio de verdad, como el de mi papá sería mejor, se gana más. Un pintor verdadero no debe embalarse y hablar disparates, necesita relaciones y una buena ortografía.

—Mira qué alegre es tu dibujo, es divertido mirarlo, dan ganas de saltar, de bailar de un árbol a otro con las lianas. Es también tu deseo de poner a los monstruos en el papel. El deseo de tu mamá y de Jasmine es que tengas una buena ortografía, un oficio y dinero. Pero ése es el deseo de ellas, no el tuyo. Tu deseo es la aventura, la isla Paraíso número 2, los grandes árboles con flores alrededor de la casa rodante. Y los trescientos caballos blancos que persiguen al demonio por las calles de París.

Sus ojos brillan, ríe, es feliz de nuevo por un momento. Juntos por espacio de algunos instantes no pisamos la tierra, y nos vamos allá, donde podemos vivir felices. Ve que ese mundo, el suyo, el nuestro, existe. Pero esto no durará mucho, al igual que yo, él no podrá permanecer allí. En ese mundo, probablemente el verdadero, sólo se puede vivir intermitentemente. Se da cuenta de eso en este instante, lo ha visto, no lo olvidará, para bien o para mal. La sonrisa abandona sus labios y los míos, esa visión fugitiva se desvanece. Regresa, regresamos los dos, a lo que Vasco llama el mundo de prosa y ruido. Vuelve a él de manera tan brutal que pierde pie, transpira mucho y comienza a saltar mirándome al mismo tiempo. Sufro pero logro sonreírle, salta cada vez menos, se calma, suspira:

—A pesar de todo uno no está loco, ¿no es cierto, señora?

—No, Orion, no estás loco, y lo sabes.

—Sin mamá no habría casa —dice después de un momento—. Y cuando uno pierde el pase del metro o las llaves, Jasmine los encuentra... Y papá gana el dinero.

—Con tus cuadros, tú lo ganarás algún día.

Lo dije de golpe, sin reflexionar y demasiado rápido. ¿Es lo que realmente espero? Él no me cree, es evidente. Es la hora, junta sus cosas.

—¿Puedo mostrar tu dibujo a mi marido?

—Sí, puedes. Hasta mañana, señora.

Ha vuelto a ser el muchacho de dieciséis años que tiene miedo de casi todo, con prisa de ir a protegerse a su casa. La felicidad y el entusiasmo que manifestaba recién lo han abandonado.

—¡Fuerza, Orion! —le digo reteniendo su mano en la mía.

—Uno intenta, trata, señora —dice con una sonrisa triste—, los dos tratamos, pero no se logra muy a menudo.

Se va, en ese momento tengo ganas de llorar. Tengo derecho a hacerlo, después de todo. Lloro, mucho más tiempo de lo que «uno» debe. De tristeza, mezclada con un poco de alegría, que también hace llorar.

Me llevo el dibujo y se lo muestro a Vasco cuando regresa a casa. Lo mira largo rato, a su manera, sin decir nada, luego suspira.

—Si me atreviera, ¡qué música podría componer con esto! Es un sueño de infancia.

—¿Eso es verdaderamente lo que piensas? ¿No lo dices para complacerme? —digo elevando el tono de voz sin poder evitarlo. Siento que casi estoy gritando—. Debo vivir la desgracia de Orion en carne propia, Vasco, no tengo que guiarlo ni esperar que se convierta en esto o aquello. Eso es asunto suyo. ¡Ay! ¡Qué difícil es! Soy una pequeña máquina de esperanza. No debería. Todos me dicen que me involucro demasiado. Demasiado con Orion. Demasiado contigo. Deberías confiar en tu música solo, como un adulto.

—Creía que hablabas de Orion, pero ahora hablas de mí.

¿Por qué he dicho todo eso? Corro hacia Vasco, me estrecha en sus brazos y me susurra al oído un verso de Villon: «Alma, no tengas dolor». El alma cree que en este momento existe y no tiene más dolor. No hay que temer por el alma infantil y martirizada de Orion. Nadie debe salvarla. Está viva, lo dicen las lianas de la isla y los que se divierten con ellas entre los árboles.

Pasamos una noche feliz, al alba tengo un sueño, que logro escribir sin despertar a Vasco, que aún duerme: camino con amigos por un camino lleno de luz. Hablan mucho y están alegres. Me siento menos cerca de ellos de lo que creía. Llegamos a un pequeño río, el camino continúa bordeándolo. Hay un arroyo que desemboca en el río y que atraviesa un puente estrecho y vacilante. Digo: «Es por aquí, presten atención, sólo se puede pasar de a uno por este puente». Entretenidos con la conversación, mis amigos no me escuchan y continúan bordeando el río. Dudo, quisiera seguirlos y, sin embargo, hay que pasar por ese puente. Lo cruzo con precaución, cuando me doy vuelta para llamar a mis amigos, ya no los veo. El puente también ha desaparecido, el arroyo se ha convertido en un torrente que se precipita caudaloso en el río cuyo curso se ha ensanchado enormemente. Afortunadamente hay un sendero lodoso, no tengo botas, caminar por él es penoso. El sendero se angosta, los arbustos y las zarzas me raspan y me dificultan el paso, resbalo en los charcos, a cada paso tengo la impresión de caer. Pero no me caigo. El recorrido se hace más dificultoso, subo y bajo todo el tiempo, a pesar de mi gran cansancio, siento una pequeña alegría. El desfiladero se ensancha, las nubes se abren lentamente, aparece el cielo. ¡Qué paisaje de felicidad! ¡Qué profundo es el azul del cielo! Las laderas de las montañas, cubiertas de árboles de copas doradas, brillan al sol, ha caído un poco de nieve en las cumbres, pero en el valle, los bosques y los prados están todavía verdes. A lo lejos parece descender un rebaño porque se escucha el ruido sordo y entrecortado de los clarines.

Por una brecha entre dos montañas cae una cascada, solitaria, salvaje, rodeada de nubes y pequeños chorros de agua que el viento hace temblar. Su belleza me penetra, me hace pensar en la futura música de Vasco, mientras las laderas florecidas y los infinitos colores del bosque me recuerdan a Orion y al fulgurante universo de sus futuros cuadros. En ese momento percibo en mí una lucha. Una especie de publicidad gigante trata de distraer mi vista y despertarme. Resisto, defiendo mi felicidad, finalmente escucho las palabras de mi angustia: ¿La compañía de electricidad registrará esta baja de tensión?

Es un día feriado, tomamos con calma el desayuno escuchando un disco. Después, Vasco se pone a componer, tocando de vez en cuando algunas notas al piano. Por la ventana veo las primeras hojas sobre los árboles, las barcas descienden y remontan el Sena, la bruma se disipa, probablemente será un lindo día. Anoto mi sueño con todo detalle, no busco asociaciones. No, sólo quiero volver a verlo. Dentro de un momento, Vasco irá a correr a la isla, le llevo el café que le gusta y le pido que lea mi sueño. Lo hace y me pregunta cómo lo interpreto.

—No lo interpreto. No es lo que quiere. Quiere que lo contemple.

—Tienes razón —dice mirando de nuevo el cuaderno—. Es un objeto de contemplación, un poema. Pero al final, ¿por qué ese miedo de que la compañía de electricidad registre la baja de tensión?

—¿Ese peligro no existe acaso? Por eso hay que ayudar a Orion... sin quitarle su infelicidad... lo que llaman su locura, ya que serán ellos los que un día cuidarán de él.

—Ese es uno de tus proyectiles —dice Vasco sorprendido—. Un pensamiento típico de mi intrépida esposa, que siempre va un paso adelante.

Toma mi mano entre las suyas, la besa. Estoy contenta, sin saber por qué, lo abrazo fuerte. ¡Es demasiado! Su café se enfrió, le hago otro para poder respirar un poco en soledad. Cuando vuelvo ya se ha puesto la ropa deportiva, y dice saboreando su café:

—Ayer estabas tan emocionada que no pude contarte la noticia. El jefe vino como todas las semanas, y me dijo: «El director se va. Es muy eficiente en ventas y finanzas, pero no sabe tanto de mecánica como usted. ¿Quiere reemplazarlo?».

—¿Aceptarás? —pregunto angustiada.

—Por supuesto que no. Dije que continuaría trabajando, afinando motores, incluso inventándolos, pero que dirigir una empresa no es lo mío.

Siento que me sacan un enorme peso de encima.

—¿Qué te ha dicho?

—«Nunca tendrá una oportunidad como ésta. ¿Es por la música que no acepta?» Dije que sí. «¿Y por su esposa?» De nuevo dije que sí. Murmuró: «Ella es valiente». Y rió. «Usted gana bien, pero eso sólo le sirve para saldar deudas. Trabaja muy bien, para ayudarlo voy a darle algunos premios.» Eso es lo que quería contarte.

El dibujo que Orion me trae algunos días más tarde nada tiene ya de la loca exuberancia del juego de las lianas y el baile de árbol en árbol. Un caballo está atado a la casa rodante y Bernadette acaricia otro, bastante flaco, antes de ponerle el freno. Hay palmeras, y a lo lejos, sobre el mar, bellos pájaros vuelan en el cielo. Bernadette, vestida de rosa y con tacos altos, desentona un poco en el conjunto, pero es más linda y el dibujo es menos tosco que los primeros, pero ¿cuál es el lugar de Orion?

—¿Falta alguien?

—Sí, ayer hubo rayos —dice Orion—, uno sólo puede decir eso con un dictado.

Y, sin dudar, comienza a hacerlo.

DICTADO DE ANGUSTIA NÚMERO TRES

Hubo rayos fuertes, entonces uno saltaba porque no estaban los padres y golpeaba los muebles. Jasmine vino a verme, trataba de calmarme pero entonces había más rayos. Gritó y entonces uno golpeó un poco su mano. Ella creyó que le iba a pegar más fuerte... Si hubiera seguido gritando, el demonio lo habría hecho. Es mejor que se haya ido. Se salvó al dar un portazo.

Luego los rayos se calmaron, y uno se tendió en el piso, llorando y silbando una música de ópera. Uno quería ir a las Rocas Negras para nadar y ahogarse. Afortunadamente, uno no tenía el pasaje... Antes de acostarse, uno fue a buscar la cruz que está en el armario de mamá, se la ha puesto encima del estómago y pudo dormir. A la mañana siguiente estaba en el suelo, pero no se había roto, uno la guardó de nuevo en el armario y tomó el desayuno... Entonces la isla Paraíso número 2 existía de nuevo y uno pidió a Bernadette que me encerrara en la casa rodante para no ir a las Rocas Negras, como uno tenía ganas de hacer... Uno no quiere, porque no sabe nadar, ahogarse cerca de la orilla y que los niños me encuentren en la playa. Fin del dictado de angustia.

La mordedura

En mi trabajo con Orion hay buenos momentos, otros muy largos, y algunos que se hunden en una aplastante banalidad. Hay avances y retrocesos, en especial los días en que, viéndolo demasiado agitado, lo llevo a pasear. A veces vamos a ver museos, exposiciones o tiendas que no lo atemorizan. Siempre aborda con singular seguridad los objetos, las escenas, los cuadros que lo afectan interiormente. En los museos pasa delante de las obras que yo admiro y de las cuales le hablo casi sin mirarlas, pero cuando permanece delante de alguna otra, siempre es porque está secretamente relacionada con sus constelaciones, el demonio de París y los laberintos. La isla Paraíso número 2 es sin duda el laberinto que continúa el de Teseo, ya que este lo ha abandonado demasiado rápido y sólo pudimos explorarlo muy superficialmente.

—Esto es moderno —dice a la entrada de una exposición—. A mamá no le gustaría, y a Jasmine no sé.

Sin mirar casi nada, queda de repente extasiado ante un pequeño cuadro surrealista. Desde una puerta levemente entreabierta se ve una víbora descender una pequeña escalera de madera. Se ve que lo hace silenciosamente, moviéndose con sigilo. Una luz grisácea se filtra por un vidrio del techo. En el cuadro reina un curioso silencio y una amenaza sorda.

Orion lo mira fascinado, luego de un rato lo dejo para recorrer el resto de la exposición. Un poco inquieta, regreso: sigue allí completamente perdido en ese cuadro que le recuerda sin duda algún gran espectáculo interior. Le toco suavemente el hombro, salta como si lo hubiera despertado. Tartamudea: «¡Uno... uno... quiere irse!». Nos vamos.

¿Acaso la víbora que baja la escalera es el sexo –el Sexo Terrible– que, al encontrar por fin la puerta abierta, desciende hacia la libertad?

Muchas otras imágenes han podido invadir sus sentidos y su espíritu durante la media hora que pasó delante de ese cuadro mientras que yo miraba tantos otros, pero sin vivirlos tan intensamente como él.

Cuando llegamos a la estación del metro aún está perturbado. ¿Qué significa? Él no habla y yo no quiero preguntarle.

Cada semana, Orion va a la piscina y el señor Dante, un instructor de deportes muy paciente, se ocupa solamente de él durante unos momentos. Viene a verme y me dice: «Ayer, Orion hizo tres brazadas impecables en la zona profunda, repentinamente tuvo miedo y volvió a toda velocidad hacia el borde para sostenerse. Le dije con toda tranquilidad y sin tocarlo, porque lo conozco, que él sabe nadar, que volviera a empezar y atravesara la piscina. Se puso a temblar y bruscamente, con una rapidez increíble, me mordió la mano. Y muy fuerte. Mire la marca. Grité, me recompuse rápidamente, y al salir del agua Orion parecía más bien triunfante. Y, sin embargo, sé que me quiere. ¡Pero lo voy a hacer nadar! ¡Se lo prometo!».

En la oscuridad, en la penumbra, a veces con brillantes, con breves períodos de luz, se encadenan las semanas, los meses, doy vuelta las páginas del libro del tiempo y del olvido. Algunas personas, generalmente con poco dinero, me piden que me ocupe de su tratamiento, pero no pueden trasladarse hasta mi casa en los suburbios. Douai, que sabe que gano muy poco pero no puede hacer nada al respecto este año, me autoriza a recibirlos cuando el Centro queda vacío. Así gano un poco más, consigo una pequeña clientela, pero llego más tarde a casa.

Esa mañana, Orion llega agitado después del recreo: «Uno querría dibujar con tinta china, en una hoja grande, una tormenta... En el océano, no lejos de la isla Paraíso número 2, hay un barco que un rayo rompió en tres...».

—¿Y entonces?

—Casi todos los pasajeros salen en botes salvavidas, el comandante ha llamado por radio, los barcos llegan y los salvan. Hay alguien que se ha quedado dormido en la parte de atrás del barco, ¿cómo se llama?

—Popa.

—Uno no puede decir quién está allí ni dónde va a hundirse la popa, mientras uno no haya tormentado y cortado el barco con el rayo. ¿Entiendes lo que quiere decir?

—Veo que quieres comenzar enseguida. Tengo una hoja de muy buen papel. Aquí está, toma también la tinta y la pluma.

Comienza con el relámpago con el que corta en dos con fuerza el centro de la hoja. Rápidamente es absorbido por el trabajo, me levanto en silencio para llevar un papel a la secretaría. Cuando abro la puerta, vuelve hacia mí su rostro angustiado: «Quédate, señora, esta tormenta tiene muchos relámpagos, sin ti uno arderá».

Vuelvo a cerrar la puerta, regreso un poco contrariada a sentarme frente a él. Se sumerge de nuevo en su trabajo y ya no me mira, pero siento que con mi presencia participo en su dibujo. Cuando la sesión termina, se prepara a partir con el ritual acostumbrado. Me tiende la hoja.

—¿No lo llevas a tu casa para terminarlo?

—No señora, sin ti puede arder. Uno no quiere estar atormenteado en la cabeza.

En los encuentros siguientes, gran parte del tiempo se dedica a ese dibujo. Bajo el relámpago aparecen el tumultuoso océano y un barco que un rayo parte en tres. El dibujo es muy tenebroso, abunda el negro. La única luz proviene de los relámpagos. Cuando dibuja el momento en que el rayo rompe el navío, Orion ríe salvajemente y murmura: «¡Ah! ¡Qué fuerza!». Luego silba el pasaje de la tormenta de la *Sexta Sinfonía* que tanto le gusta.

—Le gusta la música —dice Vasco cuando le relato el episodio—. Tendría que ejecutarla él mismo: eso lo consolaría. Debe aprender.

—¿Aprender qué?

—A leer música, a tocar un instrumento. La guitarra está de moda, aprenderá rápido. El hospital de día podrá encontrar a un buen guitarrista.

La idea me gusta, le hablo de ella a Orion, que primero quiere ver a ese señor, antes de decidirse. Como la idea es aceptada por algunos profesores, Douai decide hacer una prueba para el inicio de las clases en septiembre.

Cada semana, Orion me trae un dibujo de la isla Paraíso número 2, pero el dibujo del barco dañado por el rayo se ha convertido en su principal centro de interés.

Llega el verano, junio estalla en hojas y flores con una atmósfera de vacaciones que parece atemorizarlo. No había sucedido eso en los años anteriores. Sin embargo, como siempre, irá a la casa de su familia en su querido Sous-le-Bois. También irá a la playa «para saltar las olas, a uno le gusta, uno se ríe mucho, en París es raro reírse. Este año uno les tiene miedo a las vacaciones porque va a partir lejos de ti».

—Volveré a fines de agosto, como tú.

—A veces, uno no vuelve, como el niño azul. Si tú no vuelves, señora, uno corre el riesgo de incendiar el hospital de día y uno iría a prisión.

—¿Quién es el «uno» que incendiaría el hospital?

—¡Uno no sabe, señora!

Ya siento el tono amenazante de su voz y, sin embargo, me arriesgo:

—El que dice «uno» es Orion, con un poco de demonio de París. Si Orion dijera «yo», el demonio de París no podría entrar tan fácilmente en la cabeza. «Yo» es más delgado que «uno» y el demonio no encontraría espacio para pasar.

—Tu eres como el señor Dante, señora, crees que uno puede nadar, pero uno no puede. El pie que quiere apoyarse en el fondo es más fuerte, hubo que morder al señor Dante. ¿Uno puede morderte?

—Si lo haces voy a gritar...

Se agacha y, con la actitud de un perro, sin usar las manos, atrapa mi mano izquierda. Me muerde sin mucha fuerza, pero me sorprendo tanto que grito. Vuelve a levantarse y hace caer la silla, salta mirando la mano que oculto. Sin darme cuenta me he levantado, me obligo a sentarme. Él salta cada vez más alto, espantado, me mira fijo sin verme. Su miedo se acrecienta, se volverá violento.

—Cálmate, Orion —digo levantándome—. Estás aquí, en el Centro, en nuestra oficina. Estamos solos los dos.

Da dos fuertes puntapiés a la puerta, que afortunadamente es muy sólida.

—¿Por qué has gritado? ¿Van a venir?

—Nadie vendrá —logro decir poniendo un dedo en mis labios—. Nadie ha escuchado nada.

—Tu Vasco marido va a ver que te han mordido.

—Me pondré una venda.

—Si me golpea, habrá un gran luchamiento, y entonces ¡cuidado con él!

—No golpea a los muchachos.

—Mi padre tampoco, mi mamá a veces sí, cuando está muy enojada, pero si el demonio me ha lanzado muchos rayos uno le golpea la mano. Luego la besa y llora.

Quisiera dejarse caer en el suelo como hace durante las crisis más fuertes y llorar largo rato para que yo lo consuele. Pero hoy no estoy dispuesta a soportar eso. Abro la puerta: «Salgamos, nos hará bien». Se deja llevar, pasamos el pasillo, lo llevo hasta la puerta de las visitas y lo hago salir primero.

En ese momento entra Robert Douai, sólo ve a Orion y le dice molesto:

—Tú no puedes salir por aquí, Orion, debes hacerlo por la puerta de los alumnos.

Orion agita los brazos febrilmente y da puntapiés a la puerta.

—Orion no está bien, señor, lo llevo a pasear. Lo he traído por aquí para salir más rápido.

El director nos cede el paso, empujo muy suavemente a Orion hacia adelante. Descendemos los primeros escalones, él conserva su aspecto extraviado, agita los brazos. Douai lo ve y me pregunta: «¿Quiere ayuda?».

—¡Uno no quiere! ¡No quiere! —grita Orion desesperadamente.

—No, no venga —digo a Douai.

Orion ya no grita, pero respira por la boca emitiendo un leve sonido, llora, su nariz está sucia, le extiendo algunos pañuelos de papel que rechaza. Continúa descendiendo. Llegamos al descanso del primer piso, le limpio la cara, se sobresalta pero me permite hacerlo. Desgraciadamente, la puerta del ascensor se abre y, sorprendido, comienza a saltar. Una mujer sale y se detiene estupefacta.

—No tema —le digo. Y a Orion: —Tomemos el ascensor.

Es un error, porque probablemente ve al demonio en esa puerta abierta. Duda, la puerta vuelve a cerrarse, se aprieta contra mí agitando los brazos. Douai, que ha seguido la escena desde arriba, desciende. Dice: «¡Cálmate, Orion!».

—Es él el que no se calma, señor.

Arremete contra Robert, me empuja con su hombro, hace que se caigan mis anteojos. Grito: «¡Mis anteojos!». Y pienso en el dinero que pagué por ellos.

Orion, al escucharme, se inclina, los recoge y se los tiende a Douai gimiendo.

—Uno la mordió... la golpeó.

Comienza a llorar. La mujer saca sus llaves y antes de desaparecer tras la puerta me dice: «¡Es culpa suya!».

—No es mi hijo, señora —respondo, ofendida—. Hago mi trabajo.

La mujer cierra la puerta y yo tomo a Orion del brazo, él se deja llevar, seguimos descendiendo, llora. Douai nos alcanza, me tiende los anteojos. Los tomo y digo con voz alterada: «No se moleste. Todo va a estar bien».

Cruzamos gente en el patio, Orion continúa llorando y se deja empujar hacia adelante. ¿Qué piensa la gente? Una voz repite en mi cabeza: «¡Eres un verdugo de niños! ¡Verdugo de niños!». Otra voz protesta: «Orion ya no es un niño». La primera replica: «Sí, es un niño, y lo peor es que tú lo sabes. ¡Consuélalo! ¡Es tu trabajo!». Ya no lo empujo hacia adelante, instintivamente he tomado su brazo, el gesto parece consolarlo. Le tiendo un pañuelo de papel y le digo que se seque los ojos. Saca de su bolsillo un pañuelo de tela muy limpio y se seca la cara y se suena la nariz. Cuando terminamos de cruzar el bulevar ya no está triste y ríe muy fuerte: «Uno es como un hijo crecido con su madre. Caminan del brazo».

Estoy tan disgustada como con la mujer del ascensor, pero ahora puedo ver un poco más claramente por qué. Mi hijo murió antes de nacer y no deseo que nadie ocupe su lugar. Y sobre todo, no quiero usurpar el de los padres de Orion. No es el momento de hablar de ello, solamente propongo un paseo por el jardín del Palais-Royal.

Cuando estamos allí, bajo los árboles, mirando las flores y escuchando el ruido de la fuente, le digo: «Orion, tú tienes una mamá y un papá, tú eres su hijo. Yo sólo soy la señora Vasco, tu psicóloga-profesora-un-poco-doctora, como dices tú. El Centro me paga para eso y no puedo ser otra cosa para ti. Te quiero mucho, pero no puedo ser tu mamá, tú no eres mi hijo. Debes entenderlo».

Me escucha, no responde, mira las flores. Mantengo mi brazo sobre el suyo. Lo retiro recién cuando nos sentamos en la terraza de un lindo café y le pregunto qué quiere tomar.

—Un jugo de naranja —responde intimidado. Duda, luego sonríe encantadoramente—. ¿Puedo?

—Puedes.

—Entonces, que sean dos.

Pido sus dos jugos de naranja, y en lugar de mi habitual té pido un café. Bebe sus jugos cuidando de no perder una gota. Tengo trabajo a la tarde, pero dispongo todavía de una hora y me gustaría quedarme en el jardín al sol.

—Terminó la hora, Orion. ¿Puedes ir solo hasta el metro?

Su rostro se nubla: «Hoy uno no puede, señora. Uno está muy lejos de la estación. Me va a molestar si me ve solo por la calle».

Me doy por vencida. Pago, luego digo: «Entonces, uno va a dar otra vuelta por el jardín».

—Tú también has dicho «uno».

—Es verdad. Puedes darme el brazo en el jardín, pero no en la calle.

Toma mi brazo con autoridad, incluso me guía a su manera, y me doy cuenta de que estoy muy cansada y de que me duele la mordida.

Disfruto la tibieza del jardín del Palais-Royal que ese bello día de junio acuna mi cansancio, alivia mi angustia, la de Orion, y nuestro temor común por su futuro. ¿Qué piensa la gente al verme con mi traje, que hace mucho tiempo fue elegante, pero hoy está ajado y fuera de moda, dándole el brazo a este muchacho de ojos bellos pero alterados, que camina junto a mí con esas gotas de sudor que el calor y la angustia deslizan sobre su cara? ¿Qué es lo que piensan? Yo misma hago el esfuerzo de pensar: «No me importa». No lo logro, es inútil que trate de intentarlo. Es una debilidad, nunca me será indiferente lo que la gente piense de mí.

Orion suelta mi brazo cuando llegamos a la calle, es un alivio y, sin embargo, estoy un poco triste. En la estación del metro, me tiende educadamente la mano. «Hasta mañana, señora.» Su actitud cambia, el que caminaba a mi lado muy erguido, enfrentando a la gente, parece encogerse. Desciende la escalera como si temiese ocupar mucho espacio, con la mirada al acecho.

Vuelvo a mi oficina, abro mi botella de agua y me dispongo a comer mi sándwich cuando llega Robert Douai. «¿Todo terminó bien?»

—Lo llevé al Palais-Royal, tomó dos jugos de naranja, se calmó. Lo acompañé hasta el metro.

—Temí por usted.

—Y yo temí por mis anteojos.

Ríe, luego, con ese espíritu concreto que tanto me gusta en este hombre que sabe también manejar las ideas, me dice:

—Si finalmente se los rompe, pida la devolución del dinero, hay presupuesto para eso, al igual que para las consumiciones. Pero no se arriesgue demasiado, puede volverse peligroso.

—Lo sé, la dificultad es que en este psicoanálisis, si podemos llamar a esto un psicoanálisis, él me pone permanentemente en un rol maternal, precisamente el rol que a Freud le parecía tan difícil de asumir. No sólo a mí me asigna ese rol, también al señor Dante, y a veces a usted...

—Nunca pensé en eso... es verdad. Sin embargo, hoy, cuando Orion se mostraba tan amenazante, usted rechazó mi ayuda y le dijo a la señora: «Es mi trabajo». Creo que exagera al exponerse a que la golpee, eso no es parte de su trabajo.

—No de mi trabajo de psicóloga, pero... me sorprende decirlo... sí de mi trabajo de enfermera.

—¿Se considera usted su enfermera?

—Un poco... Para él es necesario.

—¿Y para usted?

—Probablemente para mí también. Mi hijo murió antes de nacer... Esa es la razón por la cual yo siento que debo curar. ¿Puedo comer? ¿Quiere un vaso de agua... tibia?

Douai acepta el vaso de agua. Yo como un sándwich y una manzana, como de costumbre.

—Volvamos al tema —me dice—. ¿Por qué quiere usted ser también su enfermera?

—No quiero, debo. Una parte de mí está hecha para eso. Y él es uno de los sesenta enfermos inadaptados, neuróticos, *borderline* y psicóticos de los cuales se ocupa este Centro. Usted como director le adjudica una mínima parte de su atención y, a raíz de sus crisis de violencia, tendría serios motivos para expulsarlo. Pero no lo hace, y yo acepto ser su psicóloga-profesora-un-poco-doctora y enfermera. ¿Por qué? Porque creo que, como el albatros de Baudelaire, Orion tiene grandes alas que le impiden caminar. No es una verdad evidente, pero es lo que yo siento. La psico-profesora hace su trabajo lo mejor que puede, pero la enfermera que hay en mí no puede dejar de curar esas enormes alas, que tal vez no existen, pero que ella siente batir constantemente a su alrededor.

Douai se sirve otro vaso de agua: «Usted va muy rápido. Volvamos un poco a la situación real. Para el Centro, para usted, para mí, Orion es en primer término un enfermo, un enfermo grave, y usted asume la carga más grande del trabajo, pero no está sola. ¿Qué pensaría la mayoría de los colegas que se han ocupado de Orion durante tres años? ¿Qué pensarían los instructores, los médicos y yo mismo, que aún nos ocupamos de él con usted, si nos hablara en una reunión general o en un informe de las enormes alas que impiden a Orion caminar?».

—Creo que se reirían, y tendrían razón, pero usted no lo haría, porque más allá de la prisa cotidiana del trabajo en el Centro, usted sabe que mi apreciación es justa, aunque no pueda reconocerlo. No le estoy hablando al director, estoy confiando en un amigo.

—¿Y si la senda que usted propone no es la correcta?

—Llegará el día del hospital psiquiátrico y el ajustado chaleco de la medicación.

—De nuevo va muy rápido, y muy lejos.

—Si usted decide retirarme a Orion, me apenaría, pero me quedaría aquí porque necesito ganarme la vida.

—Usted sabe que es imposible, la transferencia que él hace hacia usted es masiva. No es eso lo que me inquieta, sino la considerable contratransferencia que hace usted. Se arriesga a perder su lucidez y pone en peligro su propia seguridad.

Lo miro tranquilamente. Sus ojos honestos me devuelven la mirada: «Tiene razón. El riesgo existe, pero... ¿Orion no vale la pena? Si no me comprometo como lo hago, nada sucederá».

—No puedo aprobarlo —dice alzando los hombros—. Nunca pensé que se pudiera curar de ese modo. Pero nadie podría decir que usted no cura.

Se levanta: «Llegaré tarde, me esperan para almorzar. Hablaremos de esto de nuevo más adelante».

Sólo tengo dos sesiones a la tarde, llego temprano a la estación de Chatou, aviso a Vasco por teléfono que vuelvo sola.

—Tienes la voz cansada —me dice—. Toma un taxi.

—Es una locura, Vasco.

—Hay que hacer locuras. Toma un taxi. Ya mismo.

—Eres un encanto.

Voy a tomar el taxi.

En casa, no sé si Orion me ha mordido la mano más fuerte de lo que creía, o es la sorpresa que tuve ante ese acto inesperado, pero me duele. Hago un vendaje, me recuesto en la cama y, sin darme cuenta, me quedo dormida.

Estoy en una prisión, mi condena es tan larga que nunca saldré de ese mundo gris. Alguien me acaricia el brazo... ¿los ángeles pueden entrar libremente por la ventana de los prisioneros como en el dibujo que tanto le gustaba a Sigmund Freud? Sí, pueden, porque Vasco, que ha entrado sigilosamente, me besa la mano alrededor de la venda que cubre la mordida. ¡Dios mío! Ya es casi de noche, debe ser tarde y no preparé nada.

—¡Dormías tan plácidamente! Debe dolerte la mano. Tengo un buen medicamento para eso. Preparé un plato y una crema que te gustarán mucho.

—Olvidé comprar pan.

—Ya es tarde. No importa.

—¿Se trata de un nuevo capítulo de tu gran aventura? —pregunta señalando la venda mientras comemos.

—De mi pequeña aventura, una pequeña victoria aquí, una pequeña derrota allá. Y hoy un nuevo capítulo. «Uno» me mordió.

Besa mi mano, se sienta al piano, toca algunas notas muy graves, y otras que parecen en caída libre. Luego surgen algunos sonidos que ensayan una acción amorosa e incierta.

—Orion... Vasco —digo—. Cada uno con un cielo demasiado grande cubierto de nubes.

—Ve a acostarte ya —ríe despacio—. Estás muy cansada. Anoto lo que toqué y te sigo.

Me acuesto. Quiero rezar y recuerdo un pasaje de las epístolas de San Pablo: «Cuando tenga el don de la profecía, el conocimiento de todos los misterios... de toda la ciencia... cuando tenga la fe... la que... la que mueve ¿qué? La que mueve montañas... si el amor me falta... yo... ¿por qué siempre yo?... Yo no soy nada...».

Pienso confusamente: «¡Qué duro es todo esto!». No encuentro la continuación, y me quedo dormida... El amor necesita... paciencia... el amor todo lo da. Escucho desde lejos las últimas notas de Vasco.

Cuando Orion entra en mi oficina, viene un poco nervioso del gimnasio, mira mi vendaje.

—¿Te duele?

—Un poco.

—El señor Dante en el gimnasio me ha dicho: «Me has dejado una marca». ¿A ti también se te ha dejado una marca?

En su pregunta hay una pizca de placer y de amenaza, esta mañana tiene los ojos de caballo desbocado.

—Los que hacen cosas malas —respondo—, los que te dicen: «¡Ya vas a ver!», los que hacen cruces de cementerio sobre tus hojas y sobre tus cosas, no quieren matarte. Solamente quieren encerrarte en el territorio de sus ideas pequeñitas e impedirte que seas libre. Y tú crees que debes lanzarles los bancos por la cabeza, pero esa no es la respuesta correcta.

Se ha sentado y no se ha quitado la campera, escarba con el dedo su nariz. Lo soporto, le tiendo un pañuelo de papel, no lo toma y sigue haciéndolo.

—Uno no te ha mordido, fue Él —afirma con fuerza.

—Él, con tus dientes. Ellos me han dejado la marca.

—Cuando empieza el bombardeamiento, uno ya no sabe de quién son los dientes... Uno trató de detenerlo, apretaba mucho la garganta. El niño azul hubiera sabido, cuando estaba en el hospital de Broussais.

Estalla en una carcajada: «A los cuatro años, el demonio vino a orinar en mi cama. El niño azul sabía lo que había que hacer entonces y el demonio y el ángel gritan... Gritan... ¿qué? Uno no sabe».

Se levanta, se mantiene en un solo pie, arroja al piso su preciosa campera. ¿Va a saltar? Lo escucho con atención.

—Los dos, el ángel blanco y el ángel negro —prosigue— decían: «Tu no puedes, eres pequeño, todo está prohibido... do... do... do. ¡Salta! ¡Agita los brazos!». El niño azul no decía nada, pero daba a entender con sus manos y sus ojos: «No está prohibido. ¡Un día serás grande! Cada día serás más grande contra lo prohibido... do... do». Así dejaba también su marca, a su manera, sin morder, sin hacer daño, sin palabras volcanes que escupen: «¡Cuántas faltas! ¡Cuántas faltas!».

Suena el teléfono. Con un rápido movimiento corto la comunicación. Orion había apoyado los dos pies en el suelo. El timbre del teléfono lo ha asustado, vuelve a levantar uno: parece una zancuda esperando algo.

—El demonio, señora, me deja marcas con los rayos de sus dientes, entonces yo también dejo marcas con sus dientes. Uno dejó una marca al señor Dante. Uno lo hizo gritar, a ti también te ha dejado una marca, te ha hecho gritar. No los ha hecho gritar muy fuerte, porque ustedes son buenos. Entonces uno no tuvo crisis. Una vez uno mordió la mano de mamá cuando estaba enojadísima. Después uno tuvo una crisis y lloró tanto y tanto tiempo que ella tuvo miedo y ya no sintió que le dolía.

Una vez uno ha querido morder a Jasmine pero ella se mueve tan rápido que el demonio no pudo alcanzar su brazo. Los dientes hicieron ruido en el aire. El demonio quedó atrapado, puso una cara tan rara que Jasmine se rió mucho. Entonces uno se rió mucho, Jasmine estaba orgullosa, hizo chocolate, uno lo bebió comiendo torta.

—Jasmine fue más fuerte que el demonio...

—Va más rápido. A veces, ella está de tu lado, como Paule. A veces está del mío. Con ellas nunca se sabe. Con el señor Dante y contigo se sabe.

Ha apoyado de nuevo el otro pie, recoge su campera, la cuelga en el perchero, creo que volverá a nuestro mundo. Pero no, se sienta y dice: «Toma tus hojas...». Su voz cambia:

DICTADO DE ANGUSTIA NÚMERO CUATRO

Después de dejar una marca al señor Dante el lunes, el jueves el demonio ha marcado a la señora con mis dientes. Fue un desgraciamiento, porque ella es muy amable con Orion. Jasmine dice: Esa mujer hace un gran esfuerzo, yo no tendría tanta paciencia como ella. Pero a mí, en todo caso, Orion nunca me ha mordido, porque sabe que también muerdo y que nos hubiéramos peleado y mordido los dos. Uno estaba igualmente un poco contento de haber marcado a la señora porque uno tenía ese deseo en los dientes... ¿Siempre uno tiene deseo en los dientes cuando hace cosas prohibidas?... El niño azul era amable, las enfermeras lo querían. Las personas grandes hacen todo el tiempo cosas prohibidas, el niño azul también. Cuando se decían cosas que había que obedecer, él no decía que no, no lloraba,

pero sabía cómo no hacer las cosas que uno no tiene ganas de hacer. Con él uno entendía, uno imitaba lo que hacía él. Luego él se quedó en el hospital y yo, uno no entendió nada... Como antes.
Con la señora, uno entiende un poco lo que ella entiende. Durante la crisis ella entendió que uno debía salir y uno salía a pesar de la escalera que gritaba y del ascensor que quería morder. En la calle, uno seguía saltando, ella estaba incómoda pero se quedaba cerca de mí, como si uno fuera un hijo crecido que no es. Ella dice que uno tiene mamá y papá, que ella es solamente una psico-profesora. Que el Centro le paga para eso... Nadie cree en el demonio de París, salvo yo. A la señora le pagan por no creer, pero desde que los dientes la mordieron se ve que cree un poquito más. ¿No es cierto, señora? Ella también ríe y dice: Tú eres quien dicta, Orion... Soy yo quien dicta, pero a menudo es el demonio quien habla, entonces uno ríe de lo que debería hacer llorar y salta girando los ojos como un zafado y todos me llaman Orion el loco. Uno leyó que los reyes de la historia tenían locos. Papá dice: Otro trabajo de locos. Si para mí sólo hay trabajos de locos, ¿quién ganará plata? ¿No sería mejor que el demonio me deje encajonado antes?

Dice la última frase con autoridad: *Fin del dictado de angustia.*

Me mira escribir de prisa la palabra fin.

—Quédate aquí, Orion —le propongo—. Miraremos un libro.

No acepta, es la hora, sale. Aprovecho la ocasión para ir a la secretaría, lo veo al pasar, acurrucado a la entrada de la sala de profesores. Detrás de la puerta de separación que el preceptor acaba de cerrar, un grupo de alumnos corea:

¡Don, don, don,
hay unión
entre Orion
y la señora Vascon!

Orion no parece verme cuando paso delante de él, escucha esos gritos como si fueran amenazas.

—¿Hacen eso a menudo? —le pregunto al preceptor.

—Usted sabe cómo son, se burlan de todos los profesores.

—¿Y él?

—Con Orion es algo frecuente. Lo provocan para que se enfurezca. Entonces tienen miedo, eso los excita.

—¿Por qué viene aquí? Siempre le propongo que se quede conmigo.

—A lo mejor le gusta servirles de blanco. Y además está Paule.

—¿Ella le gusta?

—Puede ser que sí.

Cuando Orion vuelve a la oficina, canturrea como sus compañeros:

¡Don, don, don,
hay unión
entre Orion
y la señora Vascon!

Se sienta y me mira esperando mi reacción, que no se produce, y entonces dice, como respondiendo a la pregunta que yo no formulo:

—Uno no sabe.

Me río. Nos reímos. Hay entre nosotros un instante de complicidad.

El arpa eólica

Un nuevo dibujo representa la popa del gran navío dañado por el rayo de Orion. Esta vez es blanca y roja, con las marcas negras del rayo, y está varada en la orilla de la isla Paraíso número 2. En medio de los restos del navío y los hierros, desvanecida o dormida sobre un lecho de algas, está Paule, completamente achatada, sin volumen, en jeans y camisa verde, con zapatos de taco alto.

Pero mientras que la auténtica Paule es muy linda, su rostro en el dibujo carece de gracia, sus rasgos están apenas esbozados. En la playa hay muchas tortugas que se dirigen al mar y, en el extremo de una larga cadena, un ancla negra está parcialmente hundida en la arena.

Es un dibujo ingenuo, pero el tratamiento de los detalles es realista, salvo el cuerpo de Paule, que parece una gran muñeca aplastada por un rodillo.

—La auténtica Paule es más bella —le digo.

—¿Cómo sabes que es Paule?

Estoy sorprendida, la muchacha desvanecida en la playa no se parece a Paule, sin embargo sé que es ella.

—Sólo lo adiviné, Orion, pero debo haber adivinado porque Paule debe venir a la isla. Ahora hay que atenderla.

—Bernadette fue a buscar el remedio y en la bodega se encontró agua de Vittel. Es la preferida de Paule.

—Continúa la historia.

—Bernadette le lava la cara y las manos. Uno ve que respira bien y le da el remedio, ella abre los ojos y dice: «Una está contenta de que estés aquí, Orion, finalmente en tu isla. Es muy linda, las tortugas son lindas también». Besa a Bernadette, luego a mí y continúa: «Uno creyó que iba a naufragar». Y toma agua de Vittel. Sus manos ya no están frías, la sostenemos y los tres vamos hasta la casa del árbol. Subimos los tres, contigo somos cuatro. Llegamos arriba, Paule se pone contenta al ver una casa de verdad con una puerta y ventanas y dice: «Una casa en un árbol, uno siempre ha querido tener una casa en un árbol, es mejor que la de mis padres en Montrouge». Tiene hambre, nosotros también, y tú has preparado el pescado que hemos capturado ayer, Bernadette ha calentado los porotos enlatados que se encontraron en la bodega del barco roto. Yo, uno ha recogido frutillas del huerto —se detiene y me mira—. Hay otro dibujo, ¿uno lo puede mostrar? La mano deseó hacerlo muy rápido pero no está listo listo porque el domingo uno fue al parque de diversiones con papá y jugamos al tiro al blanco.

—Muéstramelo y sigue con la historia de la isla Paraíso número 2.

Mientras toma su portafolio, lo abre, saca el dibujo, vuelve a cerrarlo y deja el dibujo sobre la mesa, percibo que, como él, ya no estoy en la oficina. Estoy en la casa del árbol y me doy cuenta de que es demasiado pequeña –una especie de casa de los suburbios en miniatura– para que podamos vivir los cuatro en libertad. Como los otros tres, debo ocupar mi espacio en ese mundo nuevo que se abre en la isla. ¿Por qué? Para vivir en esa libertad que Orion desea y que tanto teme. Si ha decidido estar en la isla, debo estar con él, un poco más atrás, como en el margen del dibujo en el que, por un doloroso error, ha matado al Minotauro.

El dibujo está sobre la mesa, lo miramos juntos, es un dibujo del mundo mágico de la isla Paraíso número 2. Sobre una colina que domina el mar cercano, hay un gran árbol muerto erizado aún de ramas negras un poco rotas. La copa se divide en dos partes despojadas, y en el centro, donde el tronco se bifurca, se ve el esqueleto de un gran pájaro cuya cabeza reemplaza un cráneo humano. Las enormes alas están abiertas y clavadas en otras ramas del árbol. Las plumas que quedan cuelgan de una piel gris muy tensa. En el centro, bajo la calavera, están fijadas las cuerdas de un somero instrumento de música.

Hay pájaros marinos que vuelan en el cielo y unos árboles verdes rodean, a cierta distancia, al gigante muerto pero siempre de pie. La parte inferior del dibujo no está terminada, sólo se ven algunas manchas azules que deben querer indicar el océano Atlántico.

—Para que pueda entender tu dibujo debes explicarme qué sucedió antes.

—Cuando uno terminó de comer, Paule abrió su mochila para poner a secar sus cosas. Rebuscó en la mochila, y después puso todo en el suelo y luego, como no encontraba algo, comenzó a llorar diciendo: Mi radio se ha perdido, se ha caído al mar. En esta isla, ¿cómo escuchar música sin radio? Uno no puede vivir sin música y sin baile. Uno no baila para convertirse en bailarina de ballet sino para terminar la secundaria y bailar luego con mi marido y con mis hijos.

Bernadette respondió: Orion te silbará música, sabe de memoria cuatro sinfonías y algunas melodías para bailar. Uno conoce canciones.

No es suficiente, dijo Paule, escuchar siempre sinfonías, y solamente silbadas. Hace falta música para bailar, si no la isla será el hospital de día número 2 y uno prefiere volver a Montrouge.

La señora dice: Orion, ¿recuerdas el libro que leímos el año pasado? Era un libro de Michel Tournier, ¿cómo se llamaba?

Viernes o la vida salvaje, señora, una novela para jóvenes.

En ese libro había un arpa eólica que tocaba música con el viento.

Podemos construir una, señora, porque al pasear en la casa rodante hemos visto un pájaro muerto con grandes alas, un cóndor...

Bernadette pregunta: ¿Ustedes creen que Orion puede hacer un arpa eólica entre las ramas de un árbol para que Paule tenga una especie de radio con el viento?

Sí, con los crayones y las témperas, puede.

Paule está feliz, canta con Bernadette y después los cuatro dormimos, con las dos ventanas abiertas porque no tenemos mucho lugar.

—¿Y luego, Orion?

—Luego uno hizo primero el árbol muerto con los crayones. Se trepó el árbol con lianas de témpera. Las alas del cóndor se hicieron con tinta china un poco diluida y se las tendió para que el viento las haga musicar como los órganos de Bach. ¿Se llaman así? En cuanto a la cabeza, no se sabe cómo son las cabezas de cóndor, uno puso en su lugar la calavera del otro libro que leyó: *La isla del tesoro*. Esas cabezas ríen y cuando el viento pasa por adentro hacen una música, una dulce música que gusta a las chicas. Bernadette y Paule bailan. Uno baila un poco, pero solo, porque aún no sabe bailar con una compañera. La señora está sentada, escribe un poema. Yo también, uno escribe poemas. Ella no lee el suyo porque está con las chicas en la parte del dibujo que no se ha terminado.

Al día siguiente, uno vuelve a subir con las lianas al gran árbol, papá me ha dado las cuerdas de un viejo violín y uno esculpe en madera en mi cabeza un instrumento en el cual el viento puede tocar una música distinta a la de las alas del cóndor o de la calavera que ríe. Uno desciende por las lianas, la señora está allí y dice que las tres músicas del viento son bellas. Uno está contento, con Bernadette y Paule va a lavarse y a bañarse al río. La señora no viene, el demonio de París le ha dejado una marca con los dientes y su mano no está curada.

Las chicas nadan, y uno siempre está tocando el fondo con el pie, Paule se burla de mí, los dientes tienen ganas de morderle la mano, ella lo ve y se queda en la parte más profunda, donde uno no puede atraparla, porque el pie se mantiene tocando el fondo. Las chicas gritan: ¡Beso!, los dientes se calman y uno recibe de ellas dos besos. De la señora no recibe besos. Cuando a uno le pagan por su trabajo, no hay besos además.

Se levanta un fuerte viento y trae mucha lluviedad, y el arpa eólica relincha. Hacia la tarde, el viento se convierte en tormenta, la lluvia cesa y uno siente que no puede controlar sus caballos blancos. Uno desciende de la casa del árbol, las chicas no quieren hacerlo, tienen miedo, pero temen más quedarse solas. Uno corre como un toro hacia el árbol, porque su música es como la herida que hacían los doctores al niño de cuatro años que estaba en el hospital de Broussais.

Afortunadamente estabas allí, señora, y te parabas entre el tronco y los cuernos que uno tenía en la cabeza. Cantabas, uno te prefiere cuando cantas, pero no lo haces a menudo. Cantas:

> *Orion, Orion, no eres un toro,*
> *no eres un Minotauro, Orion*
> *aquí no hay ningún demonio,*
> *estás en la tormenta en una isla,*
> *en tu isla Paraíso número 2.*

El árbol canta contigo, señora. Hace bien, hace reír, porque uno conoce la tormenta.

Dices: Escucha qué bello es esto, Orion. Uno se calma, oye que es lindo y que el cóndor canta más alto y más profundo que cuando uno silba. Bernadette comienza a tener miedo y toma tu brazo, señora, para mí... a uno le gusta esa música. El océano tropical Atlántico y los volcanes bajo el mar en lugar de gritar ¡Cuántas faltas! ¡Cuántas faltas! dan juntos un concierto que hace relinchar y galopar a mis caballos blancos.

Uno salta un poco, pero la señora dice: Escucha, Orion... Escucha qué bella es el arpa eólica en la cabeza.

Me impides saltar y golpear con los cuernos que uno no tiene contra los árboles, produciendo una pequeña música de niño azul. ¿Cómo conoces esa música si no has estado nunca en la isla Paraíso número que no se debe decir?

La señora dice: Uno no conoce esta música pero a veces siente lo que está en tu cabeza para calmarte.

Paule cantaba con el cóndor, la tormenta hacía caer las ramas del viejo árbol, tú procurabas alejar a Bernadette y a Paule. Has venido por mí, uno no quería irse, entonces me has tomado por el brazo, como si se fuera tu hijo crecido, que uno no es. Uno estaba contento, Bernadette se puso a bailar con el viento. Uno hacía como ella, ambos bailábamos. Paule cantaba muy fuerte, en la cabeza que reía. Tú y Bernadette cantaban con el niño azul en las alas del pájaro y yo abajo, en el vientre del cóndor.

La voz de Paule llegaba tan alto que la señora debía decirle: ¡Qué lindo! ¡Qué lindo! Pero ¡detente! ¡Arruinarás tu voz! Pero ella no se detenía, uno creía que Paule iba a salir volando, pero no volaba.

Luego se cayó sobre la hierba, se reía, Bernadette también, uno ya no podía detenerse. Paule sólo podía correr hacia el mar que gritaba grandes olas. Tú decías: ¡Corre más rápido! Y los tres corríamos detrás de Paule. La alcanzábamos justamente antes de las olas y se volvía a la casa del árbol. Paule no podía hablar más y a Bernadette le castañeteaban los dientes. Había un hombre muy alto con botas negras, que cantaba todo el tiempo, y sus ramas muertas se caían alrededor de él.

En la casa del árbol, Bernadette cierra la puerta y las ventanas, uno está casi contento de salir de todo eso que es demasiado bello. Bernadette calienta la sopa, tú haces pan tostado y uno pone la mesa. Paule está como ausente y se ríe. Uno le cura la garganta y puede comer. Después de lavar los platos, las chicas se van a dormir y tú vas a una gruta. Uno quiere oír un poco más la tormenta. Uno abre la ventana y oye la música del arpa eólica. Es como una mujer salvaje que tiene frío. Las chicas se despiertan, tienen miedo, gritan: ¡Cierra la puerta! ¡Ya no soportamos a tu cóndor loco! Uno está enojado, quiere correr en la isla, trepar a los árboles y balancearse en las lianas, en la oscuridad. Bernadette grita: ¡Estás chiflado! ¡Te vas a romper una pierna!

Salta de su cama muy rápido, cierra la puerta con llave. Las chicas vuelven a dormirse, uno salta un poco para calmarse, luego sube a la cama de arriba con una escalerita. Uno está bien en la cama, con un poco de demonio en el aire, como en todas partes. Uno se mece suavemente pensando en cosas de la isla Paraíso número que no se debe decir.

En ese momento, el teléfono suena con un ruido atronador. Contesto y digo: «Estoy ocupada. Llámeme esta noche a mi casa». Me sorprendo: descubro que estoy esa mañana en el hospital de día y no en la casa del árbol de noche. Orion continúa:

—Durante la noche, señora, uno oía un poco la música del niño azul, pero las chicas no la oyeron. Cuando uno era pequeño oyó esta música. Luego fue a la escuela, lo abandonaron y ya no escuchó la música. Antes del arpa eólica y la música del hombre muerto que ríe dentro del cóndor, uno ni siquiera sabía que existía esta música azul. Ahora uno sólo sabe silbar melodías de discos o de la radio. ¿Por qué? ¿Por qué, señora?

Su rostro recupera su expresión habitual, veo que en su frente y alrededor de los ojos nacen esos estremecimientos que a menudo lo asemejan a un caballo espantado. Yo no respondo, y repite varias veces, casi en un grito:

—Uno no sabe... ¡no sabe, señora!

Mira su reloj, yo el mío, la hora de clase ha terminado hace rato, no hemos escuchado el timbre. Se atemoriza al comprobar que es tan tarde. No llegará a tiempo a su casa, le harán preguntas. Reúne sus cosas con un apuro inhabitual, me saluda, deja la puerta abierta y se va corriendo.

Yo también estoy perturbada por lo que sucedió. Cierro la puerta y vuelvo a sentarme, me obligo a respirar profundamente. Me dejé llevar por su delirio. Me gustó su violencia, su infelicidad, su desgarradora alegría. Participé de todo eso porque no le bastaba poder delirar libremente, quería que deliráramos juntos, como lo habíamos hecho antes. ¿Es un falta profesional de mi parte? Orion ha respondido por mí: uno no sabe. Luego, para guardar la distancia: no se sabe, señora. Y salió corriendo a toda prisa para poder mantener un pie tocando fondo y no arriesgarse más tiempo en aguas profundas. Queda todavía un insondable «uno». ¿De dónde viene esa ola de imágenes y sonidos, la voz chillona de Paule y la bárbara música del gran cóndor? ¿Hacia dónde va? Uno no sabe.

Respirar, respirar otra vez, esperar penosamente ante la gran puerta que a lo mejor no existe, mantenerse inmóvil en el calor sofocante de la pequeña oficina. No debo creer que comprendo el sentido de lo que ha sucedido, ni que tengo la obligación de buscarlo. Hubo una presencia, una música, una inusitada danza de palabras y luego Orion se ha puesto de nuevo su temerosa máscara para ir a tomar el metro, el autobús, y llegar a su casa.

Si su madre le pregunta si ha hecho bien el dictado, no responderá. Si insiste, opondrá un «uno no sabe» para proteger su vida.

Me levanto, hace mucho calor, transpiro. No pensar, vivir, tener paciencia, prestar atención. Más atención aún, porque no sé cómo dejé el hospital de día y me encuentro en medio de la multitud. En Auber compro el diario, pago, afortunadamente, nadie sabe que vuelvo de la isla Paraíso. Encuentro un asiento libre, recorro el diario pero no comprendo nada.

A pesar de mis esfuerzos tomé un tren equivocado, que no se detiene en Chatou, debo descender en Rueil-Malmaison. El calor, el ruido, los autos que pasan a toda velocidad aplastan a la pobre mujer que se encuentra de repente sola sobre el puente. Por debajo, el Sena, amordazado, fluye entre la esperanza y la desesperanza del mundo tal cual es.

Regreso a casa temprano, pero exhausta. Son las cinco, todavía faltan dos o tres horas para que llegue Vasco. Tendría que escribir lo que sucedió con Orion cuando ambos estábamos en medio de la tormenta. Hace demasiado calor, primero debo tomar una ducha, hacerme una taza de té. Luego me recuesto un rato y me quedo dormida.

Tengo un temible sueño con Moby Dick, la ballena blanca. En el tumulto de las olas, escucho, como un grito, el terrible nombre del capitán Ahab. El salvajismo domina todo. El teléfono suena en el piso de abajo, me despierta y salva mi sueño del olvido.

Lo anoto rápidamente y preparo la cena. Escucho que Vasco abre la reja de la calle y me sorprendo corriendo escaleras abajo. Está en el descanso del primer piso. Sus ojos se iluminan, me lanzo a sus brazos. Subimos juntos la escalera. Me dice: «Tengo una buena noticia».

Me mira. «Y por lo visto a ti también te ha pasado algo.»

Cuando estamos cenando, Vasco dice: «Primero cuenta tú».

Hago el esfuerzo de relatarle el delirio de Orion, nuestro delirio y la tormenta sobre la isla Paraíso número 2. Como si se tratase de una continuación, le relato también el sueño de Moby Dick y la voz que gritaba con terror el nombre de Ahab.

—La ballena blanca —señala cuando termino—, Ahab y las grandes olas del Pacífico salen de tu maravillosa sesión con Orion.

—¿Crees que fue una sesión?

—Sin duda. Y me recuerda una frase de Giono que tanto nos gustó a los dos.

—Dila.

—«El hombre siempre desea algún objeto monstruoso...»

—«Y su vida sólo tiene valor si la compromete enteramente en esa búsqueda.» Esa frase es tuya, Vasco.

—Frente a Moby Dick, mi música todavía no existe.

—Te equivocas, no tienes paciencia, como Ahab. El objeto monstruoso existe para ser escuchado y contemplado. No para ser capturado... No tengo ganas de hablar de eso ahora, estoy demasiado cansada. Mejor vamos a caminar a orillas del Sena.

Salimos, la noche es acogedora al borde del río. En la dirección de París, el velo luminoso que cubre la ciudad impide ver las estrellas. Vasco se inclina hacia mí: «Ahora te diré la buena noticia. El nuevo motor que me ha dado tanto trabajo está listo. Me darán una recompensa que me alcanzará para saldar todas las deudas que me quedan. Dispondré otra vez de mis sábados. ¿Y si retomamos la costumbre de correr en la isla? Nos haría bien, y además me encanta verte correr».

—De acuerdo, me gusta correr contigo...

—Entonces, ¿el sábado?

—Sí, el sábado. ¡Qué bueno!

De repente pienso en Orion, que no hace deportes, que no se atreve a correr solo, porque el demonio puede asaltarlo por detrás.

—Podríamos llevar a Orion...

Escucho a Vasco reír en la oscuridad. Me estrecha contra él, toma mi mano: «Uno de tus monstruosos objetos acaba de superar la barrera del sonido... ¡Orion! ¿Por qué no? ¡Orion! ¡Por supuesto!».

La estatua de madera de árbol

Le digo a Orion que Vasco y yo queremos llevarlo a correr a una isla con nosotros.

—¿Qué isla?

—Una isla del Sena.

—¿Hay que ir a tu casa?

—Iremos a buscarte en el auto a la estación de tren, luego de correr vendrás a comer y a dibujar a mi casa.

—Las islas son lindas si tú estás en ellas. A uno le gusta correr. Uno irá después de las vacaciones.

Tratamos de trabajar, pero siento que sus pensamientos están lejos.

—¿Dónde estás, Orion?

—Uno está con la estatua, piensa en su falda larga, igual que la tuya, señora.

A causa del calor hace varios días que llevo faldas largas de algodón. Lo ha notado, lo cual me sorprende, porque a menudo tengo la impresión de que sólo ve mi rostro.

—¿Con qué estatua estás?

—La estatua del dibujo... que está en el portafolio.

—Muéstramelo.

Saca la carpeta del portafolio y suspira sin abrirla. «Lo que pasa es que el dibujo no está listo listo, otra vez. Sólo está terminada la estatua.»

El dibujo inacabado que me tiende representa un cabo de la isla Paraíso número 2 en el momento en que el sol matutino sale del agua. En la cima de un acantilado, rodeada de algunos árboles que empequeñece con su altura, una inmensa estatua de mujer mira hacia el levante.

La estatua viste una falda larga y una camisola parecida a la que yo uso desde el comienzo del verano. La larga falda le confiere esa presencia monumental con la que Orion trata de hacer frente a su océano interior y a sus demonios, y, cada mañana, al peligroso nacimiento de un nuevo día.

El cuerpo de la estatua es, sin duda, la representación del mío, con una especie de majestad que afortunadamente no tengo en realidad, pero que existe probablemente para Orion. Lo que me aterra es que la cabeza de la estatua no es la mía. Fijada en el esbozo de una sonrisa o en el comienzo de un grito, está la cabeza de Paule. Paule lleva siempre pantalones o minifaldas, es muy delgada, la estatua tiene una fuerza, una solidez que la muchacha no posee. ¿Mi cuerpo se ha transformado a tal punto? Deslizo una mano a lo largo del cuerpo de la estatua, con la otra sigo la línea de mi propio cuerpo. ¿Orion lo nota? Es probable, porque dice: «Es tu falda, pero es una estatua de madera de árbol, no eres tú. A veces vienen cosas, al dibujar uno no sabía que estaba dibujando la falda».

—Tu estatua de madera de árbol es muy bella, tal vez algún día hagas también esculturas.

—Mi casa es muy pequeña, y eso ensucia mucho.

—¿Jasmine tampoco tiene lugar?

—Cuando su mamá murió ella heredó una casita. Allí uno podría hacer estatuas, pero Jasmine no quiere que se cambie nada, y entonces uno sólo puede hacer lo que veo en mi cabeza.

Acaricia la estatua con el dedo y suspira: «¡Es grande!».

—Tu imaginación es grande...

Me mira, no está convencido de lo que acaba de escuchar. Hacemos el dictado. Después del recreo leemos alternativamente una historia del *Libro de la selva*. Le gusta. Cuando se termina dice: «Ya que escribes como una escritora, deberías escribir una historia de Mowgli. Cuando uno leía ésta pensaba que la habías escrito tú. La imaginación está en la cabeza, el demonio también, todo mezclado».

Suena el timbre, termina el año escolar, reúne sus cosas.

—Mañana uno sale de vacaciones, señora. Será largo...

—Si me escribes, te responderé.

Abre la puerta, tiende instintivamente su frente hacia mí para que lo bese. Reacciono:

—Ya eres grande para que te bese, Orion.

Veo que sus ojos pestañean, se humedecen. Vuelvo a hablar enseguida: «No te pongas triste, Orion, te quiero mucho y tú lo sabes. Felices vacaciones. Todos los días pensaré en ti».

Nos estrechamos la mano y se va. Al darme vuelta veo a Douai en la sala de ergología, cuya puerta está abierta. Está haciendo fotocopias. Me mira riendo:

—¡Vaya! ¡Eso era casi una escena de amor con Orion!

Le sigo el juego: «Casi, si usted lo ve de ese modo. A lo largo de un tratamiento suele suceder, ¿no es cierto?».

—Por supuesto, en todo caso, no estoy pensando en Orion, sino en usted.

—¿Todavía cree que hago demasiado?

—Todos estamos cansados a fin de año, pero usted más que los otros. Los psicóticos son densos y Orion es un caso particularmente denso.

—Orion está mejor, un poco mejor cada año. Hace cuatro años cualquier progreso parecía imposible.

—Usted ha demostrado lo contrario, pero ¿todo esto no supera sus fuerzas?

—¿Por qué lo dice?

—Porque lo creo desde hace tiempo, se lo he dicho varias veces. He encontrado en su currículum un volumen de poemas que usted acababa de publicar. Lo he leído, la poesía no es precisamente mi especialidad, encontré su libro difícil, pero me conmovió. Y hace cuatro años que dejó de publicar. ¿Todavía escribe?

—Poco. Los domingos y durante las vacaciones. Los poemas aparecen cuando quieren, no hay control sobre eso.

—Orion le consume mucho tiempo y energía.

—¿Esa es su conclusión? ¿Y me lo dice como director?

—Como director aprecio su trabajo y su tenacidad. Pero pienso en la escritora como un amigo. Esa escritora probablemente es necesaria para otros, probablemente también para Orion.

Tengo ganas de huir y balbuceo: «Se me hace tarde, debo irme...».

Regreso a mi oficina y reúno mis papeles. Douai, que ha terminado de hacer sus fotocopias, entra.

—Usted no está tan apurada como dice. No es tarde. Hablemos un poco.

Se sienta en el lugar de Orion, yo en el mío.

—Usted me dirá que no me comprometa tanto. Me gustaría, pero ¿cómo? ¿Usted lo sabe?

—No, no lo sé, Véronique. Pero ¿la psicoanalista no le está sacando aire a la escritora? Usted está en ósmosis con Orion, cuya imaginación quizá necesite de la suya para desarrollarse. No puedo decirle nada más, pero de eso estoy seguro.

Douai me desea felices vacaciones, se levanta y se va. Yo vuelvo a casa.

En el tren no puedo siquiera abrir mi libro, pienso en las vacaciones de Orion y en el silencioso intercambio que sostienen nuestras palabras. Pienso en la transferencia y en la contratransferencia, siempre tan misteriosas detrás de las palabras que las encubren.

En la estación de tren me encuentro con una sorpresa: me preparaba para volver a pie, pero Vasco me está esperando. Me siento perdida, por la incertidumbre, tal vez por el caos por el cual avanzo –sí, avanzo– sin entender nada. Vasco se da cuenta de inmediato, me toma el brazo para llevarme hacia el coche.

—Estás inquieta ¡Y eso que tus vacaciones comienzan hoy! ¿Qué sucedió con Orion?

—Nada. Se fue. Hizo un dibujo... un dibujo inacabado... con una inmensa estatua. Es una mujer que enfrenta el mar y lleva mi ropa. Una de mis faldas largas y mi camisola. Y tiene la cabeza de Paule, una muchacha del hospital de día, de la isla Paraíso número 2. Eso me ha conmovido, luego el director quiso hablar conmigo.

—Crees que su estatua no eres tú porque tiene la cabeza de una muchacha. ¿Crees que la muchacha que has sido ya no existe?

Luego de un momento pregunta: «¿Quieres dar una vuelta en coche?».

Sí, quiero dar una vuelta, no quiero volver a casa. Conduzco rápido, demasiado rápido. Vasco siente que no respeto el ritmo del motor que él calibró con tanto cuidado, pero no dice nada. Voy hacia Saint-Germain-en Laye y en el bosque derrapo peligrosamente en un sendero que no está habilitado. Vasco continúa callado, el sendero nos lleva cerca de la terraza que tanto nos gusta a los dos. Encontramos un banco que conocemos bien. Sin hablar, Vasco rodea mis hombros con su brazo. Me siento mejor, necesito hablarle.

—El primer regalo que me hiciste fue un encendedor, un encendedor de marinero que yo siempre tenía en la mano sin darme cuenta de que te amaba. Ese encendedor despertó y dio calor poco a poco a mi alma atemorizada. Siempre lo llevo conmigo. Mira.

Vasco se levanta, me lleva hacia la balaustrada que domina el valle y yo estoy feliz, sin motivo alguno, como en los años salvajes de nuestros periplos por África. Debajo de nosotros está el Sena y el valle donde pronto se encenderán las luces de miles, de millones de existencias que nosotros jamás conoceremos. El silencio de Vasco está cerca, escuchando el mío.

—¿Quieres regresar? —me pregunta.

Sí, quiero regresar, tenemos hambre, estamos cansados y quiero alimentarlo, cuidarlo. A él, que a pesar del cansancio vino a buscarme a la estación para poder tener estos momentos de felicidad. Se sienta al volante, conduce mucho más despacio que yo antes y, sin embargo, vamos más rápido. Siento un vivo impulso de amor por ese cuerpo grande que está a mi lado y, deslizando mis brazos bajo los suyos mientras maneja, lo abrazo con fuerza. No dice nada, mantiene los ojos fijos en la ruta, que está muy cargada. Pienso: es un profesional, pero sé que su atención interior se dirige hacia la mía y que nuestros pensamientos se unen.

En la puerta de casa lo libero y sin inquietud me lanzo por la escalera para preparar la cena mientras él busca un lugar para estacionar.

Después de cenar y lavar los platos, me pide que le muestre el dibujo de Orion.

Lo saco de la carpeta, lo pego sobre una hoja blanca más grande y me impresiona la rusticidad del estilo. Transportado por lo que ha visto, Orion solamente dibujó con detalle su árbol-estatua, el resto es un rápido esbozo.

Vasco mira largo rato a la gigante del mar, la recorre con el dedo una y otra vez. Está más impresionado por esta obra inacabada que por los otros dibujos de Orion.

—Este muchacho tiene manos de escultor, esta mujer-mar es casi una escultura.

—Es su deseo. Sería terrible para mí ser el objeto de deseo de este muchacho. Pero no se trata de eso. Su deseo es una estatua gigante que se parezca a mí, a mí y a Paule. Una estatua fuerte, poderosa, provista de un cuerpo enorme para impedir al demonio que salga rugiendo del mar.

—Orion te ve, te quiere sólida, Véronique, y yo también. Lo sólido es el arte, la música. Él lo está demostrando.

—¿Y tú?

—Todavía no. Temo ver la música salir de mí, delirante y cubierta de espuma.

—Para poder hacer, hay que deshacer, Vasco.

—Y yo deshago cosas, Véronique, muy lentamente. Mientras que Orion, el disminuido, dibuja y esculpe frente al mar su esperanza sólida.

Pasamos un sábado feliz, corremos en la isla, descansamos. Vasco compone, yo pongo al día el correo atrasado, pienso en Orion en Sous-le-Bois. Allí no existe el demonio de París, cuyo poder llega sólo hasta Orleáns. Sólo hay demonios más débiles, demonios del campo.

Por la noche tengo un sueño importante. Hay un árbol muy grande, semidestruido por un rayo, parece muerto y, sin embargo, veo minúsculas hojas que aparecen en sus ramas. Es el árbol de Homero. Canta el himno fálico. Un inmenso y peligroso tumulto se eleva, es el galope blanco de caballos psicóticos.

Me despierto, estoy feliz, un poco temblorosa. Vasco duerme apaciblemente a mi lado. Me tranquilizo, escribo mi sueño en la libreta que siempre llevo conmigo. Vuelvo a dormirme, siento que mi felicidad crece y me despierto llorando.

Vasco ya se ha levantado, ha preparado el desayuno, contento del prolongado sueño en el que me vio sumergida. Sale a correr nuevamente a la isla, es incansable, yo no, por eso bajo a escribir al jardín. Redacto el texto de mi sueño y me preparo para anotar las asociaciones. Pero me detiene un pensamiento certero: el sueño no es lo que yo deseo. Quiere que continúe escuchándolo. Surge una palabra: visionario. El sueño no debe ser analizado, debe ser entregado al visionario. ¿Qué visionario? No uno solo, sino dos, los dos ciegos que tienen miedo de lo que cantan. El galope blanco de los caballos psicóticos es el canto de Orion, el árbol de Homero, que se creía muerto y sin embargo renace, es el canto de Vasco.

Lloro silenciosamente, como cuando terminó el sueño, probablemente de felicidad. Siento en mí la pequeña huella de un niño que veo con sorpresa, con amor, con demasiado amor. ¿Soy yo misma, que al nacer provoqué la muerte de mi madre? ¿O es el hijo muerto dentro de mí antes de nacer?

Me estoy desviando, me estoy alejando, pero uno puede, a veces, dejarse llevar. El accidente. Yo conducía la moto. Mi marido me gritó: «¡Acelera! ¡Continúa!». El niño que ya nunca tendré, como ya no tengo madre. La repetición de los actos. Debo amarme para poder amar, para poder curar a otros. Para soportar la espera ante la puerta que no se abre, como dice Vasco.

Vasco regresa, le cuento mi sueño. Está conmovido, emocionado: «El árbol herido por el rayo, el árbol de Homero, que canta el himno fálico, hace algo más que hablarme: me transporta. Es como la gran estatua de Orion, la que deberé transformar en música algún día. Es extraño, el contacto con las mujeres parece imposible para Orion. Pero no en su imaginación. Frente al océano y al demonio prehistórico, clava su dardo. En tu estatua, en la de Paule, ¿eso te duele?».

—No, Vasco. Yo me ocupo de Orion, como de todos mis pacientes, escuchándolo, pero también con mi voz, mis ojos, con todo mi cuerpo. ¿Cómo hacerlo de otro modo? No puedo esconderme detrás de la ciencia, como hacen otros.

—En tu sueño había para mí algo esencial en cuanto a la música, que viene de Orion y que, igual que él, yo desconocía.

—¿El galope blanco de los caballos psicóticos?

—Las teclas blancas y negras del piano, las notas, que deben arder para que no sean un ruido. Las partituras que se queman. La música que arremete, arremete para poder volar.

—Esto será largo, Vasco, muy largo y muy duro para ti y para Orion. Vamos a preparar el desayuno, y luego salgan ambos de mi mente. Necesito estar sola, vacía, ser nada para poder escribir, para poder escuchar aquello que habla dentro de mí sin palabras.

La música de Vasco

Ese verano pasamos una parte de las vacaciones en Bretaña, en casa de Aurélia y David, que nos invitan a menudo. Ambos son médicos y psicoanalistas, brillantes y con más experiencia que yo. He hecho análisis didáctico con David y cuando lo encuentro –de civil, como dice Vasco– no puedo olvidar la pirámide de silencio y de inflamados jeroglíficos con los que yo lo revestía durante los años en que me ayudó a proferir mi palabra aún semiparalizada.

Aurélia es mujer, madre, analista, casi siempre serena y frecuentemente risueña. Es una apasionada de la música y admira a Vasco.

Casi siempre reciben muchos amigos en su casa, analistas, artistas. El almuerzo, si no llueve, se organiza en el jardín, sin horarios fijos. Por la noche se prepara una verdadera cena, las mujeres llevan largos vestidos de tela que dan a la mesa estilo y color. Los hombres están en suéter. A veces somos muchos, se discute sin concesiones, de manera amena y con talento. Eso me intimida, casi no me atrevo a intervenir.

Por la mañana acompaño a Aurélia al mercado. Cuando estoy sola con ella me animo a hacerle preguntas. Casi siempre termino por hablarle de los problemas de Orion.

Un día, cuando regresamos, me dice: «¿Por qué me preguntas siempre sobre el caso de ese chico? ¿Es tan difícil?».

—Es el caso más grave que tengo y lo veo dieciséis horas por semana.

—¡Es muchísimo! ¿Cómo lo soportas?

—Como puedo. Soy su psicóloga, su profesora, debo manejar sus crisis. A menudo me angustio, creo que hago demasiado, o demasiado poco.

—Yo solamente he atendido psicóticos como interna en el hospital, hace mucho. Luce, nuestra amiga, es enfermera y viene mañana, pronto va a jubilarse, tiene gran experiencia. Habla con ella, te ayudará más que yo.

—Temo que el caso de Orion repercuta sobre Vasco.

Aurélia reacciona: «¿Por qué? No debes mezclarlo en este tema».

—Es difícil, se mezcla solo. Orion lo fascina.

—Construyan muros. Cada cual con su trabajo.

—Vasco salta los muros.

Se ríe: «No siempre para su bien».

—Vasco ha visto un dibujo inacabado de Orion: un árbol-estatua, una mujer gigante, que enfrenta el océano. Y me dijo: «Todavía no he hecho en música algo que tenga el poder de esta estatua que no existe».

—Él, que tiene tanto talento...

—A Vasco no le interesa el talento.

—Si apunta al genio...

—La música está en él. Pero aún no puede dejarle el paso libre. Entonces espera y sufre.

—¿Qué espera?

—No hay una palabra exacta. ¿La gracia, quizá?

—Mi gracia te basta, como a San Pablo. Bueno, ustedes aún no ven la salida a esta situación. Y esa gracia, ¿Orion la alcanza?

—A veces, puede ser. A menudo creo haber soñado, pero hay en sus dibujos y sus palabras huellas oscuras.

—¿Las ves tú o Vasco?

—Los dos. A veces pienso que exagero, pero Vasco piensa que no.

—Deliran de a dos, y a veces, cuando te dejas llevar, deliran de a tres. ¿Por qué no? ¡La psicosis es tan oscura! Esos dos son un fardo muy pesado, ¿crees que vale la pena? ¿Con Vasco solamente no te alcanza?

—Uno no sabe.

La repuesta surge desde el fondo de mí, me perturba y balbuceo: «Te he respondido con las palabras de Orion».

Llegamos a la casa de Aurélia, vaciamos las bolsas en silencio. Guardo las cosas en el refrigerador y en la despensa. Ella ha ido a estacionar. No la escucho cuando entra en la cocina, de repente me doy vuelta, sin duda ella me está mirando desde hace un rato. Capta mi mirada y alza los hombros con un poco de enojo. Luego me abraza suspirando: «Uno no sabe... ¿de verdad?».

Día tranquilo el de ayer. Trabajo en mi poema, el primero después de mucho tiempo. Quizá pueda poner en palabras el don del sueño. Al caer la tarde, Aurélia me llama: «David acaba de llamarme. Ha invitado a Gamma, una de sus ex pacientes, que llega mañana. El ha retrasado su regreso. Yo no la conozco personalmente, David me dice que es amiga tuya».

—Es mi gran amiga. Te va a encantar, es una música maravillosa.

—Me gusta como violinista. ¡Tan joven y con tanto talento!

—¡Gamma, aquí! ¡Qué alegría! Hace más de un año que no nos vemos.

—¡Un año! ¿Por qué?

—Gamma vino a consultarme por un tratamiento. Enseguida me di cuenta de que no era un caso para mí. La derivé a David. Nos vimos mucho durante ese tiempo. David creía que eso le hacía bien. Verás, yo la quiero mucho, y ella... está enamorada de mí. Al finalizar su análisis, David sugirió una separación por un tiempo. Cuando David sugiere algo... ¡Ya sabes cómo es!

—¡Sí, ya sé cómo es! —dice riendo.

En botas y jeans riego la parte del jardín en la que ya hay sombra. Tengo tiempo y David está contento de que lo haga. Me gusta regar las hortensias de color azul intenso que están cerca de la casa, los árboles jóvenes y las flores que David ha elegido y plantado con tanto cuidado. Con el día caluroso, el jardín se seca con rapidez y yo riego con ganas.

Gamma llega en coche como un torbellino, me abraza y comienza a reír: «Preséntame». Aurélia la recibe con su gracia habitual y la hace entrar: «No la conozco todavía y, sin embargo, siento que la conozco y la quiero por la música. David estará encantado de recibirla. Tuvo un retraso inesperado. Llegará mañana».

Ayudo a Gamma a subir sus cosas a su habitación. Una vez allí, exclama: «Está decidido. ¡Todo va a cambiar! Abandono el violín por el canto. Mi madre está desesperada, pero mi maestro me dice que estoy lista».

—¿Abandonas el violín? —pregunto estupefacta—. Con semejante talento...

Me recompongo: «Es verdad que tu voz es muy bella...».

—Tú me comprendes. Estaba segura de eso. Estoy harta de que hablen de mi talento. A los catorce años ya tocaba tan bien como ahora.

No quiero pasear por el mundo mi violín, mi virtuosismo y mis dilataciones cardíacas como mi querido padre. Ni respetar toda la vida *Las notas* como mi madre. ¡Solamente las notas! Quiero vivir, cantar, cambiar de senda, probar lo que aún no sé hacer, ¡como tú!

—Como yo...

—Como tú... eres bióloga, te inclinas por la psicología para ocuparte de los niños, escribes, te enamoras de Vasco, haces investigación en África, te conviertes en psicóloga de adolescentes psicóticos y sigues abierta a otras posibilidades. Eres una verdadera línea recta llena de curvas y de recorridos en zigzag. ¡Por eso te quiero!

Estoy anonadada, soy así, efectivamente, pero aún no lo sabía.

—Yo también te quiero por eso, Gamma.

—Si fuera de otro modo... ¡lo lamento por ti!

Y nos echamos a reír.

Vasco llega al día siguiente con Luce y su marido. Luce, la enfermera psiquiátrica de la que Aurélia me ha hablado, me resulta simpática de inmediato. Le comento a Vasco que Gamma quiere lanzarse a cantar. No puede creerlo: «Una violinista de su talla, ¡comenzar como cantante entre tantos otros!».

—No te dejes llevar por ideas comunes, Vasco. Gamma tiene una voz admirable. Lo que quiere es un cambio completo en su vida. No saber...

—Como tú con Orion...

Hay un silencio, cada uno está perdido en sus pensamientos. Me arriesgo a ir hacia él.

—Sí, como yo con Orion, como tú cuando escuchas un motor para sentir lo que puede dar, lo que quiere. Como Gamma y yo pensamos que tú harás un día con la música.

Vasco está conmovido, perturbado. No quiero prolongar la situación. Lo ayudo a deshacer la valija, a guardar sus instrumentos, sus partituras, su raqueta. Le preparo un baño. «Relájate. Tienes tiempo. Bajo a la cocina para ayudar a Aurélia con la cena.»

Somos muchos en la cena. Hace calor, Vasco lleva una camisa roja, está muy guapo. También David, de negro y con su mirada oriental, su sonrisa irónica, su eterna pipa. Gamma está radiante como siempre. Yo llevo un vestido corto de algodón, el que Vasco, absurdamente, llama vestido paloma, lo cual, sin motivo alguno, me infunde confianza. Vasco habla poco, pero cuando lo hace, todo el mundo lo escucha. Como se habla sobre todo de música me siento más segura que de costumbre. Aurélia anuncia que luego de la cena Gamma y Vasco darán un breve concierto. Yo no lo sabía, pero estoy contenta. Cuando la cena termina lavo los platos y Vasco viene a ayudarme. Le pregunto qué va a tocar. «Una pieza para flauta que escribí este invierno, tú la conoces, pero la cambié un poco.»

Vasco comienza con su pieza para flauta, toca muy bien, pero con una especie de indiferencia. No era así cuando corría carreras. Su madre, que lo inició en los rallies, me lo ha dicho a menudo. Su música es perfecta, pero ¿es verdaderamente suya? Es bella y, sin embargo, nuestros cuerpos no se conmueven.

¿Gamma siente lo mismo que yo? Escucha a Vasco con gran atención y por momentos me lanza una mirada de decepción. Yo también estoy decepcionada.

Cuando Vasco termina recibe muchos aplausos. Noto que Gamma, que ha tomado su violín, no aplaude. Yo aplaudo al hombre que amo.

Es el turno de Gamma, que acerca hacia ella el atril y la partitura de Vasco y anuncia: «Voy a tratar de adaptar sin ensayo la música de Vasco al violín. Me voy a equivocar. Él sabrá disculparme, y ustedes también. Me arriesgo...».

Vasco, tan sorprendido como yo, permanece impasible.

Gamma comienza. Es la misma pieza, pero no la misma música, son las mismas notas, pero cargadas de otra intensidad. Gamma no apunta al gusto, a la inteligencia, a nuestra cultura musical. Le habla a nuestros cuerpos en un lenguaje más cálido, más ardiente, al borde del sufrimiento. Estoy a su lado, veo que saltea notas, crea aperturas, discordancias que hacen más viva la música. Ya no se busca la belleza, ni se encuentra la armonía, es otra cosa. Algo que no se alcanza, porque no se puede, en la felicidad, pero que existe por la música en la presencia y más allá de la desdicha. Veo que Vasco sufre y al mismo tiempo está exultante al escuchar a Gamma. Ella se equivoca a veces en las notas y nos hiere ese momento disonante, necesario para el que nos transportará a continuación. Termina con una cascada de notas falsas, que le permiten, en medio de nuestros aplausos, dejar su violín, tomar las manos de Vasco y cantar con su voz maravillosa: «¡Perdón! ¡Perdón por las notas falsas!».

Al día siguiente, el tiempo es muy lindo. Cuando vuelvo a nuestra habitación Vasco está leyendo mi poema.

—Es como si hubieras escrito este poema para mí, el árbol de Homero, el himno fálico, el galope blanco de los caballos psicóticos, los ciegos que tienen miedo de su canto, es mi música. Mi futura música... Voy a inspirarme en él para el concierto de esta noche.

—¿Cómo acompañarás a Gamma?

—Con el saxo.

Desciendo a la cocina con Luce para preparar la comida habitual. Mientras ella abre las sombrillas, porque el sol es fuerte, yo preparo los huevos revueltos y los demás vuelven de la playa, de Douarnenez, o de jugar al tenis.

Después de comer, Gamma hace un anuncio: «Hoy después de la cena hay concierto. Se hará en el fondo del jardín para no despertar a los niños. Vasco tocará el saxo y yo... no tocaré el violín, es todo lo que puedo decirles». Y se inclina con su gracia habitual.

Encuentro en la correspondencia una carta de Orion. Es una tarjeta postal de un castillo, que me envía en un sobre, como le recomendé. Dice:

Querida Señora:
Uno ha estado en este castillo esta semana. Ayer ha ido a pescar al río. Uno ha pescado dos truchas, papá también. Uno ha guadañado el prado alrededor de la casa, a uno le gusta: guadañar y luego hacer obras. Ahora se va a la casa del tío Gustave para bañarse como tú en las olas del mar durante cuatro días. Uno ha terminado el dibujo de la gran estatua frente al mar. A uno le gustaría que tú vinieras un día a la casa de la abuela con tu coche. Mis padres están bien. Uno te saluda Señora y al señor Vasco le estrecha la mano, estrechando, como enseñas tú. Mamá ha corregido las faltas.

ORION

Por la noche, Aurélia nos aconseja tomar abrigos y bufandas. El tiempo es bueno, pero cae la noche y va a refrescar. David ha instalado una gran lámpara, bancos y asientos en el fondo del jardín. Vasco ha traído su atril y apoya en él su partitura. Gamma atrapa la partitura con presteza, se la da a David y patea el atril. Antes de que Vasco pueda reaccionar anuncia: «*El árbol de Homero*. Música de Vasco sobre fragmentos de un poema de Véronique». Y comienza a cantar. Luego de un momento de duda, Vasco toma su saxo y toca. ¿La acompaña o la precede? No lo sé, porque de inmediato me siento conmovida por lo que escucho. Lo que escucho, lo que esperaba desde hace tanto tiempo, lo que canta la voz de Gamma, es la música de Vasco, que suscita en cada uno de nosotros un momento de alegría y liberación.

Frente al océano, Vasco erige con sonidos, con la voz de Gamma, la gran mujer que ha dibujado Orion. Orion, el discapacitado, que camina, que avanza, cruelmente extraviado en los laberintos de «uno no sabe».

¿Vasco se ha liberado? ¿Ha liberado su música? ¿Ya no permitirá que su temible habilidad y las órdenes imperiosas del saber lo alejen de ella? Bajo la voz de Gamma escucho la de Vasco, que grita en su saxo: No, ya no abandonaré el árbol de Homero. Sí, promete la voz rebelde de Gamma, los ciegos, los desconsolados, los psicóticos pueden cantar y compartir con todos su amor.

Homero canta a dos voces, la de Vasco engendra al dios de los combates y la dura necesidad. La de Gamma espera y ama: el árbol que se creía muerto está vivo, tal vez...

Las palabras que el poema había reunido con tanta pena y tanto trabajo están allí. Dislocadas, torcidas, separadas, mis palabras están allí, y la obra devastada, el bosque del amor abatido se vuelven sublimes en la música. Las resistencias, el tesoro enterrado, el genio salvaje de Vasco aparecen por fin.

Pero nada está decidido todavía porque, sobre la espumosa pendiente de él mismo, el espíritu de irrisión atrapa de nuevo a Vasco. Abandona su instrumento y su voz de bronce atrapa, desnaturalizándolas, las palabras del *Himno al amor* que tanto quiero.

He recibido el don de la música
La de los hombres y la de los ángeles

Pero me falta el amor
Sólo soy un metal que resuena
Un címbalo sonoro.

Gamma no conoce el *Himno al amor*, pero percibe el desfallecimiento, el escarnio de Vasco. La espléndida ola de su voz devora la de Vasco. Él, que probablemente iba a abandonar su instrumento, es transportado por la energía de Gamma. Vuelve a tocar el saxo y produce a través de nuestros cuerpos los sonidos inmensos, desesperados, celestiales, de su verdadera música.

Lloro, y a mi lado Aurélia llora también. Veo lágrimas sobre el rostro de Gamma, que canta, que continúa cantando, su voz apacigua poco a poco la música de Vasco y nos devuelve con él a la tierra.

No puedo sostenerme, luego Vasco y Gamma están a mi lado. Ambos me rodean al regresar a la casa. No hice nada, sólo llorar sin comprender y estoy exhausta. No importa, están a mi lado, es mi poema descuartizado lo que cantaron, a través de él se han encontrado.

Después bailamos. Primero con discos, luego con la música de Vasco, que toca alternando flauta y saxo en sordina. Al tocar se vuelve a menudo hacia mí y cuando bailo me dedica un pasaje que nos gusta a los dos, un sonido, un pensamiento. Y yo ¿acaso no me he dedicado a él por completo? Pienso que no, no por completo. Está Orion, la desesperación de Orion a la que estoy dedicada también por mucho tiempo. Vasco lo sabe, veo en su mirada que comprende. Tal vez lo desea.

Nos hemos acostado muy tarde. Entrada la mañana, Vasco sube a nuestra habitación con una taza de té. Es justamente lo que yo necesitaba. Me avisa que Gamma debe partir. Ella está esperándome abajo, resplandeciente, con el automóvil cargado, delante de la puerta. Me besa con alegría y me propone dar un paseo. Me lleva al pequeño jardín de David, nos sentamos en el banco donde a menudo vengo a escribir.

—¿Por qué te vas, Gamma?

—Por ti y por Vasco. Ayer demostró a todos que es un gran músico.

—Gracias a ti.

—Gracias a tu poema, gracias a nosotras dos. Yo puedo ayudarlo a realizarse, a hacerse conocer como compositor, pero eso será peligroso para ti. Si logro que su talento estalle no lo perderás, porque realmente te ama, pero perderás su presencia, la vida cotidiana que llevan juntos. Lo arrastrará un torbellino de conciertos, de fanáticos que lo acosarán. Pero atención, yo también soy peligrosa, encamino mi vida hacia el peligro, como él hacía antes de conocerte, como deberá hacer de nuevo.

—Si puedes ayudarlo a realizarse, hazlo, Gamma. Es lo que yo quiero.

—La noche de ayer será inolvidable para mí, Véronique. Está tu poema, que hemos amputado, trastocado, y que es a pesar de todo tu poema. De sus restos surgió la música de Vasco como una torre, como una montaña que me obligaba a cantar de otro modo. Y estaban también tu tibia y rubia belleza de otoño, tus lágrimas. Tus poderes, que ignoras. Debo dejar todo eso por un tiempo por ti, pero sobre todo por Vasco.

—¿Por qué por él?

—Porque ahora que las dos hemos visto y escuchado quién es ya no podemos entre nosotras decidir su futuro y su destino. Él debe hacer el primer movimiento y tomar solo sus decisiones.

Me invade una viva sensación de agradecimiento, estrecho a Gamma en mis brazos: «Tienes razón. Estoy feliz de que pienses así, debería haberlo hecho yo, pero estaba muy ansiosa por que se descubriera como lo hizo anoche. Tienes razón, hay que dejarlo libre».

Todos estamos tristes porque Gamma se va. En nuestra habitación, Vasco trata de trabajar, pero está demasiado cansado y nervioso para hacerlo. Cierro los postigos: «Descansemos. Vamos a dormir. Estamos tan agotados como los demás después de anoche».

Se deja convencer, se recuesta a mi lado, toma mi mano y se duerme de inmediato. Su mano, casi siempre tensa e imperativa, está completamente laxa. Es maravilloso sentirla abandonada al sueño que ambos compartimos.

Sueño que en un lugar desconocido hay dos pintores. No veo al primero, solamente he escuchado su voz. El otro es una mujer de edad, de cabellos blancos, vestida a la manera oriental, que dice: «Admiro su habilidad, su técnica, su audacia. Toda la vida he tratado de alcanzar ese nivel. Comencé tarde y no lo encontré. Encontré otra cosa».

Tengo esa otra cosa en la punta de la lengua. Me despierta su ignorancia, su maravillosa promesa.

Cuando baja la marea voy a la playa con Luce y caminamos con los pies en el agua, es muy agradable. «Es bueno para la salud», dice Luce, y agrega: «Entré al hospital a los dieciséis años para trabajar en sala, luego fui ayudante y, finalmente, enfermera. En cuarenta años he visto desfilar personas, casos, problemas, enfermos y médicos. Contigo, desde que te vi, pensé: Con ella no hay problema, vamos a entendernos bien».

—Yo también sentí eso. De inmediato me inspiraste confianza.

Toma mi brazo y caminamos hacia el puerto, que está lejos. El sol, por momentos velado por pequeñas nubes, cae oblicuamente sobre nosotras. La playa comienza a vaciarse, algunas tablas de *windsurf* están en el agua, otras se acercan a la costa. A Vasco le gustaría practicar ese deporte, lo sé, pero dice que no tiene tiempo. A Orion ni siquiera se le ocurriría desearlo.

—Háblame de ese muchacho que según Aurélia tanto te preocupa —me dice Luce—. He visto muchos psicóticos, he tratado a muchos. No podría decir que los conozco, porque nadie los conoce verdaderamente, pero he trabajado mucho con ellos, sé que es duro y hablar de eso te hará bien.

Caminamos con los pies en el agua, con la vista fija en los acantilados bajos, en el campo. Una gran embarcación se recorta en el horizonte, las tablas de *windsurf* y los veleros han desaparecido casi por completo. Relato a Luce lo que ha sido hasta aquí mi aventura con Orion. Por momentos siento que se emociona con sus recuerdos o cuando evoco mis dudas y mi angustia, entonces la tomo del brazo. Por momentos soy yo quien se emociona al hablarle de mi llegada al clima incómodo y poco acogedor del hospital de día, de mi miedo a perder el trabajo si no lograba resultados en el trabajo con Orion. Cae la tarde, Luce es mayor que yo y ha experimentado las mismas dudas, los mismos problemas –probablemente insolubles– y logró vivir con eso.

Hoy estoy con Luce en la playa de Sainte-Anne. Le hablo del consejo que siempre me dan con respecto a Orion: «No se involucre demasiado». Quisiera hacerlo, pero no lo logro, Orion ocupa mis pensamientos, mi vida, más que mis otros pacientes.

—Trabajas con él muchas horas por semana.

—No se trata sólo de eso. Me comprometo con un futuro probablemente imaginario. Pienso que es un artista.

—Tu tratamiento se basa en eso.

—El director cree, como yo, que Orion es un artista, otras personas también. Pero ¿puedo, con todas sus dificultades, cargarlo con el peso de un destino tan denso?

—¿El de ser artista?

—Es una idea que le pesa. No pretende tanto.

—Pero si tú lo piensas, lo piensas.

Esta reflexión me desconcierta: sí, es lo que pienso, y lo que seguiré pensando a pesar de mis dudas. Pero salgo en defensa de mis dudas: «¿Y si me equivoco, Luce? ¿Y si altero demasiado la vida de Orion, la de Vasco y la mía?».

—¿Tú crees que yo no he alterado mi vida y la de mi marido con todo lo que he vivido en los hospitales? A veces llegaba a casa agotada y llorando. Y te imaginas la situación cuando había jefes importantes, reconocidos, que prescribían tratamientos audaces. Porque luego no eran ellos los que juntaban los pedazos rotos. He visto jefes de residentes, internos brillantes, jóvenes que venían a decirme, como tú: Me comprometo demasiado, me involucro demasiado. No eres la única. Los que dicen eso son los mejores, los verdaderos médicos. Escucha lo que te digo: con los peces de aguas profundas como tu Orion, los que no se involucran despachan el caso a alguien más joven o a nosotras, las enfermeras. Y esos desdichados pasan de mano en mano, hasta toparse con alguien que se compromete y no los abandona. Déjalos decirte que no te involucres demasiado. ¿Qué es demasiado? Yo te digo, después de tantos años de hospital, que con los psicóticos, si no se hace demasiado es porque no se hace lo suficiente. Formúlate con franqueza la pregunta: ¿Podrías abandonar a Orion, desligarte de él? Es posible, después de haberlo tratado durante cuatro años.

Escucho su pregunta y todo mi cuerpo se estremece bajo el peso que soporto y que sólo puede hacerse más grande. La respuesta es clara: «No, no quiero desligarme de Orion».

—¡Ya lo sospechaba! ¡Lo tienes escrito en la cara!

Caminamos un poco más, con los pies siempre en el agua, el aire se vuelve más fresco, estamos cansadas. Regresamos. Sobre la mesa encuentro una carta de Orion que David ha dejado allí.

Querida señora:
Uno ha vuelto al mar, hubo que nadar. Con el pie derecho uno
quería seguir al primo Hugo, pero el pie izquierdo no quería dejar
de tocar el fondo. Uno tragó un poco de agua, no demasiada, y el
pie izquierdo tuvo que nadar también para seguir al primo Hugo.
Luego me dijo: Pero tú sabes nadar. Hay rayos que dicen que no. Pero
uno no sabe. Uno regresa a casa dentro de ocho días. Está triste y
contento, parece. Uno agradece tu carta. Papá y mamá te saludan.
Su hijo Orion también.

Subo a nuestra habitación. Vasco no ha regresado todavía. Me siento a
la mesa donde ha dejado las hojas de la partitura que había preparado
para el concierto. Me recuerdan los dictados de angustia de Orion.
Tengo un poco de frío, pienso en el dulce calor de la isla Paraíso número
2. Repentinamente, el largo paseo, el aire fresco de la tarde, el cansancio y la emoción de la noche anterior se apoderan de mí, me quedo
dormida con los brazos sobre la mesa y la cara entre las hojas dispersas.

La niña salvaje

Hoy retoma sus actividades el personal del hospital de día. Los alumnos comenzarán mañana. En el patio me encuentro con la señora Beaumont. Parece haber olvidado sus quejas contra mí y el puñetazo de Orion. Nos saludamos con un beso, y en el ascensor me dice: «Sé que Orion es difícil, pero parece que usted ha encontrado el buen camino al orientarlo hacia la pintura».

Yo estoy menos segura que ella de haber encontrado el camino de Orion. Cuando entro en la sala de profesores, Robert Douai me anuncia: «Orion se equivocó de día. Vino hoy y no quise decirle que se fuera, le dije que fuera a su oficina. Vaya a verlo un momento».

Orion me oye llegar, se levanta, sonríe vagamente, está contento. Yo estoy feliz y también le sonrío.

—¿Te equivocaste de día, Orion?

—No es un error de equivocarse, señora. Uno quería traer enseguida una obra que ha pintado para ti.

Abre su carpeta, pone el dibujo en la mesa e inmediatamente me encuentro en la calurosa atmósfera de la isla Paraíso número 2. En un claro del bosque sembrado de flores, una pequeña cebra escucha, con la cabeza en alto, las notas que descienden de una fuente escondida en un árbol de follaje tupido. Al borde del claro hay una cabaña de madera, cuya puerta abierta permite ver dos lechos de heno y flores blancas.

—Hay dos camas —aclara Orion—. Una para la cebra, y la otra para la niña salvaje.

—¿Ahora hay una niña salvaje en la isla?

—Hay una que hace música sin ruido, como tú. Sólo la cebra puede escucharla.

—¿Y cómo fueron tus vacaciones en Sous-le-Bois?

—Uno creía que el demonio de París había perdido mi rastro, pero un día, en el desayuno, la prima Jeanne se sentó en mi silla y ocupó mi lugar. El demonio de París no lo soportó y uno tuvo que hacerse el toro. Golpeó la silla con la cabeza sin cuernos. Derribó la silla y Jeanne lloraba mucho. Uno la enderezaba cuando el tío Gustave llegó enojadísimo. Él tenía ganas de golpear, pero se dio cuenta de que si lo hacía habría un luchamiento.

—Vio que podías defenderte.

—A menudo uno no sabe, y cuando sabe, tiene demasiada fuerza. Si hubiera habido un luchamiento con el tío Gustave, después uno hubiera llorado. Es un tío que uno quiere, igual que la prima Jeanne que lloraba.

—¿Y te gustan las cebras?

—Uno no sabe. A las cebras sólo las conoce en el dibujo. La cebra es blanca y negra, como tú, señora.

Y se va.

El día pasa entre reuniones que me absorben y durante las cuales resuena sordamente en mí la frase de Orion: «La cebra es blanca y negra, como tú, señora». Siento que sus palabras me revelan lo que soy, y una verdad aún oculta sobre lo que nos une oscuramente a los dos.

En el tren que me devuelve a casa pienso en el Tao chino, esa forma perfecta en la que el negro y el blanco están a la vez unidos y separados en un círculo por la delicadeza de una curva lenta. En el negro está el germen del blanco, y en el blanco, el del negro. ¿Es eso lo que tratamos de aportarnos mutuamente? Para Orion, el blanco es el color de la luz, el de la hoja blanca sobre la que podrá dibujar, es el medio para avanzar. El negro es el trazo que le hace descubrir lo que hay en su cabeza, también es el color del demonio. Al impulsarlo hacia adelante, al comprometerlo con el riesgo, yo también estoy para él del lado del demonio. También soy una especie de demonio de París que perturba sus costumbres, su confortable temor, sus resistencias.

En ese dibujo hace ver lo que existe entre nosotros, lo que él no habría podido decir, lo que yo no había comprendido.

Por la noche muestro a Vasco el dibujo: «En la cabeza de Orion eres la que escucha la música silenciosa de la niña salvaje».

—Es tu música, Vasco, la de la niña salvaje que tú escondes.

Detesto su risa cruel: «¿Y si te estuvieras haciendo demasiadas ilusiones sobre mí y sobre mi música, Véronique?».

—No es lo que yo opino, Vasco, y lo sabes —logro decirle sin flaquear ni entristecerme.

Todo es lento y largo, y siento que seguirá igual. Vasco parece haber olvidado el nacimiento de su música en Bretaña. No propone nada a Gamma, que espera, estoy segura, una iniciativa de su parte. Como ella misma ha dicho, él es quien debe decidir.

El trabajo con Orion ha entrado en una rutina que me aterra. Pudo nadar en el mar, pero en la piscina se rehúsa de nuevo a arriesgarse donde no hace pie.

Yo creía que la etapa de los dictados había terminado, pero cada día, de nuevo, los reclama. Retomamos así los dictados mientras entre los dos se alza, con una especie de fúnebre entusiasmo, la voz de una Madre Terrible que repite: «¡Cuántas faltas! ¡Cuántas faltas!».

Avanzamos, retrocedemos, nos empantanamos en el terreno minado del arte y del psicoanálisis. Por la noche encuentro a Vasco, cansado o victorioso después de su eterno combate con los motores. Los días en que no está demasiado cansado se sienta al piano y escribe notas, más notas, como antes. ¿Antes de qué?

Obtuve de Douai y de los padres de Orion el permiso para que venga a mi casa los sábados. Por la mañana vamos a correr a la isla de los impresionistas con Vasco. Orion pasa el resto del día dibujando, si está muy nervioso, salimos a pasear.

Ese sábado Vasco no está, y le propongo a Orion que vayamos a correr los dos. Sin pensarlo voy adelante, y durante un rato Orion me sigue. Quiere pasarme pero el sendero es estrecho en la orilla y acelero. Me sorprendo al escucharlo refunfuñar, se detiene, toma un palo, acelera para alcanzarme pero no dejo que me pase, su enojo me divierte, probablemente me causa placer. Cuando el camino se ensancha disminuyo la velocidad y lo dejo pasar. Cuando lo hace me amenaza con el palo. Poco después se detiene y, dándose vuelta, me grita: «Si vuelves a ir adelante, uno te arrojará al Sena con tus cabellos rubios de demonio».

Estoy sorprendida por la intensidad de su cólera. «Orion, es sólo un juego, no me adelantaré más. Si quieres arrojarme al Sena, puedes hacerlo, sé nadar.»

Está frente a mí, sus ojos parpadean, comienza a saltar, de repente arroja el palo al agua y sale corriendo a toda velocidad por el sendero. Lo sigo de lejos, se detiene, doblado por un dolor punzante en el costado. Lo alcanzo, lo llevo al gran plátano que está un poco más lejos. Es un viejo árbol de tronco impresionante y enormes ramas.

—Apoya tus manos sobre el tronco, como hacemos Vasco y yo, sus ondas te calmarán.

—Uno no puede sentir las ondas de los árboles.

—Este es tan grande y tan fuerte que las sentirás.

Ponemos nuestras manos sobre el enorme tronco, siento las ondas penetrar en mí. Feliz, me doy vuelta hacia Orion. Una sonrisa se dibuja en sus labios, él también las siente. La materia lo calma, habla a través de sus manos. Hay una presencia tangible, sensible, que agita su cuerpo y apacigua su espíritu. Nos quedamos allí largo tiempo, veo que siente las ondas más intensamente que yo, estoy feliz con su sonrisa. Suavemente me recuerda: «Señora, ya es la hora del tren». Está calmado, distendido, ha transpirado mucho, deberé comprarle un frasco de agua de colonia. Me dice: «Señora, lo natural es más fuerte que los sobrenatural, ¿no es cierto?». En realidad no lo sé, por eso le respondo: «Uno no sabe, Orion». Y ambos reímos.

Hoy le sugiero a Orion hacer un gran árbol con tinta china.

«Si está bien hecho, lo expondremos. El señor Douai quiere que empieces a exponer tus obras.» La idea le gusta, hace un borrador en una hoja grande, de repente se levanta y hace caer la silla. Mancha la hoja. Lo miro: «No es nada, Orion, esta mancha parece una herida como las que hay en los troncos de los árboles de verdad».

—Uno tiene miedo de la herida, señora, el demonio se oculta adentro. Uno quiere hacer un dictado de angustia.

—¡Puedes empezar!

DICTADO DE ANGUSTIA NÚMERO CINCO

Por la mañana era lindo cuando uno tomó el chocolate con mamá. El demonio se había escondido detrás de la cómoda y no se sentía su olor. El autobús llegó puntual, uno tomó el tren hacia Chatou. En el lugar habitual donde uno espera a la señora, ella no estaba. Había un autobús, uno hizo un poco de rinoceronte contra él... sin abollarlo. La señora llegó y salvó al autobús. Todavía dura el enojo por la tardanza que no debía... Vamos a correr a la isla hasta el plátano. Uno apoya las manos en el tronco para las ondas, que se hacen grandes y uno se ríe, la señora también. Era como si uno tocara el piano a cuatro manos como en la tele. Uno corre más para regresar, hace mucho calor. En la casa, la señora dice que es mejor tomar una ducha. Uno tiene miedo porque en mi casa uno se baña en la bañera. La señora me da una bata y un gorro fino para la cabeza... Jasmine no habría hecho eso.

Uno tiene un poco de miedo en la ducha, luego piensa que ya ha estado en la ducha en el mar, en la isla de antes de la isla Paraíso número 2, uno se pone triste y llora. La señora golpea la puerta, dice que uno salga y se ponga la bata.

Mientras ella se ducha, uno se viste y se pone perfume de hombre... Uno siempre está como si hubiera perdido su país, y sin embargo, Francia siempre está. Lo que ya no está es el mar de la isla que uno no debe decir, la que no está en el océano Atlántico tropical y que no está solamente en la cabeza.

La señora me consuela poniendo la Sexta Sinfonía *que se puede silbar entera, pero el disco es mejor. Está contenta... también está triste... porque el señor Vasco se irá a tocar su música a Londres con Gamma... Uno comió salmón con queso y verduras. También comió un trozo de tarta y bebió jugo de naranja.*

Uno comienza a dibujar el gran árbol para exponerlo. El huracán de rayos viene a la pluma, se hizo un desparramamiento de tinta sobre el dibujo. El demonio me sostiene, pero uno hace caer su silla sin romperla. Hay un trueno de ruidos y de rayoneríos, uno tiene ganas de hacer explotar el tintero contra la pared... La señora viene y dice que está bien la mancha, que es una verdadera herida de árbol.

Uno nunca pensó que los árboles podían tener heridas, como los hombres, a causa... ¿a causa de qué?

Entonces uno tiene ganas de hacer un dictado de angustia antes de volver a hacer un árbol como yo, un árbol con una herida, un árbol como un plátano que produce ondas. Y la señora escribe rápido cuando yo dicto y ya no está triste porque el señor Vasco se va a Inglaterra. Y uno no llora más por el azul de la isla que uno no debe decir.

Uno no terminó, señora, termina sólo cuando uno dice: fin del dictado de angustia.

Ahora uno ya no está en un país azul. Está en un país blanco y negro. Como la cebra. ¿Eso qué quiere decir?... Tú eres una psicóloga-profesora-un-poco-doctora. ¿Por qué tú tampoco lo sabes? Los que hacen maldades dicen que uno quiere trabajar contigo por tu cabello rubio... Pero no es solamente por eso, también está la cebra, con ella corremos los dos y uno la dibuja con el blanco y el negro... ¿Por qué? Fin del dictado de angustia.

A continuación dibuja con lápiz y luego con tinta la estructura del gran árbol. Se inclina sobre la hoja, o da vueltas alrededor de ella con concentración y tenacidad admirables. El árbol se eleva sobre el blanco con un tronco irresistible y el esbozo de la majestad de una gran copa.

Le llevo jugo de naranja y una barra de chocolate. No me ve. Lo oigo protestar, riéndose a medias: «¡Ah! ¡Cómo resiste este árbol! El demonio lo ataca, pero este árbol puede resistir. No es como yo».

Toma el jugo y se mete el chocolate en el bolsillo sin darse cuenta. Está enteramente compenetrado con su dibujo y su árbol. Sin embargo, a las cinco, después de guardar su pluma y sus lápices, se levanta: «Señora, es la hora. Se va el tren. ¿Uno deja el dibujo sobre la mesa o en una carpeta?».

—Hay una nueva carpeta para dibujos.

Está contento, la acaricia un poco con la mano y guarda su dibujo con precaución. Me he ganado una larga mirada de agradecimiento, y luego vuelve a cubrirse con el triste caparazón con el que quisiera protegerse para hacerse invisible a los ojos de los demás, y vuelve a convertirse en ese muchacho tenso, temeroso y furtivo que también es. Ya en el auto pregunta: «El señor Vasco y su música, ¿se va para siempre o va a volver?».

—Va a volver.

Regreso sola, como ayer, antes de ayer y mañana. Abro la carpeta de dibujo. El árbol de Orion es solamente un esbozo, y ya es un árbol maestro. No es un árbol que ha visto y ha copiado. Es un árbol interior que ha descubierto, contemplado dentro de él mismo. En el seno de su ser abatido, herido, maniatado, existe ese maestro sepultado a medias, ese vidente ciego de la vida... No, no pierdo mi tiempo con él. Soy útil. La vida no siempre es injusta. Vasco ha tomado por fin una decisión. Fue a ver a Gamma, que le propuso participar con ella en tres conciertos en Inglaterra. En calidad de acompañante, pero en cada concierto habrá una o dos piezas suyas. Hace tres días que se fue.

Mientras se esboza el gran árbol, continúa la historia de la isla Paraíso número 2. Cada semana escribo en su libreta de deberes que debe hacer un dibujo. Hay una gruta adornada de animales prehistóricos y osamentas en la que aparece la niña salvaje vestida a medias con una piel de animal y el cabello largo y desordenado.

La misma gruta aparece luego sobre la gran mujer de madera de árbol que mira hacia el mar. Esta mujer que se parece a mí y tiene la cabeza de una muchacha. Ahora está cubierta de plantas y lianas, en su cabellera de flores tropicales se yergue, inaccesible, la niña salvaje.

—Las has vestido de colores.

—A veces la niña canta con el mar, uno la oye. Pero ¿canta solamente en mi cabeza, o canta de verdad...?

Vasco regresa de Londres, los conciertos fueron un éxito. «Gracias a Gamma», dice. No tiene verdadera confianza en compromisos futuros. «Lo mejor es que regrese a la fábrica. Al fin y al cabo, los motores son más reales que la música. Con ellos, al menos, sé lo que hago...»

Siento que trata de herirme, y no respondo.

Vamos a correr con Orion a la isla. A mitad de camino, Vasco se aleja y sigue solo. Orion lo mira correr largo rato: «¿Cómo es que el señor Vasco puede correr tan rápido y durante tanto tiempo?».

—Se entrena casi todos los días, si corrieras tan a menudo como él, podrías correr más tiempo.

—Uno no puede, señora, si corre solo, el demonio de París me sigue despacito, despacito, y, cuando uno menos lo espera, me salta a la espalda y pesa mucho en la cabeza. La niña salvaje corre sola, y tan rápido que el demonio no puede saltar dentro de lo que ella piensa.

—En la isla Paraíso número 2, tú puedes correr como ella.

—Uno está en la isla Paraíso número 2 solamente cuando dibuja. Uno no puede correr de verdad, como el señor Vasco. En la isla anterior éramos dos, uno jugaba, corría por los senderos. Uno no debe hablar de lo perdido.

Vasco se une a nosotros. En casa, Orion le dice: «Uno quisiera que la señora aprenda la guitarra en el hospital de día conmigo».

—¿Y por qué no la flauta? —pregunta Vasco riendo.

—Con la señora uno prefiere la guitarra. En el hospital de día sólo hay un profesor de guitarra.

—¿En serio quieres aprender guitarra, Véronique? —pregunta Vasco, que parece asombrado.

Orion me mira con aire apesadumbrado y esos grandes ojos inocentes que a veces tiene. Digo: «Si el señor Pablo está de acuerdo quisiera aprender guitarra con Orion».

—Lo más lindo es el arpa eólica —dice Orion sonriendo—. Uno escuchó en la radio uno de tus conciertos con Gamma, señor. Tú podrías hacer el arpa eólica de verdad. Conmigo uno sólo puede dibujarla. De verdad, uno puede solamente tocar la guitarra con la señora.

Comemos en silencio. Después de comer, cuando Orion vuelve a trabajar en nuestra habitación, Vasco, muy turbado, me dice:

—Este muchacho nos ha escuchado a Gamma y a mí en la radio. Cree que podemos hacer música de arpa eólica. Es absurdo, pero me perturba.

Hay angustia en su voz.

—Orion ha escuchado correctamente —digo—, tiene razón y tú lo sabes.

—Otra vez los sueños —dice Vasco enojado—, las cumbres, los abismos, los naufragios, la inmensa patria de las ilusiones. Nuestra pobre existencia, nuestro arte efímero en la cima de las montañas y el viento que produce allí su música gigante. Es demasiado, Véronique, esta concepción épica, heroica, de la vida y de la música, es demasiado para mí. ¡Vivan los motores, su precisión, su fuerza dominada por el cálculo y la experiencia! Tu concepción de la música, del arte, no es la vida, es la epopeya. Basta de epopeya.

Una cólera desconocida me invade, siento que debo vivirla. Ya no puedo seguir siendo siempre una señora bien educada. Levanto estúpidamente el brazo y lo dejo caer pesadamente sobre la mesa y con ese gesto hago caer la cafetera. Creo que voy a gritar, pero no lo hago por Orion, que trabaja a mi lado. Con una voz sin expresión, pero terriblemente tensa, digo: «Vasco, ¿nunca lo entenderás? ¿Nunca sabrás quién eres? La música eres tú. ¡Tú! Estás huyendo de tu propia vida. No tienes otra, crees que puedes elegir, pero no es cierto, la elección ya está hecha. Harás música desde lo más profundo, la música que no se puede controlar, que no se puede dominar, o no harás nada. No hay ni heroísmo ni epopeya. Es así y punto».

Ambos estamos emocionados, mi cólera desaparece y no quiero llorar delante de él. Afortunadamente, Vasco se va a un ensayo, me estrecha fuertemente entre sus brazos, va a despedirse de Orion. Los escucho hablar un momento.

El árbol ha crecido, se eleva. Llevo a Orion a la estación de tren. Hago algunas compras, preparo la valija de Vasco, que parte mañana para realizar nuevos conciertos. La cena está lista, pongo la mesa, Vasco regresa, veo que aún está alterado pero me sonríe. Me tiende una partitura: «Toma, ya en frío... es lo que tocamos en Londres, tu *Mélopée Viking*».

Veo de inmediato que se trata de algo mucho más abierto y descontrolado que lo que ha escrito anteriormente sobre ese poema. Ahora deja mucha libertad para el canto, para la invención. Es una pista, no más que una pista sobre la que se puede correr, saltar, lanzarse. De repente, el último verso me llega al corazón: «Los caballos del mar ya no tendrán potrillos». Ya no tendrán potrillos, yo tampoco tendré hijos, el mío ha muerto. ¿Acaso pensaba en ello cuando escribí este verso? No lo sé, pero esa herida está siempre presente. El galope de los caballos del mar, ¿es el de los trescientos caballos blancos de Orion, que tampoco tendrán potrillos? Vasco me mira, ve mi angustia. Hago un esfuerzo para superarla y estallo en una horrible carcajada. Él no dice nada, toma mi mano y la acaricia. Entonces digo: «Río porque esto no es solamente bello. Eres tú... tú quien hace esas preguntas terribles».

—Tu poema lo hace...

No respondo. Voy a buscar el plato que he preparado, comemos, poco a poco recupero la calma. Ya no tengo hambre, él vacía el plato, estoy contenta. Vasco dice: «Lo que me decidió a tocar con Gamma son los dos dibujos de Orion, la gran mujer del mar y el arpa eólica. Cuando fui a despedirme de él me dijo: "Uno piensa que tú puedes hacer la misma música que el arpa eólica, no solamente en la cabeza como yo, sino de verdad".

Entonces sentí que debía enfrentar a los demás, librarme al viento y a los incendios del público para hacer nacer mi música. Todavía no he llegado a ese punto, pero pude hacerlo en Bretaña y en Inglaterra con Gamma. Allí estaba en esa verdad que Orion conoce en ocasiones, y que me da tanto miedo, porque se aproxima al delirio».

Lo tomo en mis brazos, no puedo, después de las emociones del día, hablarle de otro modo, y le digo: «Vamos a acostarnos ya. Mañana temprano debo llevarte a la estación. Me ocuparé de todo». Me besa y lo rechazo suavemente. Se acuesta, pongo la mesa para el desayuno en medio de confusos pensamientos: ellos tomarán el túnel de la Mancha, nosotros atravesaremos primero el túnel de la noche. Una noche blanda, con los cuerpos cercanos y los sueños libremente separados que se van, errantes en la desconocida inmensidad, hasta que el horrible despertar anuncie la hora de la separación.

Cada semana, y como una novedad, aprendo guitarra con Pablo y Orion. Desde la primera lección he notado que si bien yo tengo la ventaja de poder leer una partitura, Orion es quien aprende más rápido. Incluso tiene, lo cual no ha dejado de molestarme un poco, el oído más fino y más sensible que yo. Durante las lecciones es feliz, aunque hace rechinar los dientes cuando da una nota falsa o se equivoca. Por el contrario, mis faltas lo hacen sonreír suavemente, como si él fuera el hermano mayor que sabe que su hermanita no puede llegar más lejos. Pablo ha comprendido que no debe hacer aclaraciones, sino que, solamente en caso de error, debe tocar el pasaje hasta que podamos ejecutarlo correctamente.

Un sábado vamos a correr a la isla de los impresionistas, y nos alejamos más de lo acostumbrado. Llegamos a una pequeña plaza que conocemos bien. Vemos los mojones de una pista de *slalom* de motocicleta, como tantas que he recorrido al aprender a conducir una moto. El complicado dibujo que hacen los mojones divierte a Orion.

—Es un laberinto. Yo soy uno de los caballos blancos del Minotauro.

Empieza a recorrer la pista levantando bien sus rodillas, como un caballo de circo. Llega un hombre en moto, detiene el motor y chilla: «¿Qué hacen aquí? Salgan de la pista. Vayan a hacer sus payasadas a otro lado».

Orion se detiene aterrorizado, y mientras el otro avanza, él retrocede. El hombre continúa avanzando mientras grita: «¡Váyanse ya!».

La sangre se me sube a la cabeza: «¿Que nos vayamos? ¿Con qué derecho? ¡Si toca al muchacho o lo insulta, lo denunciaré!».

—Es mi pista —dice el hombre, sorprendido de verme aparecer frente a él.

—No, señor. Este lugar es de todos, y se les presta a los motociclistas para que practiquen, pero hoy no hay nadie.

—Mi alumno está por llegar.

—Nada lo autoriza a gritar como lo está haciendo. Cuando su alumno llegue le cederemos el lugar. Mientras tanto vamos a pasear por la pista sin tocar los mojones.

—Está bien... —refunfuña el hombre.

Cuando terminamos el recorrido, llega el otro motociclista.

—Es una buena pista, bien diagramada —digo al pasar al lado del instructor—. He conocido muchas cuando aprendí a conducir motos.

—Sin resentimientos. Adiós —dice tendiéndome la mano y ya tranquilo.

Esa tarde, Orion termina su gran árbol. Lo pongo en el caballete y lo contemplamos largo tiempo. Me conmueve la fuerza y la ambición de la obra: «Puedes confiar en ti mismo, Orion, si eres capaz de hacer un dibujo como éste».

Me mira, le tiemblan un poco los labios: «Uno no puede tener confianza, señora, porque no es capaz, como tú dices. Se está enfermo, como piensa la familia y como dicen los que no son amigos».

—Es un hermoso árbol. Debes sentirte orgulloso.

—Uno se siente orgulloso, señora, pero no lo ha dibujado verdaderamente. Lo ha hecho en la cabeza, pero en la cabeza uno no hace lo que quiere, porque hay demonios y rayos y caballos tormenteados en la tempestad. Y después tú vienes, miras, y dices que está bien. Entonces uno ya no es capaz de nada. Pero uno no lo es de verdad... no todavía. Uno es todavía pequeño, muy pequeño.

De repente comprendo el misterio del gran árbol, es la visión del mundo de un niño pequeño, todavía pequeño, que vive perdido, desorientado en medio de los adultos, de esos gigantes que disponen de fuerzas y poderosos deseos que él no comprende.

Orion me mira como si me pidiera ayuda, protección maternal. Digo para mis adentros: No soy tu madre. Esto es demasiado. Así no puedo seguir.

Orion percibe mi confusión y parece decirme que puedo hacerlo, que puedo hacerlo muy bien y durante el tiempo necesario, mientras pueda soportarlo. Algo grita en mi interior: Ya he tenido un hijo, un hijo muerto, y ahora tengo a Vasco. ¡No puedo más! Pierdo la noción de tiempo y lugar y me sumerjo completamente en mi propia desesperación. La voz de Orion me devuelve de repente a la realidad: «Te olvidaste de la merienda, señora».

En efecto, me olvidé del té. Lo traigo y él se come todas las galletas sin dejarme ninguna.

—Orion, deberías firmar este dibujo y ponerle la fecha.

—La letra no es linda, señora. El dibujo se va a arruinar.

Ensaya una firma con lápiz en una hoja, hay un extraño contraste entre su ortografía infantil y la precisión del dibujo. Luego de varios intentos, logra una firma aceptable, pero la *n* final es siempre demasiado grande, quiere que la haga yo. Lo ayudo y luego pasa la pluma con tinta muy prolijamente sobre la firma.

Le pido que me deje el dibujo para mostrarlo al médico en jefe y al director. No pone objeciones, tiene miedo de perder el tren. Al bajarse del auto dice: «Uno piensa que tú eres la mamá de los dibujos». Y se va hacia al andén, con su andar habitual, apresurado, furtivo, tratando de evitar la confrontación con el ajetreado universo.

Al día siguiente muestro el árbol al doctor Lisors y a Douai. Están impresionados. Douai me dice que se puede exponer en una muestra colectiva en la municipalidad del distrito XIII de París. Hacen ir a Orion

a una reunión de síntesis para que muestre su dibujo. Vuelve contento.
—Has estado mucho tiempo con ellos. ¿Les gustó tu dibujo?
—Estaban asombrados. La señora Darles me preguntó su tú me
habías ayudado. Dije que habías hecho la *n* de la firma. Se rieron
mucho... pero no entendí por qué.

En la inauguración de la muestra en la municipalidad hay mucha gente
y han venido casi todos los que trabajan en el hospital de día. *El gran
árbol* está en una sala pequeña, rodeado de algunos dibujos de la isla
Paraíso número 2. El intendente ha venido a la sala para felicitar a Orion,
quien, por primera vez, viste traje con corbata. Quiso que yo estuviera
detrás de él «como estabas detrás de Teseo en el dibujo». Muchos inte-
grantes del equipo se sorprendieron por la calidad del trabajo de Orion.
No esperaban que pudiera, con todas sus dificultades, lograr ese resultado. Rodeado de gente, Orion sonríe vagamente y cuando no sabe qué
decir me consulta con la mirada.

Sus padres están allí, impresionados por la cantidad de gente y el
éxito de su hijo. Allí conozco a Jasmine, una muchacha alta y demasiado maquillada, pero que al natural debe ser bonita. Yo la veía equivo-
cadamente como un adversario, pero ella me agradece todo lo que hago
por su medio hermano, que no suele ser fácil.

—Me voy a Inglaterra para perfeccionar mi inglés —me dice—.
Tengo algunos contactos para trabajar luego con un *marchand* de cuadros. A lo mejor puedo ayudar a Orion más adelante. ¿Está segura de
que tiene talento?

—Tiene algo más que talento —responde Vasco.
—Pero el pobre sufre por un demonio que no existe.
—Existe para él —dice Vasco—. Usted podrá ayudarlo, señorita
Jasmine, pero hay que aprender a conocer la pintura. Aquí, en esta mues-
tra, las obras de Orion son las únicas originales. El resto son copias,
moda o decoración.

—¿Usted cree que puede convertirse en profesional? —pregunta
Jasmine sorprendida.

—Por supuesto.

—Mis padres quieren que estudie.

En ese momento intervengo y digo con una certidumbre pasmosa:

«Imposible. Para Orion la opción es el arte o el hospital psiquiátrico».

Jasmine se dirige a Vasco, que evidentemente la deslumbra: «¿Usted piensa lo mismo?».

—Sí, y creo que usted también.

Al finalizar la muestra creí que Orion donaría *El gran árbol* al hospital de día. El espíritu de retención y de economía que lo oprime se lo ha impedido. Ha donado al Centro un dibujo más pequeño y menos convincente.

Durante ese tiempo, Vasco ha participado de varios conciertos exitosos. Orion ha podido exponer por primera vez. No es poco. Ambos comienzan, probablemente, a ejercer su verdadera vocación.

El inspector

Mis expectativas fueron desmedidas, porque después de la muestra, Orion manifestó todos sus problemas, agravados por la agitación de toda la semana. La muestra tuvo, sin embargo, resultados positivos: me aumentaron el sueldo. Vasco gana bien con sus conciertos, y yo comienzo a tener una pequeña clientela personal. Mis honorarios son ridículamente bajos, según Gamma. Recién estoy empezando, y conformar una clientela segura no es fácil.

Continúo las lecciones de guitarra con Pablo y Orion. Para los tres son muy placenteras. Pablo es muy guapo, sus ojos son maravillosos y yo soy muy sensible a los sutiles movimientos de sus manos sobre las cuerdas. Sorprendentemente, Orion progresa mucho más rápido que yo, en determinados momentos tiene una seguridad, un virtuosismo llamativo. ¿Será éste el rumbo, además de la pintura y más allá de la escultura, hacia el que me esfuerzo en vano en orientarlo? Se lo comento a Pablo, quien me aclara la situación: «Orion aprende rápido, pero en realidad no le gusta la música tanto como a usted. Con la guitarra trata de sentirse seguro, de consolarse, pero no irá más lejos».

Los dibujos de la isla Paraíso número 2 se suceden. A veces me decepcionan, otras veces me deslumbran. Como puede, Orion traspone su vida en ellos. Durante las vacaciones en Sous-le-Bois explora a menudo las grutas con su primo Hugo, que se ha convertido en el principal objeto de amistad, incluso de amor para Orion. ¿Por eso Bernadette y Paule desaparecen de la isla? De esta amistad nacen varios dibujos de grutas. En uno aparecen dos muchachos besándose en la entrada, ambos bellos por gracia del dibujo. El título es *Las sensaciones prehistóricas*, nunca sabré de qué sensaciones se trata, porque Orion nunca me habla de su sexualidad, la cual evidentemente lo atormenta.

Un día, Orion hace su primer retrato: el de Paule. En jeans y camisola azul, el rostro un tanto informe, Paule no está favorecida.

—Paule es mucho más linda que el dibujo —le digo.

Orion me saca el dibujo de las manos, lo mira como si lo hiciera por primera vez y me pregunta: «¿Uno puede romperlo?».

—Sí, si haces otro para la próxima semana.

Lo rompe prolijamente en pequeños trozos.

El retrato que trae luego es completamente diferente: ni el cabello, ni los ojos, ni la forma de la nariz son los de Paule. Y, sin embargo, aun sin un parecido evidente, es ella. Más alta, embellecida por su mirada azul, por las flores y el follaje que la rodean. Detrás de ella cae lo que Orion llama una cascada tropical. El primo Hugo, a la entrada de la gruta, era accesible para él. Paule no. Es una compañera, pero es evidente que en su cabeza ella nunca será una compañera. «Tiene unos hermosos ojos, Orion.»

—Es el azul de la otra isla —dice riendo—, la isla Paraíso que uno no debe decir.

—Es un azul precioso.

—Uno lo ha perdido. Lo tenía hace mucho en la escuela con la señorita Julie. Uno tenía siempre buena nota, como Marceline. Y la señorita Julie nos daba la mano durante los recreos, cuando los demás hacían ruido y maldades. Ella sabía que el demonio puede lanzar rayos y obligar a morder y a escupir. Algunos dicen que el demonio no existe. A veces es cierto, pero de golpe obliga a saltar y a poner los ojos en blanco, como una especie de loco que uno no es. Dicen: no es el demonio el que salta, eres tú, hay que detenerte. Cuando uno quiere ir a hacer pipí, uno puede aguantar un rato, pero si hay que ir, hay que ir. Cuando el demonio quiere que uno salte, o que rompa vidrios como a uno le gusta, hay que hacerlo, no puede aguantarse. La señorita Julie lo entendía. ¿Por qué escribes? ¡No es un dictado de angustia!

—Pero parece un dictado de angustia. Es un alivio para ti que puedas leer lo que yo escribo cuando hablas.

—Muy bien, señora. Entonces:

DICTADO DE ANGUSTIA NÚMERO SEIS

Después de la primera escuela, uno fue a la escuela primaria. Hubo que despedirse de la señorita Julie... Uno lloraba, sentía que todo empeoraba. La señorita Julie dijo: En la escuela quédense siempre juntos, Marceline y tú, siéntense en el mismo banco, y en el recreo, si los provocan, pónganse espalda con espalda para defenderse. ¡Ustedes pueden hacerlo!

Habló luego con el maestro que íbamos a tener. Se llama señor Barul, pero los niños lo llaman señor Barullo. Es bastante amable, pero en el recreo no se queda en el patio... Uno recibió un portafolio nuevo de los padres cuando empezaron las clases. Marceline también. Cuando salimos al recreo hay niños y niñas más grandes que dibujan nuestras carpetas y les hacen cruces. Uno no quiere salir más... pero por una palabra-demonio debe hacerse. El señor Barul nos ha puesto a Marceline y a mí en la primera fila. Las primeras semanas, uno tiene las mejores notas, pero en los recreos y a la salida tiene miedo. Uno se pone espalda con espalda con Marceline y se defiende un poco, pero los grandes golpean más fuerte. Marceline no quería seguir, y dijo: Vamos con los portafolios a la sala de profesores, allí no se animarán a venir... Pero se animan. Vienen rápido a pegar o a empujar para que se caiga la carpeta. El señor Barul dice: No se queden aquí. Vayan a jugar con los demás... Pero la palabra-demonio no permite jugar, uno tiene miedo, sólo tiene ganas de estar en clase y de escuchar al maestro para aprender.

Un día está Yves, un niño más grande que pasa corriendo y golpea mi cabeza contra la pared. Dolió y sangró. Vuelve para hacerlo de nuevo, uno atrapa su brazo y el demonio de París lo muerde. Se tira al piso gritando, está sangrando, pero mi cabeza también está sangrando. Yves grita: ¡Me mordió! ¡Estoy sangrando! ¡A lo mejor está rabioso! Es verdad que sangraba... uno estaba un poco contento y no se daba cuenta de que saltaba, pero saltaba muy alto y todos lo veían, los profesores salieron al patio, y luego uno no recuerda nada. Mis padres fueron a ver al director y hubo un apercibimiento. Uno tuvo un castigo de dos días y cuando uno vuelve, los demás juegan a morder como si uno fuera un perro... Las notas comienzan a bajar.

Un día viene el inspector, tiene poco cabello, anteojos un poco mal-
vados y grandes pies con zapatos amarillos sobre el estrado.
El señor Barul habla de Marceline y de mí. Dice que prestamos
atención y que hacemos los deberes, pero que el vocabulario es pobre
y que no podemos responder preguntas.
El inspector dice: Vamos a ver si corresponde que estén aquí. Y
comienza a decir cosas a Merceline. Se ve que ella conoce las res-
puestas, pero el demonio de París le impide responder. Marceline
comienza a llorar muy fuerte y el inspector ya no puede hablarle.
Entonces dice: Veamos al otro. Uno tiene ganas de llorar también
pero la palabra prohibida grita que uno no es capaz... ca... ¡capa-
razón! Al final, uno es un varón. Uno comprende la primera pre-
gunta del inspector y el señor Barul sabe bien que uno conoce la
respuesta, pero que no logra responder... el señor Barul no puede
decir nada porque el inspector está encima de su cabeza.
El inspector pregunta algo pero es como si uno no lo escuchara. Lo
único que se ve son sus grandes zapatos amarillos y sus largas pier-
nas que comienzan a aplastar. El inspector se dirige al señor Barul
y le dice: Una pregunta más, es la última oportunidad.
Los ojos del señor Barul dicen: ¡No tengas miedo! Pero él sabe que
uno ya no puede responder, igual que Marceline, que sigue llorando...
El inspector, con sus grandes anteojos tenía la obligación de saberlo
también. El demonio archicalentaba la cabeza, las manos tembla-
ban, el inspector dice algo y no se da cuenta de que uno no puede escu-
char más. Con su voz gruesa y sus zapatos amarillos que se movían,
me acosaba tanto mucho que no se podía soportar más... Entonces,
uno era todavía muy pequeño para levantar un banco y lanzárselo,
pum, pum, en la cara. Uno abandonó el banco, caminó hasta el
estrado y pateó varias veces sus grandes piernas grises y sus zapatos
amarillos que eran como martillos que me golpeaban la cabeza.

—¿Tú hiciste eso, Orion? ¡Continúa...! ¿Y entonces?
—Sí, señora, lo hizo.

Pero a pesar de los martillos amarillos de sus pies, no sabía defen-
derse, y balanceaba su cabeza con poco cabello. Y se echaba atrás

como un viejo asesino que ha perdido su revolver, diciendo: Pero...
pero... Estás loco...
Pero uno no estaba loco, hubiera querido golpear más arriba de sus
piernas. A lo mejor lo hubiera hecho caer, pero el señor Barul tomó
con suavidad mi mano, como lo hubieras hecho tú, señora, tam-
bién tomó la mano de Marceline, que lloraba y nos llevó afuera.
Uno estaba un poco contento en ese momento de estar en el patio
vacío. Después, uno no sabe qué pasó, es como una nube gris que
el demonio de París y de los suburbios desplegó en la cabeza...
Fin del dictado de angustia.

—Lo que hiciste es muy valiente, Orion. Un niño que se anima a
defenderse frente al Gran Inspector-demonio es admirable.

Sé que la «psico-profesora» no debería decir eso. Sólo debería
escuchar. Pero ¿cómo? Verdaderamente admiro su valentía. Ocultár-
selo sería mentir. ¿Yo me hubiera animado a hacer eso a su edad? Sí,
pero no tuve necesidad, porque mi padre siempre estaba a mi lado.
Pero Orion lo ha hecho solo. Lo admiro... ¿No tengo acaso el derecho
a decir lo que pienso?

Orion prosigue: «Uno se defendió porque tenía tanto tanto miedo,
señora, pero uno no puede a menudo. Casi siempre es el demonio el
que hace cosas violentas».

—Está bien defenderse cuando se tiene derecho a hacerlo.

—No es bueno lo que pasó... después, uno fue expulsado de esa
escuela. Uno es el muchacho expulsado. Y sin ti, señora, habría sido expulsado también del hospital de día. Y cuando uno golpeó al inspector, papá
y mamá no pensaron como tú.

—Nadie tenía derecho a tratarte así.

Me lanza una mirada ingenua, veo que me cree un poco, pero no
del todo. Él hubiera preferido ser como los demás y no llevar a cabo la
gran acción de ese momento, ni las que deberá realizar todavía para convertirse en él mismo. Si es que existe un «todavía» que la banalidad
cotidiana y la mirada de los otros no han podido derrotar.

Orion interrumpe mis pensamientos: «Uno te ha encontrado.
Señora, porque eres un poco como la señorita Julie. Eres una especie de
niño azul de la isla número que uno no debe decir».

—Es hora de ir al gimnasio —dice levantándose—, si no, uno llegará tarde, hasta luego, señora.

Me tiende la mano y se va.

Esta mañana viene Roland, un muchacho de trece años, muy inhibido, que atiendo desde hace dos meses a pedido del doctor Lisors. Lo veo varias veces por semana, como no puede venir solo, su madre, por lo general, lo acompaña hasta la entrada de las visitas, donde yo lo espero, le doy la mano o el brazo y lo llevo a través de los corredores hasta mi pequeña oficina. Él conoce perfectamente el camino, pero jamás se animaría a venir solo.

Cuando entra, se sienta en un rincón y se queda como ausente, mirando hacia la pared y esperando. Trato de hablarle, pero no responde, le cuento una historia, pero no sé si me escucha, si le pongo delante una hoja y algunos lápices de colores, levanta la vista y dice solamente: «¿Qué?». Le respondo: «Una casa, una montaña, un puente, un niño». A veces no hace nada, otras esboza rápidamente un dibujo, el tema es difícil de interpretar, pero los colores armonizan. Cuando termina tacha todo con dos grandes rayas negras susurrando algo que no puedo entender. Las sesiones son largas para él, pero no se niega a venir y a veces creo que me tiene cierta confianza, e incluso que experimenta algún placer al estar allí.

Hoy desde que se sentó oculta su rostro contra la pared para que no pueda verlo. Siento que hablar con él es imposible. Despliego sobre la mesa algunas hojas, lápices y, por primera vez, témperas, pinceles y un recipiente con agua. Da vuelta la cara, mira lo que hago, me parece que su mirada manifiesta algún interés.

—Acércate, Roland, será más fácil.

Se acerca, mira las hojas, los colores, toma un pincel y dice: «¿Qué?» con una fuerza inusual. Le digo: «Alguien... alguien que se mueva». Prueba los colores en una hoja borrador y de repente se decide. Con el primer pincel pinta de verde una especie de precipicio en cuyo fondo pone un poco de azul. Luego duda con otro pincel, y con rojo y amarillo pinta algo terrible: una especie de hombre o de monigote, porque tiene cabeza, dos brazos y dos especies de piernas. El monigote se arroja al precipicio con los brazos hacia adelante, y en el lugar del rostro sólo hay una boca abierta que grita o aúlla. No tengo duda de que se trata de él mismo. Lo mira y, como de costumbre, toma el lápiz negro para tacharlo. Tomo la hoja húmeda y digo: «¡No hay que arruinar este lindo dibujo!... Dibujas mejor con los pinceles».

Hay en su rostro una promesa de sonrisa que no se concreta. Se repliega contra la pared farfullando como siempre palabras incomprensibles. Me acerco, tomo un cuaderno y un lápiz. Logro escuchar «Strasbourg». Instintivamente, porque paso por allí todos los días digo: «¿Strasbourg-Saint-Denis?».

Por primera vez veo que sus ojos sonríen. Continúa susurrando, sigo sin comprender, y de repente entiendo y escribo: «placide». ¿Qué quiere decir? ¿En qué frase se inscribe esa palabra? ¿Cuál es la conexión entre esas palabras y la imagen que Roland ha pintado y de qué habla de modo tan aterrador? ¿De muerte? ¿De suicidio? ¡A los trece años! Más tarde muestro el dibujo a Orion. Lo mira atentamente: «No está muy muy bien dibujado, pero es un lindo dibujo».

—Da miedo.

—Tienes razón, señora —dice riendo—. Ese muchacho no diría que el demonio de París no existe. Ha recibido los peores rayos y se hunde gritando para irse a cualquier parte. Es mejor romperse la cabeza en un dibujo que de verdad, es lo que tú dices siempre, señora.

—El que ha pintado esto es Roland, tu lo has visto por aquí. Siempre susurra palabras que no puedo comprender. Ayer ha dicho «Strasbourg-Saint-Denis» y luego muchas otras cosas, y también un adjetivo que conoces «placide».

—No es un adjetivo, señora. Es el nombre de una estación de metro entre Strasbourg-Saint-Denis y Porte-d'Orléans.

—Si los conoces, dime todos los nombres de las estaciones de esa línea. A lo mejor reconozco las palabras que siempre susurra.

Orion, que conoce todas las líneas de metro y de autobuses, recita:

—Strasbourg-Saint-Denis, Réaumur-Sébastopol.

—Parecen palabras conocidas. Continúa.

—Étienne-Marcel, Les Halles, Châtelet, Cité, Saint-Michel, Odéon...

—¡Eso es!

—Saint-Germain-des-Prés, Saint-Sulpice, Saint-Placide.

—Eso es lo que murmura.

—Probablemente sea la línea que toma para ir a la escuela. A lo mejor no le gusta la escuela, como uno no quería la escuela primaria ni al inspector.

Roland va a la escuela... ¿qué escuela puede se la más conveniente para él? Orion está contento de poder ayudarme.

—Señora, parece que uno conoce mejor que tú al demonio y las maldades que hace en París y en los suburbios.

—Es verdad. Debes conocer a Roland, es amable pero difícil de entender.

Por la noche hablo por teléfono con la madre de Roland. Sí, va a una escuela especializada en niños con dificultades, no creyó necesario decírmelo. Lo lleva o lo hace llevar en metro, la escuela está cerca de Strasbourg-Saint-Denis.

—¿Y dónde toma el metro?

—En Saint-Placide.

Orion no se equivocó. Voy a visitar la escuela fingiendo querer inscribir a alguien. No es una escuela especializada. Es un lugar donde se ayuda a niños con retraso, se proporciona ayuda escolar para los exámenes, pero no hay ninguna reeducación. Veo a un joven preceptor. Conoce a Roland y me dice que se aísla y no habla con nadie. En los exámenes semanales siempre entrega las hojas en blanco. Pierde el tiempo.

Sin duda es el desasosiego que le inspira ese lugar lo que Roland ha querido decirme murmurando su rosario de estaciones, que Orion ha descifrado. Solicito a la madre que retire a su hijo de esa escuela, y encontramos un maestro particular para ayudarlo con el estudio mientras esperamos encontrar una solución más completa para el siguiente año escolar.

Cuando trato de recordar los meses que precedieron a las vacaciones de ese año, sólo percibo una bruma gris de cansancio y a menudo de soledad. Luego toma cuerpo el hospital de día, Orion, Roland, los pacientes. Los regresos de Vasco y sus nuevos viajes, porque el éxito es cada vez más grande. Los ensayos, los conciertos a los que yo asisto rara vez, porque siempre el día siguiente comienza temprano, con el hospital de día, los pacientes y el diálogo inconsciente en el que debo sumergirme.

Vasco le ha comprado a Orion la gran mujer que mira el mar con mi cuerpo y la cabeza de Paule. Me dice: «Ese muchacho tiene el espíritu y las manos de un escultor. Debe hacer escultura».

Esta reflexión me decide a tomar contacto con los Talleres de la ciudad de París, cuyo trabajo parece ser bastante bueno. Aurélia me dice que un escultor italiano amigo suyo, Alberto, un hombre de visión amplia, dirige el taller del liceo Henri-IV. Voy a verlo. Acepta tomar a Orion como alumno con la condición de que yo lo acompañe. Un trabajo suplementario, pero que quizá valga la pena.

El médico en jefe y Douai están de acuerdo. Piensan —o los induzco a pensar— que el próximo año Orion debe dedicar la mayor parte de su tiempo al dibujo, la escultura y la guitarra.

Al principio, Orion se niega a ir al taller de escultura, tiene miedo, finalmente acepta visitarlo. Alberto le parece amable, los escultores que están allí son mayores que los alumnos del hospital de día, no habrá maldades.

—Después de las vacaciones, uno vendrá —dice por fin.

La aventura de la isla Paraíso número 2 se desacelera. Trae algunos buenos dibujos, uno de ellos es un panorama de la isla, un gran globo atado la sobrevuela, nadie va en él, su aspecto inocente recuerda al de Orion. Está sólidamente ligado a la isla por un grueso cable.

—Tu globo tiene un gran cordón umbilical, Orion.

Ríe, como cuando se toca sin segundas intenciones un punto sensible de su vida. No responde.

El pueblo del desastre

A raíz de una fiesta popular nocturna, se nos otorga al día siguiente, de manera imprevista, un feriado. Me entero demasiado tarde para avisar a Orion, que debía venir a casa. Llamo a sus padres. Nadie responde, seguramente se han ido a la fiesta. Llamo por teléfono a Jasmine, doy con ella, se compromete a avisar a Orion que al día siguiente no debe venir a mi casa.

Es un hermoso día, planeo quedarme sola en casa. Tomé un té, las ventanas están abiertas, me siento deliciosamente libre. El verde de las hojas, el cielo claro, el sol penetran en mí y dispongo de todo mi tiempo. Dentro de poco vendrán las vacaciones, el regreso de Vasco, el campo o el mar.

Por una vez tengo tiempo para mí, me instalo, quiero escribir un poema en forma de canción que titulo *La estación del bosque*, en el cual intentaré plasmar el recuerdo y las sensaciones de mi infancia campesina plagada de juegos rudos junto a mi querido padre.

Una puerta se cierra con fuerza abajo, hay más viento de lo que creía. Hay fuertes ruidos en la escalera, mis amigas deben estar trasladando el armario grande con algún acarreador improvisado. No puedo prestar atención a ese tumulto inesperado, estoy tratando de encontrar el primer verso del poema, que aparece, iluminado de infancia.

En el momento de escribirlo, un gran golpe sacude la puerta que se encuentra delante de mí y que parece explotar al abrirse. Veo —no, no veo— por un instante al demonio. Es él, lo siento, espantoso, tengo delante de mí al ángel del mal.

Al principio no puedo discernir nada, escucho un torrente de palabras encolerizadas y de reproches. Luego veo a Orion. Pero, ¡en qué estado!

Está fuera de sí, derriba dos sillas, cierra de una patada la puerta que ha resquebrajado al entrar. Está pálido, empapado de sudor, tiene los cabellos erizados, la boca abierta, y aúlla. Grita con todas sus fuerzas.

—Uno llegó a la estación, señora, ¡y no estabas allí! ¡No estabas allí! Uno esperó, esperó, luego debió caminar muy rápido hasta la reja de tu casa. Y con la campera y el bolso tenía calor, ¡uno estaba en el infierno!

Aún estoy tan sorprendida y aterrorizada que sólo puedo decir: «Tenías que sacarte la campera, es verano...».

—Uno no podía, señora, el demonio de París ya hacía sentir la desgracia, uno debía caminar, luego correr... ¡con la campera puesta! ¡No estabas allí! ¡No estabas allí!

—Pero, Orion, hoy es feriado, no debías venir.

—¡No es cierto! ¡Nadie me lo ha dicho! ¡Nadie estaba en la estación! Hubo que venir a pie por primera vez. Y uno tenía miedo de perderse.

Pienso que es una suerte que haya podido encontrar el camino.

—Con tantas pequeñas calles, uno hubiera podido perderse, señora. ¿Y entonces? ¿Y entonces qué hace en este lugar que no conoce?

Transpira terriblemente y tiene sed. Lo ayudo con su bolso y su campera. Lo llevo al lavabo para que se refresque, lo seco un poco, siento su cuerpo crispado por la cólera. Le doy un jugo de naranja, vacía el vaso y lo tira por la ventana. Baja la cabeza, va a imitar a un toro ¿me va a embestir? No. Atropella el biombo que oculta un poco nuestra cocina. Una pila de platos se desploma con un ruido atroz, muchos se rompen contra el piso, y veo que se ha lastimado la frente. Recupero mi sangre fría y digo con voz calma y seca:

—Te has lastimado, Orion, estás sangrando. Hay que lavar y desinfectar esa herida y ponerte un apósito. Ven al baño.

Me sigue, ve la sangre en su frente, tiene miedo. Se calma y deja que lo cure: «Ahora uno tiene una venda en la frente, todos la verán. Mamá se enojará».

Me mira con ojos tristes: «¿Y ahora? ¿Qué hace uno ahora?».

—Ya es casi la hora de comer. Voy a preparar algo, pero no tengo mucho.

—¿Y luego?

—Te llevo de nuevo a la estación, o te quedas y te llevo a la hora de siempre.

—Uno prefiere dibujar.

Le doy un número de la revista *Géo* mientras preparo la comida. Trato de recuperar la calma, pero la escena me horrorizó y aún sigo profundamente contrariada por su presencia. ¡Una vez que estaba sola todo el día y podía escribir! No eres tan buena como crees, Véronique. No, no soy tan buena, y hoy menos que nunca...

Orion viene a al cocina. Cuando le pido que recoja los platos rotos lo hace diligentemente.

—¿Cuántos se han roto?

—Cinco, señora, y uno sólo un poquito.

—Tíralos a la basura. Si el hospital de día no me los paga, lo harás tú. Y el vaso. Y la puerta que has resquebrajado.

Como siempre que se trata de dinero, su espíritu de economía lo reanima y lo calma. Almorzamos, le hago el único huevo que queda y compartimos un plato de papas.

—¿Hay tomates? —pregunta con su característica manera indirecta.

—No, no he comprado porque tú no debías venir.

—¿Y jugo de naranja?

—Cuando llegaste te bebiste lo que quedaba.

Come en silencio y muy rápido. Le tiendo la fuente. La vacía.

—¿Estás seguro de que yo no quería más?

—Uno tuvo demasiado miedo para saberlo.

Mi cólera cede, porque yo también tuve miedo. Ambos formamos parte del pueblo agobiado por el sordo terror de no comprender el mundo y lo que en él sucede. Pero no nos rendimos. ¡Todavía no! De repente, como una iluminación, me doy cuenta de lo esencial de mi trabajo con Orion, de mi feliz y desdichada contratransferencia: ayudarlo a encontrar en sí mismo la fuerza de no rendirse. ¡Jamás! Estos pensamientos se acumulan en mi mente en un completo desorden que debe leerse en mi rostro porque él me mira como mira su hoja cuando dibuja o pinta. Y yo leo en el suyo la misma compasión que yo experimento por él. Hay entre los dos un instante de silencio, de calma, casi de felicidad, que aligera el esfuerzo, la incierta esperanza que nos infligimos mutuamente.

Agita un poco los brazos: «¿Tuviste miedo, señora, cuando el demonio rompió la puerta al entrar?».

—Mucho miedo. Nunca había visto al demonio antes de eso.

Ríe fuerte, está contento: «Es porque el demonio había esperado mucho tiempo en la estación. Había saltado sin que nadie lo detuviera. Había corrido hasta aquí, había tenido tiempo de entrar en la cabeza y en el cuerpo».

—Y ahora salió...

—Uno no sabe, señora.

Luego de un corto silencio, pregunta: «¿Hay chocolate, señora?».

Casi olvido el chocolate y las galletas que tanto le gustan como postre. En la cocina no hay más galletas, pero queda una barra de chocolate. En general le doy varias.

Percibe de inmediato la escasez y divide su chocolate en pequeños trocitos para que le dure más. «¿Qué hace uno a la tarde, señora? ¿Hay hojas y acuarelas?»

—Hay de todo. Voy a preparar las cosas.

Se instala, duda, luego dice: «Uno quiere hacer una casa. Los departamentos no son lindos. Uno quiere hacer la casita que los padres no tienen. Eso es lo que uno tiene en la cabeza».

Comienza a hacer el esbozo, parece inspirado, me voy a la habitación contigua, me instalo en la mesa, trato de recordar el verso que la irrupción de Orion me ha impedido escribir, el que debía abrirme la puerta de *La estación del bosque* y mis sensaciones de infancia. Pero se ha perdido, aparecen otros, los escribo, me invade la torpeza, voy hasta la puerta. Orion trabaja con manifiesta dificultad en su acuarela. Sin embargo, no puedo hacer nada porque la contrariedad y el cansancio provocados por la escena de la mañana me obligan a recostarme. Resisto, resisto, pero finalmente caigo en un sueño inquieto.

Siento movimientos, siento que algo se agita peligrosamente. Me despierto a medias, escucho que Orion da fuertes golpes sobre la mesa y grita contenidamente todos los insultos y maldiciones que conoce. Derriba su silla, luego será la mesa, ¡despiértate! ¡despiértate, Véronique! La cosa va mal. Pero hoy no puedo, no puedo enfrentarme a todo eso de nuevo.

Y, sin embargo, me levanto, abro la puerta y veo la escena. ¡Dos veces el mismo día, y un feriado, es mucho más de lo que puedo soportar! Yo también tengo ganas de perder la paciencia, de gritar como él. Si lo haces no sabes hasta dónde puede llegar la cosa. Debes entrar en la habitación, como estás haciendo, y decir con voz calma: «¿Qué pasa, Orion? No te pongas así ¿Puedo ayudarte?».

Sus ojos giran en todas direcciones, parece completamente alterado, pero logra decir: «Es el demonio que me hace lío, me agarró la cabeza e hizo caer la silla. Comete faltas con la casa, no le gustan las casas. Quiere que escupa y muerda, como en el época del señor Barullo. Y además, señora, uno debe... ir al baño y hoy no se anima a ir solo. Y él lo sabe bien, y cuando hay que ir, hay que ir. Él quiere que uno moje los pantalones y todo alrededor... Y uno llora, ¡como él quiere!».

Lo tomo de la mano y lo llevo al baño: «Ve tranquilo. Yo me quedo en la puerta para impedir que entre el demonio».

Orion cierra la puerta con llave, la retira. Lo escucho orinar durante un rato que me parece interminable. Bien, ya está, se agita. «No olvides tirar la cadena, Orion.» Lo hace. Quiere salir. Olvida que él mismo cerró la puerta con llave.

—¡Está cerrado! ¡No está la llave! ¡El demonio la tiene!

—La tienes en el bolsillo.

—La ha robado. No está. Uno va a romper la puerta.

—Te vas a lastimar, Orion. Busca en el otro bolsillo.

La encuentra, la prueba, está tan agitado que no logra ponerla en la cerradura. Golpea la cabeza contra la puerta. «¡Basta, Orion! Te va a sangrar de nuevo. Trata de respirar conmigo para calmarte.» Aspiro y expiro haciendo ruido. Él me imita.

—Ya es suficiente, Orion, ahora introduce despacio la llave en la cerradura. Muy bien. Dale vuelta.

La puerta se abre y aparece Orion, jadeante, secándose las lágrimas. «Eres como el doctor de la isla que uno no debe decir, señora. Decía: ¡Respire! Y luego ¡No respire! Y lo decía en la oscuridad que hace chispas. Justo ahí el demonio me agarroteó. ¡No respire! ¡Y pum! Se me metió adentro. Que no respire: eso es lo que quiere el demonio París y de los suburbios.»

—Pero tú respiras a pesar de él, Orion, eso es magnífico.

—No tanto, señora, afortunadamente a veces huye gritando porque escucha llegar los trescientos caballos blancos.

—Lávate las manos, Orion, y ciérrate la bragueta. Luego miraremos tu acuarela, por lo que vi, está bastante avanzada.

Vuelvo a poner la habitación en orden y miramos su cuadro. Sobre un fondo de verde está la casa ideal, flamante, como la que una parte de Orion desea. Es cuadrada y está en el centro de un pequeño jardín. En la planta baja hay una puerta, una ventana y un garaje. En el primer piso se ven dos grandes ventanas en mansarda. También se ve una reja de entrada, un buzón, dos pequeños canteros con flores en medio de un sendero de grava que se ensancha delante de la puerta del garaje. En este sendero naufragaron la acuarela y la casa ideal de Orion. Es toda su parte domesticada, como él mismo dice, la que fue rechazada y arrasada por su parte salvaje.

—Orion, has comenzado a hacer en la acuarela algunos detalles complicados. Después de todo lo que ha pasado hoy, es difícil que puedas terminarla ahora. Mejor déjala para otro día. Hoy hay monstruos dentro de ti. Volcanes en actividad. Te atormentan, pero no todos son malos. Es mejor que dibujes uno de esos monstruos. Los monstruos te lastiman menos cuando los dibujas.

—Me lastiman el pecho. Señora, me retuercen, y más abajo me pegan.

—Quisiste hacerlos salir rompiendo los platos, tratando de romper la puerta, pero sólo has logrado lastimarte. Sería mejor hacer algo con ellos en los dibujos. Así tendrías una serie de monstruos, como hiciste con Teseo y la isla Paraíso número 2.

Está estupefacto, luego en su mirada aparece una especie de sonrisa.

—¿Cuándo los hace uno?

—Comienza ahora, todavía tienes tiempo. Guardaré tu casa en la carpeta roja grande. Puedes tomar el dibujo de allí cuando quieras. Tienes hojas, elige un buen papel.

—¿Con tinta china?

—Si quieres. ¿Por qué no tratas de hacer un dibujo a lápiz? Haces unos dibujos hermosos en hojas más pequeñas.

Toma una hoja y prueba distintos lápices, elige dos que prepara con la precisión artesanal con la que ejecuta todos los pasos de su trabajo, y que contrasta singularmente con la temerosa incoherencia que boicotea a menudo sus actos y su pensamiento. Inclinado hacia adelante parece interpretar algo que ya está en la hoja, porque traza con gran seguridad los contornos de su dibujo. Tomo una silla y me siento a su lado, me aburro un poco, pero creo que necesita mi mirada para poder continuar en paz con su trabajo. A veces me consulta con una expresión que parece significar: ¿Está bien?

En esos momentos digo en voz muy baja: «Está bien. Continúa».

Veo la elaboración de líneas llenas de ángulos y defensas. Orion se sumerge en el trabajo como alguien que se hunde en el sueño. Ya no me necesita, entonces bajo a la casa de mis vecinas para ver –porque ya no me queda nada– si tienen un poco de jugo de naranja y galletas para el té de Orion. Para mi sorpresa, Delphine está en casa ensayando su próximo papel.

—¿Has logrado calmarlo? —me pregunta ansiosa—. ¡Tuve tanto temor por ti esta mañana cuando llegó furioso! Subía la escalera tratando de arrancar la baranda.

—Yo no lo esperaba, escuché el ruido, pero creí que ustedes se llevaban el armario grande.

—¿No te ha golpeado?

—Cuando abrió la puerta dando patadas, creí ver al demonio. Luego se calmó un poco.

—¡Pero rompió mucha vajilla! Pensé en subir para ayudarte, luego me dije que sería peor.

—Hiciste bien. ¿Tendrías un poco de jugo de naranja y algunas galletas para que tome el té?

—Por supuesto... ¡Cuánta paciencia tienes!

Vuelvo a subir con la pequeña bandeja que ella ha preparado con su eficiencia habitual. La dejo sobre la mesa rodante al lado de Orion. Le echa un vistazo. Ve que todo está en su correspondiente lugar. Está contento.

Su trabajo ha avanzado mucho. Ya hay en la hoja un monstruo que se oculta. El cuerpo es sólo un esbozo, pero la cabeza nos mira con grandes ojos inocentes, aterrorizados por todo el peso, la crueldad que el mundo descarga en el pueblo de los disminuidos. Son los ojos de Orion, los que me unen a él a pesar de la cólera que los anima o el delirio que los hace zozobrar y girar en todas direcciones.

—Tiene unos hermosos ojos, Orion. ¿Te das cuenta que era mejor dibujarlo que guardarlo dentro de ti con toda su infelicidad?

—Es un monstruo para proteger a mí, señora —dice riendo—. Con sus cuernos puede bayonetear pero uno es su compañero.

—Será uno de tus mejores dibujos. Termina de comer, debemos ir a la estación.

—Contigo, señora, uno no está solo. Somos dos, como con el niño azul.

Hago silencio pero él no sigue hablando.

Al volver de la estación llamo por teléfono a Jasmine.

—Usted no le avisó a Orion que no viniera. Yo no lo esperaba. Llegó en un estado terrible.

—¿Rompió muchas cosas?

—Podría haber sido peor, pero la ha pasado muy mal.

—¿Y usted?

—Yo también. Habría que haberle avisado, Jasmine.

—Y lo hice.

—¿Y entonces por qué vino?

—Pues porque su madre debe haber querido sacárselo de encima después de la fiesta del día anterior. Debe haber olvidado decirle que no fuera. No todos son tan ingenuos como usted.

El taller

Me ha llevado cierto tiempo lograr que Orion se decida a ir al taller de escultura, como habíamos acordado. Este taller se dicta en una amplia sala del liceo Henri-IV. En mi memoria no puedo separar este taller de las muchas horas que en él pasé y de las justas proporciones de las arquitecturas que lo rodean.

Alberto, el director, trabaja en metal forjando conjuntos abstractos y expresivos. Pero en esta sala se trabaja con arcilla y yeso. Si quiere hacer otra cosa, cada uno debe traer su material, lo cual es raro.

Los asistentes, el día que llevo a Orion, son numerosos y de diferentes edades. Alberto debe haber hablado de nosotros. Somos el centro de muchas miradas. La mayoría se conoce y un ligero murmullo reina en el taller. De inmediato, Orion siente temor, no se despega de mi lado y tiene ganas de irse.

Afortunadamente, Alberto está tan sonriente y relajado que Orion recobra un poco de seguridad. Alberto nos muestra dónde están las herramientas y los materiales, nos explica las técnicas elementales, nos asigna un lugar y se va, haciendo un sinuoso recorrido entre los escultores, mirando lo que hacen, dando un breve consejo o una apreciación, la mayoría de las veces esbozando una sonrisa. Orion se aprieta cada vez más contra mí. Debo buscar las herramientas, preparar los bancos.

—Vamos a buscar arcilla —le propongo.

—Uno no se anima, señora.

—Quédate aquí. La traeré yo.

—Uno no puede quedarse solo, señora, hay rayos.

¿Qué hacer? Saco una libreta y un lápiz. «Dibuja lo que sientes, mientras tanto yo te traigo la arcilla.» Acepta e inmediatamente se pone a dibujar.

Me apresuro, me equivoco, no sé manipular la arcilla. Afortunadamente, Alberto viene en mi auxilio y me ayuda a llevar dos bolsas de arcilla hasta nuestros bancos.

Orion me tiende la libreta, dibujó groseramente la sala en la que nos encontramos pero ha agrandado la puerta que ha quedado abierta.

—Tienes una buena noción de volumen, Orion —dice Alberto al ver el dibujo.

Orion tiene miedo, no comprendió la palabra *volumen*, pone los ojos en blanco.

—No sabe qué cosa esculpir —digo rápidamente a Alberto.

—Comienza con una pequeña cabeza.

—¿Se puede hacer la cabeza del demonio de París?

—¡Si tú quieres! —dice Alberto riendo.

Sin agregar una palabra, Orion se pone a trabajar de inmediato. De tanto en tanto me mira para asegurarse de mi presencia, luego mira alrededor de él. ¿Qué mira? La puerta. Por pedido mío, Alberto la ha dejado abierta. Orion sabe que si tiene demasiado miedo puede salir. Me pregunta qué hago yo, y le contesto que es una pequeña pirámide.

—¿Es para hacer un laberinto?

—Tal vez.

Estoy muy dispersa. Me cuesta mucho trabajar la arcilla y aplanar las cuatro caras. Alberto me da algunos consejos. Mira el trabajo de Orion.

—Es hábil, ¿ya ha hecho escultura?

—Nunca.

—Me parece que tiene condiciones.

Eso quiere decir sin duda que yo no. Pero no importa. Me interesa aprender a trabajar con lo vacío y lo lleno. Y no estoy aquí por mí.

Orion está como un animal espantado: en cuanto alguien se acerca a él, se aprieta tanto contra mí que debo interrumpir mi trabajo. Finalmente se compenetra en el suyo, y yo hago lo mismo. Mi material comienza a parecer una pirámide en ruinas. La próxima vez la puliré, e incluso le haré una puerta.

Orion está terminando su cabeza de demonio, es más grande de lo que yo esperaba, dos agujeros oscuros son los ojos, más amenazadores

que los de los hombres, no hay nariz, lo cual primero es agobiante, pero
después atrae la mirada. La pequeña boca se abre en lo que debe ser un
grito. Pienso en la isla Paraíso número 2.

—Es el grito de la niña salvaje.

Los ojos de Orion brillan: «Es un grito que no se escucha, ella
todavía está muda».

Alberto se acerca: «Tu cabeza está muy bien. Tienes condiciones.
Cúbrela con un lienzo húmedo, la terminarás la próxima vez».

—Uno no puede terminarla, señor.

—¿Por qué?

Orion pone los ojos en blanco y agita los brazos: «Ya está terminada, señor».

Alberto mira la cabeza de nuevo y dice: «Es verdad, tienes razón».

Nos saluda con un gesto y se va. De todos modos envuelvo ambos
trabajos en lienzos húmedos. Los pongo juntos sobre un estante, pido a
Orion que ordene nuestras herramientas, pero no puede, debo hacerlo
yo. Tiene condiciones, no hay duda, pero yo estoy cargando a mis espaldas un enorme trabajo suplementario.

Nos vamos, me sigue, completamente perdido en la experiencia
que acaba de vivir. Descendemos por la calle Saint-Jacques, entre el
tumulto de los autos, sin que articule una palabra. Llegamos a la parada
de nuestros respectivos autobuses.

De pronto, gira los ojos hacia mí: «La niña salvaje grita en la boca
del demonio. Llama al niño azul, el demonio de París está batifarullado
por ese grito que no se escucha. Sus ojos se hunden, pierde la nariz y
queda como uno la ha hecho».

Su autobús llega primero, se trepa a él de costado, abrazado a su
bolso y se refugia en un rincón.

Entre Orion y Roland se crea una especie de hábito amistoso cuando
se cruzan para entrar o salir de mi oficina. El tratamiento de Roland
comienza a funcionar, habla un poco más, tiene disposición para dibujar. En lugar de protegerse detrás de su aspecto abatido, lo hace cada
vez más a menudo detrás de una amplia sonrisa. Una mañana está
retrasado, voy a buscarlo dos veces a la entrada, como siempre. Con-
cluyo que no vendrá y me dedico a terminar un trabajo. De repente,

sin que nadie golpee, la puerta de la oficina se abre con violencia. Es Roland, que sin aliento y muy atemorizado, comienza a reír en cuanto ve mi sonrisa.

—¿Ves que puedes llegar solo a mi oficina?

—No lo sabía. Me retrasé por un taponamiento de tránsito terrible.

—Es tu tapón el que ha saltado.

Ríe, está contento y orgulloso de una hazaña que creía imposible. Desde ese día ya no voy a buscarlo, viene solo hasta mi oficina.

El médico en jefe está impresionado con el incidente: «Hay grandes reservas de posibilidades en él. Hay que hacérselas descubrir. Ver qué es lo que funciona. Los problemas de Orion son diferentes, no temen a las mismas cosas. Hay que tratar de que compartan actividades. Propóngale el taller de escultura».

Se lo propongo, Roland acepta, pero luego no viene. Finalmente le digo que pasaré a buscarlo por su casa. Cuando llego, su hermana me dice que es imposible encontrarlo. Entonces digo con voz muy alta: «Esto ya estaba arreglado contigo, Roland, no puedo esperarte y no volveré a buscarte».

Me voy. Al tomar la calle del liceo siento sobre mí el peso de una mirada. Sigo andando. En el siguiente cruce veo que Roland se mezcla con la gente. Me sigue otro tramo, cuando encuentro a Orion en la puerta del liceo, se desliza a nuestro lado.

Orion está casi habituado al taller. Se atreve a buscar solo el trabajo que está haciendo y sus herramientas. El resto todavía debo hacerlo yo. Roland está muy impresionado por el trabajo de Orion, una barca vikinga con vela y remos. Está hecha en arcilla, y, a pesar del refuerzo de los hilos de hierro, es muy frágil. La profusión de detalles provoca la admiración de Roland y, como de costumbre, lo desalienta. «¡Es genial! Yo no puedo hacerlo. ¿Me puedo ir?»

—No, haz algo más sencillo.

Lo instalo, pero el material no lo inspira. Le traigo un pequeño bloque de cemento y un cuchillo.

—Trata de hacer un animal usando el cuchillo.

—¿Un toro? —dice entusiasmando.

—Si quieres, pero es difícil.

Trabaja un poco y luego de algunos minutos va a ver lo que hacen los demás con una gran sonrisa. Si le hablan, se aparta rápidamente, siempre sonriendo. El tratamiento ha disminuido más sus miedos que los de Orion, que sólo se atreve a acercarse a Alberto.

Orion se pone nervioso, su mástil y sus remos no se quiebran más desde que los ha reforzado con hilo de hierro, pero la vela se cae. Roland comienza a hacer muchas patas a su toro.

—Cuatro son suficientes —le digo.

Parece que no entiende y no logra colocar las patas. Se cansa y parece a punto de abandonar. De golpe se vuelve hacia Orion, al que su vela pone cada vez más nervioso, y le pregunta:

—¿Cómo se hacen las patas?

Temo lo peor, porque la nariz de Orion palpita, su respiración de acelera, aunque Roland no se percata de nada. Le tiende su bloque y su cuchillo con tal confianza que Orion se calma. Toma el bloque, lo coloca de nuevo sobre el banco de Roland y, sin una palabra y con su habitual aplicación, hace nacer del cuerpo informe del toro las patas que Roland ha esbozado. Hay siete. ¿Va a suprimir tres para hacer un cuadrúpedo? En absoluto, ha entrado de inmediato en el sistema de pensamiento de Roland. Él, cuyo realismo generalmente roza lo banal, acepta perfectamente que el toro de Roland tenga siete patas monumentales y un solo cuerno en el cuello, porque es la única saliente que conservó. Roland está extasiado, Orion da forma a algunos ángulos más. Es un toro cúbico sin líneas redondeadas, muy pequeño, con la cabeza gacha. Sólidamente sostenido por sus siete patas parece listo para una embestida.

Orion lo eleva para examinarlo desde todos los ángulos, lo apoya de espaldas y dice a Roland, señalándole el vientre: «Aquí debes hacer el pito».

—¿Dónde yo quiera?

—En la escultura, uno puede hacer todo como quiera.

Regresa a su *drakkar*. Roland talla un poco el vientre. El resultado lo maravilla. Le gustaría pintarlo de rojo. Tendré que traer pintura, lo haré porque el gusto preciso y natural de Roland por los colores contrasta con la falta de realismo de sus trabajos.

Orion se debate con su vela y se pone nervioso. Le pregunto: «¿Es necesaria la vela? Los vikingos no siempre las usaban».

Es un barco de líneas bellas, altivas y salvajes, la vela y los remos, alteran esta forma soberbia. Orion arruina una vez más lo que hace con una profusión de detalles. Alberto, que se acerca, lo confirma: «Tu barco sería mejor y menos frágil sin velas».

Los síntomas de una crisis aparecen en Orion, pero no se atreve a manifestarla delante de Alberto, que agrega: «El administrador quiere que pase a verlo con Orion y Roland».

—Pero ya he enviado los cheques para los tres.

—Pero deben ir a firmar el registro, o tendré problemas. Usted sabe cómo son las cuestiones administrativas.

Sí que lo sé, debemos ir, pero en realidad no es el mejor día para hacerlo, Orion brama: «¡Uno no quiere! ¡Va a perder el autobús!».

—Es temprano, tienes tiempo.

Está muy mal, salta un poco. Afortunadamente, Roland toma la palabra: «Vamos contigo, señora». Salimos del taller, pasamos delante de la majestuosa escalera del liceo, siento un dolor en la espalda. No debo hacer movimientos bruscos, sólo muevo la cabeza. Retengo un grito. Orion tiene el cuchillo en la mano, la punta atravesó mi camisola. Está pálido y fuera de sí. Roland cree que se trata de una broma y ríe. Esa risa hace desaparecer mi miedo, enfrento a Orion y le digo: «Guarda ese cuchillo».

—¡Es como el pito del toro! —dice Roland estallando en una carcajada.

Orion se distiende y ríe con Roland. Guarda el cuchillo en el bolsillo. Tomo su mano y con Roland detrás de nosotros llegamos a la oficina del administrador, que suspira: «Usted no me hace el trabajo fácil». Ve que Orion está muy pálido y suda. Con la pluma en la mano no sabe bien qué hacer. «Si hay inconvenientes, haz una cruz.»

—Uno no quiere hacer una cruz, señor. No quiere morir.

El administrador se alza de hombros mientras Orion firma, con letra grande y torpe.

Mientras estoy firmando yo, me dice: «Trae aquí muchachos muy raros. Espero que usted garantice la seguridad de los demás».

—Por supuesto, estoy todo el tiempo con ellos.

—¿Y tiene suficiente fuerza?

—Hasta ahora, sí.

Salgo con ellos para ir a esperar el autobús. Siento tristeza al ver que Roland se aleja. La sesión de ayer ha sido muy buena, y al partir me dio un pequeño dibujo: «Es para ti. Es un retrato de mi padre». Y se fue sin agregar nada.

Al abrir la carpeta veo un dibujo torpe, en blanco y negro. Pero no es un retrato. Roland no podría hacer uno. No sabe dibujar y, sin embargo, hay allí una misteriosa evocación de la muerte de su padre. Es un enmarañado conjunto de pesadas líneas y manchas de tinta negra que sugiere innegablemente el sufrimiento producido por algún oscuro acontecimiento. Es el testimonio de una inmensa, incomprendida tristeza, la que le ha impedido avanzar durante tanto tiempo. Roland, tan sensible a los colores, ha podido con un poco de tinta expresar la muerte en un trozo de papel, que me ha entregado tal vez para que yo comparta su dolor.

El perro

Esperaba que Vasco llegara ayer a la noche. No llega, me dice por teléfono que Gamma, muy cansada por la gira, se descompuso en Londres antes del último concierto, y hubo que suspenderlo. El médico no se pronuncia, pero está preocupado. Probablemente mañana decida enviarla al hospital.

Esta mañana, al ir a buscar a Orion a la estación, noto de inmediato que no está bien, como hace ya una semana. Yo tampoco estoy bien, cansada después de este año en el que no dejé de trabajar, desgarrada por las idas y venidas de Vasco e inquieta por el cansancio y la tensión que su éxito creciente provocan en Gamma. Y llegamos al punto en que Gamma se enferma en el momento en que Orion parece estar al borde de nuevas crisis cuya razón no entiendo.

Orion ha esperado un poco en la estación, sube al coche enojadísimo y cierra la puerta con un violento golpe. Soportar hoy su cólera y mi cansancio es mucho. ¡Es demasiado!

Es demasiado, ¿y qué? Pues nada, es así. Lleva vestimenta deportiva, yo también. Dejo el coche bajo el puente de Chatou y caminamos por el sendero. El cielo está nublado, pero bajo los árboles que bordean el Sena pareciera que estamos en un bosque y pienso en la atmósfera de las carreras que organizaba la escuela y que durante mi infancia significaban verano, últimos días de clase y casi el momento de las vacaciones.

Comienzo a correr, dejo que Orion me pase diciéndole, como hago ahora habitualmente, que vaya adelante y que yo lo alcanzaré. Correr un poco más rápido le hará bien y calmará su agitación. Salta un momento, gira dos o tres veces sobre sí mismo como un trompo y se lanza al sendero con ritmo regular, con paso pesado, parece un oso de cabellos largos.

Quiero seguirlo, pero me doy cuenta de que hoy no puedo correr, porque todo el cansancio de este año se concentra en mis rodillas. Este mes agitado, mis días complicados, mi amor, mi vida arrasada´ por la falta de tiempo, todo eso evoca la batalla siempre perdida que sostiene mi indeclinable esperanza. Es por ella, no lo olvido, que me pagan en el hospital de día, y que logro vivir sin interferir en el incierto destino de Vasco.

No importa que yo no pueda más, que me sienta disminuida —algo susurra también, exhausta—, porque Orion corre gracias a mí en la isla, haciendo entrar un poco de aire puro, un poco de calma en sus pulmones, relajando el plexo, la tormenta solar, que a menudo es algo cerrado en él, pulverizado por la angustia. Enseguida lo veo, captando con las manos y la frente las ondas del gran plátano.

Escucho que un perro ladra, intuyo problemas, apuro el paso, sin darme cuenta, comienzo a correr. Encuentro a Orion arrinconado contra un arbusto por un perro de tamaño mediano que salta y ladra excitado cerca de él. Agazapado, aterrorizado, Orion no se mueve, pero agita levemente los brazos, lo cual enfurece más al perro. Ya no siento mi cansancio, sino mi cólera y la angustia de Orion. Recojo un palo, el perro me ve llegar y se va, le arrojo el palo que lo roza, y le arranca un chillido agudo.

Mis movimientos han hecho que mis cabellos se desaten, ¿qué parezco? Orion, lívido y con aire extraviado, da grandes saltos ahora que el perro se ha ido.

En ese momento aparecen dos mujeres, alertadas por el chillido del perro. Como siempre ante el comienzo de sus crisis le digo: «Orion, Orion, estás en la isla conmigo, me conoces. No tengas miedo. El perro se ha ido».

Sus ojos, fijados en un punto a lo alto, vuelven a bajar: recupera su mirada. Me mira asombrado, me ve, me reconoce. El perro se ha ocultado detrás de las mujeres que llevan oscuros impermeables —característicos de los jugadores de golf del campo aledaño— que nos miran con gesto ofendido.

Yo sé, aunque de manera incierta, que no es este irritante animal lo que ha visto Orion, sino un monstruo surgido de su propia cabeza. No reacciono con la suficiente rapidez, no alcanzo a Orion, que da algunos pasos hacia las mujeres y el perro. Encorvado, tenso como un arco, se pone a ladrar furiosamente y a escupir en su dirección. El escándalo que sigue se debe a mi presencia, sin la cual Orion no se hubiera atrevido a reaccionar así.

El perro huye y las dos mujeres, empujadas por este arrebato subversivo, escapan por un pequeño sendero. Ya estoy escuchando lo que dirán: «Dos locos nos han agredido. Una especie de bruja de cabellos enmarañados ha lanzado un palo a mi perro. Afortunadamente no le hizo nada. La hubiera denunciado. Y el otro, un verdadero demente que ladraba y escupía para asustarnos. Regresamos, pero creí que iba a perseguirnos. Ese lado de la isla se ha vuelto peligroso, tan cerca del golf, ¡es increíble! ¿Cómo puede pasar esto?».

Me quedo petrificada, Orion recupera poco a poco la conciencia y vuelve hacia mí trotando, bañado en sudor y con expresión triunfante. Es verdad que ha podido solo con el perro y las dos mujeres que no parecían nada contentas. Como no me muevo, da vueltas alrededor de mí murmurando algo y lanzando pequeñas carcajadas. Estoy aturdida, pero me digo que, al fin y al cabo, Orion no hizo una crisis grande, y a lo mejor no hará ninguna otra hoy. Ése es el lado positivo, pero ¡qué regresión! Ese miedo infantil a un perro insignificante. El hecho de verlo ladrar y escupir ha repercutido en mí como la negación, la anulación de todo el trabajo que hacemos juntos desde hace tantos años.

Volvemos al coche corriendo, ya he olvidado el cansancio de hace unos momentos.

Antes de sentarse en el autor, Orion dice: «Si esto sigue así, uno va a tomar el tren para ir a las Rocas Negras».

—Las Rocas Negras...

—Y allí uno nadará en el mar... ¡derecho!

Siento miedo porque creo que se trata de ideas que le dan vuelta obstinadamente por la cabeza.

—Uno irá si esto sigue así... si uno no sabe qué sigue, señora.

Luego, después de un breve silencio: «¿Uno se va a hundir? ¿Uno se quiere hundir?».

Lo escucho, no puedo hacer más.

Lanza un grito: «¡Uno quiere vivir! ¡Uno quiere vivir!».

—Está muy bien querer vivir, Orion, pero deberías decir simplemente: «Yo quiero vivir».

—No, señora, uno no puede hablar bien el idioma. Nosotros... (¡ah, cómo me conmueve ese *nosotros*!), uno sólo puede hablar el idioma de los disminuidos, los abandonados, los confundidos. Los que salen de su casa a la mañana para ser domesticados en el hospital de día y se meten a la tarde en la boca del metro. Somos así, los dos, señora, a menudo tú me enseñas cosas y a veces soy yo quien dicta y tú aprendes. Cuando no hay demonio, uno hace como si supiera, pero la verdad es que uno no sabe.

Le tiendo una toalla y se seca la cara cubierta de sudor, entramos en el auto, lo pongo en marcha preguntándome si a mi regreso a casa tendré alguna novedad de Vasco. Preparo el almuerzo, Orion come mucho, como de costumbre, pero los tics que le provoca la angustia arrasan su rostro.

Al finalizar quiere retomar el croquis de la casa.

—Es muy difícil, haz otra cosa.

—Uno debe hacerlo, señora.

Sé que es tan imposible interrogar a ese «uno debe» como al «uno no sabe», hay que dejar que Orion actúe solo hasta el inevitable fracaso, que probablemente él mismo desea.

Me siento agotada, y como él está en el dormitorio, donde hay mejor luz, me recuesto sobre la alfombra de la otra habitación. Estoy en pleno sopor cuando escucho a Orion reír, cantar, silbar y saltar.

Despabílate rápido, esto termina mal. Pienso en proponerle un dictado de angustia, casi todo lo que sé de él proviene de esos dictados en los que su manía por los detalles lo lleva a veces a expresar lo que no puede decir de otro modo o se esfuerza por esconder. Me levanto. Lo propongo. Negativa. No quiere un dictado de angustia y fija los ojos encolerizados en un horrible dibujo en el que acaba de hacer una mancha. Lo ayudo a borrarla, luego, sin que se oponga, guardo la hoja en la carpeta de dibujos. Mantiene en todo momento una risa crispada, sabe que me resulta fatigoso, podría detenerse, pero no lo hace porque cree sin duda que es justo que yo sufra con él. ¿Yo también lo creo?

¡Ay, ay, ay! ¡Qué fantasma! ¿Dónde ha quedado la técnica psicoanalítica? ¿Qué diría Douai? ¿Y Lisors? Y, sin embargo, a través de este sufrimiento exagerado, indigno de una verdadera profesional, comienzo a entender palabras deshilvanadas:

—Las Rocas Negras... a orillas del mar... si no se puede... en la clase... allí uno se puede tirar al mar... nadar muy lejos... y después... la semana próxima... uno comienza en el taller de papá... todos los días de julio... si hay crisis... si uno recibe rayos... si rompe el material... ¿entonces?... ¿entonces, señora?... uno es un inútil, un ¡cuántas faltas!... sólo queda... ¿entiendes lo que quiero decir?

Entiendo. El aprendizaje que debe llevar a cabo durante un mes en el taller donde trabaja su padre se adapta a su habilidad manual, a su gusto por la precisión en el trabajo, pero no a su estado de angustia. En el taller tendrá que copiar piezas, copiar le da miedo, solivianta su imaginación y provoca rayos que lo hieren. Es lo que debo explicar en la reunión general, para que el hospital de día presione a sus padres para limitar las sesiones de aprendizaje. Estoy espantada, nunca he visto a Orion en este estado, es la primera vez que la idea del suicidio se manifiesta con tanta claridad en él.

Entonces, su rostro muestra un poco más de calma, me tiende una hoja y con una voz que no parece suya anuncia:

DICTADO DE ANGUSTIA NÚMERO SIETE

Hace tres días, los padres estaban de viaje, uno tuvo miedo a la noche, un ruido como nunca había escuchado. Había olores que anunciaban el rayo, él vino, uno ha sido golpeado... abrutado... y adespojado. Uno estaba roto hasta en la imaginación.

No había más isla Paraíso número 2 en colores... no había más casa en el árbol... ni arpa eólica... ni Bernadette, ni Paule, ni señora en la isla. No había más amigos que llegaban en globo o en submarino. Siempre calles, autos, metros, autobuses peleando. Si los rayos, si el ruido desconocido perturban la imaginación ya no queda nada... ni isla, ni océano Atlántico tropical para refugiarse. Uno no quiere estar solo, completamente solo, con la imaginación... Jesús, aunque haya mucho ruido, aunque venga el demonio y le pegue y lo empuje, tiene el evangelio. Pero si el demonio me hace perder los estribos, si me desconstrucciona como acostumbra... uno ya no tiene territorio. Y se necesita un territorio para tener amigos y amigas en la imaginación, aunque en la realidad

uno salte bajo los rayos.
Fin del dictado de angustia.

Con palabras entrecortadas, gruñidos, esa risa nerviosa que no puede controlar y que me produce dolor de estómago, Orion pide indirectamente que yo esté tranquila, cada vez más tranquila y que le diga: «Haz otro dibujo para calmarte, Orion, un monstruo que estará mejor en el papel que en tu cabeza».

Protesta: «Hoy no hay monstruo en dibujo en la cabeza».

Lo dejo hablar y le traigo hojas nuevas y tinta china.

—Hay un monstruo que aún no has dibujado, es el inspector que te ha sacado de la escuela, tú le has dado patadas, pero en el dibujo merece más que eso.

—¡Sí! ¡Pum, pum en las pelotas!

La idea lo entusiasma, elige una hoja, saca punta a un lápiz. De repente me dice: «¡No mires! ¿Me lo prometes?».

—Prometido.

Se ríe y comienza a dibujar. «Este es un dibujo que no se debe mostrar.»

Preparo la merienda. Suena el teléfono, es Vasco.

—No puedo regresar, Gamma está peor. El médico quiere llevarla al hospital. Su madre vendrá para tomar alguna decisión.

—¿Es tan grave?

—No lo sé, está muy débil. Gamma quiere que vengas.

De pronto tomo conciencia de la gravedad de la situación. Debería ir, pero...

—Orion está muy mal, Vasco, debo imperiosamente hablar mañana de su caso en la reunión general del hospital de día. Y hablar con su padre. Y recibir pacientes a los que ya no puedo cancelar. Puedo tomar un avión pasado mañana, antes es imposible.

—Resumiendo, ¿no puedes venir ahora a Londres a causa de Orion?

Estoy a punto de protestar en el mismo tono violento que ha utilizado Vasco, pero me acuerdo de mi padre, que habría dicho: «Es así... es mi trabajo».

—Es así, Vasco —digo—. Orion es mi trabajo.

Esta respuesta calma su cólera, y me dice con dulzura: «Te entiendo, Véronique. A lo mejor por ahora Orion está más enfermo que Gamma».

No debí enojarme, pero aquí todo es muy difícil, me siento superado. Gamma te necesita. Ven en cuanto puedas. Te quiero». Cuelga.

Orion viene a tomar la merienda. Ahora está alegre, come y bebe ruidosamente. Ve que estoy triste.

—Parece que tienes ganas de llorar, señora.

—Estoy triste pero no lloro.

—¿Estás triste porque el señor Vasco se fue?

—Nuestra amiga Gamma se enfermó en Londres.

—Uno la escucha cantar en la radio, pero ¿por qué está todo el tiempo con el señor Vasco?

—Dan conciertos, es su trabajo.

—¿Y tú te quedas aquí?

—Me quedo porque hay otros que me necesitan. Como tú, Orion.

Está contento, pero su dibujo lo reclama y regresa a la otra habitación. Me lanzo al teléfono, consigo un pasaje para Londres para pasado mañana. Pasa el tiempo y le advierto a Orion que es la hora de su tren.

—Ahora no, señora. Hay que terminar este dibujo. Uno tomará el siguiente tren. Llama a mi casa para avisar.

Llamo y me responde la madre, sorprendida por el imprevisto retraso. El padre de Orion aún no ha regresado, y ella me da un número para llamarlo a la mañana siguiente. Aprovecho para decirle:

—Orion se ve muy nervioso y angustiado estos últimos días. ¿Hay alguna razón para ello?

—Mire, no sé. Para nosotros no hay diferencia. Está así casi siempre.

Como no respondo sigue hablando: «Son ustedes, en el Centro, los que creen que está mejor».

—Pero ahora pinta, esculpe, expone.

—Ser artista no es un verdadero trabajo. Si después de una pasantía en el taller pudieran darle un tiempo de prueba, sería lo mejor.

No insisto, puede ser que tenga más éxito con el padre mañana.

Escucho a Orion en la habitación de al lado, canta, silba, dice a media voz: «¡Pum! ¡Pum! ¡Vas a ver!».

Entreabro la puerta, está totalmente compenetrado en su trabajo, ignorante de sus gritos y su exultante alegría. No lo interrumpo, hay que esperar la hora del próximo tren, esperar prisionera de Orion, mientras mi querida Gamma está enferma y Vasco me necesita.

Me extiendo sobre la alfombra para hacer una relajación. No es fácil. Ayudé a Orion a encontrar la calma y ahora soy yo la que se precipita a su país de fantasmas donde resuena el galope blanco de caballos en delirio. Con las tormentas, las islas, el asesinato del Minotauro y los caminos obstruidos del Laberinto donde uno tropieza con calaveras que hacen bromas en la oscuridad.

¡Ay! ¡Qué lejos está el tiempo en que pensabas que el psicoanálisis es una ciencia precisa! Confiesa que, en tu condición de hija de un maestro que tenía tanta esperanza en la ciencia, creíste poder convertirte algún día en una ingeniera del alma. Hoy ríes, pero es lo que esperabas, aunque rápidamente te diste cuenta de que no hay que lidiar con las catástrofes, y con el Desastre. Y, sin embargo, en el fondo, sigues pensando como tu papá: Fuera de la ciencia no hay salvación. Relájate, no es tan grave, Orion está mejor. Un poco gracias a tu saber, sobre todo gracias a tu presencia. Toma conciencia de tu columna vertebral, de tus cervicales, que deben aflojarse, un poco más... un poco más. Relaja todo el edificio, las piernas, los pies. Todo debe sentirse blando... blando y ligero. No un árbol, no el gran Modelo. Ni siquiera una caña más o menos pensante. Río fluido, fluido, con bellos puentes con arcos como esas largas piernas, esas rodillas de bronce que tanto gustaban a los hombres, que están siempre allí y que debes relajar más... todavía más. Acéptate como eres: un pie en la voluntad de servir, de dar, de darse a los demás, y otro pie en el arte, en la duda y la continua exigencia del *tal vez*.

Relájate, libérate, desátate... sabes cómo hacerlo, rengueas un poco... mucho... apasionadamente... nada... Gamma dice que apuestas por ella, por Orion, por Vasco, jamás por ti misma.

Ella me quiere por eso, por esa paz que es ahora en mi boca, una deliciosa bebida. Deja que la inmensidad entre en ti... como lo hace. Durante algunos instantes estoy en sus brazos. Apoyo la cabeza, el cuerpo entero, sobre un enorme hombro. Estoy en lo alto del acantilado que todavía me separa del océano sueño...

Golpecitos en la puerta, Orion ríe al verme sobre la alfombra distendida y feliz.

—Estás haciendo una relajación, como me la haces a mí.

—Tú podrías hacer mucho más, Orion.

—Uno no puede solo, señora, no puede hacer casi nada solo. El dibujo está terminado. Ya es la hora del tren.

Me levanto, ya está listo. Le pregunto si se lleva el dibujo.

—No, no es un dibujo para los padres. Sólo la señora puede verlo... y el señor Vasco.

Nos vamos. Está feliz, silba fragmentos de *La flauta mágica*, que le encanta, mientras me introduzco con dificultad entre los coches que vuelven de París. París, la ciudad de los obstáculos, como él dice.

—Al final fue un buen día, Orion, has hecho una obra.

¡Ni siquiera me concede eso! Con su impiadoso realismo dice:

—Esta mañana estuvo el perro al que se le ladró y también hubo grandes rayos. Luego era feo, feo hasta que se comenzó el dibujo.

—Ahora estás bien.

—Está el tren, señora. Y luego si hay crisis en el taller de papá, ¿qué pasará?

Lo acompaño hasta la escalera que conduce al andén, la multitud lo altera, quiere agitar los brazos. Se contiene con esfuerzo. Sufrimos juntos con este esfuerzo. ¿Es verdaderamente necesario? Ya está subiendo la escalera, una silueta delgada que se apresura aunque el tren no haya aparecido todavía. Solo en su pequeña isla, en su pequeña burbuja, flotando en el inmenso océano de los otros.

Cuando regreso de la estación abro la carpeta en la que Orion ha dejado el dibujo prohibido que sólo Vasco y yo podemos ver. Encuentro dos dibujos, un borrador que representa a un niño de cabello largo dando violentas patadas a un flaco gigante de traje, corbata y anteojos. Es un dibujo sumario, salvo el rostro del inspector, que no es un rostro, sino la máscara cerrada de la indiferencia burocrática, en la que el hábito y la rutina han ocupado todo el espacio. De los gruesos labios del inspector sale una viñeta donde se lee «Pero, pero...».

El segundo dibujo, en el que Orion ha trabajado tanto, está hecho con tinta china, muy cuidado. En primer plano aparece una pistola cuyo cañón humeante apunta todavía a la braguera de un pantalón dibujado siguiendo los mínimos detalles. La parte de abajo del cuerpo de la víctima está oculto, encima aparece el busto con corbata y el rostro del inspector. Su boca, abierta y torcida, lanza un grito de dolor. En una viñeta en mayúsculas: «¡Pum! ¡Pum! ¡Te la di!».

Solicité la posibilidad de hablar del caso de Orion en la reunión general semanal del hospital de día. La reunión es larga y, cuando llega mi turno, es tarde. El doctor Lisors y su colega ya no están, se han retirado porque tienen pacientes.

Para hacer comprender la regresión creciente de Orion desde hace dos semanas cuento el incidente de la isla de los impresionistas. Cuando llego al episodio en el que Orion echa a las mujeres y al perro ladrando, las carcajadas estallan. Lo que me ha parecido tan trágico los hace reír, a ellos, que sin embargo conocen bien a Orion, que es hoy por hoy el alumno más antiguo del Centro. Esas risas me desconciertan a tal punto que siento que el tiempo apremia y que todos desean que la reunión termine. Ojalá no hubiera hablado de eso. Robert Douai me hace un gesto de complicidad, pero que significa también que hay que dar por terminada la reunión. Es casi el final del año escolar, todos están cansados, hay amenaza de tormenta, no piensan más que en alcanzar el metro o el autobús antes de que empiece.

Douai me estrecha la mano apesadumbrado pero se va como todos los otros.

Me quedo sola ante el informe de la reunión que debo redactar como todas las semanas para que mañana lo asienten. Decido no mencionar en él mi intervención.

Al terminar de releer el texto, veo salir de la oficina a una secretaria que completa una circular para su envío. Ha escuchado la escena y ve que estoy alterada.

—No se haga problema —me dice alzando los hombros—. ¡Ellos son así! Hay que entenderlos, es fin de año, están cansados. Todos apreciamos a Orion, pero para el Centro es uno en sesenta. Sólo tiene derecho a la proporción de atención y afecto que le corresponde. Y le damos un poco más, a causa de sus ojos, y de usted. Para usted no es suficiente. Es normal. Pero con esos enfermos ¿hasta dónde se llega? Para mí, usted es simpática y valiente, pero del equipo, de cualquier equipo, usted no puede esperar más apoyo del que tiene.

—Tengo derecho a mi porción de apoyo, y para el resto debo arreglármelas...

—Pues sí. Como lo ha hecho hasta ahora.

—Es verdad, pero ahora tengo miedo.

—Porque usted se queda sentada allí, sola. Venga a tomar un café conmigo, le hará bien y yo estaré encantada.

Con nuestras tazas delante, me sonríe, tiene una bonita sonrisa.

—A veces admiro lo que hace. Pero yo, con el trabajo que tengo aquí y mi novio no tengo tiempo.

Nos saludamos con una súbita alegría, como amigas, y nos vamos, bajo la lluvia que acaba de comenzar, cada una rumbo a su metro.

La encrucijada
de Angustia

De nuevo hace frío en junio, es injusto. Después del desayuno tomo una ducha y me lavo el cabello. En el momento de enjuagarme se corta el agua caliente. Sensación horrible, sentimiento agudo de injusticia. Me invaden todo el frío, la humedad y el peso de este execrable verano. Por fortuna puedo comunicarme con el médico jefe. Le hablo solamente del aprendizaje de Orion en el taller de su padre y de su temor a tener una crisis o a romper el material. Me dice de inmediato: «Todo el día y todos los días son demasiado para él. Propóngale a su padre que lo haga día por medio y solamente medio día. Me gustaría que usted concertara eso con él».

—¿Le puedo decir que esta propuesta parte de usted?

—De acuerdo. Y no se preocupe tanto, las regresiones, incluso importantes, a veces son inevitables. Usted lo sabe, es parte de la transferencia.

Acepto el reproche que subyace a sus palabras y le agradezco la ayuda.

Llamo al padre de Orion, le explico que el aprendizaje previsto será muy pesado para el muchacho. Le proponemos reducirlo a medio día, día por medio.

—En verdad —me dice—, no se trata de aprender el oficio. Es una iniciación que se puede adaptar, porque de todos modos no le pagarán. Seguiré sus consejos. Siempre han funcionado bien con Orion.

—Tiene miedo de no lograrlo.

—Pero si trata de lograrlo, lo hará. Es muy hábil y ya hizo algunas pruebas muy aceptables en casa.

—Tiene miedo de tener una crisis y romper las herramientas o el material. Está inquieto, es por eso que está violento y ha tenido tantas crisis estas últimas dos semanas.

—Lo que sucede es que antes de las vacaciones siempre hay mucho trabajo. Hago horas extras y llego tarde a casa. No he notado nada fuera de lo habitual. Cuando vuelvo, él está mirando la tele, después se va a dormir. No me ha dicho nada...

Como en julio me quedo en París, propongo que Orion venga a dibujar o a pintar conmigo al Centro los días que yo no trabajo. La conversación termina amigablemente, el problema de Orion está, al menos temporalmente, controlado. Es el mío el que pesa más que nunca. ¿Por qué armé tanta historia? ¿Por qué dramaticé tanto las cosas? ¿Por qué endilgué a destiempo a todo el equipo un problema que podía –como acabo de hacer– solucionar sola reflexionando un poco y haciendo dos llamados telefónicos?

¿Cómo no medí las palabras tan justas de Vasco: «No puedes venir ahora a Londres a causa de Orion»? Y el ligero reproche del médico jefe: «Las regresiones forman parte de la transferencia».

Lo sé, lo sé, pero la perturbación que me provocó el estado de Orion hizo que lo olvidara.

Voy a tomar el tren hacia París. Debo retirar mi pasaje a Londres, ver un instante al médico jefe y luego encontrarme con Orion y Roland en el taller de escultura.

En el tren vuelvo a pensar en un sueño que tuve anoche: se construía una maraña de puentes, pasarelas y distribuidores, también túneles. Yo atravesaba todo eso llevando a mis espaldas una carga cada vez más pesada.

En la agencia me dan el pasaje sin vuelta confirmada. Es caro, pero acaban de depositarme el sueldo en el banco.

En el hospital de día tengo una corta entrevista con el doctor Lisors. Está satisfecho de la manera en que arreglé las cosas con el padre de Orion. Me mira con una especie de divertida compasión sobre los pequeños anteojos de lectura. «Hay que darle a Orion una visión de su infancia diferente a la del conformismo total en el que ha vivido. Ha compensado esa severa educación maternal y escolar con la aterradora imagen de la libertad demoníaca. El objetivo es reconstruir en la medida de lo posible su infancia y hacer aparecer sus verdaderos deseos.»

Apruebo el método y el trabajoso objetivo. Pero me dice todo esto entre dos entrevistas, no tiene más tiempo, el *cómo* será mi problema.

Hay que dar un gran paso, operar grandes cambios. ¡Pero no puedo hacerlo! ¡No todavía!

Otra vez el metro, y mañana a Londres para ver a Gamma, ¿pero en qué estado?

Roland ya está en el taller de escultura, mañana comienzan sus vacaciones, a su madre le ha gustado el toro rojo de siete patas.

Orion está retrasado, voy a esperarlo en la galería. Llega completamente sudado, lleno de excitación. Se detiene ante el banco en el que estoy sentada.

—¡Levántate, señora! ¡Hay que romper el banco! ¡Se recibió un rayo!

Miro alrededor, no hay nadie. Me levanto.

—Voltéalo, pero no lo rompas o lo vas tener que pagar.

Lo toma y lo voltea. Siento que es increíble hasta qué punto ese banco patas arriba y ese muchacho de ojos extraviados bastan para dar a ese lugar, tranquilo hasta hace unos momentos, la apariencia de una escena revolucionaria. ¿Qué haría Orion en una revolución? ¿Se ocultaría en su casa aterrorizado? ¿Se libraría a la embriaguez de la destrucción? Pero no hay revolución para Orion, no hay revolución para los extraviados. ¿Eso significa que no hay revolución en absoluto? ¿O siempre hay un lugar para los extraviados, para todos aquellos que han conocido el terror y la ebriedad de ver cómo se derrumban los muros de su mundo, de su prisión?

Vuelvo a poner el banco en su lugar, Orion me ayuda. Pasan dos profesores y miran asombrados a Orion que salta en el lugar. Sin duda piensan: «¿Qué hace este muchacho aquí?». Con los normales. Tan cerca de la Normal Superior, de donde han salido tantos anormalmente normales.

Roland y Orion están contentos de volver a verse. Se cuentan sus cosas y se entretienen. Al entretenerse, Roland no hace nada, pero Orion trabaja. Con el cuchillo bien afilado que lleva y trae siempre con él, está trabajando el rostro de la cabeza de una muchacha. Me llama y me muestra la mejilla izquierda: «Hay que agregar yeso aquí».

—Tienes razón. ¡Hazlo!

No duda un instante, y, con el cuchillo en la mano, va a buscar un bol. Lo limpia, pero cuando quiere llenarlo de agua, la canilla produce unos ruidos horribles pero el agua no sale. Orion suelta el bol, que hace un ruido atroz al caer y comienza a saltar con el cuchillo en la mano. No somos muchos en el taller, pero todos lo miran. Como ellos, estoy aterrorizada por la hoja del cuchillo que flota en el aire, y por Orion que salta cada vez más alto. Los obreros que trabajan en la restauración de la parte antigua del edificio han cortado el agua. Va a volver, con seguridad, pero me siento interiormente inquieta por la coincidencia: el corte de agua caliente de esta mañana y ahora éste. Me acerco a Orion y le digo: «Es sólo un corte temporal, el agua va a volver, salta si quieres, pero dame el cuchillo». Roland ha venido conmigo, bromea y, al ver que Orion sigue saltando, le dice: «Vamos, dame el cuchillo». Orion, que no me ha escuchado, parece que registra las palabras de Roland. Salta cada vez menos. Repito: «¡El cuchillo!». Lo ve, se sorprende, hace un gesto como para retenerlo, y luego como yo no me muevo y Roland sigue riendo, me lo da.

Una mujer de edad que hace cosas muy bellas en arcilla viene a ver la estatua de Orion. Mira el perfil izquierdo, que ya está terminado y dice: «Está muy bien. Casi sonríe». Miro con ella ese perfil que, bajo la larga cabellera tiene en verdad mucha delicadeza. Orion está contento por ese comentario, pero menos que yo, ya que está muy ocupado en el yeso que debe agregar al perfil derecho y a la nariz cuyas narinas quiere afinar. La escultora regresa a su trabajo y yo miro por primera vez la cabeza de frente. La delicadeza del perfil izquierdo y el esbozo de la sonrisa desaparecen. Veo un rostro fuerte con un sólido mentón, un rostro arcaico donde aparece, bajo una forma que excluye todo parecido inmediato, algo que recuerda a Orion. No el adolescente aterrado, acosado, explosivo y al mismo tiempo dulce que es en la vida cotidiana, sino el Gran Obsesivo que a través de los milenios lleva a cabo su trabajo con meticulosidad y, a pesar de los rayos turbulentos de los demonios de Babilonia o de París, culmina al fin la tarea que se ha impuesto.

Orion necesita yeso otra vez, ya no se atreve a prepararlo solo, voy con él, Roland nos sigue, y luego de un momento los dejo solos. Orion regresa, mira su escultura, que comienza a tomar forma. En un bloque de yeso preparo una cabeza con cuatro caras. Roland hace una cabeza. Me pide consejo. Tengo la sensación de que su cabeza de ogro está terminada, que si continúa sólo conseguirá arruinarla. Le propongo que la pinte, como al toro. La idea le gusta, pero en ese momento Orion, que está en plena ejecución me pide que le prepare más yeso pues el que tiene está por acabarse. Voy sin pensarlo dos veces, Roland me sigue. Entre los dos preparamos un yeso de menor calidad del que él hubiera hecho solo. Abandoné mi trabajo. Otra vez me he comportado como la que debe ayudarlo en todo, sin tener consideración por mi propio trabajo. Recuerdo la actitud de algunos grandes artistas que, por distintas formas de neurosis, supieron preservar su trabajo, me digo que yo no tengo esa madera, que no he comprendido todavía que hay que dejar volar a Orion con sus propias alas, aunque sean frágiles. Orion me pide dos veces más que prepare yeso. La primera vez le pido que venga conmigo y él hace el trabajo casi solo. La segunda le digo: «Puedes hacerlo solo». Inclina la cabeza hacia atrás, me lanza su extraña mirada de caballo extraviado en la tormenta y comienza a saltar en el lugar. Roland ríe mientras cubre con pintura su cabeza de ogro. Sabe lo que va a pasar y en mí se produce un clic: después de todo es para eso que me pagan.

Entonces preparo otro bol de yeso mientras Orion retoma su trabajo con la actitud de un profesional, sin prisa pero sin pausa. Por la forma en que se inspira con el yeso que manipula, con el retoque que realiza, con la forma esbozada, reconozco en él, aunque esté muy perturbado por sus fantasmas, al verdadero artesano, no me animo a decir *artista*. Al que se deja guiar por su trabajo y por lo que pasa. En este momento está completamente compenetrado con lo que hace, probablemente feliz y tararea fragmentos de sinfonías.

El trabajo de Roland es más discontinuo, pone algunos toques de azul, mira a su alrededor, se distrae, luego vuelve a pintar. Se ve claramente que no pertenece, como Orion, a una dinastía de trabajadores manuales. Pero él también está feliz, al ver la metamorfosis de su cabeza me hace pequeños gestos de alegría, ríe cuando escucha a Orion que tararea y de vez en cuando entona las primeras notas de una melodía de rock. Entonces me digo a mí misma que esta felicidad, estos instantes de felicidad de esos dos muchachos valen el esfuerzo que hago. Ayudo a Roland a recubrir la cabeza con un azul que al secarse se vuelve mate. Pinta los ojos, la boca y la nariz, que hizo en rojo.

—¡Es terrible esta cabeza! —exclama.

Efectivamente, me recuerda los terrores infantiles y la aterradora imagen del ogro. En esa época me alegraba como a los demás la victoria de Pulgarcito, pero ¿creo en ella todavía? Cuando se pasan tantas horas, tantos días frente a la psicosis no se puede dejar de pensar que el ogro tiene muchas chances de ganar. Sí, debemos mantenernos abiertos, atentos, a veces creativos, debemos luchar con la misma tenacidad que Pulgarcito, nunca gritar: «¡Me rindo!». ¡Pero el ogro nos tragará incluso sin darse cuenta! De eso se trata el arte, de eso se trata la escritura, de combatir siempre la muerte, siempre vencidos y siempre volviendo a entablar el combate.

Roland me mira, un poco intimidado mientras yo divago un poco, perdida en el azul, en el rojo devorador que ha salido de sus pinceles. Orion también me mira pero mi silencio no lo impresiona. Sabe lo que es estar fascinado. Quiere decir a Roland que su cabeza de ogro es linda, en realidad, no tiene mucho que opinar, soporta sus propios monstruos.

Siento que no se puede dejar la cabeza así, como un trozo de carne sobre el mostrador de un carnicero. A Roland le pasa lo mismo.

—Hay azul y rojo —digo—. Si se pusiera un poco de blanco sobre la cara, haría resaltar el azul y atenuaría el rojo.

Roland está de acuerdo. Trae un tubo de color blanco y otro pincel.

—A ambos lados de la hendidura debes hacer dos líneas con el dedo. Allí pones el blanco.

Niega con la cabeza: «¡No! ¡Lo pone usted!».

—¿Por qué yo? ¡Hazlo tú!

Se niega otra vez, pone ambas manos delante de él, como para protegerse: «¡No! ¡No! ¡Usted!». Sus ojos continúan riendo pero sus manos suplican. Éste es un momento muy importante para él, que no comprende, que no puede expresar. Es necesario que yo comprenda, que viva en su lugar. Pero hoy estoy tan cansada... no debería vivir nada de importancia esta tarde. Pero... me pagan para esto: es lo que hubiera pensado mi padre. Es también lo que yo pienso.

Con un dedo pongo blanco en la paleta, trazo una línea sobre la mejilla derecha, el ogro ya ha cambiado. Trazo otra línea sobre la mejilla izquierda, las espeso. Lo miro: «¿Es lo que querías, Roland?».

—¡Exactamente!

Orion levanta los ojos de su trabajo: «No está nada mal».

Y luego de un momento: «Es mejor con el blanco». Roland está exultante, sabe que Orion no pretende, como yo, ver el lado positivo de las cosas, infundir confianza. Orion no es un perro de salvataje, un terranova, es un náufrago, cuando aprueba algo se le puede tener plena confianza.

Miro a mi vez el ogro que se está secando. Se ha convertido en un tótem sumario, brutal, excesivo, ya no es esa boca muy abierta y esos órganos digestivos abominables. Roland puede reír. El ogro que salió de sus manos se ha convertido en una especie de objeto de arte, de dios iletrado que podrá poner sobre una chimenea como un recuerdo un poco cómico de pasados terrores.

Salimos los tres juntos. Orion nota que hay yeso en su campera y en sus pantalones. Está aterrado, lo van a ver en el metro. ¿Qué dirá su madre si se ensucia? Lo limpiamos un poco y respondo a su pregunta: «¡Nos importa un bledo!». Roland ríe más fuerte que yo, Orion cambia la cara y estalla en una carcajada.

—Tenemos el derecho de estar sucios —grita Roland.

Resuena en mí el formidable: «Nada es sucio» de Gengis Khan que tanto admira y comparte Vasco, pero que yo no logro compartir, aunque sé que está bien aplastar nuestros «yo» culpables contra esa roca de negación.

Roland se aleja alegremente por la calle Saint-Jacques, mañana parte hace Belle-Île. Con su tótem. Para nosotros, las vacaciones aún están lejos, acompaño a Orion a la estación del metro, es para él un lugar nefasto porque, a raíz de un mal movimiento, ha perdido alguna vez allí su pase para viajar. Al llegar a la estación nos atrapa el poderoso aliento del monstruo en verano. Orion tiene miedo, pero su pase funciona, pasa sin inconvenientes y se da vuelta un instante para saludarme.

Me voy, en definitiva fue una buena sesión para los dos, pero ahora debo tomar mi metro, no confundir las combinaciones y recuperar mi coche que he dejado no muy bien estacionado en Chatou. Después de eso, a lo mejor, hago un llamado a Vasco.

He llegado a Londres, y me aterró el estado de Gamma, mejoró y pudimos regresar con ella a París donde se someterá a numerosos exámenes. Estuve a su lado en el avión, ella recostada en una camilla.

A la noche llamo al padre de Orion.

—He regresado de Londres con mi amiga enferma. ¿Cómo han sido los primeros días de Orion en su taller?

—Bien, va por la tarde, el trabajo no le resulta difícil. El patrón ha pasado un momento e incluso lo ha felicitado. En el taller todo está tranquilo porque sólo somos dos los que estamos con él, los demás están de vacaciones. Quiere hablarle, se lo paso.

—Buenas noches, señora —dice la voz precipitada de Orion—, el trabajo va bien, se puede hacer. El patrón dice que uno es hábil. Pero uno tiene miedo de los rayos prehistóricos de usted sabe quién... si uno los recibe puede arruinar una piedra o romper herramientas. Entonces... entonces como si uno fuera un inútil, un retarado inútil. ¿Gamma está mejor?

—La hemos traído a París en avión, está en el hospital para que le hagan estudios. Mañana voy a verla, luego iré al taller para la última sesión. Te espero a las siete en la puerta. Llevaré el hermoso dibujo que tu padre ha dejado en mi casa y que debo mostrar a un editor.

—¿Uno puede llevar el nuevo dibujo que ha hecho?

—¿Un dibujo nuevo? ¡Por supuesto! Se lo mostrarás a Alberto.

Al día siguiente, cuando llego al hospital, Gamma duerme. Contemplo su bello y consumido rostro y escucho su respiración. Su mano se crispa un poco, dos lágrimas se deslizan sobre sus mejillas. Se despierta, siente mi presencia, me busca con la mirada, me encuentra. Sonríe a través de las lágrimas.

—Soñaba que te ibas muy lejos, pero, naturalmente, estabas aquí. ¿Eres siempre la que está aquí?

—Trato.

Desvía la vista, ve la carpeta de dibujos que llevo conmigo.

—¿Es un dibujo de Orion?

—Sí, un dibujo a lápiz, muy impresionante. Lo presentaré al joven editor que publicará el poema que tanto te gusta.

—Muéstrame el dibujo.

Saco de la carpeta el gran dibujo hecho con grafito, en el que Orion retomó y llevó aún más lejos el tema del monstruo enmascarado de ojos dulces y afligidos, de orejas anchas y cubierto de numerosos colmillos, de los que dijo: «Si se rompen, vuelven a crecer».

Gamma lo contempla largamente y luego me dice en voz baja: «Este monstruo con sus grandes orejas de silencio me perturba. Está más oculto, más atrincherado detrás de sus colmillos que nosotros los músicos, pero si se levanta sobre sus piernas, crecerá. Como Orion, gracias a ti».

—Gracias a él mismo, es él quien trabaja, yo estoy cerca de él y lo escucho.

Tomo el autobús, luego el metro, una larga serie de estaciones desfila y pienso en las cuentas del rosario que se deslizaban en otros tiempos entre las manos de las mujeres.

Me apresuro por llegar puntualmente a la reunión con el editor en plaza Saint-Sulpice. Él conoce apenas París y no sabe calcular el tiempo necesario para desplazarse por la ciudad. Sin duda llegará tarde. Pero tú debes ser puntual, dice el cruel ángel guardián que pesa aún sobre mí.

El editor llega media hora tarde. Le gusta mucho el texto, que encuentra, por otra parte, un poco largo. Espera que yo le explique algunos pasajes que le parecen oscuros.

—No puedo explicar lo que quería decir —le digo—. Los pasajes oscuros, también lo son para mí.

No protesta, quiere ver el dibujo. Saco el monstruo arrodillado de Orion. Está impresionado.

—Su dibujo me conmueve mucho, como todos los de Orion que he visto hasta ahora, si podemos reducirlo sin complicaciones, lo haremos. Ese muchacho, a su modo, inventa un nuevo mundo, y luego descubrimos que es el nuestro.

Su reacción me encanta, me gustaría seguir hablando un rato más con él, pero mira su reloj, debe irse a otra reunión. Salimos y lamento despedirme de él. Lo sigo con la mirada, lo veo, alto, entrar en la multitud de perfil, a la manera de Orion. Incluso lo imagino corriendo y saltando en el lugar como hace Orion cuando el aire se pone pesado... pesado. El extraño fantasma que tiene miedo de pensar en Gamma en el hospital, en el aprendizaje de Orion y en las Rocas Negras no es ese hombre, soy yo. Yo, que si no fuera tan bien educada, probablemente me pondría a correr y a saltar de angustia.

El tiempo corre, entro al jardín de Luxembourg. No veo a los paseantes, ni los árboles, ni las flores, subo hacia el Panthéon y me doy vuelta para ver un claro del jardín en el que me hubiera gustado quedarme. Veo el enorme colmillo de la torre Montparnasse, la rompo con la mirada, la golpeo con el palo de los fantasmas, la corto por la base como las ortigas de mi infancia.

Siento, como Orion, la cólera y la angustia apoderarse de mí y sé que el único modo de escapar del gran colmillo cariado, al sol vacilante de este verano húmedo, es ir rápidamente al lugar adecuado para hacer cosas precisas.

Tomo la calle Soufflot, la calle del soplo, y voy a esperar a Orion en la puerta del liceo. Llega casi al mismo tiempo que yo por la calle Saint-Jacques, parece bastante tranquilo. Al tenderme la mano me mira con una inhabitual atención, parece pensar: «Hoy yo estoy mejor que tú».

Debe leer en mis ojos que no es un día normal, que soy yo quien recibió los rayos, que no iré a buscar sus herramientas, que no prepararé su yeso.

Está perturbado, vacila al borde de una crisis y escruta mi rostro parpadeando. Ve que esta mujer no podrá protegerlo como siempre y que, si tiene una crisis, será pesada, muy pesada y onerosa. Ve que hoy correré ese riesgo, salta un poco en la entrada, no digo nada. Me sigue al taller, toma él solo las herramientas y la pieza que está haciendo. Se da vuelta hacia mí: «Uno va a hacer el yeso». Cree que voy a aprobarlo, que estaré contenta con su decisión. Pero no lo estoy, sólo le digo que lo haga, como si fuera la cosa más natural del mundo. En el otro extremo del taller, mientras prepara su yeso, me mira a menudo para comprobar si estoy pendiente de él, si estoy dispuesta a ayudarlo. Pero no estoy dispuesta a nada, debo trabajar para evitar pensar en Gamma, en los estudios que le harán mañana y en el veredicto. Cuando Orion regresa con su yeso, sólo pienso: Al final, él me está educando, me está enseñando que no tiene necesidad de ayuda.

Marion, una excelente escultora, que viene en ocasiones al taller, llega con Alberto. Me agrada su bella sonrisa contenida de estatua romana, se enteró del deseo de Orion de esculpir madera y le trae la lista de herramientas necesarias. Él está muy contento y le agradece con una gran sonrisa antes de guardar la lista en su precioso portafolio.

Alberto hace su recorrido habitual, examinando cada trabajo, dando esporádicos consejos. Cuando termina, Orion me pide que lo ayude a mostrarle su dibujo en tinta china que llama, no sé por qué razón, El faraón bajo el mar. Es mi trabajo, lo ayudo a sacarlo de la carpeta y del sobre plástico que lo protege de la lluvia. Lo ubicamos en un caballete, me conmueve su fuerza. El planeta, rodeado de anillos, resplandece de luz en medio de un negro impactante, ignorando todo, indiferente a todo lo que no sea su inmensa oscuridad.

¿Es Orion el temeroso, el saltador quien, a su manera, ha vivido este dibujo? ¿Es posible esta separación tan clara? Está allí, ante nuestros ojos, el blanco hecho luz por el intrépido negro que ha logrado sin pincel, sólo con una pluma y tinta china. Con mucho tiempo y esfuerzo detrás, esta obra no ha sido pensada con palabras, sino vivida en la lucha y el delicado amor del blanco por el negro. Alberto se acerca, mira largo rato el dibujo, lo cual es ya más que un elogio y dice: «Es muy bello, está muy bien». Y dirigiéndose a los asistentes al taller que se han reunido alrededor comenta: «Hay una hermosa economía de medios». Se escucha un murmullo de admiración y Orion tiene su minuto de gloria.

Mi mirada está fija desde hace un momento en una forma humana ni negra, ni blanca, sino gris que enfrenta con los ojos cerrados a las llamas que se escapan del último anillo del planeta. Alberto también la observa.

—¿Qué es esta cabeza?

Estoy dispuesta a que Orion le oponga su habitual «Uno no sabe, señor».

Primero me mira, y luego, como si se tratara de una broma, dice riendo: «Es el faraón que estaba bajo el mar. La señora me ha dado una foto submarina tomada en Alejandría».

—¡La has cambiado mucho!

—A uno no le gusta ver a un hombre bajo el agua... Uno no quiere morir en las Rocas Negras, ha puesto al faraón en el dibujo. Como dice la señora, es mejor poner los monstruos en los dibujos que guardarlos en la cabeza.

Orion se excita un poco al hablar. Alberto siente que la situación se pone tensa y se aleja. Guardamos el dibujo.

El padre de Orion llega para llevarse sus obras y sus dibujos. Dejó su auto mal estacionado y la despedida es precipitada, apenas tengo tiempo de decirle a Orion: «Te espero pasado mañana en el Centro, no lo olvides».

Es el último día de taller antes de las vacaciones, saludo a todos y me voy sola hacia la interminable ruta subterránea, combinación de líneas y finalmente el tren que me lleva a la estación donde me espera Vasco. Está triste y preocupado. Como yo, me abraza para consolarme, o para consolarnos mutuamente, pero hoy no quiero que me consuelen, sólo pregunto por la fiebre.

—Bajó un poco, mañana empiezan a hacerle los estudios.

A pesar de la hora no tenemos apetito, después de estacionar el coche cruzamos el jardín que se presenta verde y rosa bajo las nubes bajas y rápidas. De la terraza nos llega el perfume del cantero de flores blancas cuyo nombre sigo sin saber.

Vasco toma mi mano, como yo deseaba que lo hiciera en los tiempos en que no admitía mi amor por él. Recuerdo un verso: «Amor, amor pasajero, ¿qué haré contigo?».

Luego de la muerte de mi hijo creía eso, que el amor era pasajero. Pero no fue así y el amor me ha acompañado a lo largo del camino.

Y, sin embargo, no me hago ilusiones. El amor también es un nudo corredizo, si va demasiado rápido o demasiado lejos, aprieta. Aprendemos eso desde niños, tratamos de no saberlo y, a pesar de todo, lo sabemos. El amor, con su invisible correa, nos mantiene atados. Vasco siente que mis pensamientos toman un rumbo peligroso.

—Ven —me propone—. Regresemos. Debes comer y también dormir.

Y yo, guiada, contenida por esa correa amorosa, lo sigo.

Regreso del hospital donde fui a visitar a Gamma. En el metro no hay asientos libres. Una combinación, luego doce estaciones hasta Richelieu-Drouot. La vida absurda... ¿acaso el absurdo no forma parte de la vida? ¿Acaso no es el lado oscuro, incluso necesario de la libertad?

Llego al hospital de día, la secretaria me ha dado la llave, la calma de ese lugar siempre alborotado me sorprende. Temo que el silencio y el vacío perturben a Orion y bajo al patio a recibirlo. Lo llevo a nuestra pequeña oficina, que me parece hoy más pequeña que de costumbre.

Está un poco agitado y creo que va a hablarme de su vida en el taller de su padre, pero él quiere hablarme de un sueño que ha tenido anoche, como si lo colmara, comienza a contarlo de inmediato.

—Uno estaba en el campo, en la colina había una especie de pasillo que descendía hacia el mar subterráneo, luego una escalera. Uno hacía la mitad del camino, entonces tenía miedo, miedo por estar solo y subía rápido rápido para poder estar con alguien. Sobre la colina estabas tú. Bajábamos los dos de nuevo, yo adelante y tú atrás, como en el laberinto. En el muro había grandes pinturas un poco como en las grutas o en el libro de Historia de Francia cuando uno era chico con Clodoveo y Carlomagno. También estaba la galaxia con el faraón muerto bajo el mar. Se escuchaba un ruido de olas y el sueño se despertó. Uno hubiera querido descender contigo hasta el mar subterráneo, pero el sueño no lo quería. Uno despertaba para no descender más lejos.

Nos queda algún tiempo y él esboza con lápiz una gruta cuya entrada cubre de estalactitas y estalagmitas que me recuerdan los dientes de un tiburón. ¿Por qué? ¿Nunca he visto un tiburón? No está conforme con lo que ha hecho. Le tiendo una goma. Sin dudar borra los dientes de tiburón y con sus dedos extiende en su lugar el polvo de la mina del lápiz. Esto produce una gran boca negra, en la cual se puede entrar sin ser destrozado por los dientes, pero se corre el peligro de ser tragado.

Contempla un instante su dibujo riendo con ganas, luego me lo tiende. «No es un dibujo para los padres, lo guardas tú. Es la hora, señora, uno viene otra vez más. La semana que viene uno va a Sous-le-Bois, por Orléans y la encrucijada de Angustia.»

A la noche, durante la cena, Vasco me pregunta: «¿Orion se va de vacaciones?».

—Sí, la semana que viene, ¿por qué?

—Yo también quisiera unas cortas vacaciones, Véronique. Vacaciones cortas sin demasiado Orion en tus pensamientos.

—¿Preferirías que no me ocuparas más de él?

—Claro que no.

—¿No tienes confianza en su futuro?

—Sí, su tratamiento me importa mucho. Ese paso a paso que ustedes hacen juntos, que todos seguimos, que nos guía, no sabemos hacia dónde. A los tres, a veces también a Gamma.

Tengo una sensación muy profunda de miedo, me corre frío por la espalda. ¿De dónde sacó todo eso? Y, sin embargo, es verdad. Es una verdad terrible. Afortunadamente, él sabe que hay que enfrentar esta revelación. Me abre sus brazos. ¿Qué otra cosa se puede hacer ante esta verdad que acaba de nacer de él, quizá de los dos, más que abrazarse, aferrarse uno al otro, bailar cara a cara, a lo cual lo estoy incitando ahora? Sí, bailar, como hace Dios. Si es que existe.

Dos días después, cuando nos encontramos a la mañana en el patio del hospital de día, Orion parece agitado y un poco orgulloso. En la escalera me dice: «Uno terminó el taller de papá, el patrón estaba contento, me ha comprado un dibujo de galaxia». Cuando llegamos a la oficina dice: «Toma tu cuaderno de angustia, uno va a dictar.

DICTADO DE ANGUSTIA NÚMERO OCHO

Uno tenía derecho a una especie de departamento nuevo, no a una casa como querría, pero un departamento grande, más que uno de cuatro ambientes. El sueño iba a visitarlo con mamá. Tenía un palier con cuatro entradas, era la encrucijada de angustia de los departamentos. Uno pensaba que tú estarías allí para indicar la entrada correcta. Y la indicabas porque estabas allí... y no estabas... ¿entiendes lo que se quiere decir? Uno subía una escalera, había varias habitaciones, una cocina y un baño. Mamá miraba la cocina y el comedor. Uno veía una puerta, tú estabas detrás de mí y uno la abría, había otra escalera, solamente para nosotros y los amigos. En lo alto de la escalera había otro departamento mucho más grande y una ventana abierta que daba a un bosque como en Sous-le-Bois y también a un río para pescar con papá y lugares para nadar. Nunca se había visto un departamento tan grande. Era un departamento que volvía grande como uno no es. También había palmeras naturales y no castráceas, con pájaros. Se pensaba que iban a cantar, pero no pudieron porque el sueño se despertó. Fin del dictado de angustia.

—Tienes asociaciones...
—Cuando mamá se quedaba abajo, uno visitaba solo el gran departamento de arriba. Tú venías detrás y uno se sentía seguro: ni

rayos, ni angustia, sino el bosque, el río: en mi cabeza estaban las cosas naturales.

—Con la encrucijada de angustia a la entrada del departamento.

—Sí, señora, como la ruta de Périgueux, la ruta para ir de vacaciones. Antes, Sous-le-Bois era de la abuela, pero ahora se murió y es nuestro. Es la hora, señora, hay que irse. Felices vacaciones para usted y el señor Vasco, y que Gamma se mejore.

Nos damos la mano, noto que está un poco triste, y yo también. Estoy feliz por la visión que ha tenido, gracias al gran departamento, de una dimensión más abarcadora de sí mismo que la que vive cotidianamente. ¿Qué quiere decir su encrucijada de angustia? ¡Cuánta fuerza tiene su expresión! ¡Qué buen título para un poema!

Llaman a la puerta, es Orion que ha vuelto, ha sacado un mapa de su portafolio.

—Señora, uno piensa que no has comprendido. Había traído el mapa de Michelin para mostrarte, pero con el dictado uno ha olvidado hacerlo. Mira, en la ruta de Périgueux, este pueblo se llama Angustia, y la encrucijada de caminos que está justo al lado es la encrucijada de Angustia. ¿Ves que está señalado? Uno pasa por allí siempre en vacaciones desde que es pequeño cuando va a Périgueux. Allí uno sabe que es pequeño, siempre es pequeño, como también sabía el niño azul... Uno lleva el mapa a casa, señora, es de papá. Felices vacaciones.

El gran estandarte

He olvidado –sin duda he deseado hacerlo– la mayor parte del verano siguiente. Persiste en mi memoria como un largo recorrido opresivo con momentos de luz, de los que sólo quedan unas pocas imágenes.

Gamma se ha curado pero su maestro de canto quiere que comience a cantar de nuevo en los conciertos recién en otoño. Pero sólo podrá hacerlo muy esporádicamente y por cortos períodos. A veces, Vasco da conciertos solo o con otros músicos, sin embargo su verdadera música, la que tiene cada vez más éxito, y a la vez produce más resistencias, nace sólo cuando trabaja con Gamma.

Comienzan las clases en el hospital de día, Orion regresa, agosto ha sido muy bueno para él, ha estado en el mar y en Sous-le-Bois. Ha nadado en las olas de la orilla del mar y en el río, ha pescado, ha visitado varios castillos y una isla con sus padres. Esculpió poco y dibujó a menudo.

No quiere continuar la serie de acuarelas de la isla Paraíso número 2 y me pide que le dé como deber un gran dibujo en tinta china cada quince días.

Al fin pudimos instalarnos en un nuevo departamento, donde todavía queda mucho por hacer. Robert Douai me autoriza a recibir a Orion en casa una vez por semana, lo cual me facilita la vida.

Durante los últimos años, Ariadna y su teatro han montado espectáculos admirables. Han dado nueva forma a tragedias antiguas, o han promovido la creación de tragedias contemporáneas. Me comenta por teléfono que está organizando una manifestación para exigir la liberación de artistas sudamericanos encarcelados por dictadores. Ariadna quisiera que la manifestación sea precedida por un desfile de cien estandartes contra las dictaduras pintados por diferentes artistas.

—Es una maravillosa idea...

—Entonces, propone a Orion que haga uno, eso le hará bien. Y tú también haz uno.

—Primero debo hablar con él y con sus padres.

—Te llamo en dos días.

Hablo del tema con Orion, que se muestra a la vez entusiasmado y reticente. Tiene miedo de tener crisis y sobre todo de que la fecha de la manifestación coincida con su estadía del feriado de Todos los Santos en Sous-le-Bois.

Ariadna me llama de nuevo: «¿Harán los estandartes?».

—Orion tiene miedo, nunca ha hecho algo tan grande, teme una crisis, y no tenemos el material.

—En lo que respecta a la crisis, tú estarás allí. Los estandartes, las pinturas y los otros materiales los proporciona el teatro. Trabajarán allí y comerán con los actores, no les costará un centavo.

—Lo más difícil es que Orion sólo puede pintar lo que ve, como él dice, en su cabeza.

—¡Pero lo verá! Él conoce la dictadura, la opresión, la desgracia. Pintar algo grande, mostrar en la calle lo que hace, será para él un momento importante, una gran experiencia. Entonces estamos de acuerdo, vienen a partir del lunes a la tarde. Cuento con ustedes.

Colgó. Sé que es imposible resistirse a Ariadna, a su certidumbre de que vivir significa arriesgarse, superar los miedos.

A la noche, Vasco regresa de un viaje. Cree que a pesar del gran tamaño de los estandartes, podremos participar de la manifestación. El doctor Lisors y Douai están de acuerdo en que yo me dedique una semana exclusivamente a Orion y que vayamos a trabajar al teatro. Los padres también aceptan porque estaré todo el tiempo con él.

El más difícil de convencer es Orion.

—Es un acto de solidaridad con todos los artistas, que son tus colegas, una oportunidad de hacer algo por los otros y de hacerte conocer.

—¿Estarás conmigo? —pregunta desconfiado.

—Todos los días, todo el tiempo. Tendremos una semana para hacer nuestros estandartes.

—¿Qué se pintará? No hay nada en la cabeza.

—Es una manifestación contra los dictadores, ¿qué es lo que más odias?

—¡El demonio!

—Entonces pinta el demonio-dictador.

—¿Se lo puede pintar con ojos por todos lados... negro y con mucho rojo?

—Dispondrás de todos los colores. Tú elige los que quieras.

—¿Cuándo se iría? —quiere saber, interesado y temeroso a la vez.

—A partir del lunes, tenemos toda la semana para trabajar.

—¿Y cómo se comerá?

—Allí, con los otros artistas y los actores del teatro.

—Uno tiene miedo, no puede comer allí. Tú preparas un picnic.

—Voy a preparar el almuerzo. Comienza con el borrador de tu demonio.

Mientras yo estoy en la cocina, él esboza su borrador.

—Un ojo en tu frente —exclama—, una cabeza de serpiente en tu cola. ¡Pum! ¡Una trompa en tu boca!

Después de comer me instalo frente a él y ambos continuamos nuestros proyectos. El mío es abstracto. Él dibuja sobre la hoja un personaje negro alargado y con cuernos sobre el que lanza de vez en cuando una mirada de divertido asombro.

Mi dibujo es muy complicado, Orion lo mira: «Lo tuyo es moderno, señora. A mamá no le gustaría, a Jasmine tal vez sí».

Miro su demonio que ya ha tomado forma: «Tú también eres un moderno. Tu demonio no es como los de la Edad Media. Eres un artista moderno, de hoy».

La idea lo sorprende, luego le gusta y sonríe.

—¿Qué haces con todas esas líneas y medidas?

—Las cuatro flechas de la esperanza que atraviesan los muros que les impiden crecer.

—Los muros del metro, de la escuela, de la aburrición cuando uno está solo.

—Exacto.

El primer día que vamos al teatro, Orion está muy agitado cuando salimos, pero preví esta dificultad y le pedí a Vasco que nos llevara en el coche. En el teatro está feliz de estar cerca del bosque, pero aterrado al ver tanta gente atareada circular por todas partes. Nos cruzamos con tres actrices, y se esconde detrás de mí cuando ellas me hablan. Está alelado al ver que lo llaman por su nombre.

—¿Cómo me conocen?

—Has hecho exposiciones, quizá hayan ido, tu nombre está en la lista de artistas que hacen los estandartes. Aquí te conocen.

El trabajo se organiza en el gran hall donde se llevan a cabo los ensayos. Las telas, muy grandes, están extendidas en el suelo y algunos artistas ya están trabajando. Liliana, una de las directoras del teatro y amiga mía, hizo extender en un rincón tranquilo nuestras dos telas, con los pinceles, cepillos y potes de pinturas.

Algunos pintan de pie, otros de rodillas en el suelo o sobre la tela. Con toda naturalidad, Orion se arrodilla y yo lo imito. Ambos estamos muy desorientados por el tamaño de nuestros estandartes. Jamás habíamos trabajado sobre superficies tan amplias.

—Pueden utilizar estas telas como borrador —nos dice Liliana cuando se acerca—, mañana les daremos otras, más resistentes, para la manifestación.

Estamos tan absorbidos por nuestro trabajo que no siento pasar el tiempo y no me doy cuenta de que todos los que trabajaban alrededor se han ido. Una puerta cerrada detrás de nosotros se abre haciendo un poco de ruido, es Vasco, que aparece, como acostumbra, por un lugar inesperado. Parece que la luz sostuviera su cuerpo ligero y su sonrisa. Orion, arrodillado sobre su tela, lo mira acercarse con la misma alegría que yo. Un estallido de júbilo nos transporta, Vasco está feliz, se precipita hacia mí, me levanta de la tela y me besa. Ayuda a Orion a levantarse, lo besa también y nos dice riendo: «Vengan, es tarde, estaban encerrados, nadie sabía que todavía estaban aquí. Afortunadamente conozco de mecánica».

Nos lleva corriendo al coche.

Cuando dejamos a Orion frente a su casa, Vasco le dice: «Mañana y los otros días hay que llegar a la mañana, si no, no tendrás tiempo».

—Bueno, señor, de acuerdo —responde Orion.

Al día siguiente encuentro a Orion en el metro y vamos a pie hasta el teatro. El día es muy lindo, los árboles, tocados ya por el otoño, tienen colores cambiantes y estamos impacientes por comenzar el trabajo. En el hall están las telas nuevas, extendidas sobre el suelo al lado de nuestros bocetos. Son más rugosas que las otras, y antes de pintarlas hay que cubrirlas con un enduido blanco. Cuando terminamos, esos dos bellos rectángulos blancos me fascinan y tengo un poco de nostalgia pensando que vamos a cubrirlos de signos y colores que aspirarán a un sentido, a una belleza distinta a la de este instante desnudo.

Tomo la bolsa del picnic y llevo a Orion a almorzar a un banco bajo el sol. Escuchamos el ruido de los actores y de los otros artistas cuando comen. Me gustaría mezclarme con ellos, con su calor, pero todavía no es el momento. Orion come bien, está feliz de estar al sol, feliz sin duda de estar conmigo, porque, después de haber bebido la última gota de su jugo de naranja, toma con decisión su portafolio, me tiende el brazo para que me ponga de pie y me dice con autoridad: «Ven, señora, hay que trabajar». Y yo lo sigo, contenta.

Somos varios los que pintamos en el gran hall, cada uno bajo una lámpara, lo cual forma un conjunto de pequeñas cúpulas de luz concentrada, rodeadas por amplias zonas de sombra. Me absorbe completamente la forma geométrica de mi estandarte, las proporciones son muy diferentes a las de mi proyecto y me equivoco a menudo. Envidio a Orion, que parece trazar sin inconvenientes la forma de su demonio medusioso, como él lo llama. De repente se agita, se levanta y grita: «Uno pintó un lío». Comienza a saltar murmurando: «¡Arruinó todo! La cabeza es muy grande, con manchas negras de inútil».

Me levanto y miro. En efecto, la cabeza es muy grande en relación a su proyecto primitivo y en su angustia ha hecho manchas de pintura negra sobre la tela. Sin embargo, la potencia de esta cabeza desproporcionada me conmueve.

—No saltes más, Orion, tu cabeza es muy bella.

—¡Muy grande, señora!

—No, no estás haciendo un hombre, estás haciendo un demonio medusioso. No pintas a un demonio francés con una cabeza como la tuya.

Su cuerpo es robusto pero más pequeño. Así es en tu cabeza ya que lo has hecho de esa manera.

Deja de saltar y me mira perplejo.

Entonces me arriesgo: «El niño azul conocía el idioma medusioso, lo leía en tu cabeza».

—Tú no conoces al niño azul.

—No, Orion, pero comienzo de a poco a entender el medusioso porque te escucho hablarlo y te veo dibujarlo. Esta cabeza no está dibujada en francés, sino en medusioso, por eso está tan bien hecha.

—¿Y las manchas negras? ¿Qué van a decir? Que Orion es tonto, retorcido, van a gritar eso.

—Cubre las manchas con blanco y déjalas secar, el acrílico seca rápido. Te ayudaré, luego haces de nuevo el cuerpo, pero conservas la cabeza.

Orion se calma, extendemos el blanco sobre las manchas. Un integrante de la compañía de teatro que está pintando cerca de nosotros mira el trabajo y dice: «Muy buen comienzo». Y agrega: «Parece que en el comedor hay té y torta, ¿quieres venir?».

—No, Orion todavía no se acostumbra a eso. Dile a Liliana que nos quedaremos aquí.

Dejo que Orion continúe solo y vuelvo a mi propio estandarte. De golpe siento que la mano tensa de Orion se aferra a mi hombro.

—¡Mira! ¡Se acerca una medusiosa! —dice espantado.

Una majestuosa aparición viene hacia nosotros llevando un objeto sobre su pecho. Una mujer con un hermoso vestido largo. Algo brilla entre sus cabellos. La veo acercarse maravillada y no tengo tiempo de pensar, pero ante el terror de Orion debo decir algo.

—No es una medusiosa, es una reina del teatro. Creo que es Odile.

Aliviado, Orion se distiende. La aparición está muy cerca, es Odile, que tiene el papel de la reina en la obra que Ariadna va a montar, *Ricardo II*, de Shakespeare. Trae una bandeja que deposita entre Orion y yo, con una taza de té, un vaso de jugo de naranja y dos trozos de torta. Con su vestido azul, bordado de hilos de oro, Odile es una reina del gran país del teatro y de sus leyendas. Se lo digo, sonríe con una sonrisa ligera y grave, que ilumina el aspecto trágico de su luz contenida.

—Liliana me pidió que les trajera esto —me dice—. Regresa luego la bandeja, me esperan para el ensayo.

Se aleja corriendo, tan ligera como lenta y majestuosa fue su aparición desde la sombra unos momentos antes.

Saboreo mi té y digo a Orion:

—Puedes comer toda la torta. Yo no tengo hambre.

Él siempre tiene hambre, es una de las pocas certidumbres que existen en nuestro trabajo conjunto. Orion, repentinamente nervioso, ha querido tomar de un trago su jugo de naranja. Se atraganta y tiene una crisis de tos y una explosión de gotas caen sobre su pantalón y sobre mi estandarte. Inmediatamente se incorpora, salta y agita los brazos gritando: «¡Uno recibió rayos! Ahora todo está sucio... Estandartedemonio... Uno lo va romper».

Alertados por los gritos, los otros pintores nos miran. La que piensa dentro de mí dice: «Es una catástrofe previsible. Me arriesgué demasiado».

Pero la otra, que ha atravesado ya tantas crisis, enfrenta a Orion y le dice con una voz curiosamente tranquila: «No es nada, Orion, límpiate la boca. No quedarán manchas. Y la torta, ¿por qué no la comes?».

—Es por el demonio, señora. El chocolate es rico, pero la manzana de abajo no. Y él lo sabe.

—¡Pues come el chocolate, y deja la manzana!

—¿Se puede dejar la mitad en el plato?

—Por supuesto. Eres libre. Puedes comer lo que quieras, y el chocolate de mi plato también.

Poco a poco recupera la calma y come el chocolate de los dos platos. En ese momento pasa el gran Bob, recoge la bandeja y mira un instante el estandarte de Orion: «Tu cabeza de demonio es fantástica».

Continuamos trabajando, nuestros estandartes comienzan a tomar forma, algunos pintores comienzan a irse, veo que Vasco nos busca con la mirada. Se acerca y mira nuestros estandartes: «Han avanzado mucho los dos».

Y dirigiéndose a Orion, dice: «Tu demonio tiene la cabeza muy grande. Por eso se equivoca tanto, se cree más inteligente de lo que es».

—Hubo una aparición —relata Orion guardando los pinceles—, uno creía que era un demonio medusioso. La señora dijo que era la reina del teatro que traía el té. Pero uno cree que era la madre del niño azul.

—¿La conocías?

—No, ella vivía lejos, venía dos veces al mes y uno se había marchado luego de estar allí diez días y la isla del niño azul se convirtió en la isla que uno no debe decir.

—¿El niño azul te ha hablado de ella?

—En ese momento, uno no sabía mucho de palabras. Jugaba sobre mi cama o en el suelo. Ella jugaba con nosotros en mi cabeza, era una mamá azul que jugaba y no hablaba, como la señora durante las clases de guitarra o los dictados de angustia. En los dictados de angustia uno habla, pero la señora se queda callada, pero lo que escribe, es como si lo hubiéramos escrito los dos.

Escucho todo esto asombrada. Entre Vasco y Orion se ha establecido una suerte de complicidad.

El tercer día dispongo del coche. Llevo a Orion hasta el teatro y cuando llegamos percibo de inmediato que comienza a sentirse a gusto. En el hall, algunos pintores nos saludan con la mano y Orion les responde con toda naturalidad.

Comenzamos a trabajar. La cabeza del demonio tiene casi el mismo tamaño que el cuerpo. El resultado es un demonio rechoncho, completamente erizado de puntas y de colmillos, pero proporcionado. Mientras tanto, yo hago sobre mi estandarte ensayos de color con azul y rojo.

—¿Es mejor hacerle un fondo? —me interroga.

—Sí, es mejor.

—¿De qué color?

Estoy cubriendo de rojo una parte de mi estandarte y, sin pensarlo demasiado, digo:

—Para un demonio, con rojo.

Ríe con ganas, está contento, murmura: «¡Pum! ¡Se te va a poner rojo! ¡Te vas a encalentar! ¡Es lo que te mereces!».

No saca el color del tubo, lo fabrica a partir de otros y su destreza me deja pasmada. Cuando se da cuenta de que lo observo, me dice «¡No mires! ¡Trabaja en tu estandarte! Debes hacerlo sola, yo no voy a ayudarte».

Hay en sus palabras una especie de alegre agresividad, es una actitud nueva que me estimula.

Su rojo no es ardiente ni brutal. En comparación con el suyo, e rojo que extiendo sobre mi estandarte me parece tosco, pero esto mejorará cuando lo acompañe del blanco y el azul que tengo previstos.

Hoy no he traído nada para hacer un picnic y cuando llega la hora del almuerzo, Bob llega como habíamos convenido: «Liliana me ha pedido que venga a buscarlos». Dirigiéndose a Orion le propone: «Ven conmigo a lavarte las manos antes de comer».

Orion se va con él, pero antes mira si yo lo sigo. Cuando entramos en el salón comedor está espantado por el ruido y la cantidad de comensales, pero Bob lo lleva hacia adelante y Liliana lo recibe con tanta gentileza que pronto nos encontramos, sin grandes inconvenientes, sentados en una mesa apartada. Pasan Ariadna y Delphine, nos saludan con un gesto que Orion responde.

Por la tarde trabajamos tranquilamente y a la hora del té, por primera vez acepta una taza.

Cuando nos vamos, a la tarde, ha terminado de extender alrededor del demonio su estupendo rojo. Estoy muy cansada, él también.

—¿El señor Vasco no vendrá? —pregunta apesadumbrado.

—No, tiene un concierto, vendrá mañana.

El cuarto día, el tiempo es espléndido, el sol atraviesa los ventanales y estoy alelada cuando veo aparecer en el estandarte desplegado de Orion un enorme demonio blanco, rodeado de un rojo ancestral. Jamás había imaginado eso, pienso en China, donde los demonios son blancos. Pero no estamos en China, sino en París, donde ese gran demonio blanco tiene una apariencia escandalosamente desnuda. Orion también mira, apabullado, esta soberbia y terrible forma. «¿Vas a dejarlo así?»

—No, no está terminado, no tiene piel, se va a hacer ahora.

—Es muy bello así como está. Parece un demonio blanco de China.

—Uno quiere hacer el demonio negro de París. Con contaminación, escapes de autos, túnel de metro y chicos malos que te atropellan para robar.

Nos ponemos a pintar y Orion dibuja con gran cuidado sobre el vientre del demonio otro rostro, con una pequeña corona y una enorme nariz, debajo de él, los testículos y el pene del demonio le confieren extrañamente una boca y una barba, sin dejar de ser lo que son. Ese rostro de dientes pequeños y ojos redondos me recuerda a Ubu Rey, del que Orion nunca ha escuchado hablar.

A la hora del almuerzo me sigue sin hacerse rogar y va a sentarse a la mesa donde está Bob. Se siente en terreno conocido, hace la cola para servirse y trae él mismo su plato lleno y su vaso. Luego del almuerzo le propongo un pequeño paseo, que rechaza para poder avanzar con su trabajo. Luego del té llega Vasco, lleva puesto su overol y va a ayudarnos. Mira primero el trabajo de Orion, admira el fondo rojo y el trazo agudo, pero le molesta un defecto. «No tienes suficiente espacio a la derecha para el brazo y la cola. Podrías poner la cola a la izquierda, hay más lugar y el brazo está más alto.» Orion ve de inmediato que Vasco tiene razón. Éste, sin insistir, se arrodilla a mi lado y me ayuda a extender el azul sobre mi estandarte. Mientras tanto, Orion comienza a reparar su error, luego de borrar la cola, exclama: «¡No es justo que solamente trabajes con la señora! Aquí también hay que ayudar».

—Tienes razón —dice Vasco—, termino este triángulo y te ayudo.

Vasco se ubica al lado de Orion, que le explica lo que debe hacer, si tiene una duda, Vasco pregunta qué debe hacer. La respuesta de Orion es inmediata y precisa.

Me duele la espalda, me incorporo y voy a ver a los pintores que todavía están trabajando. Algunos estandartes son bellos e impactantes, pero ninguno tiene la fuerza aguda ni la creatividad del de Orion. Regreso a nuestro lugar. Entre los dos han avanzado mucho, ahora sobre la cabeza del demonio hay tres malignos ojos verdes. Las orejas en forma de hojas son amenazantes. Sobre la espalda comienzan a aparecer dos pequeñas alas, incapaces, salvo intervención mágica, de soportar el enorme peso del cuerpo.

Al trabajar juntos, Orion se ha acercado a Vasco, ahora están espalda con espalda y Vasco no se despega. Orion lo mira y dice sin dejar de pintar: «Estamos bien los dos».

—Sí, estamos bien.

—Cuando uno trabaja de este modo, es como si tú fueras el niño azul. Si no hubiera sido tan pequeño hubiera hecho así en el hospital de Broussais.

—¿El niño azul también hablaba diciendo «uno»?

—Uno no sabe, sólo tenía cuatro años. No sigas con eso, hay que dejar una línea blanca. El niño azul tenía una mamá azul, y hablaba como ella.

—¿La señora no es una mamá azul para ti?

—Es una mamá de niño azul aunque casi siempre lleve pantalones. Con ella uno ha aprendido muchas palabras. Uno siempre está delante de ella para los dictados cuántas faltas y para los dictados de angustia y para aprender. El niño azul... estaba a mi lado... Me enseñaba... como uno te enseña a ti a extender bien los colores tocándote el hombro. Con la señora se habla casi siempre hablándose.

—Dices «casi siempre», ¿hay momentos en los que se hablan sin hablarse?

Orion ríe. «No es muy seguido, pero a veces hablamos así. Y no se lo contamos a nadie, salvo hoy.»

Orion habla con Vasco, está bien. Contigo, todo está bien, como dice Orion. Sin embargo, hay una pequeña decepción: no es contigo sino con Vasco que Orion habla del niño azul.

Estoy sola con mi estandarte, ellos dos trabajan con el de Orion.

—Es la hora, señor —dice Orion levantándose—, uno debe tomar el autobús y la señora está muy cansada. Se ha avanzado mucho.

—¿No puedes decir «he avanzado mucho»? —reacciona Vasco.

—Uno no sabe.

—Mañana por la mañana terminaremos tu estandarte entre los tres. Y por la tarde, el de la señora. ¿De acuerdo?

—De acuerdo. Y hablaremos más sobre el niño azul.

Al decir eso, Orion sonríe. Tal vez el niño azul está allí.

Al día siguiente recogemos a Orion en la parada del autobús. En el teatro, se siente como de la familia. Saluda a todos y todos le responden. Como habíamos acordado, comenzamos a trabajar en su dictador-demonio. Orion está en el centro y dirige el trabajo. Yo me ocupo de la cabeza, Vasco de los pies y las manos, cada uno con diez dedos puntiagudos, ojos espías y bocas amenazantes. Orion se ocupa de colocar a la izquierda la cola amputada a la derecha. Mientras avanza el trabajo, Orion se desplaza de a poco hacia Vasco. Cuando sus hombros se rozan, Vasco no se aparta y él comienza a hablar.

—Cuando uno era pequeño sufría del corazón, no hacía adelantos como los otros niños y los padres debían esperar que uno tuviera cuatro años para poder ir al hospital Broussais, al servicio de cirugía infantil. ¿Todos los niños tienen miedo, cuando van allí, de que los padres tengan que irse y uno deba quedarse solo? ¿Tú hubieras tenido miedo?

—Sí, yo hubiera tenido miedo.

Orion escucha esta respuesta muy contento: «Pero uno tenía más miedo que los otros, señor. No conocía aún al demonio de París, pero ya tenía miedo de las enfermeras, los doctores, y sobre todo de los otros niños. Cuando los doctores hacían preguntas, uno no podía responder, sólo podía llorar y gritar cuando me tocaban».

Continuamos el trabajo en silencio. Pasa el tiempo y digo, como si escuchara las historias de papá:

—¿Y entonces?

Nos acercamos más los tres, y, como le gusta a Orion, nos comunicamos con los hombros. Escucho o creo escuchar a Vasco repetir: «¿Y entonces?».

—Me llevaron en una camilla rodante a una habitación a la que mamá no podía entrar. Uno estaba acostado sobre el frío, estaba oscuro, luego había chispas en la oscuridad. Cuando volvió la luz, la enfermera estaba de blanco como una muerta. Uno escuchaba que ella hablaba, pero no entendía lo que decía. Cuando uno estuvo en el negro del frío, el doctor decía con una voz de demonio de hospital: «Respire. No respire». Y uno se ahogaba. La enfermera quería explicar. ¿Explicar qué? Había un olor distinto, un olor prehistórico que se sentía con la respiración que debía abrirse y luego cerrarse. ¿Por qué? Fue justo en ese momento que todo se desparrumbó y se escuchó el ruido y se sintió el fuerte olor y la furia del demonio de París. Y los otros, incluso mamá, cuando uno salió de la máquina negra, no lo sabían. No escuchaban lo que uno escucha en la sala de las chispas... cuando el demonio entra en mí por la pequeña puerta que ya no se puede cerrar.

Orion se acerca más a nosotros, transpira mucho, y grita en voz baja las últimas palabras. En ese momento llega Bob y le dice: «Tienes calor, ven a lavarte las manos».

Orion se levanta y lo sigue, Vasco les dice: «Voy con ustedes». Y luego se dirige a mí: «Escoge una mesa».

El estandarte de Orion está listo, sólo le resta firmar. Voy sola hacia nuestra mesa. Gracias a Vasco, Orion ha comenzado a abrir la puerta del niño azul, gracias a Bob, sin que éste lo sepa, se ha detenido la crisis que amenazaba. Está bien, Orion necesita amigos, yo soy su psico-profesora-un-poco-doctora. No hay que olvidarlo.

Durante el almuerzo, Orion está tranquilo, de vez en cuando deja de comer para apoyar la mano en el hombro de Vasco o en el de Bob. Como postre hay torta, y Bob le sirve un gran trozo y una taza de café. Orion no ha tomado café una sola vez en su vida.

—La torta es más rica con el café —le dice Bob.

De inmediato, Orion bebe un sorbo de café, hace algunas muecas.

—Ponle azúcar y revuelve —le propone Vasco acercándole dos terrones. El café azucarado le gusta, lo toma, como Bob, acompañando su trozo de torta y termina por vaciar la taza. Luego se dirige a mí: «No hay que decirles a mis padres».

—Pero hay que decirles —interrumpe Vasco—, ahora eres grande, haces lo que quieres.

—Pero es papá el que gana plata.

Vasco me lanza una mirada interrogativa, entonces intervengo:

—Tú también ganas un poco, tienes una pensión, ya vendes tus obras. Estudias, pintas, esculpes, tienes un oficio.

—Ellos dicen que no es un oficio de verdad.

—Sí, es un oficio de verdad —dice Vasco—, aquí son todos artistas, como tú. Eres un artista pintor y escultor.

Los ojos de Orion se vuelven hacia Vasco con agradecida alegría: «¿Un artista pintor y escultor?».

Se dirige a mí: «¿Es cierto, señora?».

—Es cierto.

—Y ahora, a trabajar —dice Vasco—. Tu demonio fascista está listo, pero la Esperanza de la señora no, debemos hacerlo entre los tres.

—Mañana uno va a Sous-le-Bois, no puedo volver tarde.

—Volverás cuando esté terminado el trabajo —dice Vasco—. No irás a abandonarnos.

—No —responde Orion.

Y cuando Bob, que ha encontrado una cafetera llena, le ofrece café, le dice muy seguro: «Sí, media taza y un terrón de azúcar».

Los tres trabajamos en mi estandarte. Orion, en el centro, agrega, respondiendo a mi pedido, una nueva capa de blanco a las cuatro estrellas de la esperanza. Con su habitual precisión rectifica los errores que he cometido al aplicar las primeras capas. Vasco y yo trabajamos los azules y los rojos que las flechas deben atravesar.

En mi estandarte todo es un poco rígido y, si bien mis rayos de esperanza van hasta el límite de las resistencias masivas que los rodean, no las superan. Todavía no. Es así como soy. En la parte de abajo de mi estandarte he dejado un rectángulo blanco. ¿Por qué?

—Tú eres una artista escritora —dice Orion al mirarlo—. Allí debes escribir algo.

Estoy impactada. ¿Escribir qué? Miro a Vasco. Aprueba con la cabeza. Repentinamente recuerdo un verso. «¿Y si escribiera "En luz encarnizada"?»

El rostro de Vasco se ilumina: «Escríbelo».

—No se entiende bien, señora —me dice Orion—. Pero son palabras que desrayonan.

Una vez que Orion ha firmado su demonio-dictador y yo he escrito mi texto extendemos los dos estandartes sobre el suelo como nos ha pedido Liliana. El de Orion es, de lejos, el más bello, el más inesperado, pero veo en los ojos de todos que el mío no está nada mal y es digno de desfilar el día de la manifestación.

En ese momento, Ariadna y el escenógrafo vienen a ver los estandartes. Ariadna está visiblemente pasmada por la calidad y la agresividad impactante, come dice ella, de la obra de Orion. Es verdad que su demonio-dictador es poderoso, está peligrosamente armado, pero también que le resulta sorprendente la resistencia que se le opone. Ariadna interroga a Orion sobre algunos aspectos de su obra. Para mi sorpresa, él le responde con mucho esfuerzo, pero con precisión.

—Tú sí que sabes cosas sobre el demonio y los dictadores —dice Ariadna riendo—. Y parece que ahora también tomas café.

—Aquí uno tiene menos miedo.

—Es normal tener miedo del demonio-dictador, es fuerte y malo.

Pero se puede luchar.

Ariadna se vuelve hacia mí: «Me gusta también tu estandarte y tu texto: "...en luz encarnizada". Eso es lo que nosotros podemos aportar: un poco de luz y mucho encarnizamiento... Como tú con Orion».

El escenógrafo continúa mirando el estandarte de Orion, no es muy comunicativo pero está visiblemente impactado por la precisión y la originalidad del trabajo de Orion: «Es fuerte... será largo... pero continúa».

Los tres estamos contentos, Orion tiene prisa por irse, mañana parte hacia Sous-le-Bois, no debe volver tarde a casa.

La manifestación

E s el día de la manifestación. Sale del Panthéon, donde nos reunimos para tomar los estandartes. Es un día ventoso de noviembre, ha llovido por la mañana, las calles están húmedas y las nubes amenazan. Cada uno de nosotros monta su estandarte en un palo de bambú. Al principio hay un poco de confusión, pero todo ha sido cuidadosamente preparado, incluso se han previsto cuerdas que se colocan a cada lado de la parte inferior de cada estandarte para que dos personas puedan ayudar al que lo lleva en caso de que sople un viento fuerte. Para dar el ejemplo a Orion, llevo yo misma mi estandarte, y Vasco se queda a mi lado.

Orion manifiesta dificultades para llevar su estandarte, y le dice a Bob: «No, tú primero. Si uno puede, lo llevará después».

Hay muchos fotógrafos de prensa, y fotografían más el estandarte de Orion que cualquier otro. El padre y la madre de Orion parecen asombrados por la envergadura de la manifestación, que congrega ya a mucha gente.

Los cien estandartes marchan a la cabeza del cortejo que Ariadna precede o recorre dando instrucciones con su megáfono, que también utiliza para orientar los estribillos. A la vez calma y vibrante, anima toda la manifestación con su entusiasmo y su convicción. El cortejo está fragmentado, primero hay pancartas que explican las razones y las intenciones de la manifestación. Luego vienen nuestros cien estandartes, que impactan a la gente que se agrupa o circula por la calle. Sigue el grueso de la manifestación, formado por mucha gente conocida que quiere apoyar a los artistas sudamericanos, encarcelados o expulsados por los dictadores. Mientras nuestra marcha es acompañada de tanto en tanto por los músicos, caigo en la cuenta de que he pensado muy poco, desde el comienzo de la empresa, en el objetivo y las razones de la manifestación. Todo quedó relegado por la presencia de Orion y por mi preocupación para que se adapte al medio desconocido del teatro y de la manifestación. Atravesamos el bulevar Saint-Michel. El viento es fuerte, me canso, Vasco me releva y toma el estandarte. Roland, que se nos ha acercado, toma uno de los cordones.

Orion, al ver que Vasco lleva mi estandarte, quiere de repente tomar el suyo para llevarlo. Bob se lo da y le pido que se quede junto a él. Pasamos por algunas calles pequeñas rumbo al Pont-Neuf. Mucha gente nos ve pasar. A la cabeza de la columna, Ariadna, con su megáfono, nos pide que nos estrechemos en tres estandartes por fila. Logramos quedar de frente con Vasco, llueve un poco, afortunadamente llevo la gran gorra que me regaló Gamma y que me hace parecer un poco bohemia. Mucha gente fotografía a Vasco y, al mismo tiempo, a Orion con su estandarte.

Llegamos al Pont-Neuf, repentinas ráfagas golpean los estandartes, cada uno se defiende como puede, veo que Roland ríe al ver los esfuerzos de Vasco. Orion no tiene inconvenientes al principio, ya que Bob y yo lo ayudamos tensando las cuerdas de su estandarte. Avanzamos a pesar de todo. En el medio del puente nos llega otra ráfaga, el estandarte de Orion se descontrola, él cree que ha caído al suelo. Le da miedo, deja caer el palo y se va. Afortunadamente, Bob ha sostenido la parte superior, y yo el centro del palo, el estandarte no cae como muchos otros. Bob lo endereza de nuevo, pero Orion desaparece entre la gente. Lo veo mover los ojos en todas direcciones y agitar los brazos. Dos jóvenes vienen en ayuda de Bob. Me lanzo a perseguir a Orion mientras la manifestación continúa avanzando. Oculto tras un farol, Orion está saltando. Al acercarme a él oigo que dice con voz chillona: «¡Te atrapé, inútil! ¡Imbécil! ¡Imbécil! ¡Te atrapé!».

—Tu estandarte no se cayó, Orion, ven pronto conmigo, corramos de nuevo hasta nuestro lugar.

No me escucha. Entonces llega su padre. Orion lo ve y se detiene. También me ve a mí.

—¡Mira! —dice el padre—. Tu estandarte está allá, no se cayó.

Lo tomo del brazo, se deja llevar. Comienzo a correr y me sigue, avanzamos con esfuerzo entre la multitud, poco a poco nos acercamos a Bob y al estandarte. Vasco se da vuelta varias veces, está inquieto. Nos ve y hace un amplio gesto con el brazo extendido. Cuando llegamos casi sin aliento a nuestro lugar, Bob pregunta a Orion:

—¿Quieres llevarlo?

—No, tú.

Estamos en la calle Rivoli, donde la circulación de autos continúa apenas por una mitad del ancho. Todo está muy pautado, se suceden la música y los estribillos, estoy un poco aturdida por lo que pasó, el ruido de la multitud y la proximidad de los coches que pasan. Roland está feliz, Vasco sonríe a sus admiradores, Bob está tranquilo y seguro. Me agrada entrar en el jardín de Tuileries, el viento es más suave, el ruido de los coches se atenúa, Orion se ha calmado, sonríe nuevamente a la esperanza y a los colores de los cien estandartes. Le pide a Bob el suyo, que lleva con orgullo.

Esta arriesgada prueba se acaba, el éxito está asegurado porque Robert Douai, que ha venido para asistir al final del desfile, se acerca a nosotros.

—¿Estás contento con tu estandarte? —pregunta a Orion.

—Sí, señor —dice Orion sin dudar—, es muy lindo, y la manifestación también, pero se han recibido rayos en el Pont-Neuf.

—Afortunadamente tenías amigos cerca.

Orion ríe con una especie de felicidad.

—Es verdad, señor. Uno tiene amigos.

Nos reagrupamos cerca de la entrada de Tuileries, detrás de Jeu de Paume. Ariadna forma un gran semicírculo con los estandartes, los manifestantes se congregan detrás de nosotros. El cielo permanece amenazante pero, entre las nubes, los rayos intermitentes del sol iluminan los colores de los estandartes. Todo es muy simple, sólo se leen los nombres de los artistas asesinados, presos o desaparecidos. Un gran sentimiento de fraternidad se eleva desde este rincón de París que ha sido testigo de tantas escenas trágicas.

Orion está feliz, hace apenas un año no hubiera podido soportar una experiencia semejante. Una gran alegría me invade: caminamos lentamente, a veces muy lentamente, pero caminamos.

El niño azul

Cuando llego al día siguiente al hospital de día todavía me dura la tristeza de la partida de Vasco. Tres semanas de gira por Italia, luego una semana cerca de Nápoles para ajustar con el maestro de Gamma lo que ella todavía puede cantar y lo que es mejor evitar para no dañar su voz y su salud.

Llevo a Orion algunos diarios, él jamás lee ninguno. En todos, la manifestación ocupa un lugar importante, en *Libération* hay una gran foto del estandarte de Orion, frente al Panthéon. En los otros diarios hay fotos colectivas en las que se destaca claramente su estandarte.

Está muy contento, escuchó hablar de la manifestación en Radio Luxembourg, en su casa. También vio algunas imágenes en la televisión.

—¿Vamos a ver a Vasco? ¿En tu casa o aquí, en la oficina?

—Vasco se fue esta mañana a Italia.

—No me ha dicho nada —dice con los ojos nublados por las lágrimas.

—Sí, te lo ha dicho, pero con todo el alboroto de la manifestación no lo has escuchado.

—¿Se fue por mucho tiempo?

—Bastante. Un mes.

Está desconcertado: «Uno quería hablar con él y contigo del niño azul. Ayer durante la manifestación, uno tenía miedo, se sentía que el demonio soplaba el estandarte. Luego, contigo y Vasco, el niño azul estaba de nuevo allí. Pero el demonio decía "¡Vas a ver! mataremos al niño azul y ¡vas a ver!". Cuando el rayo cayó sobre mí en el Pont-Neuf, uno pensó que el niño azul había muerto y huyó. Viniste tú y uno pudo continuar...».

—Vasco no volverá antes de un mes, Orion, pero si tú haces un

221

dictado de angustia sobre el niño azul, yo haré una copia para él y se la enviaré, será como si estuviera aquí. Cuando la lea te llamará y seremos tres como tú deseas.

—¿Vasco haría eso, señora?

—Está muy ocupado, tiene muchos ensayos, conciertos y viajes, pero lo hará.

—¿Le pagan como a ti por hacer eso?

—No, no le pagan, lo hará porque es tu amigo.

—Mi amigo... mi amigo.

Orion disfruta esa palabra, que se convierte en la más bella del mundo.

Tomo el cuaderno y mi pluma.

—¡Puedes empezar...!

DICTADO DE ANGUSTIA NÚMERO NUEVE

Uno tuvo una operación de corazón a los cuatro años. Cuando los padres me llevaron al hospital, no me pusieron en una habitación. El olor del hospital espantizaba cuando uno entraba. Uno conocía muy poco al demonio entonces, no sabía su nombre. Se sabían muy pocos nombres, muy pocas palabras, mis padres no se daban cuenta, porque uno simulaba que entendía. En casa se escuchaba el ruido de la boca de mamá, de papá y de Jasmine, se sabía lo que había que hacer, como tú cuando suena el teléfono y atiendes, pero uno no comprendía bien lo que se decía. Entonces, con las palabras que no se tenía, se estaba como obligado a decir tonterías con palabras que se sabían. No muchas. El doctor de entonces, que era muy amable, llamaba a eso mi «lengua de loro». Cuando en otros tiempos no se sabía operar del corazón a los niños de cuatro años, se morían. Cuando se hizo la operación, uno era como un resurrectificado. De golpe hay que vivir como los demás, se tiene el mismo corazón, pero cuando se está alentado por el demonio no se sabe cómo hacer. Ya no se puede tener miedo, ni crisis, ya no se puede tener lengua de loro y molestar a los padres y a los compañeros de la escuela. Pero aunque uno está cambiado, es el mismo.

Cuando los padres me instalaron en la habitación, uno pensó que se iban a quedar, pero se fueron. Mamá me dio muchos besitos

*antes de salir, también lloró un poco, porque veía cuánto miedo se
tenía. Dijo: Hasta mañana.*

*Uno tenía miedo de las enfermeras con sus guardapolvos manchados, parecía sangre. Tenían voces amables, pero no voces de mamá.
Había que quedarse en la cama, comer cosas a las que no se estaba acostumbrado, tomar pastillas. Afortunadamente mamá me
había dejado mi mantita y mi osito. Uno no podía dormir sin la
mantita. Tú has dicho que la mantita recordaba el olor de mamá.
Pero entonces uno no sabía eso, y las enfermeras tampoco. Cuando
uno no la tenía, lloraba hasta que se la encontraba. Pasaba seguido.
Vino un chico más grande. Miró el osito y uno vio en sus ojos que
iba a llevárselo. Uno lo puso del otro lado de la cama, él tiró de una
pata para arrancarlo. Él tenía más fuerza, pero uno gritó y lloró, vino
una enfermera y él se escapó. Cuando la enfermera se fue, él volvió, uno escondió el osito entre las sábanas, él se quedó en la puerta.
Preguntó: ¿Cómo te llamas? Uno no quería responder. Entonces
dijo: ¿Ni siquiera sabes tu nombre? ¡Qué imbécil!*

Uno dijo: Orion.

Ese no es un nombre francés.

*Sí, es un nombre francés. Uno es francés, pero no lo podía decir. Sentía que las palabras no eran seguras, sino malignas, y que él se reiría
de uno si se respondía.*

*Uno lloraba mirando hacia la pared porque ni siquiera podía decir
que era francés como los demás. Uno era como los demás, pero los
demás no lo veían. La enfermera llegó y le preguntó enojada: ¿Qué
le has hecho para hacerlo llorar?*

Nada, señora, le pregunté su nombre y me dijo un nombre idiota.

Dijo Orion, ése es su nombre.

No es un nombre francés.

*Sí, es un nombre francés, no todos pueden llamarse Louis como tú.
No todos tienen nombre de rey. Estamos en una república, y todavía tú no eres presidente. Vete de aquí, ésta no es tu habitación.*

*Regresa a su habitación y me detesta. Todo el tiempo, cuando las
enfermeras no están, viene a mi habitación con sus amigos que
hacen maldades. Uno tiene miedo, hay que esconder los juguetes.
Mamá viene a la tarde en el horario de visita, ve que uno tiene*

*miedo, pero las maldades se quedan en sus habitaciones cuando
ella está conmigo. Ella no entiende por qué se tiene cada vez más
miedo. Cuando uno despierta, mamá ha ordenado la habitación,
pronuncia palabras que no dice a menudo, porque uno está enfermo, porque entiende más tarde que los demás o porque está impedido, esa es una palabra que se entiende. Uno tiene miedo, señora,
y vomita un poco sobre la cama. Mamá se molesta porque tiene
que limpiar la cama y el vómito. Dice a la enfermera: La verdad
es que Orion no es como los demás. Pero el doctor dice que mejorará. Parpadea mucho, agita los brazos, habla sin parar, dice cosas
incomprensibles, entiende todo o casi todo. No se asuste si cuando
está de pie salta o parece tener el mal de San Vito. Ya va a pasar.
Casi nunca rompe cosas. La enfermera dice: No se preocupe, señora,
sabemos cómo son estos niños, mejorará después de la operación.
¿Acusan a mamá por culpa... por culpa mía? Cuando termina el
horario de visita se va. Ella siempre sabe lo que hay que hacer. Pero
los chicos que hacen maldades regresan. Uno quiere ser su amigo,
pero no se puede decir eso. Hay que callarse y aguantar hasta que
venga la enfermera. Está furiosa, ellos se enojan como si la culpa
fuera mía.
Fin del dictado de angustia.*

—Bien, señora, es la hora, hay que ir a la piscina. Uno seguirá el lunes,
y será lindo que el señor Vasco llame por teléfono.

Cuando Orion se va, estoy trastornada, siento que algo nace y se
agita en mí. Excepcionalmente, tengo un poco de tiempo, entonces
me permito sentir. Lo que Orion ha dicho es un poema, un poema de
infelicidad. Debe llevar en él una especie de esperanza, porque está
vivo, Orion está vivo y es lo que debo decir.

Será un poema-historia, ya nadie hace eso. No importa. Escribo,
escribo rápidamente varias páginas. Tumultuosas, seguramente plagadas
de errores y de faltas. No importa. El ritmo, la forma vendrán más tarde,
pueden esperar. Hoy lo que hay es materia, la que escupen los volcanes
de Orion. ¡Los volcanes cuántas-faltas!

Suficiente, es hora de regresar a casa para escuchar a los pacientes
que van a venir.

Por la noche, sola, releo lo que escribí. Allí hay un caos, materia que hace vivir y pensar. Trabajo el comienzo, logro dar forma a cinco largos versos:

> *Los niños de cuatro años, que están en el hospital por una*
> *cirugía de corazón*
> *El corazón se encoge cuando se piensa en ellos. ¿Qué corazón?*
> *El mío será tan grande*
> *Como para escuchar lo que ha vivido, en su infancia,*
> *Orion, el adolescente oscuro*
> *Desde hace mucho tiempo intento descifrar sus palabras, gritos,*
> *frases entrecortadas,*
> *Sueños, dibujos y dictados de angustia...*

En la siguiente sesión, Orion anuncia:

DICTADO DE ANGUSTIA NÚMERO NUEVE
Segunda parte

No es fácil ser un enfermo del servicio de cirugía infantil. Uno tiene miedo..., pero no se anima a decirlo. Cuando papá viene a la tarde después de trabajar, dice: Eres un niño. Es verdad. Un niño grande, como dicen ellos. Pero no es verdad, uno no es grande. Uno parece grande, incluso fuerte, cuando se tiene miedo se lanzan bancos, se rompen puertas y ventanas, a veces, a uno le gusta. Y luego uno llora porque siente que vuelve a ser pequeño, como era antes, como es de verdad.

Un día me bajan por el ascensor grande. Uno entra con la enfermera buena, la que no me habla porque ha entendido que no hay que hablarme porque uno tiene miedo. Uno no es igual a los demás, ella lo sabe. Indica todo lo que hay que hacer. Uno tiene miedo en esa habitación blanca con todas esas máquinas que muestran sus dientes. La enfermera me acuesta sobre algo frío, me sostiene un poco la mano. Luego todo se vuelve negro, luego negro con chispas y el doctor, con su gruesa voz de loco, dice: Respire. ¿Por qué dice eso, si se respira siempre? Luego dice: No respire... ¿Por qué? La luz blanca vuelve, la enfermera indica cómo moverse sobre algo frío, toma mi mano, uno no llora, tiene demasiado miedo, vuelve el negro con chispas y cuando el loco grita: ¡No respire más!, el que es realmente grande entra en mí con algo que produce explosiones en el pecho. Y los otros, el doctor loco que habla en la oscuridad, la enfermera buena que comprende las cosas y mamá que me espera en la habitación, no ven nada.

Llega el día de la operación. Mamá está allí cuando me ponen la primera inyección. Luego uno no recuerda nada. Cuando despierta, duele mucho, uno no conocía un dolor tan fuerte... ¿Por qué me hacen tanto mal, si no se ha hecho nada malo? Mamá explica: Es por tu bien, por tu futuro. Uno no comprende sus palabras, pero ella no lo sabe.

Mamá toma mi mano. Uno es su pequeño niño enfermo, ya no me habla, me mira con sus ojos de mamá. ¿Entiende? Mira su reloj, debe irse. Uno tiene miedo, van a llegar las maldades. Uno muestra el osito, dice: Llévatelo. Mamá se sorprende, lo toma, va a guardarlo al armario. Uno se agita, ella dice: No te muevas, te subirá la fiebre. Ella no sabe que en cuanto se vaya Louis va a venir a sacarme el osito. Uno no tiene las palabras para explicar, llora, ella me da dos besitos, la hora es lo importante, se va.

Llegan ellos, Jacques se queda en el pasillo para ver si viene alguna enfermera, Louis inspecciona mi cama, el osito no está. Abre el armario, lo toma. Uno está en el dolor demonio tan grande que llega el sueño en medio del llanto.

Cuando uno se despierta, él está allí. El niño azul, el niño de la enfermedad azul. Es alto, tiene siete años. Está sentado sobre la cama pero no me incomoda y me sostiene la mano. Uno está muy contento. No conoce al niño azul... pero siente de inmediato que él me conoce.

—¿Te conoce?

—Uno no sabe, señora. Es un niño del hospital, un niño de verdad que sostiene mi mano y también es el niño que se fabricola para no ser tan desgraciado...

Se duerme un poquito más y la enfermera viene con un remedio. Se ve que a ella le gusta el niño azul. Le dice: Lo va a escupir. Dáselo tú. Él toma el vaso, me muestra cómo hay que abrir la boca y tragar el remedio. Uno sorprendido y contento, lo muestra otra vez. Lo acerca a mis labios: Tómalo tú. El gusto es feo, pero se lo traga. Está contento, ríe, se siente que se puede reír con él, no se burla. ¿Dónde está tu osito? Uno indica el armario con los ojos. Va a ver: Se fue, te lo han quitado. No pregunta quién. Hay que ir a buscarlo. Regresa con el osito. No volverá a quitártelo.

A la noche llega papá con un juguete, el niño azul se va tranquilamente, saludándolo con la cabeza. Dice: Son muy amables al dejarme venir después del horario de visita. Me da el juguete, me habla, se comprende el sonido de su voz, el movimiento de sus ojos, no sus palabras. Con el niño azul es más fácil, se habla sin palabras.

Uno dormita un poco, duele menos luego de tomar el remedio, papá me besa, se va diciendo: Afortunadamente son muy amables.

El niño azul viene y con sus ojos y sus manos hace pequeños gestos que nos hacen reír. Uno comprende que Louis y los que hacen maldades no volverán. Él les ha hablado y ellos le obedecen. Uno no sabe por qué, pero de eso está seguro.

En medio de la noche uno se despierta, duele el demonio, me grita al oído: ¿Quién se porta bien? ¿Quién se porta bien para papá y mamá, que siempre se tienen que ir? Uno se debate en la cama. Duele. ¿Quién se porta bien en el hospital? El niño azul. Él no tiene miedo. El demonio está allí todo el tiempo, escudriñando, para enviar rayos o cohetes a los nervios. El niño azul es más fuerte, ¿por qué? ¿Por qué, señora...? Uno pregunta eso ahora, entonces no se conocía esa palabra. Ni siquiera se podía decir: uno no sabe. ¿Quién me ha enseñado a decir eso? Uno no está seguro, señora, pero piensa que fue él, el niño azul, cuando uno jugaba con él o con uno de los malos que se volvía amable, en el piso o sobre mi cama. En nuestra isla...

Después de la operación uno puede salir de la cama, él me ayuda, uno está entre los casi curados, es difícil porque no se entiende bien y se tiene miedo de hacer tonterías y que los demás se pongan a reír. Uno siente que entonces vendrá una crisis muy fuerte, más fuerte que las que tiene en casa, porque en la habitación negra con chispas entró el demonio... y creció. Uno ve —uno no sabía muy bien decir eso, señora, porque entonces era muy chico—, uno ve que si los demás se ríen de uno, el demonio no podrá soportarlo y me arrojará al piso delante de los otros niños. Entonces, uno no conoce las palabras para decir eso, pero la cosa está ya en la cabeza, uno tiene miedo de esas caras que me miran aullar, vomitar y escupir al suelo retorciéndome de miedo. Aullar solo en el piso en medio de todos, ¿no es terrible para el demonio?

El niño azul ve que uno tiene miedo, sabe de qué, tal vez a él también le sucedió lo mismo, pero ahora es grande, es lindo, todas las ayudantes y las enfermeras lo quieren. Ve lo que va a pasar cuando, de golpe, ya no se entiende nada.

Uno no puede permanecer en una habitación solo, él pide permiso a las enfermeras y uno se puede ir a su habitación. Uno se pone contento cuando logra comprender. Ir a su habitación, a su isla, tal vez nunca se ha estado tan contentificado como entonces.

Con él todo es fácil, él indica lo que hay que hacer. Se debe comer carne a menudo, pero uno no quiere, se hacen bolitas que se dejan en la boca sin que se las llegue a tragar. Eso hace reír a los demás, la enfermera está un poco enojada. Para él no es nada, me muestra cómo se hace: toma un trozo de pan, lo lleva a la boca, coloca un pequeño trozo de carne adentro, espera que nadie mire y lo tira bajo la mesa. Me tiende un trozo de pan preparado, uno se lo lleva a la boca como ha hecho él, pero no se anima a lanzar la bolita de carne con el pan alrededor, entonces él la toma y la arroja lejos. El niño azul sabe todo, adivina todo, es amable, no se niega a nada, no obedece jamás.

Sobre todo comprende todo lo que uno no comprende. No lo dice, lo muestra, muy lentamente y cuando uno sabe hacerlo él dice las palabras. Cuando vienen mamá y papá, él no está. Cuando entra la enfermera, él está allí, y echa a todos los que hacen maldades. Y ellos le obedecen. ¿Por qué, señora?

Un día, la nueva enfermera nos lleva a todos a la ducha. Nunca se había hecho eso, uno tiene mucho miedo, va a saltar, se va a exponer con el grito de loco que el demonio oculta en el fondo de la garganta. Alguien toma mi mano, es el niño azul. La enfermera lo regaña: Tú no debes estar aquí, este lugar es para los pequeños. Él le sonríe y ella no se enoja más.

La ducha con él es fácil. Uno grita un poco, salta, pero no mucho ni demasiado tiempo. Uno es casi como los demás, somos dos. Me ayuda a secarme, porque uno no sabe bien.

Él tiene siete años, yo cuatro, estamos juntos en la misma habitación, él me enseña cosas jugando, me enseña muchas cosas.

Uno salió del hospital, el corazón estaba reparayado. Uno salió gracias al niño azul, que se quedó en el hospital. Dicen que la enfermedad azul es larga y no siempre se cura.

En la habitación de los rayos se ha visto algo que los demás no comprenden. El niño azul lo ha entendido y es por eso que uno sigue vivo. ¿Ha salido del hospital? ¿Se ha curado de la enfermedad azul? Uno no sabe... Como siempre, no sabe.

El niño azul, un día está allí. No necesita decir su nombre y apellido. Jugamos.

Cuando nos vamos del hospital, papá carga la valija, mamá me lleva de la mano, uno lo ve en el corredor. No dice adiós, sólo sonríe, es mi amigo y uno no ha llorado.

Fin del dictado de angustia.

La pared fisurada

Como he prometido a Orion, envío a Vasco los dictados de angustia del niño azul. Por teléfono le digo: «Le hubiera gustado hacerlos en tu presencia».

Vasco comprende de inmediato que esos dictados son un acontecimiento importante para los tres. «Llámalo, Vasco. Seguramente te atenderá su padre, le pides que te pase con él, ten paciencia, déjalo hablar. Llámame después.»

Cuando Vasco vuelve a llamar, me pregunta: «¿Quieres que te cuente?».

—No, esto es entre Orion y tú.

Está aliviado.

—Me pidió que lo llamara todas las semanas.

—¿Y aceptaste?

—No, le dije que lo haría una vez por mes. No quiero interferir entre ustedes.

—Está bien. Lo importante es que él sepa que eres su amigo.

El doctor Lisors está impactado por la participación de Orion en la manifestación de los estandartes. Me pide que lo tome para sesiones de psicoanálisis en diván tres veces por semana. Creo que es una jugada arriesgada todavía. Él no subestima los riesgos, pero piensa que vale la pena afrontarlos.

Douai me pone en contacto con los dirigentes de la asociación «Los cuatro puntos cardinales», que organiza actividades culturales y viajes para jóvenes con dificultades. Están proyectando un viaje de diez días a Túnez: seis días en la playa, los cuatro restantes en una excursión. Parece tratarse de gente seria, el precio resulta conveniente para el padre de Orion.

Robert Douai piensa, como yo, que sería una buena ocasión para hacer salir a Orion de su marco habitual.

Llamo a la señora Lannes, la directora. Ella quiere, antes de tomar una decisión, que Orion vaya a hablar con ella y la psicóloga del grupo de sus problemas, de su trabajo y de sus motivaciones, y me pide que yo lo acompañe.

Antes de ir a verlos, Orion me pide que le haga ensayar lo que va a decirles. Es un trabajo nuevo. Como siempre, soy yo la que escucha, pero lo que él dice no está dirigido a mí, sino a otros que no conoce todavía.

La señora Lannes y la psicóloga nos reciben con amabilidad. Sobre la mesa vemos fotos de pinturas y esculturas que el padre de Orion les ha llevado ayer.

Orion, sin preámbulos, comienza a hablar de su carácter, de sus problemas, de sus comportamientos violentos, de sus esperanzas, con una fuerza y una perspicacia que resultaron nuevas para mí. Él sabe que se trata de una prueba, está tenso, muy sonrojado, sus gestos son espasmódicos, pero su palabras son comprensibles, y su sinceridad, emocionante. Da algunas precisiones sobre sus obras: los colores, los materiales utilizados, las fechas, pero no dice nada sobre el sentido que les da. La señora Lannes y sobre todo la psicóloga están muy impresionadas por las fotos de sus esculturas. Una de ellas es de una escultura en madera, que yo aún no he visto y que lleva el título de *La joven prehistórica*.

—¿Por qué prehistórica? —pregunta la psicóloga.

—Uno no sabe, señora —contesta Orion, como si fuera algo evidente. Estoy feliz y me río. La señora Lannes me pregunta por qué.

—Porque es la verdad.

Siento que hemos ganado sin necesidad de agregar nada más. Orion ha hablado solo, nunca ha tratado de hacerse comprender por otros y por sí mismo con tanta precisión. Ni sus fantasmas, ni las palabras que inventa han perturbado sus palabras.

Irá a Túnez. Está decidido. Al llegar al bulevar Saint-Germain, donde Orion va a tomar el autobús, estamos los dos tan cansados y contentos que nos separamos sin pronunciar una palabra.

Cuando el grupo regresa de Túnez, la señora Lannes me llama y dice que Orion ha vuelto muy contento. Hubo un incidente bastante serio en el avión, que terminó bien. Luego solamente algunas alertas. Ha hecho hermosos dibujos y los ha regalado.

—Si hay otra oportunidad de viajar, ¿volvería a aceptarlo?

—Solamente si usted viene con nosotros. Él es muy interesante, pero con sus problemas acapara demasiado a los acompañantes. Ya le contará todo él mismo.

Veo a Orion en el Centro al día siguiente, está bronceado, parece contento de haber regresado. En cuanto se sienta, pregunta: «¿Se puede hacer un dictado de angustia?».

DICTADO DE ANGUSTIA NÚMERO DIEZ

Uno tomo el avión, mis padres me acompañaron, uno está contento de volver a ver a la señora Lannes y de conocer a la enfermera. Nunca antes se había tomado un avión, de inmediato a uno le gusta. Uno ocupa un lugar en el medio y no ve bien la ventanilla. Al lado está Mario, un muchacho del grupo, que mira por la ventanilla cuando despegamos, se está un poco enojado porque no se puede ver. Después trajeron las bandejas, el muchacho de al lado come, pero uno no se anima. Uno se inclina hacia la ventanilla para mirar, está el sol y hay grandes nubes. Uno quiere ver para sentirse bien y después se piensa en ti y en hacer cuadros de nubes. Pero cuando uno se inclina el de al lado dice que no se lo deja comer tranquilo. No es verdad, sólo se quiere ver el sol y las nubes. Me aparta y entonces uno trata de mirar alejándose de él. Han traído té y café, uno no toma, pero él sí. Mientras él bebe, uno se inclina demasiado y vuelca su taza. Él grita: ¡Déjame en paz! ¡Mira lo que has hecho: has volcado la taza sobre mí! Uno no quería volcar, quería ver y él molestaba todo el tiempo. Uno no soporta más sus gritos y le da en el hombro, con el puño, un golpe que no es muy fuerte. Le duele, comienza a llorar y a gemir. Entonces vienen las ganas de pegarle más fuerte. Por suerte, la enfermera vio todo. Llega y dice: Ven. Toma mi asiento, allí podrás mirar. También vinieron las dos azafatas, pero se van. La enfermera tiene tu voz, y dijo, como tú: Estás entre amigos, Orion, toma el asiento de la ventanilla. Uno va a ese asiento, durante el resto del viaje ve las nubes y se calma.

Después ve el mar y los barcos, luego viene Túnez. En el aeropuerto, la señora Lannes viene, me toma del brazo, uno ve que los demás tienen un poco de miedo de mí y Mario se mantiene alejado. Uno tiene el sol y las nubes en los ojos y ya no quiere golpear a nadie. Uno se queda seis días en la playa, se hace amigo de un muchacho tunecino y luego, al día siguiente, de otros dos. Uno juega al básquet y un poco al fútbol, pero en fútbol no se juega bien. Cuando ellos quieren jugar al fútbol, uno dibuja. Luego les regala los dibujos, están contentos. El de al lado del avión viene a vernos con su amiga Louise. El muchacho tunecino dice: Vengan a jugar con nosotros, es mejor de a seis, tres contra tres. Mario dice: Éste nos va a golpear. El tunecino dice: ¿Él, golpear? ¡No! Es un buen amigo. Uno está contento de tener amigos tunecinos árabes y está triste cuando uno se va de la playa. Uno los quería llevar, pero ellos no tenían dinero, y uno debe cuidar el que tiene, que no es mucho. En un pequeño autobús se ha ido hasta un oasis, es el lugar que más le ha gustado a uno. Allí se quiere dar un paseo con Louise, pero Mario dice que no, que es su amiga. Uno dibuja un monstruo-cometa, se lo quiere dar a Louise, pero ella le tiene miedo. Entonces la señora Lannes dice que ella lo quiere, que es hermoso. Uno se lo da. Entonces Louise quiere tener otro, pero uno ya no tiene nada en la cabeza. En el avión a la vuelta se está al lado de la ventanilla, y no hay crisis. La señora Lannes dice que en mi próxima exposición ella va a reservar un lugar en la sala. Fin del dictado de angustia.

Al día siguiente, Orion llega a casa bastante agitado, pero a pesar de eso se recuesta en el diván. Luego de un momento de silencio, se agita, habla de manera desordenada, poco a poco logro comprender que está muy decepcionado porque Louise ha llamado para decir que no podrá ir a la exposición en la que él presentará algunas obras. En la calle, un muchacho le ha pedido dinero. Él tuvo miedo y se fue corriendo. Siente odio, cólera, cólera contra el demonio que le ha hecho eso.

Se incorpora a medias, de repente ve a aparecer al demonio, que sale de la pared blanca que tiene enfrente. Se pone de pie sobre el diván, toma el sillón que está delante de mi mesa y, antes de que yo pueda hacer algo, lo lanza contra el muro y lo fisura por la mitad. No me muevo de mi lugar, le recuerdo que estoy allí, que está en casa de amigos. Se ha quedado sin aliento, le pido que enderece el sillón y que se recueste de nuevo sobre el diván. Lo hace. Cuando su respiración se regulariza y él se distiende un poco, le acerco la mesa de dibujo. Recupera la calma dibujando una estación de metro embrujada. Tal vez sea un bello dibujo.

Pasan las semanas y los meses, hace años que Orion y yo trabajamos juntos. Como siempre en diciembre, cuando sus padres hacen un viaje a la provincia, Orion está muy angustiado. Es para él un mes de prueba, para mí también. A veces, Jasmine viene a acompañarlo. Ayer por la tarde ha estado solo y, para tranquilizarlo, le he propuesto venir a casa esta mañana.

Llega muy alterado, ha tenido un sueño en el que unos esqueletos salían del cementerio e invadían los autobuses de la línea que él toma habitualmente. Trato de que se calme haciendo relajación. Imposible, está muy angustiado.

—Los autobuses conducidos por esqueletos chocan en mi cabeza y se suben unos encima de otros, habrá un accidente.

—¿Y por qué no haces un dibujo?

Le traigo su jugo de naranja, comienza a trazar algunas líneas en lápiz. Me instalo en mi escritorio frente a él. Me dice: «Tú escribes, uno dibuja, nos hablamos así». Cada uno se sumerge en su trabajo, veo que su dibujo toma forma y eso produce un efecto en mis palabras, que son más seguras, y se descubren unas a otras de manera más activa.

—Aquí es como una isla Paraíso —afirma de golpe—, una isla donde no hay escuela, ni metro, ni padres, una Francia donde cada uno se gobierna a sí mismo... Tú, señora, ¿te vas a morir antes que yo, como mis padres? Hay que hacer obras y tener amigos para cuando llegue ese momento. Porque uno nunca tendrá una novia, por lo visto.

La escena que dibuja tiene lugar por la noche, los personajes –todos esqueletos–, los autobuses, el cementerio, se destacan en blanco sobre fondo negro. Es un trabajo inmenso, hecho íntegramente con pluma y sin utilizar el pincel.

Preparo el almuerzo. Termina de comer y vuelve de inmediato a su trabajo. Le advierto que tengo pacientes a las cuatro y que deberá irse.

No está de acuerdo: «El dibujo quiere continuar, quiere llevar todo a la sala, así se podrá trabajar mientras tú escuchas a tus pacientes».

Nunca había hecho eso antes, pero ¿por qué no? Trasladamos todo, luego vuelve conmigo al escritorio, mira la fisura que ha hecho en la pared al lanzar el sillón cuando apareció el demonio. No quise hacer arreglar el destrozo. Mira la fisura con cierta satisfacción: «El demonio tiene la fuerza de hacer eso a pesar del golpe que le di en la trompa».

—Orion, cuando viste al demonio, ¿no hubieras podido insultarlo e injuriarlo, antes que romper mi pared y mi sillón?

—No, señora, no se podía. El demonio de París habla, habla, grita, vocifera, ventosea, hace bombardeamientos, pero escuchar, no escucha nada, nunca.

—Vete cuando quieras, y no hagas ruido.

No responde, está nuevamente compenetrado en su trabajo. Recibo tres pacientes, estoy persuadida de que Orion se ha ido cuando vuelvo a la sala. Todavía sigue allí y el dibujo ha avanzado mucho.

—Son más de las siete, Orion, debías haberte ido hace rato.

—El dibujo no quiso, llama a papá, debe estar en casa.

Llamo, anuncio el retraso de Orion y se lo explico al padre.

—Estábamos un poco inquietos cuando regresamos y no lo vimos. Iré a buscarlo a la salida del metro.

Cuando vuelvo a la sala, Orion contempla perplejo su dibujo. «Está bien, ¿no es cierto, señora?... Pero el dibujo no está contento, es como si faltara algo.»

—Debo salir, lo miraré más tarde. Vete, Orion, tu padre te esperará en el metro.

—El dibujo quisiera que uno regresara mañana para terminarlo. ¿Se puede dejar todo aquí?

Ve que yo tenía otros planes, pero insiste: «¿Lo prometes?».

Naturalmente, se lo prometo. Su deseo ha sido siempre tan sistemáticamente contrariado que en cuanto insiste yo no puedo negarme.

Se va, y yo voy a la estación a buscar a Vasco, que vuelve por un par de días. Juntos miramos el gran dibujo casi terminado sobre la mesa. Es muy fuerte, muy loco. Vasco cuenta los esqueletos, hay más de ochenta. Su presencia y el espantoso desorden de los autobuses montados unos encima de otros tienen algo que parece irrefutable.

Vasco me muestra un esqueleto más pequeño que los otros, el de un niño que parece salir con un esfuerzo inmenso de la muerte. Trata de correr, tendiendo los brazos hacia adelante para pedir ayuda. Es una imagen muy dolorosa, frente a él un esqueleto adulto también corre, probablemente a encontrarlo. ¿Se puede creer que va a protegerlo?

—Según Orion, el dibujo dice que falta algo.

—El dibujo tiene razón, Véronique, muestra la acción del demonio, no su presencia.

Vasco se va temprano por la mañana para trabajar en la música de una película. Vuelvo a pensar en el demonio-pared, en el demonio de la pared blanca, que Orion vio aparecer recostado sobre el diván y que lo ha hecho saltar sobre el sillón. En su dibujo, los ataúdes abiertos, los esqueletos, los autobuses en desbandada ocupan todo el espacio.

Al llegar, Orion está feliz de ver la mesa, su material y su dibujo como los había dejado el día anterior. Da vueltas al dibujo: «¿Está casi terminado o no, señora?».

—Es tu dibujo, Orion, sólo tú lo sabes.

—El dibujo piensa que hay algo que desentona.

—Deberías pensar en el demonio-pared al que lanzaste el sillón.

—No hay más lugar, lo que no está terminado ya está en negro.

—Cúbrelo con tinta blanca.

No responde, destapa la botella de tinta blanca, creo que va a comenzar a trabajar. Entonces pregunta: «¿Se puede mirar el libro de catedrales que se ha visto contigo?».

—Te lo traigo y te dejo, tengo dos pacientes.

Cuando vuelvo veo que ha elevado, sobre el lado derecho del dibujo, una torre de ataúdes en lo alto de la cual aparece la parte superior de un busto y la cabeza de un demonio blanco. Su desmesurado cuello sostiene una cabeza cubierta por un casco. No tiene orejas, su nariz es casi un hocico y tiene dos grandes ojos que espían y una boca de la que salen colmillos y una lengua ávida.

—Es un dibujo terrible, Orion, uno de los mejores que has hecho, un demonio blanco.

—Es el de tu pared, señora, y en el libro de las catedrales se han visto imágenes de demonio. No se ha copiado, el dibujo no quiso y de golpe se ha tenido en la cabeza esta gola hangar.

—Esta gárgola.

—No, señora, esta gola hangar por donde el demonio de París y los suburbios envía sus trenes de alta velocidad de rayos para que uno se vuelva el esqueleto que no es. Entonces uno podría conducir autobuses en libertad con una amiga esqueleto. Eso no se podrá hacer nunca en la vida real con una amiga de verdad.

—Tu dibujo es bello y aterrador. A Vasco le ha gustado mucho.

—Ahora está mejor. La cabeza ha visto cosas nuevas y el dibujo quiere llamarse *El cementerio degenerado*.

Algunos meses más tarde, Orion debe exponer en un salón organizado por la Prefectura. Su padre me llama.

—Orion ha terminado su estatua de madera, está muy bien. La madera es buena, pero tiene fisuras, podemos repararlas, pero a Orion parece no gustarle que lo hagamos.

—Deje la madera como está, para Orion las fisuras forman parte de la estatua.

Al día siguiente pregunto a Orion qué va a exponer.

—El dibujo astronómico con planetas y el del faraón del fondo del mar.

—¿Y tu estatua?

—Es la joven prehistórica que has visto sin terminar. Uno la dejó con fisuras. Cuando el jurado recorra las obras, te quedas detrás de mí, como Viernes con Robinson, si no uno tendrá miedo.

—¿No expondrás tu *Cementerio degenerado*?

—No es un dibujo para la Prefectura...

La exposición tiene lugar en las salas situadas cerca del hospital Sainte-Anne. Al llegar me parece reencontrar el particular olor y el clima de ese lugar donde asistí a tantas conferencias y seminarios. Cuando entro, el padre de Orion me dice con alegría: «Hay chances de que Orion tenga un premio». Orion está alterado por esta posibilidad y por el anuncio de la presencia del prefecto.

—Quédate todo el tiempo a mi lado —dice pegándose a mí.

—Muéstrame tu estatua terminada.

Ha hecho la estatua en su casa, solo, sostenido por la presencia de su padre, porque no puede trabajar en soledad mucho tiempo.

Me conmuevo al verla: es una mujer arrodillada, de formas poderosas y arcaicas. La nariz aguileña se inserta en la línea de una frente estrecha, tiene grandes ojos, que parecen cerrados y miran de frente sin ver. Casi no tiene mentón, y el rostro que parece estar más allá de la palabra, en un silencio de otro mundo, está rodeado de una tupida cabellera, apoyada o encajada como un casco.

Los hombros están muy poco definidos, los senos, sobre los que juegan los matices sutiles de la madera, están casi juntos, el vientre es ligeramente redondeado, las manos se cruzan sobre él para contener, para proteger, tal vez para que el cuerpo diga una plegaria.

Orion ha jugado instintivamente con las fisuras de la madera. Una de ellas atraviesa la frente y corta en dos la mejilla derecha, como la herida de un sable. Otras recorren el cuerpo. Esas fisuras, o esas heridas subrayan el aspecto de honda indiferencia de la joven. ¿Por qué «joven», si la estatua evoca más bien a una mujer? Ella está en otro universo y Orion la calificó de prehistórica. Miro su espalda, esculpida con una sensualidad mucho más viva que el resto del cuerpo. Las curvas de la espalda, el hueco de las nalgas encima de las piernas encogidas forman una especie de gran rostro de sombra apenas esbozado. ¿Un rostro? Quizá. No me animo a hacérselo notar a Orion.

—¡Qué bello! —le digo—. ¡Qué trabajo has hecho!

Su rostro se ilumina, su temor al jurado se disipa. Paso la mano por la parte inferior de la estatua, perfectamente pulida, es un placer para la mano.

Los miembros del jurado se acercan, acompañando al prefecto. Es un hombre bastante gordo, un poco arrogante, un hombre importante que distribuye sonrisas a todo el mundo, se detiene más tiempo ante las obras premiadas, dice algunas palabras al artista y le coloca una medalla. Orion está ansioso, se da vuelta: «Tú te quedas detrás de mí, como con el Minotauro».

Al llegar, los miembros del jurado me separan de Orion, el presidente muestra al prefecto *La joven prehistórica*. El prefecto parece atónito al ver las fisuras que atraviesan el rostro y el cuerpo de la estatua. Parece dudar de la elección del jurado y teme que se trate de una broma. Esta estatua es una hija del deseo prehistórico y de un futuro que no pertenece al universo burocrático. El presidente lo invita a tocar con el dedo la estatua y su maravilloso pulido. El prefecto se muestra aliviado por la calidad artesanal de la obra y despliega una sonrisa profesional. Tiende la mano a Orion, le da una medalla y anuncia: «Primer premio de escultura». Dice algunas palabras más a Orion estrechándole la mano y éste, totalmente sonrojado, logra responderle. No esperaba esta hazaña de parte de un muchacho que no es capaz de entrar solo a una tienda.

Está tan contento de haber podido vencer su miedo que no recuerda lo que le ha dicho el prefecto ni lo que él respondió y que yo no pude escuchar. «Uno sabía que tú estabas detrás de mí. Es mi premio, pero es como si lo hubiéramos ganado un poquito entre los dos.»

Vasco, muy ocupado con la película de la cual ha hecho una parte de la música, no ha podido venir a la inauguración de la exposición. Fue después con Orion y regresa entusiasmado por el nuevo camino que abre *La joven prehistórica*. Manifestó con tanto ardor su admiración a Orion que éste se emociona mucho y parece tomar más conciencia del camino recorrido.

Entonces Orion me trae una pequeña caja de cartón que deja sobre mi mesa. «¿Qué es?»

—Ábrela.

Lo hago, la caja contiene tarjetas de visita:

ORION

Pintor y escultor

Las mira orgulloso. «Vasco llamó a papá y le dijo que había que hacerlas. Los padres estaban sorprendidos. Vasco les ha dicho que ahora uno tiene un verdadero trabajo, que había que hacer tarjetas y poner en ellas la profesión que aparece en mis documentos de identidad.»

Uno no sabe

Desde que la presencia del niño azul crece entre Orion y yo, retomo a menudo el borrador del poema que he escrito sobre él en un momento de cansancio y de oscuro entusiasmo. Trabajo algunos pasajes, no tengo intención de terminarlo, el niño azul no aparece y crece sólo para Orion. También habla en mí y aunque escuche sus palabras y esté atenta a sus inspiraciones, a lo que hace dentro de nosotros, sé que no lo oigo, que no lo oímos todavía. No completamente. Paciencia... uno no sabe.

Por eso sólo escribo fragmentos, tal vez hoy he redondeado algunos versos.

Cuando ya sólo se podía escupir, vomitar y rodar pataleando
Sólo aullar en el suelo, bajo la mirada fascinada de los niños
Un día, el niño azul, el niño de la enfermedad azul, un día estaba
*   allí.*
Con sus siete años y mis cuatro años, uno jugaba y aprendía mucho
Después, ya no me han enseñado...

Un día estaba allí. Debo dejar que estas palabras dictadas desciendan y penetren en mí todo el tiempo que haga falta. No se me pide nada más. Seguir la huella del niño azul, la incierta, la oscura línea sinuosa que él ha trazado y que permanece, a pesar del velo de la amnesia y de la vida cotidiana.

En la palabra desordenada de Orion, en sus bruscas interrupciones, en sus dictados de angustia, el niño azul vuelve a menudo. Una imagen se forma en mí:

Era como los demás y a la vez no lo era
Sus ojos lo comprendían todo y nunca tenían miedo

Pasan los días y las semanas con sus habituales altos y bajos, pero algo cambia en lo profundo de nosotros. La imagen, la memoria renovada del niño azul apaciguan un poco a Orion y yo siento que me iluminan. ¿Cómo no evitar el miedo de lo que pueda pasar en el camino desconocido con un ser tan herido como Orion? Entonces me animo a ver, me animo a pensar que si el niño azul no tenía miedo era porque sentía la fuerza presente, aunque oculta, de Orion. Y a pesar de mis temores y de mi ignorancia, yo también puedo tener esta confianza.

La primavera sigue su curso, el verano se anuncia y el poema se encamina hacia su conclusión.

Uno salió del hospital, ha vivido, si eso es vivir, y el niño azul ya
*　　no estaba.*
¿Él también salió? ¿Se curó de la enfermedad azul?
Uno no sabe. Como siempre, no sabe. Sólo se saben las palabras y
*　　las malas palabras que salen del volcán.*
Uno salió, era inevitable, porque el corazón estaba arreglado y se
*　　regresó del lado que duele.*
El niño azul, con su mirada ingeniosa y sus acciones transparentes,
*　　¿quién era? ¿De qué lado del lado que duele?*
Uno no sabe. Un día, él estaba allí, y al siguiente, uno se había ido.
Nunca dijo su nombre ni su apellido. En el corredor, el día de la partida
Cuando papá arrastraba mi valija, estaba allí. Como siempre, estaba
*　　allí. Sonrió.*
Sin duda era mi amigo, porque me guiaba
Me enseñaba a vivir. A vivir y a jugar.
Después, me han forzado.

Señor, si uno puede vivir
Es porque debe vivir todavía
Haz que uno siempre esté en la simplicidad,
La luz de niño azul,
En la encrucijada de Angustia.

¿Por qué he escrito «Señor»? No hay Señor, hubiera dicho mi padre, y es lo que yo hubiera escrito en otro momento. Y, sin embargo, escribí esa palabra ¡al poema le gustó! Ante el primer laberinto de Orion, el doctor Lisors me había dicho: «Ambos debemos permanecer sorprendidos, incluso estupefactos ante este laberinto». Y siento que debo permanecer sorprendida e incluso estupefacta ante la palabra *Señor*. ¿Qué señor? El del camino ignorado.

A fines de ese año, Orion me dice:

—Papá se enteró de una beca para la vocación, recibió por correo los papeles, quiere que uno se presente para obtenerla. Es el último año que uno puede hacerlo.

—Es una buena idea.

—La vocación parece que es para los grandes, y uno es más bien un pequeño en una prisión.

—En prisión...

—Sí, señora. Con las obras se hacen cielos, huracanes, incluso soles, pero siempre en prisión. Tú, señora, cuando estás escribiendo sentada a la mesa mientras uno dibuja, también estás en prisión. Tu prisión soy yo, porque debes escuchar mis palabrerías, atenderme cuando se tienen crisis, traer chocolate y jugo de naranja. Y para mí, tú eres mi prisión para que uno haga obras de pintor y de escultor, y salga de la lengua que no se entiende y corta la palabra de los demás. Es tarde, señora, hay que irse.

—Tráeme los papeles de la beca de vocación, puede que tengas una buena oportunidad.

—Tal vez, señora, si me ayudas a llenar los papeles.

Recibo a Orion al día siguiente en el hospital de día para ayudarlo a responder el cuestionario. Todos han salido ya de vacaciones, sólo queda una secretaria, y nosotros dos. Preveo algunas dificultades para responder a las preguntas, los que las han redactado no han pensado en los problemas de un discapacitado. Debe hablar de sí mismo, de lo que ha hecho hasta aquí y del futuro que proyecta. Además, las respuestas deben ser de puño y letra del candidato. Es un trabajo arduo para Orion, que escribe con dificultad, con temor a cometer faltas de ortografía y ensuciar el formulario si se altera.

Le propongo hacer primero un borrador que tipearé esta noche y que él mañana sólo tendrá que copiar. El formulario le pide una descripción de su pasado. No logra comprender el sentido de la pregunta, lo discutimos largo rato. Cuando lo ha captado, me dicta con el tono que utiliza para los dictados de angustia.

Uno era un niño retrasado por una enfermedad del corazón hasta los cuatro años. Hubo una operación en el hospital de Broussais y uno conoció el terror. Afortunadamente hay un niño azul de siete años que me ha protegido. En el jardín de infantes las cosas iban bien, había una maestra amable que ayudaba a menudo. En la escuela primaria atacaba un demonio de París, era un inspector, uno no le podía responder, tenía muchísimo miedo cuando él preguntaba, entonces uno lo pateó varias veces y a uno lo echaron de la escuela. Luego mis padres encontraron no muy lejos un centro psicopedagógico para hacer la primaria, pero había muchas palabras que uno no entendía y no se animaba a decirlo. En el hospital de día las cosas marchaban, pero en quatrième *faltaban demasiadas palabras, uno lo ocultaba, como de costumbre, pero los profesores comenzaron a verlo. Cuando a uno ya casi lo habían echado llegó una profesora psicóloga muy amable. Entendió lo de las palabras, y luego también lo del dibujo, la guitarra, la escultura. Uno se ha convertido en pintor y escultor, ha expuesto, ha obtenido premios, pero de todos modos, no se ha curado. Desde muy pequeño el demonio de París me lanza rayos en los nervios, me hace saltar, para que la gente y las cosas se vuelvan hechiceras. Cuando uno tiene mucho miedo rompe vidrios, patea la puerta, salta, golpea a las personas y, para terminar, llora porque se quiere ir al campo. La señora psicoterapeuta ha entendido que uno debe refugiarse en su imaginación, dibujar laberintos, huir con la acuarela a la isla Paraíso número 2 o a planetas de tinta china. Con ella, uno se calma, hace obras de artista, de pintor y de escultor, habla, silba fragmentos de canciones o pasajes de sinfonías. A veces, la vida se vuelve más clara, uno es menos pequeño frente a los que hacen maldades, pero a menudo el demonio es como un ovni en el cielo. La gente se embrujiza y los autobuses aúllan en las calles, que se ponen negras.*

A la segunda pregunta, que apunta a la vocación, responde:

Las obras vienen de mi imaginación. Uno no puede conocerlas por adelantado. Primero hay que verlas en la cabeza, se trabaja a medida que la imaginación las muestra. No se puede copiar la naturaleza, primero tiene que venir a mi cabeza, no como aparece en las fotos.

La pregunta es difícil para mí porque hablar y escribir es dificultoso, a veces uno habla demasiado y es aburrido. Si uno pudiera responder dibujando o esculpiendo, tal vez obtendría una beca. Escribiendo uno cree que no tiene chance, pero mi padre dice que hay que tratar.

Tiene pocas posibilidades de obtener una beca, es verdad, tal vez ninguna, pero esta candidatura le permite reflexionar sobre él mismo y sobre su trabajo, pensar, asumirse como artista, pintor y escultor.

Cuando Orion termina le leo su texto, hacemos algunas correcciones y le digo: «Mañana tendrás el texto tipeado y sólo tendrás que copiarlo en el formulario».

—Siempre y cuando el demonio no ataque gritando: «¡Cuántas faltas! ¡Cuántas faltas!».

—No lo hará, yo estaré cerca de ti.

Orion me tiende la mano y se va. Lo escucho volver.

—¿Has olvidado algo?

Se detiene en la puerta, me mira a los ojos, como trato desde hace tanto tiempo de enseñarle, me mira como tal vez nunca antes ha hecho. Me dice: «Gracias, señora, contigo uno ha conservado su territorio».

Da un paso atrás, cierra con cuidado la puerta y se va.

Me deja muy perturbada, y en un instante tomo conciencia de la dimensión del error que cometí el año pasado. No estaba alterado por el mes de aprendizaje en el taller de su padre, sino por el hecho de que la enfermedad de Gamma ocupaba mis pensamientos casi por completo. Tuvo temor de perder su territorio en mí, el más importante, el de la imaginación. Para poder desplegarse, su imaginación necesita de alguien que lo escuche, que crea en él y cuya confianza aliente en él el enorme esfuerzo que debe realizar para avanzar y liberarse de lo banal.

Al seguir viéndolo, durante y después de la enfermedad de Gamma, le he demostrado que él tenía siempre su territorio libre en mí, que había alguien siempre dispuesto a mirar, apreciar y esperar sus imágenes. Creí vivir la muerte de Gamma, pero ella está viva y curada. Orion creyó que yo le retiraba su territorio imaginario, y se dio cuenta de que siempre ha estado allí. A fin de cuentas no lo he hecho tan mal. Ahora debo partir, llevarme nuestros fantasmas a través de las calles, el metro, el calor que se torna aplastante.

A la mañana del día siguiente preparo mi equipaje, me voy a una pequeña casa en Touraine. Vasco está de gira, me alcanzará en unos días. Es un día muy caluroso. Siento que no preparo bien las valijas, olvido cosas, agrego innecesariamente otras, me pongo nerviosa. Orion también debe estar poniéndose nervioso, no será una tarde fácil.

El calor es agobiante, los olores se hacen sentir con fuerza en el metro a pesar de las corrientes de aire. Tengo suerte, enseguida llega un tren, no hay muchos pasajeros. En el Centro, la secretaria aún no ha llegado, estoy sola. Me instalo en la oficina, he salido de casa demasiado temprano, Orion llegará recién dentro de media hora. Todo el cansancio del año cae encima de mis hombros. ¿Qué haré mientras espero? La respuesta a esta pregunta sobreviene con una fuerza que me sorprende: ¡No hagas nada! No es un consejo ni una sugerencia, es una orden. ¡Basta! ¡Basta de hacer! ¿Acaso no sientes el tremendo calor? ¿No te das cuenta de lo cansada que estás? Para la máquina. Escucha, escucha un poco vivir, respirar, distenderse al cuerpo extenuado que te quiere sin que tu mente lo advierta.

Orion llega completamente transpirado y muy nervioso. Lo mando a refrescarse la cara y las manos. Lo tranquilizo hablándole con un tono de voz que le resulta conocido. Le doy un jugo de naranja. ¿Debo sentir vergüenza de ser un poco la enfermera que lo cuida y lo ayuda a distenderse? Es verdad que eso me da cierto placer, pero además me parece que tengo derecho a hacerlo. Orion se queja: «Uno tiene miedo de hacer faltas de ortografía porque entonces el formulario será una porquería. Y además si uno no escribe derechito parecerá un imbécil»

—Haz algunas rayas con lápiz, luego las borrarás.

—No... tú, las haces tú.

Trazo en las hojas rayas regulares con lápiz. Se tranquiliza.

—Ahora te sientas aquí y copias las hojas dactilografiadas.
Copia la primera hoja suspirando profundamente, de golpe se levanta y grita: «Uno puso dos veces la misma palabra ¿qué se hace ahora?».
—Primero siéntate, no te pongas nervioso. Ahora tachas con cuidado la segunda palabra con la regla. Así, muy bien... haz dos trazos.
Listo. Ves, estoy cerca, estoy enfrente de ti.
Estoy sentada en un sillón que habitualmente no utilizo, delante de
la mesa. La imprudencia me llevó al extremo de estirarme a medias y
poner los pies en la silla que ha quedado libre. Como es natural con
semejante calor y agotada como estoy, me invade una dulce somnolencia.
Lucho, pero no tengo fuerzas para levantarme. Orion trabaja, está tranquilo. Siento que mi cabeza se desliza hacia mi hombro. Me acoge... me
acoge el sueño. Debería..., no puedo, me abandono.
Me despierto a medias, escucho a mi querido padre, que sin duda
está inclinado sobre mí, que me dice: «Dormías tan bien...».
Es verdad, dormía tan bien... duermo todavía un poco. De repente
se me encoge el corazón. No es mi padre. Mi padre ha muerto. Abro
los ojos. Inclinado sobre mí, por encima del escritorio, Orion me mira
despertar con una bella sonrisa indulgente en los labios. La sonrisa de
un joven padre a su hijo dormido.
Me tiende su trabajo, su sonrisa confiada me tranquiliza. Yo había
creído que debería ayudarlo, pero ha terminado el trabajo solo mientras yo dormía. Me despabilo, me estiro, leo el formulario mientras él
me mira con la misma bondadosa sonrisa.
Desde que me quedé dormida no ha hecho una sola falta, la correc-
ción del error es neta y clara. Sólo le queda borrar las rayas hechas a
lápiz, lo hace con habilidad. Cuando las hojas están en orden, las pongo
en el sobre.
—Mi padre lo llevará al correo esta tarde.
—¡Felices vacaciones, Orion!
—Felices vacaciones, señora, mañana uno pensará en el niño azul
y en ti al pasar por la encrucijada de Angustia, en la ruta a Périgueux.

No te pegues a mí

Hace trece años que entré a trabajar en el hospital de día, doce que me ocupo de Orion. Ahora tiene veinticinco años y, aun teniendo en cuenta el considerable retraso que tenía cuando me hice cargo de él, hace tiempo que debería haber abandonado el Centro. Permaneció allí sólo gracias a las sucesivas excepciones obtenidas por el médico jefe y por Robert Douai, que se han interesado en esta psicoterapia poco habitual en la que delirios, fantasmas y pasajes al acto, aún sin desaparecer, han disminuido y se han transformado en obras.

Esta situación no puede prolongarse, siento que el equipo de trabajo, a pesar de la simpatía que muchos sienten por Orion, considera que a su edad ya no debería estar en un hospital de día para adolescentes. Cuando comienzan las clases, hablo de este problema con el doctor Lisors y con Robert Douai, y les propongo terminar mi trabajo a fin de año y buscar un hospital de día para adultos para que Orion concurra durante uno o dos años, y luego se integre al marco familiar, donde me parece capaz de desenvolverse.

Douai pregunta: «Después de un trabajo conjunto tan intensivo, ¿cómo soportará Orion la separación?».

—Si usted está de acuerdo, continuaré viéndolo dos veces por semana, no en psicoanálisis, sino en entrevista. Si funciona bien en el nuevo centro, espaciaremos progresivamente los encuentros.

—¿Y cómo soportará usted alejarse de él? —pregunta Douai riendo.

—Será difícil —respondo, también riendo—, pero la separación es necesaria... para él y para mí.

Le digo a Orion que será nuestro último año porque dejaré el hospital de día al mismo tiempo que mi trabajo con él. El anuncio de mi partida y de la búsqueda de otro centro le provoca una gran angustia. En el transcurso de las primeras sesiones se queja reiteradamente de no tener una novia, ni un amigo.

—Sin embargo, tienes muchos amigos en el Centro. También nos tienes a Vasco, a Roland y a mí.

Una súbita inspiración me hace agregar: «Y a tus obras, tus cuadros, tus esculturas: La joven prehistórica, el hermosísimo Lobo marino, que casi has terminado, el bisonte en que estás pensando, ¿crees que no son tus amigos?».

Mi pregunta lo deja pensativo, de repente dice: «A veces, uno piensa que casi podría tener un amigo así, señora. Cuando uno era pequeño, en el otro departamento, a veces, para ganar dinero extra, papá trabajaba por la noche. Venía a mi habitación, él creía que uno dormía, pero muchas veces se disimulaba. Entonces se lo escuchaba hablar con las herramientas y con las joyas con otra voz, una voz de amigo. Cuando estaba contento con su trabajo, reía y las joyas reían con él en medio de una pequeña luz. Uno sentía que papá tenía un verdadero amigo, un amigo del trabajo.

Entonces uno era muy pequeño para tener un amigo así, el trabajo era aprender en la escuela, cuentas, ortografía, no se podía tener en ese trabajo un amigo que gritaba "¡Cuántas faltas! ¡Cuántas faltas! ¡Imbécil! ¡Tú no eres como los demás!".

Un amigo del trabajo, cuando se pinta, sería una larga línea recta con círculos y rectángulos encima para jugar, descansar y hacer música. Una línea vertical iría hasta el cielo, pero no es allí donde uno quiere ir, sería para el lado de las Rocas Negras. Con la horizontal se avanza sobre la tierra, hacia las islas, los amigos. No se puede pintar eso, mamá diría que es abstracto, Jasmine que no es vendible. Y a papá no le gusta mucho dar su opinión. Ninguno es demasiado libre, señora, pero uno va a abandonar el Centro, y tú perderás tu trabajo. Dices que nos veremos todavía el año próximo, pero ¿quién te dará dinero por eso?».

—Te recibiré dos veces por semana, Orion, en mi casa. No seré tu psicóloga-profesora-un-poco-doctora, te recibiré como una amiga de tu trabajo y nadie deberá pagarme por eso.

Durante el primer trimestre voy a visitar muchos centros para adultos, pero veo que los pocos que podrían convenir a Orion no tienen vacantes. Son meses difíciles, salpicados a veces de momentos de felicidad. El *Lobo marino* de Orion, esa imagen profundamente sentida de la Abuela, obtiene en una exposición la medalla de oro, por primera vez acompañada de un cheque. En una exposición de *art brut* en Bruselas un conocido coleccionista compra, aunque a un precio modesto, su terrible *Primer laberinto antiatómico.* ¿Es ésa la señal de que va a salir del túnel algún día? Nadie, hace diez años, hubiera podido esperar algo así.

Ya casi nunca lo acompaño a ver exposiciones o al cine, ahora va con Ysé, una compañera del taller de escultura. A menudo perturbada ella misma, Ysé sabe cómo tranquilizarlo cuando él tiene miedo, se bloquea o puede ponerse violento. Por su lado, Orion acepta con naturalidad los extraños fantasmas de Ysé, sus fijaciones con las actrices de moda y su pasión por pintar amenazadores grupos de mujeres cubiertas de ametralladoras.

Después de Navidad, estoy inquieta porque no encuentro un lugar para Orion, pero la secretaria de un hospital de día para adultos me llama y me dice que tendrá una vacante para septiembre. De inmediato solicito una entrevista, y mi primera impresión es positiva. El Centro no es demasiado grande, alrededor de cuarenta pacientes entre veinte y cuarenta años, las actividades colectivas son variadas sin ser obligatorias. Se imparten algunos cursos optativos, hay dos instructores para los deportes y la piscina, una hermosa biblioteca donde Orion podrá dibujar y un gran comedor. Además de los cuidados médicos, Orion tendrá un seguimiento psicoterapéutico realizado por una psicóloga. Voy a conocerla, me cae bien. Muy joven, Annie Gué todavía está bastante atrincherada en la teoría, pero escucha.

Un poco mayor y madre de un niño, la enfermera principal, de apellido Marinier, me inspira confianza por su calma y su experiencia.

—Seguramente —me dice—, usted está inquieta, después de doce años, al introducir a su muchachito en otro universo. Por el informe que recibimos de su centro, ha sido maltratado por sus compañeros que, sin embargo, admiraban su talento y su fuerza cuando lograban alterarlo. Luego, poco a poco, pudo fabricarse un pequeño nido con usted a su lado. No encontrará eso aquí, volverá al planteo colectivo, pero sin persecuciones. Me parece que ha progresado con usted, como lo prueban las fotos de sus obras que están en su informe. Creo que, al menos por un tiempo, se adaptará a este lugar, sobre todo si logra entablar una amistad con algún compañero o compañera. Eso suele ser decisivo.

Informo al doctor Lisors sobre mi visita, y envía una solicitud de admisión al hospital de día La Colline. Me avisa que han aceptado y se lo anuncio a Orion. Me mira entre enojado y perplejo:

—¿Por qué hay que ir otra vez a un hospital de día?

—Porque de otro modo estarías todo el tiempo en tu casa con tus padres. En ese lugar no estarás solo, tendrás compañeros, compañeras. Podrás hablar con la psicóloga como haces conmigo. Y vendrás a mi casa dos veces por semana.

—¿Estás segura de que allí uno estará mejor?

Quiero responder que sí, pero dudo y digo:

—Casi segura, Orion.

—Casi es una palabra embrujada.

Se agita, se mete los dedos en la nariz, y dice sin mirarme:

—Este verano, antes de irse de viaje conmigo, Ysé y Roland, al que quieres casi tan mucho como a mí querían ir a Grecia. Eso es parte del continente, una península, que es casi una isla. Uno quería ir a Creta a una isla. Uno ha sido el más pesado y al final fuimos a Creta. Uno sabía que Grecia es más linda, pero tenía miedo del casi, que es una palabra embrujada. Cuando una obra está casi terminada, uno siente calor, el comienzo de un rayo que no quiere que se termine. Uno mismo es una especie de casi, de algo no terminado. Ser como los demás, ¿es estar terminado? Uno quisiera eso, pero el casi no quiere. Uno sufre para terminar las obras, sería mejor hacer obras quemadas. Tú, señora ¿eres una casi o una terminada?

—Me temo, pero también espero, que una casi, Orion.

—Uno está contento de que seamos los dos casi. Se es un casi que el demonio derriba y estropetea. Vasco, en cambio, es un súper genio de la música y de los fierros. Ganó las Veinticuatro Horas de Le Mans y uno no puede ni siquiera manejar, porque si el demonio atacara de verdad, la cabeza se iría a doscientos cincuenta por hora, y no en el autódromo o en las autopistas, sino en los caminos provinciales, y un

rompería las casas. ¡Uno hasta podría atropellar a los niños! Señora,
¿Vasco es un terminado o un casi?
   —También es un casi...
   —Vasco casi siempre se va, señora, y tú casi siempre estás aquí, de
verdad y en mi cabeza. Suena la hora, y uno debe terminar esta casi
charla, señora. Hasta mañana.

El doctor Lisors tiene una entrevista con la directora de La Colline, la
doctora Zorian, que es psiquiatra. Me pide que asista, trato de evitarlo,
pero insiste:
   —Usted es quien ha hecho el informe y quien conoce mejor a Orion,
sería bueno que viniera.
   La directora nos hace esperar un poco, la señora Marinier me comen-
tó que es su costumbre. Tiene una oficina privada y le gusta mostrarse
desbordada. Conoce bien a Lisors y sólo se dirige a él. Es un mujer
bella, joven todavía, muy segura de su trabajo. Habla muy bien y escu-
ha poco. Al leer en el informe los síntomas y los actos de violencia de
Orion se asombra de que se le prescriban tan pocos medicamentos.
   —Los hemos evitado, salvo en los períodos de fuertes crisis porque el
tratamiento era efectivo —dice Lisors—. Los síntomas han evolucionado
se han apaciguado. Los episodios de violencia han sido muy poco frecuentes estos últimos años.
   Vemos que no está convencida.
   —Pero la violencia se manifiesta todavía porque lo han mantenido
en su centro mucho más allá de los límites habituales. Hace mucho tiempo que debería haber sido derivado a un centro de adultos.
   —Orion no progresaba —dice Lisors—, entonces intentamos un
tratamiento que combinaba arte y psicoterapia. El resultado fue inesperado, lento, pero eficaz.
   La directora se dirige a mí: «Muéstreme en su informe la evolución
de sus obras».
   Abro la carpeta de fotos de las obras de Orion. Elegí obras de diferentes períodos para que se puedan apreciar sus progresos y a la vez
mostrar sus síntomas y sus fantasmas.
   Ella mira todo muy rápido.
   —Al principio es *art brut*, luego hay un período *naif*, más elaborado.

El *Lobo marino* parece bien esculpido, pero es un poco pretencioso. El *art brut* era más interesante. ¿Por qué se lo enseñaron?

—Lo aprendió solo, nosotros lo hemos estimulado, y yo lo he dejado hacer. Además, él dice que sólo puede pintar o esculpir lo que está en su cabeza.

—Y, sin embargo, usted lo ha llevado a un taller de escultura.

—Lo hice para socializarlo, de no ser así, nunca hubiera comenzado a esculpir. Allí trabajó con arcilla y yeso. Luego comenzó solo a esculpir en madera, y así siguió su formación.

—Linda fórmula, sin duda es usted una literata. Parece contenta del trabajo que ha hecho con él.

Creo que no le caigo bien, y eso no debe volverse contra Orion.

—Véronique Vasco ha demostrado estar capacitada y muy dedicada a este tratamiento —interviene Lisors—, pero soy yo quien lo dirigió. Orion será siempre un discapacitado, recibe una pensión por ello. Creo que hemos mejorado su estado, pero sobre todo le hemos dado un estatus social. Es pintor y escultor. Se siente reconocido, como alguien que tiene un trabajo.

—¿Vende sus obras?

—Poco. Esto es el comienzo. No está preparado para vender. Sus padres tampoco. Tenemos esperanza en el futuro.

Lisors se levanta.

—Entonces se lo derivaremos cuando comiencen las clases. Véronique Vasco lo acompañará y se pondrá a disposición de su equipo por si necesitan alguna información.

En la calle, Lisors me dice:

—Fui injusto con usted diciendo que fui yo quien dirigió el tratamiento, cuando en realidad usted ha trabajado libremente. Yo sólo he apoyado.

—Hizo bien, la discusión comenzaba a ponerse difícil.

—Es una verdadera psiquiatra que quiere lo que suele llamar resultados tangibles.

—¿Va a prescribir medicamentos?

—Seguramente. Pero alguien podría sugerirle a Orion que no los rechace y que no los tome siempre.

—Alguien tratará de hacerlo, pero ¿usted cree que Orion tolerará la nueva situación?

—No lo sé. La experiencia vale la pena. Aunque no resulte será una indicación para los que se ocuparán de él más adelante. Aquí llega mi autobús, hasta luego, Véronique.

Participo por última vez en la jornada de estudio de fin de año en el hospital de día. Después de la reunión hay un brindis para todo el equipo. Robert Douai anuncia mi partida, me agradece el trabajo que realicé en el Centro y me desea buena suerte. Uno de los profesores me da un regalo en nombre del personal directivo: algunos discos muy buenos. Estoy conmovida, emocionada, me parece que debería decir algunas palabras antes de irme. Pero no, ya trajeron las bebidas, y las tortas, y el ruido de las conversaciones explota.

Trece años que han pesado mucho en mi vida se terminan abruptamente en el tumulto de esta fiesta de fin de año, y está bien así, pero yo estoy demasiado alterada para participar de ella. Me despido de todos, uno por uno, y me voy rápido a casa, a estar sola. A aprender a liberarme de mi fardo...

Al regresar a París después de mis vacaciones con Vasco, me esperan pedidos de análisis que reemplazarán, en parte, las dieciséis horas semanales que dedicaba a Orion. Pero queda el vacío de la enorme atención que le consagraba y que ya no es necesaria. Otros van a ocuparse de él. ¿Cómo? ¡Ya no es asunto mío!

Como habíamos convenido, el primer día de actividades, acompaño un reticente Orion a La Colline. La enfermera Marinier nos espera, me saluda con un beso y, con total naturalidad, saluda Orion de la misma manera. Veo que ella le inspira confianza. Entramos, hay algunos pacientes en el hall leyendo los diarios o conversando entre ellos. Es la hora de los juegos. La señora Marinier nos muestra la sala.

—Es un paciente nuevo —anuncia—, se llama Orion. Denle un lugar en el juego, será un buen compañero.

Hablamos un momento con la psicóloga.

—Veo que está usted un poco angustiada —me dice luego la señora Marinier—, venga a tomar una taza de té con nosotras.

Me sirven una taza de té, pero siento que no podré terminarla.

—Les pido disculpas —les digo—, estoy absurdamente emocionada, es mejor que me vaya.

Ambas me comprenden y me acompañan. Al pasar frente a la sala de juegos veo a Orion atareado en la mesa de metegol y riendo a carcajadas. Hay desgarro y pena. Me esfuerzo por no mostrarlos. Las dos mujeres me saludan con un beso, y la señora Marinier me abraza. Cruzo la puerta. La oigo cerrarse suavemente. Estoy afuera... Es tiempo de despertar...

Orion llega tarde a la primera cita que fijamos. Se ha apurado, está sonrojado y alterado. Puse sobre la mesa su jugo de naranja, su chocolate y una taza de té para mí. Los ve y sin embargo pregunta: «¿Hay jugo de naranja?».

Bebe un vaso y va a recostarse en el diván. Lo dejo, luego le digo: «Ahora tu psicóloga es la señorita Gué, nosotros hablaremos como amigos. Siéntate en ese sillón, el que has roto una vez cuando apareció el demonio».

Obedece, yo creía que iba a reír como hace cada vez que se evoca ese acontecimiento, pero no lo hace.

—Se quiere hacer un dictado de angustia comiendo chocolate —dice taciturno.

—Dicta, estoy lista.

DICTADO DE ANGUSTIA NÚMERO ONCE

Uno fue a la sala de juegos cuando me acompañaste y la señora Marinier, que es muy amable como habías dicho, pidió que alguno me dejara jugar en su lugar. Un muchacho me dijo: Toma mi lugar, uno lo miró y se sintió amigo de él. Uno le ganó al otro. Uno estaba contento, se reía, ya no estaba triste.

Otro tomó mi lugar y el muchacho dijo: Vamos a jugar de a cuatro, haremos un equipo, hay que hacer cola detrás del equipo que juega. Uno estaba contento de formar un equipo con él, le preguntó el nombre. Dijo: Jean. Llegó nuestro turno para jugar. El otro equipo era bueno. Jean no lo era tanto, uno lo ayudaba, se hacían goles. Casi se ganó, pero casi quiere decir que se perdió. Se creía en la cabeza que Jean era otro niño azul. Uno tenía ganas de dibujar

con él. Nos instalamos los dos en una mesa del fondo de la biblio-
teca, uno saca del portafolio hojas, tinta y lápices. Se comienza a
hacer un niño azul. Jean toma algunos lápices de colores y dice: A
mí me gusta más la música, mi dibujo no es tan bueno como el
tuyo. Uno le pregunta: ¿Qué instrumento tocas? Dice: Casi todos,
pero el mejor que tengo es la voz, cuando la enfermedad lo permite.
Uno dice: Uno toca solamente la guitarra, pero hace obras. Y le mues-
tra la tarjeta que dice Orion, pintor y escultor. Los dos estamos
asombrificados uno por el otro. Jean dice: Tú eres pintor y escultor
y yo músico y cantante, somos los dos artistas de aquí. ¿Por qué estás
en el hospital de día?
A causa del demonio de París y de los suburbios, dice uno. Y Jean dice:
Mis padres no creen en el demonio. La señora Zorian, la directora,
que se ocupa de mí, dice que es una proyección.
Uno no responde, señora, porque no sabe lo que quiere decir la
palabra proyección. Más tarde me lo explicarás, ahora uno dicta.
Uno dice: Mis padres también dicen que el demonio no existe, pero
a mí me lanza rayos que existen. ¿A ti qué te hace?
Me aprieta cada vez más fuerte, si eso dura hay que gritar. A veces
uno se cae.
Uno dibuja, él hace una flor que no está tan mal, es decir no
demasiado bien, ¿entiendes? A veces me la pasa para que yo la
corrija, entonces estamos con los hombros muy juntos, como se
estaba con Vasco y contigo en el teatro. Tal vez uno se acerca dema-
siado a su hombro. Me dice: ¡No te pegues a mí! Uno creía que
éramos amigos y que se podía, pero él toma su dibujo y se va al
otro banco.
En el almuerzo, uno quiere estar en la mesa con Jean. La señora
Marinier dice: No es tu lugar, y me lleva a otro lado, donde están
los nuevos. Uno está al lado de Rosine, una señora joven que parece
amable, uno le dice que es pintor y escultor. Ella no lo cree, y dice:
Todo el mundo puede decir eso. Uno mira a Jean, es lindo, come más
prolijamente que uno, pero poco. Uno está un poco nervioso, come
mucho, casi vuelca el plato, un poco más que casi porque hay comida
sobre la mesa. La señora Marinier viene y dice: No es nada, y arre-
gla las cosas como haces tú. Después de comer me dice: No mires

demasiado a Jean, si no él no será nunca tu amigo, porque tiene
un tic que a veces no puede controlar. Uno hace como ella dice y a
la tarde la mamá de Jean vino a buscarlo.
Fin del dictado de angustia.

Sólo después de dos sesiones durante las cuales ambos miramos sus obras
o libros de arte manifiesta el deseo de hablar de su vida en el Centro.

—La señorita Gué organiza un coro con los que quieren. Son siete
los que lo forman, pero... casi... sólo se escucha a Jean. Incluso en la
radio no se ha escuchado una voz tan bella, salvo la de Gamma. No
canta fuerte, por su garganta y porque está demasiado nervioso. Cuando termina de cantar, uno dice a Jean: Cantas tan bien como Gamma.
Está contento: ¿También te gusta? Gamma y Vasco son mis ídolos...

Uno los conoce, Vasco es el marido de la señora... mi psico-profesora
y Gamma es su amiga.

Me mira como si uno fuera un imbeciloco que uno no es. Dice:
¡Es una broma!

Uno está un poco enojado: Si no me crees, llama a la señora Vasco,
te doy su número. ¿Llamó?

—Él no, Orion, su madre. Es muy amable y me dijo: «Mi hijo está
en La Colline con su ex paciente Orion. Se han hecho un poco amigos,
pero Orion habla mucho y Jean tiene la impresión de que a veces se jacta
de ciertas cosas. ¿Es usted la mujer del músico Vasco, que mi hijo y yo
admiramos tanto?».

«Sí, señora, y Gamma es mi mejor amiga, puede confiar en Orion,
habla mucho, pero no miente.» ¿Ves? Jean también quiere ser tu amigo,
pero él también está enfermo y se atormenta. Más que tú. Ayúdalo
cuando puedas, pero no des el primer paso.

—¿Qué es el primer paso?

—Es el que comienza a ir hacia el otro.

—Pero uno quiere empezar, quiere ser su amigo.

—No se lo demuestres demasiado, si no él creerá otra vez que quieres
pegarte a él.

—Uno es pegajoso, señora, un pegajoso que corta la palabra ajena
que tiene miedo de los demás, y les da miedo a ellos. Además es un
pesado, un amigo pesado...

—Ten paciencia, deja que Jean venga a ti, como ha hecho Vasco contigo. No corras detrás de él.

—Es que uno quisiera estar todo el tiempo cerca de él, como con el niño azul en la habitación.

—Entonces tenías cuatro años, Orion, ya no eres un niño.

Se calla un momento y mueve los ojos, hace el esfuerzo de respirar bien y dice abruptamente:

DICTADO DE ANGUSTIA NÚMERO DOCE

Al día siguiente para el almuerzo se habían cambiado un poco los lugares, uno sólo veía a Jean de espaldas, pero a uno le gustaba también ver su espalda y a veces escuchar su voz. Todos los que estaban frente a Jean dieron vuelta la cabeza, como si tuvieran miedo, y Jean gritó. Gritó un grito de demonio, como cuando los caballos blancos por la noche muerden al demonio de París en la calle. Se agitó mucho y casi se cae de la silla, pero la señora Marinier y la otra enfermera llegaron y se lo llevaron a su oficina.

En el momento del postre uno preguntó: ¿Qué le pasa? Y Rosine ha dicho: Es su pequeña crisis, tiene su tic, grita y después se cae. Afortunadamente, las grandes crisis no suceden a menudo. Ese no tendría que estar aquí, sino en un hospital de verdad.

Uno traga el último bocado del postre y dice a Rosine: Nunca más digas eso, Jean es mi amigo. Ella responde: ¿Y tú crees que te tengo miedo? Pero ella tenía miedo, y uno también, porque uno no tiene ganas de romper a Rosine con mis cuernos de bisonte encolerizado. Es una pena, dijo ella, es tan lindo, sobre todo cuando canta. Y su amiga Julie dijo: Cuando canta parece que hay un cielo, y cuando deja de cantar ya no está más.

Fin del dictado de angustia.

Pasan las semanas y Orion parece acostumbrarse a La Colline, se hace amigos en la sala de juegos y en deporte. Su trabajo con la señorita Gué parece marchar bien. Logra contener su amor por Jean, trata y a menudo consigue mantener un poco de distancia con respecto a él. Si bien la amistad de Jean tiene todavía altos y bajos, Orion se siente feliz cuando dibujan juntos, cada uno en su mesa. Va tomando seguridad al ver que puede ayudar a su amigo y también a los otros, porque ya son varios los que solicitan sus consejos y sus correcciones. La señorita Gué organiza muchos ensayos con el coro. Un día llega a mi casa muy excitado. «Jean me pide esto, pero uno no sabe cantar.»

—Pues ya que tú le enseñas a dibujar, pídele que él te enseñe a cantar.

—¿Eso no es pegarse a él?

—No, creo que se pondrá contento. ¿Dónde ha aprendido a cantar?

—Con su madre, que es cantante, pero no puede seguir porque está enferma... Como él... ¿Jean se va a morir, señora?

Una semana más tarde me dice: «Uno canta, señora, casi todos los días y Jean piensa que bastante bien. Él me dirá cuando uno pueda entrar en el coro».

—¿Él canta contigo?

—A veces, algunas notas, más bien toca música en el piano. Es muy lindo, señora, pero flaco, flaco... Come muy poco y es alto, casi me lleva una cabeza. ¿Crees que se va a morir joven como el niño azul? Rosine y los demás lo piensan. Dentro de quince días uno va a entrar en el coro. ¿Vendrás a escucharlo?

—No creo, Orion, la doctora Zorian me pidió que no vaya a La Colline para que te acostumbres a estar sin mí. Si voy, ella no estará nada contenta.

—¿Y Vasco? Jean dice que es su ídolo, ¿no puede venir él a escucharlo?

—Pregúntale a Vasco, de todos modos, deberá pedir la autorización de la señora Marinier.

Vasco recibe en Londres, donde está grabando un disco con Gamma, una carta de Orion.

Querido Vasco:
Se está en La Colline, un centro nuevo donde se está sin la señora, mi todavía no muy amigo Jean canta con una voz que no es muy fuerte, casi tan bien como Gamma. Él dice que Vasco y Gamma son sus ídolos. La señora no puede venir a escucharlo, pero si tú vinieras, él se pondría muy contento, y más aún tu amigo Orion, pintor y escultor.

Cuando Vasco regresa a París, obtiene la autorización de escuchar cantar a Jean. Cuando vuelve de hacerlo me dice:

—El coro está integrado por aficionados, sólo se sostiene con la voz de Jean. Es la voz de alguien enfermo, por momentos incierta, no está educada, pero es extraordinaria. Orion ha sentido que, a pesar de su voz débil, canta de manera poco habitual, como Gamma. Es guapo, tiene una frente admirable, un cuerpo largo y tan flaco que parece que apenas puede tenerse en pie.

—¿Y las crispaciones que ha visto Orion?

—Hacen temer alguna crisis. Quiso cantar algo mío, la señorita Gué le enseñó tu poema, se lo explicó, pero no tuvo tiempo de aprender el texto. Cantaba otra cosa, no las palabras, sino colores, texturas, árboles, perfumes de la tierra. Y, sin embargo, era mi música, tus palabras aún no dichas estaban presentes, tus ritmos y los míos. La señorita Gué estaba admirada, y el pequeño coro también, pero el más emocionado, el que se sentía más transportado, era Orion. Al escuchar a Jean no pude dejar de pensar que es una dura prueba escuchar a alguien que tiene un don, semejante genio, y que no puede utilizarlo. ¿Su problema es físico o psíquico?

—Los dos, Vasco.

—¿Pero el ardiente deseo de la música no puede mejorar lo psíquico y curar lo físico?

—Es esperable.

—¿Como tú habías esperado y en parte has logrado para Orion?

—¿Crees que es una experiencia que uno puede hacer dos veces en la vida?

El silencio de los dos es prolongado.

Vasco se ha ido a Brasil y a Argentina, donde Gamma lo alcanzará para realizar varios conciertos. Orion viene regularmente. Hace un nuevo dictado.

DICTADO DE ANGUSTIA NÚMERO TRECE

No se sueña más, todo se esfuma cuando el sueño se despierta. No son días muy buenos en La Colline. Jean se ha esforzado mucho cuando vino Vasco. Está cansado, viene sólo día por medio. Cuando viene solamente me habla de Vasco y Gamma. Uno los quiere, pero le gustaría que también hablara de su casi amigo Orion y que dibuje otra vez conmigo y que me enseñe a cantar.

La semana pasada uno ha ido a pintar al taller de Ysé. Ella terminó un cuadro. Se dio cuenta de que a uno no le gustaba. Tiene una chimenea para hacer fuego con leña. Dice: Vamos a sostener la tela que no te gusta sobre las llamas con unas pinzas, vas a ver que el cuadro, al quemarse, será más bello, todos los colores arderán. A uno no le gustaba demasiado. Uno tiene miedo de los incendios, señora. Ysé hizo quemar el dibujo que tenía un desgraciamiento, y es cierto que por un instante se volvió bello... bello como uno nunca imaginó que lo vería. La próxima vez, uno le llevará al taller un cuadro propio para hacerlo más bello con el fuego.

Fin del dictado de angustia.

El regreso
del niño azul

Ayer a la tarde recibo un llamado de Annie Gué. «Hoy hubo una serie de acontecimientos difíciles. La madre de Jean está enferma y ha pedido que lo lleváramos a su casa. La señora Marinier está embarazada y tenía una cita con su médico. Como sólo quedábamos dos personas a cargo, ninguna podía retirarse. Entonces, la señora Marinier sugirió que Orion lo acompañara en un taxi, ella pensaba que como era su amigo iba a poder hacerlo sin mayores inconvenientes. Orion parecía muy contento de acompañar a Jean, que no tenía demasiado buen aspecto. Más de media hora después de que se fueran en el taxi, me llama la madre, inquieta. El taxi no ha llegado sin duda porque hay una manifestación que provoca embotellamientos. Le digo que seguramente habrán seguido a pie, pero yo estoy tan inquieta como ella. Un poco más tarde me vuelve a llamar: Jean ha llegado a pie con su amigo y una joven que lo ha ayudado. Ha tenido un amago de crisis, pero dice que ha podido controlarlo y traerlo sin llamar a los bomberos. Gracias a Orion, Jean no ha tenido una gran crisis. Su madre me ha explicado que si le pasa en la calle, es algo terrible, enseguida se amontona la gente, llega la policía, la ambulancia de los bomberos o de la asistencia pública, Orion se ha desempeñado muy bien.

No llamo a Orion, espero que venga a su cita dos días más tarde. Enseguida pregunta:»¿Se puede dictar?». Sin esperar la respuesta, comienza:

DICTADO DE ANGUSTIA NÚMERO CATORCE

Hay algo casi bueno y algo desgraciante para contar todo junto. El martes cuando estamos cada uno dibujando en su lugar, Jean viene a sentarse a mi lado y me dice: Vasco dice que la música puede curar, que se debe tratar de mejorar con el canto. Uno quisiera, pero ¿se tiene la fuerza necesaria con las crisis? ¿Tú qué piensas? Uno está incómodo, quería preguntarte a ti antes de responder, pero uno no va a verte antes de tres días. Nunca ha venido a preguntarme algo así, uno no sabe qué decir, pero en la cabeza aparece un pensamiento de niño azul. Uno dice: La señora piensa que Vasco es un campeón que inventa y canta para todos, Gamma también canta así. Y si tú no puedes cantar como ellos, puedes cantar aquí, como haces en el coro, y para mí. La señora escribe poemas a menudo, pero durante la semana trabaja con discapacitados como tú y yo... ¿Está bien lo que uno ha dicho a Jean?

—Sí. ¿No se puso un poco triste?

Volvió a su mesa, señora, y se sentía que estaba contento y a la vez triste. No dibujó más, cantó un poco, un canto que no se entiende, con los labios, como le gusta.

Durante el almuerzo no come casi nada, no como uno que se traga todas las pastas y dos naranjas, un mía y otra que él no quiso comer. Después hay problemación porque la madre de Jean está enferma y no puede venir a buscarlo y la señora Marinier debe ir a ver al doctor por su bebé. La señorita Gué le pregunta: ¿Y quién va llevar a Jean a su casa? La señora Marinier dice: Tú no. Aquí eres necesaria. Llama un taxi y pídele a Orion que vaya con él, es su amigo. Uno está contento cuando dice que se es amigo de Jean.

Uno sale con Jean, espera el taxi, pero no llega, Jean se quiere ir. Uno está feliz de irse con él. Pero él no, está muy pálido, mueve la boca como cuando va a gritar y a caerse. Somos dos en la calle, uno lo toma del brazo para sostenerlo, él no dice nada, tal vez uno se pone demasiado cerca. Él dice: ¡No te pegues a mí! Uno está un poco enojado, suelta su brazo y da una patada a una puerta. ¿Por qué siempre a las puertas, señora?

Él tiembla un poco, y me pide: Toma de nuevo mi brazo, Orion, y no vayas demasiado rápido. Uno lo sostiene bien, lo empuja un poquito por el hombro, se esquivan los botes de basura, uno casi lo

lleva cargando. Él comienza a abrir la boca, eso es peligro, es un poco un agujero negro, hay gente que lo mira raro. Tienen miedo y uno también tiene miedo, uno es su amigo, piensa que hay que cuidarlo como cuida el niño azul. Uno le dice: Camina lentamente, respira bien, expira. Otra vez... ¡Otra vez! Uno le masajea un poco las manos como haces tú. Lo sostiene por la espalda diciéndole: Respira, relájate. Uno lo lleva hacia su casa. Siente que va a gritar, que va a caer, uno es su niño azul, y dice: Déjame ayudarte. Hay una plaza muy cerca, uno lo lleva en brazos. No es pesado, pero es grande y uno se siente incómodo, se empuja la puerta, el niño azul ve un banco y lo recuesta sobre él. Se acerca un guardia y el niño azul esconde a medias la cabeza del amigo. El guardia dice: No se puede permanecer acostado en los bancos. El niño azul dice: Está descompuesto. Ya se le va a pasar. El guardia tiene miedo al ver la cabeza del amigo, quiere llamar a los bomberos. El niño azul dice: No, no, la casa de Jean está cerca. Su madre sufre del corazón, si los bomberos llegan con mi amigo, tal vez ella se asuste, y entonces... El guardia responde: Es como mi madre, que también sufre del corazón, entonces... es mejor no llamar a los bomberos. Jean se retuerce un poco sobre el banco, el niño azul le masajea el plexo como haces tú y para calmarlo le dice palabras en voz baja. Jean cierra un poco la boca, no grita. Una joven se acerca y ve a Jean, que está recostado, con aire de enfermera. El niño azul le pregunta: Este muchacho está enfermo, ahora se siente mejor, su casa no está lejos, ¿quieres sostenerlo conmigo por los hombros?
Ella sonríe al niño azul, y dice: Por supuesto. Me llamo Janine. Uno dice: Orion, mucho gusto. Se lleva entre los dos al amigo, el niño azul más, pero Janine también. Todo va despacio, Jean comprende las cosas de nuevo, y dice a Janine: Gracias, gracias, estoy mejor. Le sonríe, y ella le devuelve la sonrisa. Uno está un poco celoso al ver que Janine le gusta tanto, pero el niño azul dice: No te pongas así. Jean ya no abre la boca, pero está muy pesado. Janine dice: Descansemos un poco. ¡No puedo más! El niño azul murmura: Levántalo tú solo, pesa menos que tu demonio, que ya no está. Es verdad que el demonio de París, desde que salimos de La Colline no pesa nada.

El niño azul dice a Janine: Ve rápido a llamar en el número 17.
Uno lo lleva hasta allá.
Uno piensa que debe sacar fuerza de la rabia, como cuando arro-
jaba bancos. Con el niño azul en la cabeza, uno levanta al amigo
con una fuerza que no tiene, como si fuera Vasco. Lo lleva hasta el
número 17. Janine ha tocado el timbre y la puerta se ha abierto.
Ella ha dicho al niño azul de Orion: Afortunadamente eres muy
fuerte. La madre de Jean, en bata, está en el corredor. Llega una
enfermera, y con ella y Janine se lleva a Jean a su habitación, y lo
recuestan sobre la cama.
Él dice a su madre: Orion me ha ayudado, y Janine también. La
madre dice: Gracias. Le da un beso a Janine y quiere darme uno
a mí, pero el niño azul dice: Uno tiene calor, señora, se transpira
mucho. La enfermera ha ayudado a Jean a acostarse. Janine dice:
Debo partir, soy estudiante, tengo clases. Orion es genial, hizo casi
todo solo. Parece que debe volver al hospital de día.
La madre de Jean dice: Esta tarde le diré como está. Los dos sali-
mos. El niño azul está todavía un poco en mi cabeza y se anima a
decirle a Janine: ¿Uno puede acompañarte hasta tu clase? Ella dice:
No, allá una tiene un novio, no le va a gustar. ¿Entiendes? Todavía
se transpira un poco, pero ella me da un beso y se va corriendo.
Janine es más bien una amiga para estudiantes, según parece.
En La Colline, la señorita Gué felicita: Estuviste formidable, un
enfermo que cuida y carga con otro enfermo, es algo hermoso.
Entonces, uno dice: No es solamente uno, está también el niño
azul. Ella no entiende, y uno no puede explicar. Sólo tú comprendes
que a veces uno está en dos niveles al mismo tiempo.
A la noche llamó la mamá de Jean, pero uno estaba otra vez sal-
vajado por el demonio, y no la comprendía muy bien, y le pasó el
teléfono a papá. Ella le dijo que Jean se sentía mejor, que debía
quedarse en casa y que pedía que uno lo fuera a visitar, sólo un
momento al día siguiente a las cuatro. También dijo tantas cosas y
felicitaciones para mí que papá estaba embalbuciado.
Al día siguiente, la señora Marinier dice: Has actuado muy bien,
Orion. ¿Qué llevas en ese paquete?
Es un cuadro de la isla Paraíso número 2 para Jean. Hace dos meses

*que se lo ha pintado para él. Ella lo mira y dice: Es muy lindo, eso
le hará bien. Dáselo tú mismo.*

*Un poco antes de las cuatro, uno espera todavía unos momentos,
piensa que tal vez verá a Janine. Pero ella no viene. Uno toca el
timbre del número 17, y sale la enfermera: ¿Vienes a ver a Jean?
Solamente cinco minutos, dice uno.*

Jean está con suero. ¿Qué es ese paquete?

Un cuadro para él.

Me pide que se lo muestre y pregunta: ¿Qué es?

*Es la jungla de la isla Paraíso número 2, en la parte en que se ve
un poco el Atlántico.*

¿Dónde has encontrado esto? ¿Es caro?

Uno ha pintado esto, señora. Uno es pintor y escultor.

¿De verdad lo has hecho tú solo?

Sí, y el niño azul piensa que esto va hacerle bien a Jean.

¿Quién es el niño azul?

No se puede decir, señora, es uno que cura y da aliento.

*¿Una especie de enfermera? Es mejor tener una de verdad. Estás
muy excitado, Orion, es mejor que vuelvas a tu casa.*

*Uno debe dar el cuadro a Jean. No es un cuadro excitado, se lo ha
pintado para ayudarlo a curarse.*

*Ella me toma por un delirantimbécil, pero me lleva a la habitación
de Jean. Uno lo ve muy bello, pálido, tiene tubos en los brazos, la
garganta apretada. Uno le muestra el cuadro y él dice muy bajo:
Me gusta mucho.*

Hay que salir, la enfermera me da un chocolate de parte de la madre.

Abre la puerta y uno dice: Se teme por Jean, el niño azul dice...

*Ella me interrumpe: Jean estará bien cuidado, no necesita tus histo-
rias de niños azules. Ayer has sido muy valiente, pero hoy vete a tu
casa. Me da un beso que no gusta mucho y cierra la puerta. Uno
no quiere estropear la casa de Jean dando golpes a la puerta, pero los
da en otras casas. Uno va a tomar el metro, piensa que el niño azul
y Orion fueron echados de la casa de Jean. ¿No es verdad, señora?
Fin del dictado de angustia.*

La señora Marinier me explica que Jean ha tenido una gran crisis y que será enviado a una clínica por mucho tiempo. Ella ha ido a verlo, está muy debilitado, ha hecho colocar el cuadro de Orion frente a su cama. Y ha dicho: «¡Qué lindo regalo me hizo! ¡Y pensar que no podré ni siquiera verlo antes de irme! Dígale que le he enviado un disco de Mozart».

Cuando nos encontramos otra vez, Orion me dice: «Jean se irá a una clínica, señora. Ha enviado un disco. Uno lo escucha todas las noches, a veces uno lo abraza como se hubiera querido abrazar a Jean, pero uno no se atrevió porque estaba la enfermera y porque temía que él dijera "¡No te pegues a mí, Orion!". Desde que Jean se fue de La Colline, uno no es feliz, el niño azul en la cabeza piensa que ya no volverá. No era posible que uno sea el compañero-amigo de Jean».

—¿Qué haces en La Colline ahora que él se fue?

—Dos veces por semana uno ve a la señorita Gué, habla de Jean, del demonio de París, a veces de ti y de Vasco. Ella entiende cuando se reciben rayos, y eso hace bien. Se juega en la sala de juegos. En la biblioteca hay un libro sobre animales con imágenes sobre los bisontes de América. Eso ayuda, porque se ha comenzado en casa la cabeza del bisonte en un gran bloque de madera de cerezo. Uno no avanza rápido porque papá no siempre tiene tiempo de venir al taller. Si uno está solo el demonio envía rayos por la espalda y entonces es uno el que se vuelve estatua, y uno no quiere ser estatua de madera y arder.

—Arder...

—Sí, señora, uno no siempre quiere hacer dibujos que sangren y quemarlos como hace Ysé. En el jardín de La Colline hay un árbol. A ti no te gustaría ese lugar... se puede encender fuego con dos medio amigos: uno vigila que nadie venga, y el otro lo prende, y yo sostengo el dibujo hasta el bello momento del fuego.

—¿De verdad es un momento bello?

—Con la belleza del diablo, que los medio amigos también ven. Y entonces, como ellos dicen, se goza.

—Se goza...

—Uno no sabe, señora, ellos lo dicen, uno solamente sostiene el dibujo que arde y luego recoge las cenizas.

—¿Y los medio amigos?

—Uno no sabe, señora.

—¿No es mejor guardar tus dibujos?

—Ésos no. Uno los hace para que ardan.

Cuando llega Orion algunos días más tarde, enseguida veo que tiene gestos compulsivos y el tono angustiado y brutal de los días malos.

—Toma tu cuaderno, hay un verdadero dictado de angustia.

DICTADO DE ANGUSTIA NÚMERO QUINCE

Uno sabe que Jean se ha ido a una clínica, no se sabe dónde. Ni siquiera se ha podido verlo salir de su casa y subirse al auto. Entonces, entonces... ¿entonces qué? Jean también hubiera estado contento si uno hubiera podido verlo, se ha llevado el cuadro. La señora Marinier lo sabe. Uno no sabe nada, uno nunca sabe nada, señora. ¿Por qué un amigo debe irse sin verme? ¿Por qué sólo se tiene amigos a medias en esa Colline de mierda? ¿Por qué no hay una novia? ¿Es porque se transpira demasiado? ¿Uno huele mal, señora? ¿Es porque uno habla demasiado, demasiado rápido? Pero eso es porque hay olas de palabras que vienen a la boca. Uno ya ha tenido un desgraciamiento y lo han tirado a la basura en la escuela primaria. Y Jean, el único amigo verdadero, uno sabía que estaba demasiado bien para mí, ahora se va y hay dolor. También hay dolor porque uno no podrá tener hijo ni mujer para tener un bebé más discapacitado de lo que uno mismo es. ¿No es demasiado? ¿Al final se ha nacido para el machete, como los que se vieron en la tele en Ruanda? Escribe todo, no saltes nada, el que tiene que saltar es Orion, el imbécil. No tú.

—Basta, Orion, cálmate, ven conmigo a la cocina, tu chocolate onto estará listo y compré unas masas para ti.

—Se irá, señora, pero un dictado endiablado no puede detenerse. ɔ se puede en el estado en que uno se encuentra, Jean se ha ido, ìine tiene un novio, tú que no estás conmigo muy seguido, no se ·ede parar de quemar dibujos, aunque no te guste.

—Se van a enterar de eso...

—Tal vez algo quiera que a uno lo echen.

—Está bien que te des cuenta.

Uno ha hecho un cuadro para Jean, trabaja en el bisonte, uno no tiene un cuadro nuevo en la cabeza, Jean y el niño azul han ocupado todo el lugar. Lo único que queda son los dibujos para quemar...

Fin del dictado de angustia.

No se lo ha echado

E l los primeros días de noviembre me voy dos semanas al extranjero con Vasco. Cuando regreso llamo a Orion, quien le pasa el teléfono a su padre.

—La directora de La Colline —me dice—, la famosa señora Zorian, lo ha suspendido por ocho días.

—¿Por qué?

—Dicen que Orion quemó una caricatura suya delante de unos ompañeros. Espere, acá me dice que él mismo quiere contárselo en la róxima entrevista.

Cuando llega veo que está confundido y orgulloso de lo que ha asado durante mi ausencia.

—Te han suspendido por ocho días. Cuéntame por qué.

—Uno ha comprado una gran ensaladera de cristal.

—¿La has comprado tú? ¿En una tienda? ¿Con tu dinero?

—Rosine ha venido para ayudar.

—¿Ha ayudado...?

—A quemar un dibujo en rojo de la señora Zorian que muestra lo 1e no debe mostrarse. Uno lo ha hecho en la sala de juegos, nadie lo ha latado, y papá dice que no tienen pruebas. Uno ha puesto una pequeña la en el fondo, ha mostrado el dibujo rojo a los demás, se ha encendo la vela. Se hizo una sola llama. La señora Zorian se quemó como 1a tortilla al ron. Todos estábamos contentos y, para cuando llegó la ñora Marinier, sólo quedaban cenizas. Ella dijo: Orion, has quemado ;o, y eso está prohibido.

Estará prohibido, señora Marinier, pero esto es triste desde que Jean fue. Cuando es así hay que quemar. Uno es su amigo, señora Marinier, uno la respeta, pero mientras esté aquí se quemarán pinturas.

Entonces llamó por teléfono a la directora, después me dio mis cosas y dijo: Estás suspendido por ocho días, Orion. Me acompañó a la puerta con su panza linda y grandota donde duerme el bebé, pero ella estaba triste. Uno no dijo nada, estaba esperando, entonces ella me dio un beso.

—¿Has vuelto a La Colline después de los ocho días de suspensión?

—Sí, se ha vuelto. Uno verá a la señora Zorian mañana.

Cuando viene la siguiente vez, pregunto.

—¿Cómo fueron las cosas el miércoles?

Respuesta abrupta:

DICTADO DE ANGUSTIA NÚMERO DIECISÉIS

Todos los días uno escucha un poco La flauta mágica, *es el disco que Jean ha regalado, es como si él estuviera allí. Al llegar a La Colline, uno ayudó primero a un compañero y a una señora que no dibujan demasiado bien. Uno dibujó una boca de ogro, eso los hizo reír. Después uno escuchó en mi pequeña radio la música que se pasaba. Uno debe ver a la señora Zorian a las diez. La señora Marinier dice que hay que ir a la sala de espera. Uno sube la escalera, dejan libres los sillones y pone el culo en una silla, señora, no se sabe por qué, pero se necesita decir esa palabra. A las diez y cuarto viene el demonio, todavía sin rayos, pero uno siente que está escondido. Sobre la mesa hay diarios y revistas, uno busca Géo, pero no está. Busca una historieta, pero tampoco hay. Se siente que el demonio comienza a ponerse nervioso, hay un revistero, y para que tenga paciencia, uno rompe en pequeños trocitos las páginas de una revista femenina. Para ganar tiempo, porque los rayos comienzan a rodearme, se hace un caminito de revistas desde la puerta de la oficina de la señora Zorian hasta la escalera. Son las once menos cuarto, el demonio toma la mesa y la pone sobre el sillón. Es un poco como un animal de cuatro patas que dan ganas, muchas ganas de quemar. El niño azul dice: ¡No se puede! Arroja los fósforos y la pequeña vela por la ventana de la oficina. Uno entra a la oficina, abre la ven-*

tana y los arroja. Al volver, el demonio hace caer las sillas de la ofi- cina y pone el teléfono dentro de un florero. Todo se desordena, pero se gana tiempo, porque los rayos empiezan a atravesar la cabeza y las manos. Uno sale de la oficina con una pequeña alfombra y la pone en las patas de la mesa sobre el sillón. Hace una hora que el demonio espera, a veces uno lo escucha hacer el ruido del bisonte, siente que sus cuernos empujan y quieren romper la puerta. Uno comienza a dar golpecitos en la puerta, luego más fuerte. Uno no la quiere romper, pone un sillón sobre la mesa que está sobre el otro sillón, piensa que es una cabeza de gigante, mete entre el sillón y el respaldo una hoja de publicidad de una revista, que es casi roja. Todo eso parece un gigante ogro. El demonio de París quiere hacer caer la torre, romper la risa de la cabeza de ogro. Para que el demo- nio no se enrayone demasiado se dibuja en la pared con un lápiz grueso un joven desorientado que ha matado a su Minotauro y abajo se hace a la doctora Zorian, vestida de trampolín rojo saltando sobre la cabeza del demonio. Uno también se ve obligado a saltar, a bailar el baile de San Vito. Uno quiere romper la puerta, el niño azul vuelve a decir: ¡No se puede! Uno gana tiempo descolgando los cuadros. La fuerza del demonio se encalienta y comienza a hacer que se escupa un poco. El demonio dice: Mira tu reloj. Uno lo hace: son las once y dieciocho. Hace una hora y dieciocho minu- tos que se lucha para defenderse. Evidentemente, evidentemente, señora, no se puede contener más la fuerza del demonio. Uno corre hasta la escalera, toma impulso para arremeter contra la puerta. El niño azul la abre justo a tiempo y uno se cae sin lle- gar a romper nada.

Se oyen ruidos, es la doctora Zorian que sube, roja, encolerizada según se ve, y detrás la señora Marinier con su panza linda y gran- dota, y con apariencia tranquila dice: No se enoje, doctora, está en una crisis, hace más de una hora que está esperando. Uno para de escupir, y dice, o tal vez grita: ¡Mire lo que ha hecho, todo está emba- rullonado, despanzurretado, y el demonio ve todo esto! ¡Hace una hora y veinte que el demonio está esperando! ¿Usted cree que el demonio de París y de los suburbios puede soportarlo? Uno lucha contra él todo este tiempo para que no rompa todo, se han arrojado los fósforos por la ventana para que no incendie la oficina. ¿Usted no entiende que es difícil, muy difícil para él?

La señora Marinier dice: La doctora ha tenido una urgencia. El demonio es más urgente que las urgencias. Uno está destruido por lo que él ha forzado a hacer ¡Ni siquiera se pudo romper algo para pedir auxilio!

La señora Zorian protesta: Es fácil decir que es el demonio. Eres tú, Orion, quien ha hecho todo esto.

Uno siente que ella no comprenderá jamás. Uno deja que el demonio la empuje contra la pared, sólo utiliza un poco de su fuerza, la sostiene sin apretar. La señora se pone pálida y escucha la voz del demonio que le dice: ¡No chilles! No es como Orion, esta directora. Le da miedo y no grita más.

La señora Marinier dice con una voz de niño azul: Déjala, Orion, ayúdame a llevarla a su oficina.

El demonio la suelta, ella es pesada, está casi desvanecida. Entre los dos la sentamos en el sillón que ha quedado en pie. Uno piensa que el niño azul va a poner todo en orden y comienza a enderezar lo que se ha caído, se desarma el ogro. La señora Marinier se acerca y dice: La doctora se siente mejor y tú has ordenado bastante, ya está bien, bajemos.

Primero le dices a la doctora que uno se quiere ir del Centro, no ser echado.

Ella vuelve a entrar en la oficina mientras uno cuelga los cuadros. Sale y dice: La doctora está de acuerdo con que te vayas sin que te echen.

¿Tú lo prometes?

Yo lo prometo.

Entonces, uno te cree.

La otra enfermera llega para poner todo en orden y cuidar a la señora Zorian.

Uno baja con la señora Marinier, se ve que ella no tiene miedo de Orion por su panza-cuna. Uno dice: Se ha hecho un dibujo que se ha vuelto una boca de ogro, uno quiere quemarlo en el postre, en el plato, después uno se va.

Muéstramelo primero.

Uno se lo da y ella dice: Tu dibujo es terrible. ¿No has hecho ya suficiente escándalo?

No se ha hecho escándalo, sólo se ha mostrado a la señora Zorian cómo aprieta el demonio, cuando aprieta. Uno quiere quemar el dibujo para mostrar que uno es libre, que se va, que no se lo ha echado. No se lo mostrará a los demás.

Para el almuerzo hay spaghetti con tomate. A uno le gusta. De postre hay manzana al horno. A uno también le gusta. Rosine me da la mitad de la suya. Uno le dice que se va, ella está triste. Cuando la señora Marinier hace un gesto, uno quema el dibujo bien doblado en el plato. Uno dice: Adiós a todos, uno se va de La Colline, no se lo ha echado.

Rosine aplaude y los demás también. Uno toma sus cosas, la señora Marinier y la señorita Gué me acompañan hasta la puerta, uno dice: Uno las quiere mucho, ¡adiós! Las dos me dan un beso.

Al día siguiente, papá recibe una carta que confirma mi partida. Está contento, sobre todo por mamá, de que a uno no se lo ha echado.

Fin del dictado de angustia.

—Se ve que para mis padres no es muy agradable tenerme todos los días con ellos, pero no lo dicen. Jasmine dice que creía que a uno lo iban a echar, que uno salió bien del problema. ¿Y tú?

—La directora no debería haber hecho esperar tanto al demonio. Tú le has hecho sentir su fuerza sin lastimarla. Todo terminó sin demasiado perjuicio para ella ni para ti. Sin la señora Marinier hubiera sido peor. En definitiva, sólo te pones muy violento cuando hay alguien cerca para detenerte. Así es como logras controlar al demonio.

No responde, ríe, primero un poco nerviosamente, luego su risa se vuelve más franca y me contagia. Se tranquiliza, mira como hace siempre que quiere preguntar algo.

—Señora...

—...

—Señora, ahora que no hay más Colline, ni Jean ni Janine que tiene un novio, ni señora Marinier, se quiere... en fin... se quiere... venir a tu casa... más seguido.

—Te veo dos veces por semana, Orion, en la etapa en la que te encuentras ahora, es bastante.

—Uno está toda la semana dando vueltas entre los padres, se pone nervioso.

—Busca otras actividades, acabas de demostrar que puedes desenvolverte solo. ¿El señor Douai no te ha llamado?

—Sí, ha encontrado un taller de grabado, el mejor dentro de los más baratos, según dice él, pero igual cuesta, señora.

—No todo tiene que ser gratis para ti, Orion, tienes una pequeña pensión, has vendido tus obras, puedes pagarlo. También puedes ocuparte en encontrar un taller de pintura. Para ir con Ysé a ver exposiciones o ver películas.

—Uno irá al taller de grabado dos veces por semana y pagará. Pero en diciembre, señora, cuando mis padres se van, uno se queda solo...

—En ese momento, cuando ellos se vayan, te recibiré todos los días. Vendrás a dibujar como antes.

—Señora, mientras el demonio me encalentaba esperando a la doctora hubo un momento... un momento... uno sentía... que se hubiera podido detener todo... si se rompía la cara del demonio... sí, se sentía eso... pero se sentía que el niño azul jamás hubiera hecho una cosa así... El niño azul no quiere matar a su demonio, señora... no quiere matarlo para hacerlo callar.

Myla

Ese año difícil continúa, Orion va dos veces por semana al taller de grabado, que paga él mismo. Nuestros encuentros conservan su carácter amistoso, pero han vuelto a ser una forma de psicoterapia. Finalmente se decide a exponer la estatua que llamó *Lobo marino*. Por medio de este verdadero lobo marino hembra logró expresar su deseo, su visión infantil de una maternidad amplia y natural. Los niños que vienen a la exposición lo entienden así, ya que van de inmediato hacia la estatua y les gusta acariciar sus bellas curvas de madera, tranquilizantes y lustrosas.

Fui a ver al doctor Lisors para ponerlo al corriente de la evolución de Orion y de su alejamiento de La Colline. La doctora Zorian le había dicho por teléfono que Orion no se había adaptado bien y que, de acuerdo con los padres, ella aceptó que se fuera, contrariando las reglas del establecimiento, antes de finalizar el año.

—No ha hecho ningún comentario —me dice Lisors—, y tampoco me ha hablado de usted. Dice que Orion es difícil y que hay que vigilar su costumbre de prender pequeños fuegos con sus compañeros. Ese es un síntoma nuevo.

—Quema algunos dibujos que hace para el fuego. Piensa que al quemarlos logran un instante de intensidad superior. Me ha hablado de eso. Es algo inquietante para nosotros, que esperamos del arte cierta duración. Orion descubre la belleza instantánea, ya perdida a medias, en el fuego. Es verdad, es un síntoma nuevo.

—A pesar de todo, creo que el episodio de La Colline es positivo. Orion toleró cierto tiempo un medio diferente, fue capaz de soportar la pérdida de un amigo, de manifestar una violencia limitada y de

277

lograr que la directora, que quería expulsarlo, lo dejara partir libremente. ¿Usted ha retomado la terapia con él?

—De manera muy libre, el problema principal permanece: siempre es «uno» el que habla.

—«Uno» habla porque «yo» da miedo todavía. Tenga paciencia. Trate de reducir la cantidad de sesiones de a poco. A pesar de los riesgos, él debe aprender a prescindir de usted. La terapia no debe ser interminable. Douai me ha dicho que él lo ha hecho entrar en un taller de grabado. Orion debe tener actividades fuera de su casa.

Orion intenta varias actividades nuevas, pero solamente el taller de grabado se convierte para él en un lugar familiar. Al principio está muy intimidado, pero se siente rápidamente aceptado gracias al ambiente de trabajo amistoso que el maestro de grabado genera a su alrededor. Después de algún tiempo, el maestro lo instala cerca de una de sus alumnas, también discapacitada, con la que se siente en confianza. Ella trabaja en el taller desde hace mucho tiempo, está muy avanzada en las técnicas de grabado, pero es menos hábil que Orion en dibujo. Orion me cuenta: «Myla me enseña grabado, es sobre todo ella la que me muestra. Uno, cuando es difícil, la ayuda con el dibujo».

Comprendo que Myla, muy tímida, está feliz con este intercambio en el que los dos aprenden y enseñan a su vez. El lugar cerca de Myla cuenta mucho en la importancia que el taller de grabado está teniendo para Orion. Cuando viene a verme, compruebo que el nombre de Myla aparece más seguido que el doloroso nombre de Jean. Orion le regala un dibujo que representa unas mariposas de colores muy brillantes. Algunos días más tarde, ella le da un grabado, en la parte inferior ha escrito con fina y temblorosa caligrafía «Tirada de artista número 1». Estas palabras han resonado profundamente en él y me las muestra con orgullo.

—Me hablas mucho de Myla. Me gustaría conocerla.

—La verás probablemente en una exposición el próximo domingo en Charenton-le-Pont. Se han presentado sus grabados junto con mis obras. El jurado ha seleccionado dos. No es seguro que ella pueda venir ese día, pero vendrá seguramente más tarde a la exposición de la Municipalidad del distrito V. Su padre llega de Brasil, vendrá con él y con su madre. El jurado seleccionó tres de sus trabajos, uno expondrá, como en Charenton, la cabeza de bisonte que acaba de terminar. Es muy pesada, tendremos que cargarla entre papá y yo.

—¿Tú quieres que Myla sea tu novia?

—Un poco más que media novia, pero no más que casi novia. En la cabeza ella es novia, pero no de verdad. Myla no dirá jamás que uno es su novio. Cuando uno le dijo que podría exponer, fue como si los dos hubiésemos querido darnos un beso. Pero no nos dábamos un beso, eso pasa sólo cuando uno llega al taller, ella me besa como a los demás, así se hace en el taller. Myla es muy, muy tímida. Tal vez uno deba estar un poco contento por eso, porque cuando las cosas van bien, uno se agita, habla demasiado, transpira. Es mejor no dar el primer paso, como decías con Jean.

—¿En el taller siempre estás cerca de ella?

—Sí, señora... pero no mucho mucho. No se puede ser novios de verdad, casarse o concubinarse en un departamento de los dos, porque somos prisioneros de lo discapacitado... Porque podríamos tener hijos anormalizados, quizá peor que nosotros. Sus padres no deben tener miedo.

—Sus padres tienen miedo...

—Uno no sabe, señora.

Llamo al maestro de grabado. Está contento con el trabajo de Orion, en el que aprecia lo que él llama el realismo fantástico o mágico. Me propone pasar por el taller de vez en cuando. Acepto el ofrecimiento y voy al día siguiente. Orion, muy compenetrado en su trabajo, no me ve. Frente a él, una joven –en la que reconozco al instante a Myla– levanta un segundo sus largas pestañas y dice en voz baja un nombre que no puedo escuchar, pero que leo en sus labios: Orion. Él levanta la cabeza, la mira sonriendo y se da vuelta hacia mí. Myla, con la mirada ausente, se fija en la espera, mientras Orion, con su paso de oso, se precipita hacia donde estoy yo para descargar de inmediato un alud de palabras.

—Vengo a ver el taller —digo tratando de calmarlo—, no quiero interrumpirlos, vendré enseguida para ver lo que hacen.

Vuelve a su lugar y sonríe a Myla. En cuanto lo ve retomar su trabajo, ella hace lo mismo. Voy a hablar con el maestro de grabado, desde allí puedo mirar a Myla sin molestarla.

Es menuda, sus movimientos son gráciles, está vestida, como todos aquí, de manera informal pero con cierta elegancia. No es bonita, y hay en sus rasgos y en su manera de ser algo de indecisión, de vaguedad, casi de temor que sorprende a primera vista. En su rostro flota, ya que no es evidente, una media sonrisa incierta, un poco perdida, de una emocionante dulzura. Pienso que es también una persona dulce y desorientada en este mundo, a la que uno enseguida quiere ayudar, proteger. Comprendo el deseo que atrae a Orion hacia ella. Él, que está tan asistido, tan protegido, asiste y protege a su vez a este ser indefenso. En ese momento entra una mujer que se dirige hacia Myla, veo con sorpresa que Orion se levanta y le ofrece su silla. Sin duda es la madre de Myla, las dos se parecen, pero la madre es más alta y más bella que la hija. Tras una seguridad mundana se percibe en su rostro la sonrisa vaga y perdida de Myla y una incertidumbre profunda. Me acerco a ellos, me presento y pregunto: «¿Usted es la madre de Myla?».

—Sí, ella me ha hablado mucho de usted.

—Pero yo no la conozco todavía. Hola, Myla, yo también he escuchado hablar de ti, Orion me ha dicho que eres una excelente grabadora

Ella sonríe, su mirada es muy bella.

—Es la señora —interviene Orion—, su marido, Vasco, es mi amigo

La madre dice: «Nosotros somos brasileños. Vasco es una celebri dad en Brasil, a nosotros nos gusta mucho su música...». Toma mi brazo «Espero que seamos amigas. Me llamo Eva».

—Y yo Véronique.

—Vengo a buscar a Myla temprano, tenemos que ir al médico.

Myla se levanta, ordena sus cosas con mucho cuidado, evidente mente, Orion quiere ayudarla, pero ella no se lo permite.

—Trabaja —murmura—. Todavía te queda una hora.

Al irse, Eva me da un beso, Myla también: ese beso es el roce d una mariposa. Orion se las ha ingeniado para estar en medio de las dos estoy inquieta, ¿qué va a pasar? Nada. Eva lo besa sin dudar y Myla l da en cada mejilla un pequeño beso, como una flor.

Se han ido, Orion está muy contrariado por la partida de Myla vaga un poco por el taller, se acerca a mí.

—Señora... Señora... ¿te pondrías en el lugar de Myla para que un trabaje como ella quiere, y luego me llevarías hasta el autobús en el coche

Y yo, naturalmente, acepto.

A la semana siguiente viene a casa y de repente anuncia:

DICTADO DE ANGUSTIA NÚMERO DIECISIETE

Tú no has podido venir a la exposición de Charenton-le-Pont, estabas en Amsterdam con Vasco. Lástima, el tiempo era lindo y todo fue bien. Uno llegó temprano para ver si los grabados de Myla estaban bien ubicados y la señora directora que uno conoce dice: Tal vez haya una linda sorpresa para tu amiga del taller. Myla llega en taxi, uno la lleva a la exposición, todavía hay poquísima gente y ella no está intimidada. Uno le muestra sus dos grabados bien ubicados, ella no dice casi nada como siempre, pero sus ojos felices sonríen sin sonreír. Dice: Muéstrame tu estatua. Uno la conduce hasta la estatua, se ve en sus ojos: qué lindo, se puede tener confianza en Orion, que hizo esta cabeza, la cabeza de un verdadero animal-hombre, no discapacitado, no rayonado. Pasea sus dedos sobre la madera que es bien redonda y suave, aunque es fuerte. Uno también acaricia el bisonte, las manos se encuentran, los ojos dicen: puedes tomarla de la mano, pasear con ella por la exposición como un novio y una novia. Lo hacemos, los dos estamos felices, tranquilos, como pocas veces hemos estado. Su mamá, la mujer alta y bella que no me da miedo, viene. Uno la recibe en la puerta con Myla, dándonos la mano, ella va a ver el Bisonte. *Papá y mamá también han venido, parecen contentos de que estemos los dos. Mamá invita a Myla a tomar el té, papá dice que él irá a buscarla.*

La mamá de Myla me dice que mi Laberinto antiatómico *es demasiado terrible para ella pero que le gusta mucho mi estatua. Myla está tan contenta que casi se le caen las lágrimas. Está aún más contenta cuando recibe el segundo premio de grabado. La aplauden, se sonroja, su mamá está orgullosa, pero uno mucho más. El martes, Myla viene a tomar el té a casa, una señora la acompaña y vuelve a irse. Uno le muestra mi taller y muchas obras. Sus ojos dicen: a uno le gusta. Uno le regala un pequeño cuadro de la isla Paraíso número 2, ella dice: Haz otro dibujo de esta isla, yo lo grabaré. Uno dice: De acuerdo. Y otra vez estamos felices y tranquilos los dos.*

En el té no todo va muy bien. Mamá ha preparado torta y chocolate, le dice a Myla que coma torta, y ella no lo hace. Mamá corta un buen trozo y se lo da, y ella lo mira como si le diera miedo. Mientras tanto yo me como dos. Myla bebe un poco de chocolate, come un poco de torta, lo deja en su boca sin masticarlo, se pone pálida y triste. Uno piensa en el hospital de Broussais y en el niño azul, cuando se hacían bolitas de carne en la boca. Uno dice: Si no puedes tragarlo, escúpelo. Ella no se anima, y mamá, que siempre sabe qué hacer, la lleva rápido a la cocina y la ayuda a escupir, piensa uno, porque no se ha visto nada.

Myla dice llorando: Gracias, señora, entonces mamá también llora un poco y le da un beso. Myla vuelve con su pequeña sonrisa apenada, ya no puede beber, ni comer. Uno tampoco, aunque tiene ganas, porque las tortas son ricas.

Cuando papá regresa, dice a Myla: Usted no se ve bien, es mejor que la lleve de nuevo a su casa. Myla dice: Sí, señor. Y a mí: Ven tú también.

Se sube al auto al lado de papá, uno le ajusta el cinturón de seguridad, que ella no ha visto. Uno está detrás de ella, le toma la mano. Sin duda está contenta, porque si uno aprieta despacito su mano, ella hace lo mismo.

En una calle dice a papá: Es allá. Y aprieta la mano un poco más fuerte.

A la noche, papá dice: Myla es muy amable, pero cuando se bajó del coche parecía que no pesaba nada. No hay que invitarla más aquí, ni ir a su casa si ella te invita.

Uno siente que él tiene razón, aunque no se sabe bien por qué. Mamá dice: Desgraciadamente está enferma, es anoréxica. ¿Qué quiere decir esa palabra, señora?

—Que no puede comer por razones físicas o mentales. En el caso de Myla parece tratarse de una anorexia mental.

—Entonces se puede curar porque uno se ha curado y ahora come Tú dices incluso que uno come mucho.

—Hay que verla más seguido para ayudarla, Orion, ¿pueden ir tre veces por semana al taller de grabado?

—Se puede, pero es más caro.

—Tú puedes pagar más.

—Para ayudar a Myla a curarse, uno pagará más.

—Llamaré a su madre para proponerle que Myla vaya tres veces por semana.

No dice: *Fin del dictado de angustia.* Una especie de complicidad se instala entre nosotros. Él tiene un proyecto, ambos tenemos un proyecto común para su felicidad con Myla, para su tranquila alegría, que él sabe, tanto como yo, amenazada. Hará falta paciencia, y como ése no es su fuerte, cuenta conmigo para eso, y se va.

Regreso varias veces al taller. Me gusta ver a Myla y Orion juntos, compenetrados en su trabajo. De vez en cuando, Orion levanta la cabeza y la bombardea con preguntas entrecortadas. Ella le responde con una mirada o con una palabra y la sonrisa de sus ojos basta para calmarlo. También me gusta hablar con el maestro de grabado, que me introduce con mucha paciencia en los secretos de su arte. Me habla de Myla.

—Siempre ha sido lenta y falta de confianza en sí misma, pero desde que trabaja con Orion está más vivaz y comienza a liberarse de la perfección técnica en la que se había encerrado antes. Algunos dibujos de Orion demuestran una originalidad y una imaginación extraordinarias. Myla hizo un grabado con el último que él le dio. La obra producto de su colaboración es algo inesperado, el aspecto salvaje, onírico del dibujo de Orion no ha desaparecido. Se ha vuelto más real, más misterioso, menos angustiado por la manera en que Myla hizo entrar en ellos su alma y su bondad. Voy a mostrarle una prueba, usted podrá compararla con el dibujo.

Estoy sorprendida, el grabado representa el arpa eólica del gran árbol, del viejo cantor en el huracán de la isla Paraíso número 2. Orion ha hecho una nueva versión cuyos colores duros y formas violentas hacen escuchar la música de distinta manera. En el grabado, en los negros, grises suaves y blancos de Myla, se percibe más profundamente esta música. Las formas son siempre duras, el árbol muerto y el huracán están allí, pero se ve que la calma está volviendo, incluso que ya está presente, porque bajo el árbol atormentado se ven dos bailarines enfrentados. En el dibujo de Orion no hay bailarines, han surgido sin duda de un relato de la isla Paraíso número 2 que él le ha hecho a Myla. Los bailarines, apenas esbozados, son muy reconocibles. Orion, con su silueta un tanto pesada y Myla, con su gracia etérea y su minúscula bondad de flor silvestre.

Le digo al maestro: «Myla ha penetrado y encontrado un lugar en el universo de los fantasmas de Orion. ¡Qué intuición! Myla cambia a nuestro Orion, lo descubre».

—Orion también cambia a nuestra Myla, la impulsa a la vida.

Al llevar en el coche a Orion hasta su autobús, le pregunto: «¿Le has contado la historia de la isla Paraíso número 2 a Myla?».

—Se ha hablado de eso, pero no siempre se puede distinguir lo que está en la cabeza de lo que está en el mono.

—¿El mono?

—El «como los demás», señora.

Seguimos un momento en silencio.

—Parece que Myla te quiere mucho.

—Uno cree eso, señora, pero la verdad es que ella no lo dice. Uno piensa que somos novios cuando grabamos, dibujamos, exponemos juntos o paseamos de la mano y estamos felices así. Nada más. Su padre, que regresa de Brasil, no debe tener miedo.

—Tiene miedo...

—Myla no lo ha dicho, pero uno cree que ella tiene miedo de su miedo... Myla acepta al novio como es, pero uno sabe bien, y ella también, que uno no es un señor de verdad, como su padre.

—...

—Uno es artista, pintor y escultor, pero eso no hace que uno sea un señor que uno no es. El padre de Myla vendrá a la exposición, señora, lo verás el domingo.

Es un hermoso domingo de septiembre, llego a la plaza Saint-Sulpice, a la delegación municipal del distrito V, para visitar con tranquilidad la exposición. Orion me espera en la entrada, considerablemente agitado.

—Myla viene en taxi, su padre está cansado por el viaje, él y su mamá vendrán más tarde.

No esperamos mucho tiempo, Orion se precipita para abrir la puerta a Myla, se dan un beso, como hacen en el taller, ella avanza hacia mí me da su pequeño beso de libélula. Orion se va a buscar catálogos para nosotras.

—¿Orion te habla de la isla Paraíso número 2? —pregunto a Myla cuando estamos subiendo la escalera. Ella me responde a su manera, bajando lentamente sus largas pestañas.

—¿Te gusta lo que cuenta?

—A veces... otras veces habla demasiado... Me dirige una mirada confiada.

—Para mí es distinto... Hablar... es difícil... Comer... aún más.

Su confianza tierna y tímida me conmueve. Le pregunto: «¿Estás contenta de irte pronto a Brasil?».

Su voz, cercana al silencio, logra decir: «No..., señora...».

Qué diferencia entre su «señora», tan tierno, un poco temeroso, el de Orion, en el que resuena siempre una secreta reivindicación. No, ella al fin se atreve, aunque sólo un poco, a decir que no. Ella no quiere irse a Brasil por... por Orion, sin duda, y su trabajo con él.

Orion nos espera en lo alto de la escalera, nos da los programas, se apodera de la mano de Myla y nos hace entrar en la exposición. Para dejarlos solos voy a ver los grabados de Myla. Hay dos bellas naturalezas muertas y su extraordinario *Final de tormenta bajo el arpa eólica*, como lo bautizó con acierto el maestro de grabado. Es mucho mejor que los otros dos por su fuerza, sin embargo, hay en ellos algo que me molesta y sobre que no tengo tiempo de profundizar porque los visitantes comienzan a llegar y quiero ver tranquila la estatua que Orion acaba de terminar.

Ante ella me detengo un instante subyugada por la presencia salvaje y masiva de la obra. Es la cabeza de un bisonte macho en el esplendor de una joven madurez, de un bisonte maestro y profeta, defensor del baño formidable que nada debe detener en su marcha a través de la Pradera. De este mundo hoy destruido, despedazado, este busto es la inquebrantable imagen a través de la cual se discierne el sueño del hombre sólido, vigorosamente seguro de su fuerza y de su libertad que quiera ser Orion. El que sabe que también es Orion el desorientado ha hecho surgir de la imaginación profunda un Orion en su justo lugar, con hechos, que siempre sabe lo que debe hacer para atravesar con los otros la inmensidad de la hierba. Veo, materializado en la madera que no conoce la angustia, el imposible deseo de Orion y del pueblo del desastre.

Compruebo que Myla, que ha llegado con él, contempla y siente como yo la grandeza épica de su tentativa. Como yo, pasea sus dedos sobre las bellas superficies del *Bisonte*, nuestras manos se acercan y nuestras miradas se unen en la admiración por el oscuro, largo y justo trabajo. Orion ve nuestros ojos y nuestras sonrisas. Su existencia es más fuerte. Toma de nuevo la mano de Myla y da con ella una vuelta completa a la estatua. Le muestra sus otras obras, su terrible *Laberinto antiatómico* y el *Cementerio degenerado* con sus esqueletos, en la actividad de desorden, bajo la mirada del demonio blanco.

Les sugiero que recorran otra vez la exposición y los miro alejarse de la mano, simplemente felices de estar juntos y de mirarse uno al otro.

Vuelvo a ver el *Bisonte*, su parecido con Orion aparece a mis ojos más claramente, así como la presencia oculta del Minotauro. Es siempre el Gran Obsesivo el que sigue su marcha inexorable. ¿Podrá continuarla en la pradera interior o irá, como el pueblo de los bisontes, desgarrarse contra los alambres de púa o los fusiles de los invasores? Myla, la frágil, la libélula, ¿podrá mantener su mano en la de él y defender la valiente esperanza?

Encuentro a los padres de Orion, el padre me dice: «Estamos contento de verlo con Myla, es una joven amable, un poco *borderline* (¿Orion le ha enseñado esa palabra?), pero seria. Es una artista, pueden trabajar juntos.

—No es demasiado bella para Orion —dice la madre—, pero amable y dulce, lo cual es mejor.

Deben irse, yo organizaré el regreso de Orion a casa. Siento una mirada fija sobre mí. Me doy vuelta, es Vasco. Tocó ayer en Zurich, vino directamente desde el aeropuerto. La persistente juventud de porte, el entusiasta ardor con el que me mira desde hace unos momentos, me emocionan. Me besa y me dice: «Acabo de ver a Orion y a Myla caminando de la mano. Es algo nuevo, nunca había visto a Orion tan feliz».

—Miremos sus obras —dice deslizando su brazo bajo el mío como a mí me gusta.

Está impresionado por el *Bisonte*, da varias vueltas alrededor para apreciar todos los aspectos.

—Es el bisonte eterno, que acecha siempre nuestra dimensión n profunda y es su propia imagen oculta. ¡Qué fuerza! ¡Cuánto oficio tiene ya Orion!

Unos niños se detienen delante de la cabeza, petrificados.

—Es de madera —les dice—, pero es un verdadero bisonte. Pueden acariciarlo, les hará bien.

Acercan sus manos, la suavidad de las curvas, la fuerza vital de la madera los penetran y los tranquilizan.

Vamos a ver el cuadro de Orion y su dibujo *El cementerio degenerado*, cuyo marco acentúa el carácter duro, incluso maléfico.

—Nosotros lo hemos visto nacer —dice Vasco—, y sigue siendo muy impactante para los que se dicen normales, ¿no temes la reacción de los padres de Myla?

—Un poco, Orion no me ha consultado para hacer esta elección, lo cual está bien, ahora llegó hasta aquí.

Vamos a ver los grabados de Myla, Vasco mira las naturalezas muertas.

—Son buenas, pero los marcos son demasiado ricos para estas obras.

—Había algo que me molestaba también, pero no sabía qué era. Serán regalo de su padre?

—Naturalmente, ¡el buen millonario! También ha arruinado el grabado del huracán, que es sorprendente. Es increíble que la pequeña Myla, que aún no ha nacido del todo, haya podido hacer esto.

Vasco me besa. No ha visto a Orion y a Myla, que ya están detrás de nosotros, Orion estalla en una carcajada: «A uno le gusta cuando esas, señora».

—Has hecho un bisonte rey —dice Vasco—, que también te representa a ti mismo. Me encantó tu grabado, Myla, es admirable que una joven haya hecho, con un huracán en gris, blanco y negro, una música tan intensa.

En uno de esos arranques de entusiasmo característicos en él, toma a Myla y la levanta triunfalmente. Ella se sorprende, tiene un poco de miedo y se sonroja. Cuando vuelve al piso. Espontáneamente toma la mano de Orion y se oculta a medias detrás de él antes de acompañar nuestra risa.

Comienzan a llegar más visitantes. Le digo a Orion: «Cuando lleguen los padres de Myla saluda a su madre. Pide a Myla que te presente a su madre, pero luego no te quedes con ellos, vuelve junto a nosotros».

—¿Por qué? Uno no quiere, señora.

—No conoces a su padre, él vuelve de un viaje, tendrá ganas de estar con su hija. Sé discreto.

—¿Qué es ser discreto? ¿Ser desalvajizado?

—Es simplemente ser discreto.

Propongo a Myla ir con ella a esperar a sus padres a la entrada. No esperamos mucho tiempo. Eva, con la vaporosa gracia de su vestido oculta su delgadez casi increíble. A pesar de sus tacos bajos es más alta que su marido, un hombre guapo, de alrededor de cincuenta años, de cabellos apenas canoso. Al verlo es evidente el contraste entre el rotundo mentón del hombre de poder y la bella mirada que oculta los secretos del seductor. Su rostro se ilumina cuando ve a Myla, la abraza y la besa como si ella fuera todavía una niña pequeña. Eva nos presenta. Se llama Luis y me dice: «Creo que usted es psicoanalista». Por su tono deduzco que no es una profesión que aprecie demasiado.

—Véronique —dice Eva— es la mujer de Vasco, el ex campeón de automovilismo que se convirtió en músico. ¿Recuerdas? Lo hemos escuchado en Río.

Al instante me ofrece una hermosa sonrisa, en su versión hombre simpático, y compruebo que para él la celebridad cotiza en bolsa. Orion y Vasco están un poco más lejos. Myla dice: «Papá, éste es Orion». Eva agrega: «Su compañero del taller de grabado».

La mirada de Luis se detiene en el saco barato, el pantalón arrugado, la apariencia incómoda y agitada de Orion. ¿Myla se da cuenta? Se cuelga tiernamente del brazo de su padre: «Orion graba... pinta... esculpe». El padre está emocionado por el gesto de su hija, se ve que la quiere mucho. Sin embargo, mira a Orion de arriba abajo: «¡Un compendio de talentos! Vamos a ver eso».

En ese momento interviene Vasco, se presenta con su gracia habitual y Luis percibe de inmediato que está tratando a un hombre acostumbrado al éxito y que es a su vez un amigo de Orion que está dispuesto a protegerlo. Temo que Orion no pueda despegarse del grupo y digo a Eva: «Los dejo ver la exposición con Vasco y Eva, Orion y yo tenemos algo que hacer». Y arrastro a Orion que gime: «¿Por qué uno no se puede quedar con Myla?».

—Su padre acaba de llegar de Brasil, quiere estar solo con su hija y Vasco va a mostrarles las obras.

Orion lo acepta pero se siente mal, tal vez humillado y, cuando nos cruzamos con Myla y su padre vemos que ella está tan triste como él.

Después de un fastidioso recorrido por las salas, se anuncia que se escucharán las decisiones del jurado. Vasco se acerca a nosotros. Atraída entre sus padres, como una niña pequeña, Myla está del otro lado y parece más confundida que de costumbre.

Orion obtiene, por su *Bisonte*, el primer premio de escultura. Lo aplauden mucho, Eva aplaude con los demás pero Luis, inmóvil, no lo hace. Lo que de repente me aterra, y que afortunadamente Orion no puede ver, es que Myla tampoco aplaude. ¿Tiene miedo de su padre o no comprende lo que pasa?

Cuando se acerca el anuncio del premio de grabado, Orion se agita y dice en voz muy alta: «Myla es quien debe ganar, uno vio todo, y es la mejor». Y agrega en tono amenazador: «¡Que no se cometa una injusticia!». Está rojo, sus manos tiemblan, temo que agite los brazos, o, peor aún, que ponga a saltar. Vasco le pone la mano en el hombro, y yo le murmuro al oído: «Cálmate, aquí hay mucha gente, pero estás con amigos».

No hay injusticia, Myla obtiene el primer premio de grabado. Orion, feliz, aplaude frenéticamente. Myla, sorprendida, se esconde detrás de sus padres y no se mueve.

Orion intenta ir hacia ella, Vasco lo retiene. La madre la toma de la mano y la conduce llorando hasta la mesa del jurado. Eva suelta la mano de Myla para que pueda recibir su premio. El presidente se lo da, pero ella no se anima a estrecharle la mano como los otros. Da un paso atrás y le hace una pequeña reverencia encantadora y pasada de moda. Los aplausos se intensifican, Myla, confusa, en vez de seguir a su madre, lanza como un pájaro hacia nosotros y, en medio de sus lágrimas, tiende el premio a Orion. Afortunadamente, Vasco reacciona con rapidez: «Devuélveselo y dile: "¡Es para tus padres!"». Y, dirigiéndose a mí: «Llévala con ellos».

Orion se inclina hacia el premio y, con una gracia inesperada, lo besa antes de dárselo a Myla. «Es para tus padres...» En la sala se siente la emoción de la gente, que dice: «Dos discapacitados... ¡Y cuánto talento!».

Tomo a Myla por sus menudos hombros, y a mitad de camino el padre se apropia de ella diciendo: «Estas emociones... ¡no son buenas para él!». Estoy anonadada por su cólera. Mientras se anuncian los otros premios, Myla, fuertemente sostenida por su padre, no puede zafarse y Luis no quiere hacer un escándalo. Al finalizar la entrega, la gente se dispersa. Intento alcanzar a Eva para ayudarla a llevar a Myla hasta e coche. Luis me lo impide con un brutal «Adiós, Véronique» y se lleva a su hija. Eva me hace con la mano un pequeño gesto de afligida impo tencia. Ambos sostienen a Myla, pero Eva es demasiado lenta para Luis que toma a su hija en los brazos y la lleva como una presa de caza.

Orion está petrificado: «Uno no pudo decirle adiós».

—Has reaccionado maravillosamente al besar el premio, Orion.

Ve que comparto la tristeza de este fracaso imprevisto luego de l concreción de tantas esperanzas. Vasco ha tenido el mismo pensamiento que yo y, tal vez para orientar a Orion en su cólera, dice: «El tiburó tiene entre sus dientes a su adorada presa». Ante la falta de reacción d Orion, agrega: «Ya que Myla se ha ido y tus padres viajaron a la pro vincia, te invitamos a un restaurante, luego te llevaremos a tu casa».

Orion nos acompaña sin decir una palabra. Veo que está muy ma que quiere comenzar a saltar. Y bien... ¡hoy lo dejo! Nos subimos coche, él se queda en la calle, seguramente va a saltar y a bailar el baile c San Vito. Hace un esfuerzo extremo para dominarse. Lo logra. Es derrota se convierte para él en una victoria, entra a medias en el coch

—¡Espera! —digo a Vasco—. ¡Espera!

Orion salta del auto alocadamente. Alza el puño, aúlla.

—¡Hijo de puta!

Vuelve, se sienta en el coche. Vasco arranca, está contento, yo tambié

Prohibido responder

Vasco me dice: «No tuve oportunidad de decírtelo, pero en Brasil me informé sobre el padre de Myla. Es un personaje de relativa importancia en las finanzas internacionales, allí tiene algunos asuntos importantes, es un especulador hábil, compra a bajo precio empresas que él mismo ha llevado a la quiebra. Se mueve en ese mundo como un tiburón. En París es le número dos de un *holding* que controla todo. Tiene una sociedad de venta de objetos de arte en Río y San Pablo, y la controla él mismo. Es un verdadero financista, se interesa en el arte para vender, comprar y promover lo que está de moda. Una exposición como la del premio de Myla carece para él de importancia y sin duda le parece ridícula. El magnífico grabado de Myla es difícil de vender, el *Bisonte* de Orion es invendible. La escultura se acabó. Al diablo con todo eso. Esas son sus reacciones».

—¿Y Eva?

—Es una condesa austríaca, apellido importante, belleza, cuerpo y alma frágiles, muchas relaciones sociales, pero ruina financiera completa antes de su matrimonio con él, de quien depende por completo. Lo peor es que él adora a su hija, la sobreprotege y la quiere bajo su control.

Cuando Orion vuelve a verme, la infelicidad parece haber desaparecido. Cuando su padre se fue, Myla deseaba tanto volver al taller que ya ha comenzado a asistir de nuevo.

—Después de la exposición y del premio somos más novios que antes. Novios con los ojos. Antes no se sabía lo que los dos pensábamos, ahora se ve. Uno le ha llevado un nuevo dibujo, ella lo graba a su modo, uno va a grabarlo a mi propio modo. Viene dos semanas más al taller, después se va a Brasil con su madre por dos meses. Será largo, señora.

—Podrás escribirle.

—Pero uno no escribe muy bien.

—Envíale cartas pintadas o dibujadas, aunque, por su padre, no las firmes. Ella seguramente comprenderá de quién vienen y lo que quieren decir.

—Uno hará eso —dice, animado—, te mostrará primero los dibujos a ti.

Después de la partida de Myla hacia Río está desamparado:

—Uno quería ir a despedirla al aeropuerto. Uno escuchó al niño azul, que decía «No puedes». Y papá decía lo mismo.

—Desgraciadamente tenían razón, Orion.

—Antes de irse, Myla me pidió una foto, y uno le dio la del estandarte, donde se está al lado del demonio-dictador. Ella me ha dado una bella foto suya, uno no lo esperaba, se ha puesto contento. Podemos vernos de nuevo con las fotos. Uno pone la suya cerca de la cama a la noche, y en el portafolio cuando sale. Ella ha dicho que hace lo mismo.

Llega el temido mes de diciembre. Ahora el padre de Orion es jubilado, y tiene más tiempo para organizar ventas de joyas de fantasía en los suburbios, o en la provincia, y hasta en el extranjero. Su mujer lo ayuda en ese trabajo, que es placentero para ellos y les aporta un ingreso suplementario. Jasmine ha regresado de una larga estadía en Inglaterra por cuestiones de trabajo, ha logrado que un vendedor de cuadros la contrate. Está más elegante, y aprende mucho. Dice a Orion: «Algún día abriré mi propia galería y venderé tus obras». Pero ya no está disponible para reemplazar a sus padres cuando Orion está solo. Para eso sólo quedo yo.

Orion me trae tres cartas dibujadas: «¿Cuál se envía?».

Elijo un bosque donde se ve a un ciervo y una corza pastando. «A la edad de Myla me hubiera encantado recibir ésta.»

Durante ese largo diciembre, Orion viene seguido a casa. Se instala en un rincón del comedor que se atribuyó él mismo y, los días buenos, se pone de inmediato a pintar. Comienza a hacer un gran cuadro: en medio de un exuberante paisaje, una joven rubia mira las cascadas de un río que debe ser el tiempo. Cuando está por terminar el cuadro comprendo que esa joven es Myla. La joven del cuadro es alta y rubia, Myla es menuda y morena, y, sin embargo, no tengo dudas: es ella. La reconozco por su media sonrisa, su mirada, que se filtra a través de sus largas pestañas.

—Tu cuadro es muy bello, Orion, ¿por qué escondes a tu Myla en esta joven rubia?

—Uno no sabe, señora. Tú puedes saber que es Myla. Los otros, mejor no.

Lo dejo continuar su trabajo. Sin duda tiene motivos para ocultar sus esperanzas y su felicidad amenazada. Esa felicidad que aún no se atreve a nombrar. ¿Cómo se atrevería a llamar amor lo que siente por Myla? Y menos aún lo que ella siente por él. Amor es una palabra, un mundo para los normales, del que tanto Myla como él están excluidos. Es mejor no mostrar, no confesar las cosas, y ocultar tras el velo del silencio o del arte lo que en otros provocaría risa o desaprobación.

Trato de consolarme pensando que a lo largo de nuestros años de trabajo, Orion no sólo se ha convertido en un artista, sino que también ha ganado mucho en inteligencia y en comprensión. Pero esto no le asegura ni hoy ni mañana la paz del espíritu o la del cuerpo. Acaba de hacer una mancha en el cuadro, se levanta enfurecido, voltea la silla, arroja otra contra el diván. Va a saltar y a romper algo si no intervengo. Lo hago, pero lleva tiempo, y de todos modos ha saltado un poco. Antes de que se vaya preparo un chocolate caliente, que tomamos juntos. Una parte de mí se lamenta: otra tarde perdida. Y otra protesta: ¿qué quiere decir «perdida»?

Se acerca la Navidad. Orion recibe de Brasil una bella postal para las fiestas firmada con mano temblorosa: Myla. El sobre tiene mal puestas las estampillas y la dirección está escrita a toda prisa.

Orion trabaja varios días pintando un pequeño laberinto que va de París a Río. Tiene pasajes vidriados en los que aparecen extraños peces de distintos colores. Las relaciones geométricas están respetadas y este largo laberinto, como una pintura china, se enrolla y se desenrolla con una madera esculpida y pintada por él. Esta pequeña obra maestra se ha hecho para hechizar las almas todavía infantiles de Myla y Orion.

En el punto de partida de París hay una cabeza de bisonte, en el de llegada, en Río, una libélula sobre una flor. Es un placer para los ojos.

—¡Es hermoso! —exclamo—. ¡Myla estará feliz!

Orion está contento con mi reacción espontánea y la de Vasco, pero –porque siempre hay un pero en la vida– duda que a Myla le llegue su laberinto.

Pasa enero y no hay respuesta. Entonces Orion envía dos cartas más llenas de amistad y amor pintados. Le son devueltas sin abrir. Le pide a Vasco que llame, los padres de Myla se han ido de Río a San Pablo, no se informa ni su dirección ni su teléfono. El maestro de grabado me dice que Myla no regresará a París antes de la primavera. Como un desafío hacia Orion, Luis ha expuesto en una de sus salas de venta cuatro grabados de Myla y los ha vendido muy bien.

Orion continúa con su trabajo en el taller de grabado, al que ahora sólo va dos veces por semana. Pinta y esculpe, pero en estado de angustia y, a menudo, de cólera. Las escenas de inundación de París, erupciones volcánicas, explosiones o incendios vuelven a ser numerosas.

Voy a ver al doctor Lisors, me escucha largo rato, y luego me dice: «Lo esencial es que Orion trabaje, se exprese, sea autónomo. A pesar de las dificultades actuales, disminuya las sesiones a una por semana. Si el dolor por la separación de Myla provoca pasajes al acto, auméntelas según su disposición de tiempo. Si logra sobrellevar la prueba solo, será una señal, a pesar de los riesgos temporales inevitables, para finalizar el tratamiento».

En un soberbio tronco de tilo, Orion comienza a esculpir un tiburón. Es la escultura más grande que ha hecho.

—Será un tiburón bueno, los niños podrán acariciarlo y meter sus manos dentro de su boca. Vasco dice que el padre de Myla es como un tiburón de las finanzas, entonces se hace esta estatua para ella, para que ella tenga también un padre de madera de tiburón esculpida. Esta estatua, señora, debe decir a Myla: «¡Come! ¡Come para ser libre!». Y a Orion: «¡Trabaja! ¡Trabaja aunque el demonio rayonice!».

Por medio del maestro de grabado, Orion envía otra vez a Myla un pequeño cuadro. Le es devuelto semanas más tarde con la leyenda «rechazado».

Me lo trae. «Cuesta mucho no volverse un melancoimbécil. Myla se ha ido, uno le escribe, pero a ella se le ha prohibido responder. N

siquiera Vasco puede obtener su teléfono, se rechazan mis cartas-cuadro.
A ti, señora, uno solamente te ve una vez por semana y dices que un
día uno deberá crecer sin ti. Caminar con las dos piernas como todo el
mundo, con las piernas... que no se tienen. Uno quisiera, para poder
pensar en Myla de otra manera, ver otra vez al niño azul y a la pequeña
niña salvaje. Uno quisiera quemar contigo la carta rechazada donde
ellos están pintados... Uno sabe que a ti no te gusta que se quemen
cosas, pero esta vez... uno quisiera que el matrimonio, el casamiento
que no se puede, uno quisiera que los vieras arder conmigo. Dime que
sí... ¡Prométemelo, señora!»

—Te lo prometo. Prepara el fuego.

Las llamas surgen enseguida en la chimenea, cuando comienzan a
decaer, Orion, con dos pequeñas pinzas que saca de su portafolio,
acerca la carta al fuego.

—¡Mira! —grita de repente.

Por un instante veo surgir del cartón que comienza a arder un azul
un rojo de una belleza fulgurante que se iluminan con el sol del fuego,
e unen en un vitral incomparable y caen en jirones calcinados. Orion
está exultante. «¿Lo has visto?» El niño del azul, la niña salvaje del rojo,
os colores de una unión resplandeciente, que yo nunca había visto antes,
los he visto realmente? ¿Con mis ojos? ¿O con la mirada maravillada de
Orion, en un instante de exaltación que los demás llaman delirio...?

Hoy puedo pagar yo

Mi segunda sesión de la mañana casi está finalizando cuando Vasco da dos golpecitos a la puerta. Es una señal convenida.

—Debo interrumpir un poco antes —digo al paciente—, es una urgencia.

Él comprende y se va rápidamente. Voy a ver a Vasco: «Es Orion. Parecía muy afectado, seguramente es algo grave. Le dije que lo llamarías». Cuando voy hacia el teléfono, comienza a sonar. Es Orion, su voz es ansiosa y entrecortada.

—Señora... señora... uno debe hablar contigo, ¡es urgente! Hasta ahora no he podido, estaban mis padres... pero salieron a hacer compras. Yo tomo el autobús, tú toma el metro, te encuentro en Charenton.

Estoy alelada, casi aterrada, utilizó la primera persona tres veces.

—¿Vas a venir? —insiste.

—Voy a ir. ¿Dónde te encuentro?

—Uno no sabe, señora... Si, ya sé, en el café que está al lado de la boca del metro.

—Voy para allá. ¿Estarás en la puerta?

—No, señora, adentro, donde haya menos gente. Rápido, señora... es urgente hablarte.

—Salgo ya mismo.

Vasco quiere llevarme en el coche, pero me niego. Orion ha dicho en metro, es mejor hacer lo que pide.

«Rápido, señora, es urgente hablarte...» Me repito esas palabras corriendo hacia la estación. Afortunadamente, Orion ha elegido bien el lugar, es un recorrido directo, pero el tren tarda en llegar. ¿Qué ha sucedido? Todo es extraño, me llama por teléfono, lo que no hace casi nunca, me cita en un café por primera vez, él, que no entra solo a ningún bar. Y esa voz angustiada y ansiosa, pero que no denotaba cólera... sobre todo sus primeras manifestaciones de un «yo»...

Charenton-le-Pont, estoy verdaderamente alterada por el acontecimiento del «yo», mucho más alterada de lo que creía. Me precipito al andén, tropiezo en la escalera. Llovizna y no hay nadie en la terraza del café. Al entrar, un fuerte aroma a café me invade, de inmediato veo a Orion en la mesa que se encuentra más lejos de la barra, está solo. Se levanta cuando me aproximo, se animó a pedir un jugo de naranja y a tomarlo. Está muy agitado y enseguida se pone a hablar, más bajo de lo habitual y en un estado de gran excitación.

—Es un secreto, un gran secreto que uno debe decirte sin falta. A ti, sólo a ti. He mendigado... ayer he mendigado en el metro.

Estoy impactada, sólo logro pensar en esa primera persona que está utilizando. Está bien.

El mozo se aproxima, pido un té y otro jugo de naranja para Orion, que me mira, súbitamente en silencio, alelado por lo que acaba de decir.

Mientras el mozo trae el pedido trato de sobreponerme a mi sorpresa que también es temor. La familia de Orion no es rica, tampoco pobre, es una familia trabajadora en la que nadie, y él lo sabe, ha mendigado nunca. Él, que aún tiene tanto miedo de hablar con extraños, ¿cómo ha podido mendigar? ¡Y en público! ¡Y en el metro, donde siempre se refugia en un rincón!

Como si hubiera seguido el hilo de mis pensamientos, comienza a hablar otra vez, pero no como siempre. No se trata de esas cataratas de palabras precipitadas que lanza durante sus crisis. Habla bajo, lentamente.

—Es por causa de Myla. Recuerda, señora, todo lo que tuve que hacer: abandonar el hospital de día donde estábamos tan bien los dos. Abandonarte a ti, salvo dos veces por semana, luego una vez por semana. Ir a La Colline, ser casi amigo de Jean, llevarlo por la calle con el niño azul, antes de que se fuera a la clínica para siempre. Todo eso es duro, con mucho demonio que rayonea y ganas de romper puertas e inunda París en dibujo y de verdad. Para darles el gusto al señor Douai y a ti y para no estar siempre entre papá y mamá, uno va al taller de grabado. Hay un buen maestro y gracias a él uno conoce a Myla, que es dulce y

amable. Uno aprende mucho de ella, y ella de mí. Como habías dicho
con Jean, voy despacio, no doy los primeros pasos que me hubiera gus-
ado dar, ella tampoco. Somos compañeros de taller, los dos, tímidos.
Luego seremos un poco amigos de trabajo, luego un poco más, y con
as exposiciones, del todo. Por primera vez tengo una verdadera compañera y amiga. Uno ya no teme delante de ella si algunas veces se giran
os ojos, o se habla demasiado y ella tampoco teme no hablar mucho y
no poder comer. Sabemos que los dos tenemos dificultades y que no
podemos ser más que amigos.

A Myla, el padre la lleva por dos meses a Brasil, como un tiburón,
porque ella dijo que no quería ir. No tengo su número de teléfono, y
tú tampoco, ni Vasco puede saberlo. ¿Entonces? Entonces, señora,
ices que le envíe pequeños cuadritos a modo de cartas. Y lo hago,
señora, envío incluso un laberinto París-Río a través del océano Atlán-
co, donde uno se habla de bisonte a libélula. Ella manda una postal,
na sola. Myla quería seguramente más, pero el tiburón no la suelta. Y
también atrapa los otros cuadros-carta que le hago, no puede hacer eso,
porque Myla es mayor, pero lo hace. En febrero ella no vuelve, en marzo
tampoco. Uno empieza a ver en la cabeza que su padre ha visto mi
oto con el estandarte-demonio al lado de su cama. Eso no le gusta al
tiburón de las finanzas, y se da cuenta de que ella me ha dado su foto
ara ponerla al lado de mi cama y deleitarme la vista. El tiburón quiere
su hija sólo para sus ojos. En abril Myla tampoco vuelve y veo en mi
cabeza que él encuentra cerca de la cama de ella mi foto, que le había pro-
bido. El tiburón se enfurece y me rompe en pedazos, rompe en peda-
os a mi demonio también, grita, Myla llora, quizá se desvanece y yo
o puedo defenderla. Es feo, feo... Incluso veo que el tiburón-padre y
demonio lleno de rayos quieren entrar en mi cabeza para hacerme
ruinar la estatua del árbol-tiburón. Pero no pueden, la estatua será
ella, una estatua de bondad para las chicas y los chicos... Ayer, señora,
el taller de grabado, el maestro me lleva a su oficina, está triste.
No esperes más a Myla, Orion, su padre suspendió definitivamente
uno escucha *horriblemente*– su participación en el taller.»

—Pero ¿por qué? —digo gritando.

—«Vendió el departamento de París. Se quedan en Brasil. Es su país.»

Es demasiado de golpe, me encaliento por todos lados, uno quisiera

ser una bomba para poder explotar. ¿Y entonces, señora? ¿Si se explo-
tara de verdad?... ¡Romper, uno debe romper! Uno no quiere rompe
en el taller de Myla y el maestro, pero el demonio de París tiburón y d
los suburbios hace mucho en contra. Dejo todas mis cosas en el luga
y salgo corriendo, es un lío, todos los grabadores se levantan para rete
nerme pero ya se estaba afuera, uno galopa con los trescientos caballo
blancos. Ya no se sabe dónde se está, se dan patadas, puñetazos, per
no a personas, solamente a los tiburones devoradores que están po
todos lados. ¡Romper! ¡Romper! ¡Romper al demonio del tiburór
Corro por la calle como si fuera Orion el idiotizado de París que no s
es. Uno llega a la estación del metro... ¿Cómo llegué hasta allí, señora
¿A causa de ti? ¿Cómo? ¿Cómo? Eso me da vueltas en la cabeza hume
ante con su cadena, la cadena de los por qué. ¿Cómo se está allí? ¿Pc
qué estoy allí? Uno da patadas a la escalera mecánica. Es la hora pico
nadie las ve, ni siquiera los que tienen la cara en los afiches.

Llega el metro, ¿cómo se pudo subir? ¿Cómo? No lo sé, señora. Subc
estamos todos apretados. Es difícil hacer una escandalización, ur
destructificación, como quiere el demonio del tiburón de San Pable
cuando se está tan apretado.

Estoy menos furioso contra él y más triste por Myla, la dulce, la am
ga de Orion, el que dice tonterías. El bisonte de los suburbios de Par
ya no puede hablar a la niña salvaje que está perdida. Busco de nuev
algo para romper, pero las personas que están sentadas y de pie, vue
ven cansados del trabajo, como papá antes de jubilarse, como ur
hubiera querido hacer, si no se fuera el discapacitado que se es. Esa no
la gente que impide el regreso de Myla, no es la gente a la que debo gc
pear y romper. Tal vez uno no deba romper, es lo que diría el niño azt
si pudiera hablar en el metro atestado. El demonio-tiburón me ha de
trozado, hay que romperlo, uno no puede quedarse siempre en el ri
cón temblando de miedo.

Miro a la gente que sufre porque está apretada, porque es demasia
educada y vuelve a casa sin poder vengarse de todo lo que les han hech
Hay una especie de voz de niño azul que se escucha: «Toma en tu ma
la vieja gorra que la señora detesta y ve a mendigar». Así lo hago, afc
tunadamente quedan todavía muchas estaciones, y varias veces camt
de vagón. Paso con la gorra y molesto a todos. No sé bien lo que dij

lloro por Myla. La gente me deja pasar... algunos me dan unas monedas, en cada vagón. Eso hace bien, cada vez más. La gente ve que la cosa va mal para mí y me las dan. Yo pido, mendigo y la gente hace lo que Myla, a dulce, no puede hacer, me hablan con sus monedas. La gente es mi amiga en lugar de ella, con sus monedas.

Cuando llego a mi estación, ya he recibido muchas monedas, sólo oro un poco, ya no quiero romper, ya no soy uno que está solo. El autobús llega rápido, y no grita cuando frena: «¡Inútil! ¡Ya vas a ver!». No lloro cuando llego a casa, mis padres no se dan cuenta de nada, no hacen preguntas.

Paso una noche agitada. Esta mañana, uno siente que debe hablar contigo. Pero no puedo decirte que voy a tu casa si no es el día indicado. espero que mis padres salgan a hacer las compras. ¡Y se hace largo! Te amo y vienes, estaba seguro... ¿por qué, señora?

¿Qué piensas de esto? ¡Dilo rápido, señora! Debo volver a casa a tiempo para almorzar, no quiero que mis padres sepan que ha pasado algo fuera de lo común... No llores, señora. ¡Dilo!

No me daba cuenta, pero las lágrimas rodaban por mis mejillas. Sin duda estoy emocionada... Siento tristeza y alegría... Es el final de la bella historia de Myla... y pronto el de la gran aventura de Orion y Véronique. Dice «yo», ya puede andar solo, aunque vacile y a menudo caiga, como cualquiera. Se liberó de su análisis, de nuestro trabajo, de nuestro intercambio.

Logro decir: «Hiciste lo que es justo, muy justo Orion. Has pedido tú a otro, no has quedado excluido y cada uno te ha dado algo, en lugar de Myla».

—Señora... ¡Mira! Te he traído el dinero que se ha recibido. Nadie debe verlo, sólo tú. Tú lo darás, yo todavía temo que me asalte el miedo.

—Yo lo daré, dar y recibir. Recibir y dar, es bastante.

—Uno quiere estar contigo, señora, pero debo irme... ¿Comprendes?

—Vete rápido, llega tu autobús, yo pagaré.

—No hace falta, señora, hoy puedo pagar yo.

Baumugnes, septiembre de 1999,
París, abril de 2004.

Índice

Esta edición de 1.000 ejemplares se terminó
de imprimir en el mes de marzo de 2006 en
TGS INDUSTRIA GRÁFICA, Echeverría 5036,
Ciudad de Buenos Aires, Argentina.